教堂街往事

董伟明 / 著

中国铁道出版社有限公司
CHINA RAILWAY PUBLISHING HOUSE CO., LTD.

图书在版编目（CIP）数据

教堂街往事/董伟明著. — 北京：中国铁道出版社，2016.8（2022.1 重印）
ISBN 978-7-113-22106-5

Ⅰ．①教… Ⅱ．①董… Ⅲ．①中篇小说－小说集－中国－当
代②短篇小说－小说集－中国－当代 Ⅳ．① I247.7

中国版本图书馆 CIP 数据核字（2016）第 169835 号

书　　名：**教堂街往事**

作　　者：董伟明

责任编辑：王晓罡	电　　话：（010）51873343	
编辑助理：奚　源	电子邮箱：tiedaolt@163.com	
装帧设计：天下装帧设计		
责任印制：赵星辰		

出版发行：中国铁道出版社有限公司（北京市西城区右安门西街 8 号　邮编 100054）

印　　刷：佳兴达印刷（天津）有限公司

版　　次：2016 年 8 月第 1 版　　2022 年 1 月第 2 次印刷

开　　本：880mm×1230mm　1/32　印张：11.5　字数：251 千

书　　号：ISBN 978-7-113-22106-5

定　　价：48.00 元

代　序

天然去雕饰，自然成文章

——读董伟明的小说

●田永元

　　同伟明的相识，应该说是多年的话题了。说是话题，因为这里有许多故事在其中。

　　世纪初的一天，当一位作家将伟明的稿子传给我的时候，实事求是地说，我多少犯了点主观主义的错误。当这位作家确定我收到稿子以后，不经意地说了句："这是位曾经有过多年军旅创作经验的作家，小说不但写得有特色，如今下海从商，买卖做得也特别红火。"我听后，不仅没有对伟明的创作水准加深一步认识，反而增加了些心理负担。因为凭着以往的经验，我总感到，对一位已经全情投入经商的作家来说，再拿起笔来搞创作，十有八九都是附庸风雅。由此，那篇小说在我手里的确沉寂了一段日子。由于朋友极力推荐，且朋友又是我的顶头上司，那日挤出了点时间，打起精神，一定要把这篇小说看到底，那架势，那神态，颇有一番如此行动是要为自己的领导做点贡献的味道。可是，小说捧在手里，读着读着，我被作者娴熟的创作手法和作者善于铺陈曲折故事的本事征服了，心里不由得感叹了一句：真是高手在人间！于是，我主动给作者打了电话，电话里的交谈，相互间谈得十分融洽。由此，这位未曾见面的老朋友给我头脑里打下了深深的烙印。我觉得，我们之间的交谈，之所以在我们的头脑中产生许多共鸣，也许是我们两个人的年龄相仿，且都曾经历过一段艰苦曲折的缘故吧。我出生在哈尔滨，但不是在哈尔滨长大；伟明在哈尔滨出生，也是在哈尔滨长大，后来又去外地参军。比我荣幸的是，在那个荒蛮的年代，他能进入解放军的行列，真可谓幸运之至。在那个笔杆子、枪杆子都颇为吃香的年代里，他可谓如鱼得水。由于他的创作才干和本人的刻苦努力，上世纪八十年代初期，就开始在解放军各级报刊崭露头角。当时，在军队里颇为流行的歌曲有《小艇就是我的家》《海岛哨兵》《小岛的秋天》等，这些好听的歌的词作者就是董伟明。

伟明，随着年龄的增长和阅历的丰富，他越来越感觉歌词和诗歌创作似乎都不能更全面地发掘他的创作潜能。于是，他选择了小说创作。很快，发表在上世纪八十年代中期，《解放军文艺》上的一篇中篇小说《纪委书记的故事》，使他更进一步显现了他的创作才华。由于这篇小说题材新颖，敢于正视军中现实里的诸多矛盾，因此在军队中产生了一定的影响。

实事求是地说，如果伟明那时候一心扑在创作上，敢于啃新时期小说创作这块硬骨头，他的创作成就绝非是今天的水准。也许伟明有自知之明，当创作水准达到一定高度的时候，要再往前提高一步谈何容易。有如一个跑百米的运动员，当达到一定的水准时，由于身体各方面的局限，再要提高 0.1 秒，将要付出怎样的艰辛和汗水啊！在文学创作上，其实也并不例外，更难的是提高，比提高更难的，是突破自己。所以在突破的过程中，伟明选择了另一条道路——下海经商。其实，下海经商也是一门艺术，也需要耗费自己的心血和才干。事实证明，伟明的选择是正确的。正是他下海经商的成功，使他对自己充满了自信。更进一步感觉到，在实现人生价值的拼搏中，可以显得那么游刃有余。正是在这段时间里，伟明以精干和睿智，不断突破生意场上的一个个制高点。这生意场上的另一番厮杀和不断拼搏，丰富着他的人生阅历，磨炼着他从人情练达中获得的创作真谛。

伟明本色是诗人，尽管在生意场上如鱼得水，获利颇丰，可是用他自己的话说："钱财乃身外之物，人无钱不行，单纯的追求钱也不是最终的目的。人的一生在于为一个自己选定的目标，锲而不舍地追求。从这点来讲，认清自己、突破自己，最有意义。"因此，伟明认为，随着年岁的增大，阅历的增多，在自己喜好的天地里涉猎和漫游，比什么都有意义。这些年来，伟明深居简出，很是有一番超世脱俗的风采。正是这样的风采，在岁月的交织中，让眼前和心头不断跳荡出一篇又一篇空灵而又殷实的文学作品来。说它殷实，是因为这些作品涵盖的生活面比较厚重和广阔，涉猎的题材比较多彩而丰富。军旅的生涯、商场的拼搏、人生爱情的探寻，不同历史时期的人物展现，这些不断变换的题材和较为丰富的表现手法，显现着伟明创作水准不断提高和思想的日臻完善。

值得一提的是，伟明的小说创作大多是采用比较传统的手法，每篇小说都有一个完整的故事梗概，和颇为曲折的人物内心的描述，让人感到寓教其中，寓乐其中。在这其中，流露出伟明强烈的思想意识和政治倾向。

我和我的同事很欣赏《教堂街往事》，觉得这篇小说不落俗套，特有人生的趣味，同时，也真实再现了上世纪五六十年代，一个知识分子家庭的悲欢离合。作者通过主人公伊凡少年的视角，感受到了他的爷爷、神父、安娜，还有安娜妈妈和牛倌、球子等人真实生动的面目，让人们意识到：在那个无比荒蛮、特殊的年代，人性的善恶会因为客观环境的诱因，而不断地被暴露和放大。故事在告诉人们：我们通常强调的人性，是指人性中善良的一面，是人性中人与动物的分水岭。可贵的是，正是在这特殊的善与恶的搏斗中，作家以自己的良知，表现和突出了人性中宽容和善良的一面。小说人物的命运，让我们同作者激发出许多共鸣之处，自然，这种共鸣是作者创作成功最具体的表现。

读伟明的小说，有种痛彻肌肤的感觉，就是对往昔社会，一人一物、一草一木那种缠绵悱恻的怀念和留意，让人感觉到他的小说是由历史的星星点点拾缀并光彩穿缀起来的有声有色的历史画面。让人想起了著名作家格非的一段话："文学的意义，绝非展现繁华的历史碎片，而是需要提供穿越空间的碎片，有对时间长河印证所能的意义。没有对时间的沉思，没有对意义的思考，所有空间发生的事物，不过是一堆绚丽的虚无，一堆绚丽的荒芜。如果我们不能够重新回到时间的河流当中去，过多迷恋这些空间的碎片，我们每个人也会成为这河流中偶然性的风景，成为一个匆匆的过客。"

我觉得伟明的小说，特别符合格非有关小说意义的论述。伟明的小说，有着那种将许多历史碎片发掘、组合起来，共建出一个完整社会侧面的本事。

中篇小说《玛丽的婚姻》和《八哥》是两个截然不同题材的小说，也可以说是从闪光的历史碎片中引申和开掘出来的故事。前者讲述的是改革开放前后，人们对爱情婚姻认识的变化，他告诉人们，爱情和婚姻从来不是感情的世外桃源，一定是跟随着时代发展的脉搏不断演绎变化着。而《八哥》讲述的是一个小老板梦寐以求发大财的故事，作家以犀利的笔触解释了一个小人物为发大财，而经历复杂诙谐的心路历程，为此，有意设计出一个会说话的八哥，用八哥学舌，诙谐而巧妙地折射出应当怎样做人的道理。这篇小说，在语言风格上，似乎有其他小说不具备的独特之处。那种诙谐的语言，反映出作家很老道的语言驾驭能力，同时，以深刻的哲理在告诫人们，真善美才应该是人最难能可贵的品格。由此，让我们认识到，主人公在经历各种磨难之后，返璞归真，心灵得到释放和净化，一切都当在情理之中了。

纵观伟明的小说创作，朴实而厚重，雅致而深邃，使自己的小说在当今的社会，绝不是因粉饰太平、歌功颂德堕落而成的急功近利的传声筒，作家用自己扎实的作品，向社会表明：作家就是作家，作家要有自己的个性，这个性表现在时刻用敏锐的目光，审视着如今这个复杂的社会和人生，而这种胸怀，是我们中国历来所传承的优良品质，是一种"先天下之忧而忧，后天下之乐而乐"的男儿情怀。在这样的情怀中，不趋炎附势，不随波逐流，不为五斗米折腰的刚烈禀性跃然纸上。使这种作品分外有一种对当今社会的丑陋现象敢于批评，对国家的建设前程敢于担当的奋进精神。由此，我感到，伟明的小说，让人可读，读得下去，而且，心中会产生许多气息相通的共鸣。

从这个意义来说，伟明的小说，是站在一个挺高的起点上，达到了一种挺高的艺术境界，在今天走向社会，是毫不逊色，也无愧于这个时代的。

5

代序

2016 年 7 月，于北京

目　录｜*Contents*

教堂街往事

一

　　教堂街，因教堂得名。阿列克谢耶夫教堂，这座建于1930年的巴洛克风格建筑，像一座大积木高高矗立在街口广场上。整座教堂呈十字形对称布局，由红砖砌成，嵌缝整齐，错落有致。大小套叠的拱券式设计，跌宕起伏，立体感极强。一高一矮两座塔楼。主塔楼为高耸的尖顶，上面是一座金色的十字架。副塔楼则是典型的"洋葱头"，与主塔交相辉映。整座建筑精美绝伦，气势恢宏，堪称一件艺术品。

　　登上塔顶的钟楼，可以俯瞰那些掩映在绿荫里，红色的有些斑驳的铁皮屋顶。伊凡一家就住在一幢带有花园的俄式洋房里。这幢房子最初的主人是个白俄，和其他房子的主人一样，随着日俄战争俄国战败，他们陆续撤离了哈尔滨。几经沧桑，东北解放后，留在这条街上的俄国人已所剩无几。后来，伊凡的爷爷从一个即将回国的俄国人手里买下这处房子，一起留下的还有几件雕刻精美的欧式家具，和一条带不走的大狼狗——哈利。这是一条纯种德国牧羊犬。不知它已陪伴主人多少年，如今已是一条老狗。两只竖起的耳朵开始耷拉，炯炯有神的眼睛也变得充满温顺和安详。

爷爷毕业于曾经的"奉天冯庸大学"，写得一手好书法。据说，十几岁就能在牌匾上写鎏金大字。沈阳中街的老字号"参茸百草店"和"亨德利眼镜"都是他当年亲笔所书。后来到了哈尔滨，当了一名中学校长。伊凡从小和爷爷奶奶一起生活，父母在遥远的青海工作，他三岁时被送到爷爷奶奶身边。

隔壁的院子，住着一个叫安娜的女孩和她母亲。安娜母亲是个中国人，长得漂亮，气质优雅，举手投足间透着一股贵妇气，而安娜除了长得像母亲还带有点洋味。长长的睫毛，蔚蓝色的眼睛，鼻梁挺直，皮肤白皙。安娜的父亲没人见过，国籍不详，听说在解放初期的"镇反运动"中被镇压了。因此，安娜的血统无从考证，只有她妈能说得清楚。由于受俄国侨民的影响，当时好多的中国孩子也都叫安娜、维佳之类的名字，至于是不是混血并不重要。

安娜家的后院连着教堂的后门，教堂里住着瓦西里神父。每当清晨，教堂顶楼的钟声响过之后，神父都会穿着他那件黑色长袍去打牛奶。每当这个高高的黑色身影从安娜家窗下经过，窗台上就会多出一瓶牛奶。在教堂街的另一头，住着一个养奶牛的人，大家叫他"牛倌"。牛倌养了两头黑白花奶牛，牛棚边上是一个大草垛。牛倌每天将挤出的鲜奶装在白铁打造的奶桶里，打奶的家什叫"提篓"，也是用白铁做的，一提篓刚好是一斤。伊凡每次来打奶，都会闻到他身上那股强烈的，由腥膻、干草、还有牛粪的气味混合而成的味道，令人作呕。但他挤出的牛奶却醇厚香甜。

教堂街的每个院子，都被木栅栏圈起，当地人叫"板障子"。春天，板障子上爬满粉红色的蔷薇，院里开着雪白的梨花和淡黄色的海棠。特别在下雨的时候，一种叫雨燕的翠绿色小鸟，就会在花蕾间翻飞雀跃。到了五月，丁香花盛开。那浓烈的，沁人肺腑的香味弥散在空气里，一转头，一回身，香味如影随形。

伴随清晨钟声最先而起的是一群鸽子，呼啸的鸽哨打破清晨的宁静。夜晚，它们栖息在教堂的钟楼里。神父每天都将苞米粒和面包屑撒在广场上，鸽子们会飞下来咕咕叫着啄食，也将一团团灰白色的鸽屎，肆无忌惮地拉在神父的头上。神父不仅不恼，还会用半生不熟的中国话说："天女散花交好运。"

然而，有一天，教堂街的宁静被打破了。

二

伊凡家除了那幢俄式洋房外，还有两间板夹泥的下屋，应该是当年俄国人的雇工或保姆居住的。现今，被用来做放杂物的仓库。下屋明显比俄式洋房矮一截。所谓"板夹泥"，就是用木板和泥灰建造的简易房子。

一天，爷爷下班后说："学校打更的张师傅的妻子，因山东老家发大水连年灾害，带着三个孩子逃荒来到哈尔滨。学校值班室没法住，所以我让张嫂带孩子搬到我们家里住。明天把下屋收拾出来，后天就让他们搬过来。"既然爷爷做了决定，全家动手收拾了一天把下屋腾了出来。

张嫂是个典型的农村妇女。老大胜子，老二球子，老三蛋子。胜子已是十七八的大小伙子，方脸浓眉，嘴巴上已长出黑色的绒毛。球子与伊凡年龄相仿，蛋子小个两三岁。在伊凡好奇地打量他们的同时，他们也以一种陌生的带有敌意的眼神看着伊凡。此时，伊凡正吃着神父给他和哈利的面包圈。哈利警觉地看着不速之客，身体前倾并发出沉闷的呼呼声。张嫂和蛋子吓得退后两步，而球子却紧握双拳，用一种狼一样凶狠的目光与哈利对峙着。奶奶见状，赶紧从屋里拿出刚蒸好的馒头，说："孩子们都饿了吧，先垫巴垫巴。""谢谢了，他婶。"张嫂谢道。三个小子只顾低头吃没吭声。奶奶随后又从屋里拿出一些旧衣服，对张嫂说："快入夏了，赶紧把棉袄棉裤给孩子们换下来。缺啥少啥就吱声。"

张师傅在学校打更，每周回来一次。三个半大小子正是吃饭的年龄，他们仿佛永远也吃不饱。刚来没上户口领不到供应粮，爷爷准许张师傅把食堂的剩饭每周带回家。可大人孩子四张嘴，仅靠食堂剩饭根本解决不了温饱问题。为此，奶奶和爷爷吵了一架。奶奶埋怨爷爷多管闲事，自己一大家子人都照顾不过来还管外人。说归说，奶奶时不时还是把家里的饭给他们吃。爷爷那时工资高，每月一百四十元钱，在当时可谓高薪阶层。还享受高级知识分子的粮油补贴，可以抽特供的"牡丹"和"大前门"香烟。奶奶对张嫂说："你没事帮我做做家务，我贴补些粮食给你，也能减轻点张师傅的负担。""那感情好。俺该咋谢谢呢？"张嫂就每天帮奶奶做饭，干些家务活。

经爷爷介绍，胜子在道外滨江站货场当了搬运工，管吃管住还能挣些零花钱。球子有着一张与他年龄不符的面相。小小年纪竟有了抬头纹，浓眉下的小眼睛里经常闪露出一股凶光，偶尔看你一眼，会令你不寒而栗。他很少说话，像一只从森林里闯入城市的狼，除了陌生和警觉，本能对周围的一切都怀有敌意。开始，还有些男孩欺生，可几个回合下来，连平日最厉害的都不敢再惹他。打仗时，蛋子和球子一起上，他们不像其他孩子那样虚张声势，而是直接诉诸武力。球子用他那只比其他孩子强壮得多的右手，像狼咬住猎物脖子那样，死死卡住对手的喉咙，接着，用凶狠的目光盯着对手，直到对方在惊恐和窒息中瘫软下来。这哥俩野性，敢下死手。他们很快就成了这一带的小霸王，不光是小孩甚至连大人都怕他们。

最先发现教堂鸽子少了的人是神父。一天，他在伊凡家后院的垃圾桶里发现了大量鸽子毛。再后来，球子就公开在广场上逮鸽子吃肉。他杀鸽子不用刀，像揪水萝卜那样活生生把鸽子头揪下来。然后，用黄泥将鸽子裹起来扔进炉子里烧。烧熟后，把黄泥剥掉毛也自然带了下来。鸽子肉美味又有营养，球子吃黄泥烧鸽子吃上了瘾，鸽子从此遭了殃。广场上鸽子啄食的景象不见了，它们除了在天上飞就落在教堂顶上不敢下来。神父生气教训哥俩两句，这哥俩就往神龛上拉屎，甚至把神父的圣经偷来擦屁股。没办法，神父只能在圣母玛利亚面前为鸽子祈祷。球子就像一株外来物种，侵害蚕食着原有的生态而没有天敌。张嫂也管不了，气急了抡起笤帚疙瘩打他，他不动也不跑，像打在木头桩子上一样。

三年自然灾害，人们的生活变得异常艰苦起来，比生活更艰苦的是那令人窒息的政治气氛。经过"反右""四清"等一系列运动，像神父和爷爷这样的人不敢多说话了。他们逢人低头，走路靠边，生活如履薄冰。球子像一株得势的野草开始疯长。黑山支队老大彪哥看中了他，这是一群由地痞流氓组成的团伙，打仗斗殴占山为王。有彪哥罩着，球子不再是那个初来乍到受人歧视的外乡人了，街坊邻居都惧他三分。

三

安娜家传出清脆的钢琴声。这琴声像少女一样美妙动人，安娜正是这个美妙的少女。她像一颗即将成熟的樱桃，粉里透红，颜色欲滴。伊凡经常坐在教堂台阶上听安娜弹琴。"伊凡，到家里坐吧。"安娜妈从教堂后门出来对伊凡说。安娜妈是个虔诚的基督徒，每天都去教堂做祷告。她手里拿着一束白色丁香花，应该是教堂后院那棵丁香树上摘的。她喜欢丁香，特别喜欢教堂这棵丁香，因为这棵树是神父亲手种的。这株丁香，不仅枝繁叶茂繁花似锦，而且格外香，香遍半条教堂街。一般丁香花都是四瓣，而它却是五瓣，五瓣丁香非常稀少。安娜妈的话伊凡求之不得，可他还是有些腼腆。

安娜家有一股特别的香味。一股与丁香花不同的香味，这种香味常年存在，似乎是从主人身体发出的。安娜家的陈设富有情调。客厅里铺着地毯，黑胡桃木欧式家具古色古香。椭圆餐桌上铺着镂花的白色亚麻台布，典雅而温馨。餐桌上方是一盏彩色玻璃吊灯，图案是长着翅膀的天使。餐边柜上银制的烛台，泛着柔和而纯净的光泽。窗户上拉着猩红色天鹅绒窗幔，使人感到幽暗、温馨，还有些神秘。这些，都是安娜那个有钱的外公生前留下的。安娜正坐在靠墙边的钢琴旁弹琴。

"今天弹的什么曲子？"伊凡问。"练习曲。"安娜答。"汤普森吗？"伊凡煞有介事地又问。"我又不是幼儿园的孩子，弹什么汤普森。"安娜回了伊凡一句并冲他浅浅一笑。很少见安娜笑，她笑起来真美。安娜除了上学就在家练琴，很少出门。伊凡是少有的几个被她妈信任的男孩子，能让到家里来更是莫大的荣幸。"钢琴你不懂，但你的字写得真好，是受爷爷熏陶吗？"安娜有意讨好伊凡。"是的。你练琴，我练字。""写字也有教材吗？我的字写得太难看，像蟑螂爬。"安娜说。"练字有字帖。爷爷让我先练颜体。""什么叫颜体？"见安娜认真，伊凡解释道："颜体就是颜真卿的字体。颜真卿是唐代著名书法家，又是著名军事家，在平定安史之乱中立过大功。""你懂得真多，不像我只会弹钢琴。"得到安娜的表扬伊凡心花怒放。每次去安娜家，除了听她弹琴，都能喝上一杯安娜妈亲手冲的咖啡，是用老咖啡壶煮出来的，香浓无比。

请神容易送神难。张师傅突发疾病去世，张嫂一家成了孤儿寡母。奶奶刚表达让他们搬走的意思，球子就带了一帮人堵在门口，扬言，谁敢动他一根毫毛就让他不得好死。爷爷见状，说："张国强，不搬走也可以，但你以后要学好不能学坏，张师傅可是个本分人。"爷爷始终叫他的大名，从没叫过他球子。爷爷待人彬彬有礼，行为儒雅。每当上下班碰见邻居，都会打声招呼，微微欠身以示礼貌。大家也会问候，伊校长好！街坊邻居对爷爷都很尊重，球子哥俩虽然混，但在爷爷面前从不敢造次。爷爷有一种尊严，不是那种严厉的令人望而生畏的尊严，而是一种令人肃然起敬的温文尔雅和长者的风范。他看看爷爷，一声没吭转身带人走了。这段时间，伊凡不练字了开始练哑铃，他想尽快让自己的身体强壮起来，还拜了个师傅学武术，准备有朝一日与球子一战。

练武的地方在香坊，每天放学后伊凡都会去练上一个小时。师傅是陈式太极的传人。伊凡从压腿、踢腿、马步蹲裆一招一式练起。太极的招式绵里藏针，看似缓慢，一旦发力势不可挡。一年多下来，伊凡已有了些功夫。走路轻了，身手敏捷，总有跃跃欲试的感觉。那时，年轻小伙都喜欢摔跤打拳击，并经常凑在一起比试。一天伊凡走到家门口，看见围了一圈人在比摔跤。为首的正是球子。"秀才，过来教你两招。"球子冲伊凡喊。他平日叫伊凡秀才。伊凡白了他一眼没理睬。蛋子迎了上来把伊凡挡住。"整天练哑铃，想必是长劲了。来，跟我摔一跤。我赢了，你钻我裤裆；你赢了，我钻你裤裆。""让开，没工夫理你。"伊凡刚想走开，蛋子一把抓住他的肩膀拉开架势。伊凡顺势拨开他的胳膊，一个四两拨千斤把蛋子摔出老远。球子见状并没上来帮忙，冷笑两声说："秀才长本事了，参加我们黑山支队吧。"伊凡没回答，径直走进院子。

伊凡先是和哈利亲热一番，接着去看望那只小麻雀。在俄式洋房屋檐下有很多麻雀窝。一天，爷爷下班后在院子角落里发现一只小麻雀，羽毛还未长全。应该是麻雀妈妈死了，饿急了自己从窝里掉了出来，幸亏被爷爷发现，不然肯定被野猫叼走。爷爷亲手用小纸盒做了个窝，在里面垫上棉花。伊凡成了它的代理妈妈，每天将玉米面搓成条喂它。它张开黄色的大喇叭一样的嘴，简直就是个嗷嗷待哺的婴儿。安娜说："光喂玉米面不行，应该给它抓点小虫子什么的。"于是，伊凡和安娜就到教堂后面的草丛里抓蚂蚱，用草棍穿起来，一个个喂进小家伙的嘴里。有了肉吃，小麻雀长得很快。它先是在屋里蹦蹦跳跳，接着就飞了起来。屋里飞够了就飞到外面。伊凡和安娜以为它长大飞走了，可它在外面玩够了又飞回屋里。从未听说麻雀能家里养熟，可它却来去自如。对于这个可爱的小家伙大家都喜欢，给它起名叫"小小"，并在腿上系根红绳。只要你喊小小，它就会落在你的肩上或头上，可爱极了。

蛋子弹弓打得极准。他每天提着弹弓四处游逛，什么鸽子、麻雀，见什么打什么，有时连人家养的鸡也被他打死吃肉。一天，伊凡放学后发现小小没回来，第二天仍不见踪影。他开始到处寻找，最后，在蛋子家垃圾桶里发现一只系着红绳的麻雀腿。一股怒火冲上头顶，伊凡把蛋子从屋里揪出来指着垃圾桶："小小是你打死的？你把它吃了？""不就是一只破鸟吗？吃了怎么着？"蛋子不屑地说。伊凡一掌打在那张可憎的嘴脸上。这是他平生第一次动手打人，力量从心底发出，快得连他自己都没想到。蛋子"妈呀"一声仰面倒地，一股鲜血从鼻孔蹿出。见蛋子被打，球子抄起一把铁锹冲了上来。就在铁锹落下的瞬间，伊凡身体一缩躲过锹头，随之用胳膊挡了一下，只听"咔嚓"一声响，铁锹被挡飞了出去。伊凡感觉右臂一阵麻木。球子稍一犹豫，又抄起劈木头的斧子。此刻，伊凡与球子打红了眼，双方的目光里都喷着火焰，如同两只决一死战的斗鸡。伊凡紧紧盯着球子手中的斧头，他走起八卦步，围着球子转圈，球子手中的斧头也像时针一样跟着他转。就在球子举起斧头的一刹那，哈利突然从屋里蹿了出来。它一反平日的老态，腾空跃起，一口咬住球子拿斧头的手。球子惨叫一声斧头掉在地上，伊凡趁机上前把斧头踩在脚下。这时，大家上来把他们俩拉开。伊凡这一掌，把蛋子鼻梁打塌了，眼眶乌青。而球子这一锹把，也把伊凡的胳膊打得肿了起来，钻心地疼。

经此一役，伊凡名声鹊起。谁也没想到，平时老实巴交的他竟敢与球子哥俩动手。表面看两人打个平手，但球子心里清楚，如果空手不拿家伙，他不是伊凡的对手。也许碍于爷爷的面子，球子并没带人报复，他把仇恨记在心里。

四

　　就在伊凡准备考大学那年，一场史无前例的"文化大革命"开始了。这场风暴比以往任何时候都来得凶猛。学校开始停课闹革命，满街都是铺天盖地的大字报。由于家庭出身不好，伊凡被划为"黑五类狗崽子"，没资格加入红卫兵。别人都在轰轰烈烈地闹革命，他却赋闲在家里。爷爷起初还照常去上班，没多久，就被定为历史反革命，隔离审查。开始家人还可以送些衣物等生活用品，后来就见不着人了。一天，伊凡正在中央大街闲逛，迎面走来一群游街的队伍。前面红卫兵鸣锣开道，后面跟着一串头戴高帽，胸前挂着牌子的游街份子。他们一个个低着头，倒背着双手，被一根绳子串蚂蚱似的连成一串。这情景，伊凡在斗地主的电影里见过。高帽上写着"大地主""大资本家""历史反革命"等字样，胸前牌子上的姓名被打上一个大大的红叉。突然，一个熟悉的身影出现在眼前，伊凡几乎不敢相信自己的眼睛——他看见了爷爷。也许是挂在胸前的牌子太重，也许是有意把头低得太深，爷爷的身体像一只虾米那样佝偻着。只见他胡须花白，衣衫褴褛，表情痛苦。他两眼看着地，豆大的汗珠挂在脸上。这就是往日风度翩翩、和蔼可亲的爷爷吗？这就是那个受人尊敬、知识渊博的爷爷吗？眼前的爷爷简直就是一个乞丐，一个肮脏的老头，一个行将赴死的罪犯。

　　批斗会就地开始。先由被批斗人自我批判，轮到爷爷，伊凡听见一个沙哑的声音："我叫伊德章，出生在剥削阶级家庭，父亲是晚清的举人。我有罪，我该死，我是人民的敌人……"伊凡一时间感觉天昏地暗，心像被针刺一般疼痛。他真想上前叫声爷爷，给他擦擦汗，可他没敢出声。他看见周围无数憎恨和鄙夷的眼神，他嗅到一种紧张得令人窒息的气氛，他听到一浪高过一浪的打倒声。伊凡痛苦地跑开了。他一个人躲在墙角哽咽。是屈辱？是痛楚？是悔恨？自己为什么不敢上前保护爷爷？他真的有罪吗？他真的是应该被打倒的阶级敌人吗？生活为什么一下变得如此残酷？

　　教堂不再是清净之地室外桃园。礼拜停止了，钟声不响了，教士们四散奔走。神父没走。此刻，他一个人对着那空荡荡的教堂发呆。他的思绪飞出教堂的穹顶，穿越遥远的时空，跨过欧亚大陆，最后，像一只鸽子降落在圣彼得堡涅瓦河畔要塞教堂金色的尖顶上。这里是他的故乡。他依稀记得，自己正是从这里乘船出波罗的海来到遥远的东方。还有小广场边上那间咖啡馆，他仿佛又闻到了那香浓的味道。这里曾是普希金喝咖啡的地方，普希金正是从这里起身为心爱的妻子去决斗。然而，他自己心爱的女人在东方，在这个眼下神灵无暇光顾的国度。

　　十八年前一个初春的傍晚，年轻的神父和他心爱的女人一起亲手种下一棵丁香树，并相约，如果开出五瓣丁香花，就代表他们将生生死死不分离，是圣母玛利亚对他们命运的安排。和丁香树一起种下的还有他们爱情的种子，第二年真的开出五瓣丁香花的时候，他们爱情的结晶也来到这个世间。圣母赐给他们的是一个美丽的女婴。然而，神父与女信徒有染，绝不是一件上帝和世俗所能容忍的事情，把爱情赐予你的同时也把苦难赐予了你，就像亚当和夏娃偷吃伊甸园的禁果一样。他们只能偷偷相爱，像小偷一样去偷情。神父经常远远地看着活泼可爱的女儿，脸上流露出只有父亲才有的微笑。当安娜与其他孩子一起在教堂门口玩耍时，神父趁机拉住她的手，给她讲故事说歌谣，"丁香花，十二朵，大姨妈，来接我，猪打柴，狗烧火，猫儿煮饭笑死我……"每当这时，神父脸上都会露出孩子一样天真的笑容。如今，他要在这里与命运决斗。为自己心爱的女人和女儿，就是再苦也要坚守下去，哪怕是下地狱。

牛倌已经不养奶牛改养马了。没有人喝得起牛奶，就是喝得起也没人敢喝，会被说成是资产阶级生活方式。马能拉车运货赚钱。牛倌每天从道外滨江站装满烟叶，然后运到南岗的老巴夺烟厂。每天起早贪黑跑五趟，每趟四块钱，一天下来能挣二十块钱。去掉刮风下雨，这也是个不小的收入。牛倌是个矮胖子。说他胖应该是指从前，养奶牛那会儿营养丰富，雪白的肚腩像母牛的乳房当啷在外面。如今风吹日晒地赶车拉脚，人瘦了一圈，皮肤也晒黑了。他无父无母，三十好几仍是个光棍。

"嘿，牛。"神父一直用这种简便的方法称呼他。晨曦中，神父站在教堂台阶上喊住正赶车外出的牛倌。他瘦骨嶙峋的大手上拿着一把雕刻精美的银质咖啡壶。"这件，银的，比上次那件好。帮我换一袋土豆吧。"他又神秘地靠近牛倌，用长满黄毛的手指在银壶上弹一下，接着放到牛倌的耳边，"听，多么纯净的声音，这可是当年彼得大帝用过的东西。""还屁得大帝呢？我看它像个尿壶。"牛倌一边接过咖啡壶一边说。"现在这玩意不值钱，抄家抄出不老少，卖破烂的手上都有，"牛倌又说。"你想诓我，我知道。"神父无奈地耸耸肩，"土豆不行，洋葱也行，多的归你。"神父经常把他的库存老底拿出来托牛倌到滨江站货场换些吃的。牛倌知道，神父不光为自己，他是为安娜娘俩。配给的副食品少得可怜，每人每月三两豆油、半斤肉、四块豆腐，这些都要凭票供应。蔬菜根本买不到，供销社来一车大萝卜，一会就被抢光了，家里没有男人根本抢不着。晚上，牛倌赶车回来，神父隔着窗户向安娜家指了指，牛倌就把一袋土豆送到安娜家。在土豆上面还放着一包白糖，这是他给安娜的。

牛倌回到家，他拉上窗帘，先把今天赚的钱数一遍，接着按大小顺序一张张铺平码好，像欣赏艺术品那样静静地看一会。然后，掀起褥子把钱藏在里面。他每晚睡在钱上不仅觉睡得香，还经常做出美梦来。梦见自己娶了个漂亮媳妇，揭开盖头一看，竟然是安娜。他从床底下的箱子里摸出一罐红烧肉罐头，把馒头掰开蘸着肉汤吃。吃完，把开水倒进罐头盒里轻轻摇晃，最后全部喝光不留一滴油星。罐头盒可以攒起来卖钱。能吃上红烧肉罐头，连上帝都嫉妒。

五

伊凡现在不练字了，学都不上了练字何用？他发现读书是最无用的，真是"百无一用是书生"，那些挨批挨斗的都是知识分子。他恨自己，为什么没出生在一个无产阶级家庭，在这点上他十分羡慕球子。他拼命练拳，早晨练晚上练，如今，他的陈氏太极已到了炉火纯青的地步。球子参加的黑山支队摇身一变成了正规军，号称什么"捍卫毛主席联合总队"，简称"捍联总"。彪哥成了总司令，带着球子登堂入室，想抄谁的家就抄谁的家。球子整天在外闹革命，教堂街反倒清净许多。

一天晚上，伊凡在教堂后院练完拳，看见安娜正隔着窗户看着他。她的身体在窗纱后面形成一个美丽的剪影。安娜长大了，由一个青翠欲滴的小姑娘变成一个丰腴柔美的少女。她卷曲的浅棕色头发披散在肩上，玫瑰图案的粉红色布拉吉衬托着她婀娜的身姿。伊凡痴痴地看着她。这时，安娜推开窗向他招招手。安娜妈没在家，现在公开的礼拜没人敢做了，她只能晚上偷偷去教堂做祷告。

"你真美！"伊凡赞道。"都是妈妈当年的旧衣服，我穿正合适。但只敢在家里穿。"眼下，无论男女清一色蓝衣蓝裤，最时髦的是草绿色军装，伊凡和安娜没有也没资格穿。"怎么听不到你弹琴了？"伊凡问。"还敢弹琴？招狼啊！"是的，安娜犹如一只羊，走在街上会有无数双狼一样的眼睛盯着他。"大学考不成，你打算怎么办？"安娜问。"要么上山下乡，要么回西北找我父母。你呢？""我哪儿也去不了，妈妈在哪儿我就在哪儿。"安娜悻悻地说。"跟我走吧。"良久，伊凡冒出一句。"跟你走？去哪儿？"安娜惊愕地看着伊凡。"不知道。也许是天涯海角。""真要能去天涯海角就好了。"安娜若有所思地呢喃。"你喜欢我吗？"安娜突然直视着伊凡。"喜欢。""真心喜欢？""真心，向老天保证。"伊凡做了一个举手宣誓的动作。"我要你向圣母玛利亚保证。""对，你家是信教的。我向圣母玛利亚保证。"伊凡生硬地在胸前画了个十字。安娜闭上眼睛，双手将连衣裙解开，一个几近完美的少女胴体呈现在伊凡眼前……

两人静静地躺在沙发上。"你为什么……"伊凡欲言又止。"你是指刚才？"安娜问。伊凡点点头。"我要把最宝贵的东西奉献给我心爱的人。"安娜说。"那也不用这么急，我原打算等到进教堂穿婚纱，那时……"伊凡说。"我担心，不，我有一种预感，预感灾难将要降临，恐怕我们等不到穿婚纱。"安娜不无忧虑地说。"怎么会，有我保护你，没人敢动你一指头。"伊凡自信地亮一下胳膊上的肌肉。"没用的，你一个人的力量是有限的。这是撒旦的旨意，我们左右不了。""和你妈一样，啥时候都忘不了神。"

"上帝保佑。"安娜微微闭起双眼。她回想起前几天遇见球子的情景，小腿处不禁隐隐作痛。那是一天傍晚，安娜去药店给母亲买止痛片，母亲最近经常头疼。刚走出大门就遇见球子哥俩，想躲已经来不及了。平时很少出门的安娜，只要出门就会小心地四处张望，所以球子很少能遇见她。今天因为买药着急，安娜疏忽了。就在与球子目光交错的一刹那，她发现，那双凶巴巴的眼神里透出一种异样的东西，安娜慌忙低下头快步走开。她能感觉到，两把利剑般冰冷的目光正刺向她，后背不禁一阵发凉。见她匆匆走开，蛋子大喊一声："站住！"安娜拔腿就跑，一枚石子从蛋子的弹弓里飞出，打在安娜的小腿上，她感觉一阵钻心的疼。身后传来蛋子恶作剧般的大笑声。安娜像一只受惊的小鹿赶紧跑开了。她没敢将这事告诉伊凡。

自从那天遇见安娜，球子那颗不羁的心莫名荡漾起来。雄性激素能使他好勇斗狠，更能刺激他的肾上腺分泌，他如今的身体壮如公牛。坦白讲，他过去并没注意安娜。她只是个洋娃娃般的小女孩，再者，他们压根不是一路人。他需要的女人是凤兰那样的，躁性、大胆，带有几分狂野，而不是那种"扭扭捏捏装模作样"的女人。他欣赏不了，也没那个耐性。

凤兰是远近闻名的"马子"。再严酷的社会也会有妓女这个行当，她就是那个年代少有的，敢于靠皮肉混饭吃的女人。她生就一双丹凤眼，柳叶眉微微上挑，一对大奶子鼓胀胀地挂在胸前，天生一副风流相。她经常靠在街口的电线杆上，向过往的男性抛媚眼。一会将瓜子皮吐向空中，一会举手抓弄头发，生客会上来搭讪，而熟客则直接递个眼色，两人就向旁边的小树林走去。一次交易，块八毛钱，也可能是一盒烟或是一顿饭。凤兰来者不拒。

自从球子当上"捍联总"的头目，她就不再站大街了。跟着球子，她感觉很风光，前呼后拥，吆三喝四，不再有人敢欺负她，俨然就是一个压寨夫人。到了晚上，她使出浑身解数，把球子伺候得舒舒服服。可一旦上来脾气，柳眉倒立，凤眼圆睁，就是个母夜叉。球子真有些怕她，又离不开她。

和凤兰办完事，球子提着裤子去外面撒尿。他喜欢用尿淹蚂蚁窝。当他看见蚂蚁们在大水中挣扎，就会产生一种快感，一种征服欲的满足。他对准墙根一窝蚂蚁，将充满尿酸的黄色液体像水枪一样喷射过去。蚂蚁窝被冲出个大洞，蚂蚁们纷纷外逃。这泡尿真长，球子一颗烟快抽完了，尿还没完。"死鬼，你他妈的干墙呢？把老娘一个人晾在这儿。"凤兰在屋里大叫。"快出来，今天这窝蚂蚁多，一泡尿恐怕不行，把你的接上。"球子使劲嘬瑟两下。凤兰光着屁股趿拉着鞋从屋里出来。"我的姑奶奶，你连裤衩都不穿，不怕被人看见？""看哪，看哪？我让他看完眼睛生疮……"她两腿大大地岔开，"哗"的一声水流喷涌而出。这场滔天大水把蚂蚁窝彻底冲个精光。

安娜与凤兰截然不同。对球子来说既新鲜又陌生，就像看见一支娇艳无比而又带刺的玫瑰，喜欢但不知从何下手。其实，他顾虑的有两个人，一个是伊凡，另一个就是凤兰。别看自己人多势众，可伊凡的功夫他不敢小视，上次交手略有领教。伊凡在，他不容易得手。而凤兰一旦打翻醋坛子，自己也没有好日子过，她没准真能拿刀把自己劁了。他要想办法，想办法搬开伊凡这块绊脚石。

六

　　形势发展得越发混乱，老干部都被打倒了，整个城市处于无政府状态，各路造反派拉大旗作虎皮。彪司令对球子说："听说你和伊校长住一个院，明天以'捍联总'的名义联系'红卫兵造反团'，把老家伙押回来开现场批斗会，你看如何？"球子犹豫一下说："红卫兵能听我们的吗？再说，那老爷子对我们家有恩，我不忍心……"彪司令一拍大腿站了起来，"河深海深不如阶级友爱深。你小子有没有阶级立场？你妈给他家当佣人，他家给你们剩饭吃，连猪狗都不如，你忘了？你们不是一个阶级，只有阶级友爱才是最深的。"稍停顿他又说，"你听说没有，道里有个学生，连他自己亲妈都举报了，他妈被定了个现行反革命，枪毙了，这叫大义灭亲"。经彪司令这么一说，球子也觉得是那么回事，可伊凡……彪司令似乎看出他的心事。"会武功那小子你不用担心，我们这么多人还收拾不了他？他就是再能，也无法与无产阶级专政抗衡。"

　　批斗会那天，戴红袖标的人把院子围个水泄不通，街坊邻居都被找来参加。奶奶怕伊凡惹祸，一大早就让神父把他锁在教堂里。爷爷被人押着站在院子中央的木箱上，头戴高帽，胸前挂着牌子。奶奶作为地主婆在一旁陪斗。就在球子宣布批斗大会开始的时候，哈利这条老狗蹿了出来。它不顾一切地冲上去咬球子，险些把球子扑到。"阶级敌人竟敢放狗咬革命群众。"彪司令大喊。球子抄起一把洋镐砸向哈利，哈利惨叫一声倒地。球子上去一顿乱镐，哈利伸伸腿不动了。他让人把哈利高高地吊在老杏树上，总算报了当年被它咬一口之仇。

批斗开始，彪司令让张嫂上前发言，让她揭发伊凡家是怎样剥削她这个贫下中农的。张嫂看看爷爷和奶奶，把头低下了。"不忘阶级苦，牢记血泪仇……"在山呼海啸般的呐喊声中，张嫂鼓了鼓勇气说："我带孩子逃荒到哈尔滨，没地方住就住在他家里。""他们让你干什么？"彪司令提示。"让我帮着做饭洗衣服干家务。"张嫂答。彪司令转身问爷爷："这是不是剥削？新社会了，人民当家做主，你还敢使唤佣人？"他转过头问蛋子："他们对你们好不好？""不好。尽给我们吃剩饭，都不如他家狗吃的好。还把我们当长工使唤。" 又是一阵口号声。爷爷和奶奶痛苦地站在那儿，他们的身体在微微颤抖，脸上豆大的汗珠往下淌。"大家看，"彪司令指着俄式洋房说，"他们住在洋房里，冬暖夏凉。而贫下中农却住在下屋里，冬天冷夏天热，这不是阶级剥削是什么？""让他们搬出去，让他们搬出去。"人们高喊。这时，彪司令上前用手托起爷爷的下巴，悄声说："你还认识我吗？老校长。"爷爷困惑地摇摇头。"我是黄彪，六五届的，因为我偷了食堂的豆油，你把我开除了，没想到会有今天吧？我要有仇报仇，有冤报怨冤。"说完，他向手下使了个眼色。一个带袖标的人上前，重重地扇了爷爷一个嘴巴，一颗牙连同一滩鲜血，从爷爷嘴里吐了出来。

伊凡早已从教堂逃出躲在房顶上。当球子把哈利打死吊起来的时候，他已经忍无可忍。看到爷爷被打，他从房顶一跃而下，一掌将那个打爷爷的人打出几米远。彪司令一挥手，球子等人一哄而上，接下来是一场混战。好虎架不住一群狼，伊凡被众人按倒在地五花大绑。彪司令大喊："还不赶快把他给我押送到南岗分局去。"伊凡被以殴打革命群众的罪名逮捕。伊凡被带走之后，抄家就开始了。"红卫兵"在屋里翻腾半天，没发现什么有价值的东西。球子说："这屋里有地窖。"俄式老房子举架很高，墙很厚，带有壁炉。为防寒，地板以下有两米多深的空间，地窖就在这下面。动乱开始之后，爷爷就把他多年积攒的字画碑帖、瓷器古玩藏在地窖里以防不测。球子带人打开地窖，一股冰冷的寒气直冲上来。爷爷的心也一下变得冰凉。除字画古玩外，还发现一张由校长冯庸亲笔签名的毕业证书。冯庸何许人也？他就是张学良的拜把兄弟，东北冯庸大学的创办者。彪司令兴奋地一阵抓狂，事实证明他抄家行动的正确，功劳簿上又是大功一件。这些珍贵文物都被当作"四旧"全部收缴，那几件欧式家具因为太重搬不动，被当场劈碎烧火，原因是上面雕刻着镂花的图案。

伊凡家的东西全被扔在院子里，球子和蛋子住进洋房。胜子听说后从滨江站赶回来，指着球子说："你小子还有没有良心？你的良心被狗吃了？没有伊校长，我们全家都得睡露天地。""这叫革命，造反有理你懂不懂？"球子指着胜子嚷。"革命不是请客吃饭，不是做文章，不是绘画绣花，不能那样文质彬彬，温良恭俭让。革命是暴动，是一个阶级推翻另一个阶级的暴力行动。"球子又背诵了一段他唯一能记住的毛主席语录。现在的球子，根本不把胜子放在眼里，他就是教堂街的天。胜子帮奶奶把东西收拾起来搬进下屋。

张嫂死活不肯和球子一起住进洋房。她对奶奶说："他婶，俺那小子混，他不是个人就是个畜生。""你个挨千刀的，你还有没有良心？你多要活着非打死你不可。"她冲着屋里的球子骂。"他婶，刚才的话都是那个什么司令逼着我说的。我对不起老校长和你，革命大道理我不懂，但是做人不能不讲良心。我陪你住，我权当没有那两个儿子。"

教堂街往事

七

　　球子躲在暗处，幽灵般地向安娜家窥视。几天来，他一直重复着"小羊儿乖乖，把门开开"的大灰狼与小绵羊的肥皂剧。他把好话说尽，安娜就是不开门。有时他真想破门而入，最后还是耐着性子忍下了，这种事好像与抄家不一样。他只能隔着窗户，看着安娜的身影在屋里晃动，自己抓心挠肝地干着急。安娜大门不出，二门不迈，球子一点办法也没有。x她个妈的，球子在心里骂，就不信我治不了你。

　　他开始在安娜妈身上打主意。她就这么一个女儿，从小到大两人相依为命，她妈的话肯定能听。"阿、阿姨。"球子生硬地叫了一声。安娜妈一愣，从未见过球子这么有礼貌。"什么事？"安娜妈停下警觉地看着球子。"我想和安娜交个朋友，保证亏待不了她。""你？安娜妈不敢相信自己的耳朵。"她不理我，你劝劝她。"球子继续说。安娜妈脸色立刻变得苍白，半天才缓过劲来。"不可能。你们俩不合适，你就死了这条心吧。""我非要呢？"球子有些不耐烦。"安娜就是终身不嫁，也不可能嫁给你这种人。"安娜妈提高声音。"那你就等着瞧吧。"球子说完，恨恨地转身离去。

　　安娜是神父的私生子，这在教堂街是公开的秘密。彪司令看着愁眉不展的球子，露出一丝阴险的笑容。"想吃蜜怕被蜂蜇，想摘花又怕扎手。不过，这安娜倒是真水灵，难怪老弟……"彪司令淫邪地笑了两声。"大哥有什么好办法？"球子问。"为了你老弟，看我的。"彪司令十分仗义地说。一张"xxx是大破鞋"的大字报贴在教堂正门的墙上。这种消息，立刻像油炸臭豆腐样传遍大街小巷，本已深居简出的安娜母女变得无路可走。这不算完，彪司令鼓动红卫兵搞一次牛鬼蛇神大游行，其目的不言而喻。

神父和安娜妈戴着高帽，挂着牌子，站在教堂台阶上，背景是这座带十字架的教堂。神父没有低头，因为自己的罪过早已向主忏悔过。能得到主的宽恕，灵魂已经得到解脱。肉体的折磨与尘世的喧嚣，就像大自然的风雨雷电，仅此而已。他微微仰起头，一缕阳光照射在他消瘦的脸上。在这个洋教士的心里，唯一牵挂的就是身边这个女人。

彪司令觉得这个创意还不够味，又让球子找来一双破布鞋挂在安娜妈的脖子上，似乎这样更具喜剧效果。安娜妈深深地低着头，心里默默地祈祷着。此刻，她只能靠主的保佑来洗刷自己的屈辱。她没有勇气抬起头，身体像一个任人摆布的玩偶，只有灵魂还属于自己。与反革命相比，人们似乎更痛恨破鞋。除了打倒和辱骂声，臭鸡蛋、烂菜帮一起投向安娜妈。神父像一个手持盾牌的勇士，用胸前的牌子左遮右挡。球子见状，上去一脚踹在神父细长的腿上，神父"扑通"一声跪倒在地。接着，两个红卫兵冲上去，一边一个按住神父的胳膊使他不能动弹。安娜妈也被按倒跪下。接下来发生的一幕，使她的精神彻底崩溃了。一个人扯起她的头发，另一个拿起剃头推子，"剃鬼头"开始了。只见一推子下去，安娜妈乌黑卷曲的头发从中间一分为二，雪白的头皮像一条泾渭分明的河水。接着，剃头推子就狗嘴一样一顿乱啃。一撮撮头发被生生拽了下来，头皮渗出鲜血。"鬼头"剃完了。原本一个美丽丰韵的女子，真的鬼一样出现在人们面前。有人兴奋得吹口哨。球子惊呆了，彪司令折磨人确实有一套。看着安娜妈痛苦的表情，他心里第一次感觉有些内疚。安娜妈晕倒了，神父发出狼一样的嚎叫声，嘴里嘀里嘟噜地说着什么，没人听得懂。

午夜，安娜妈恍惚地坐了起来。她和其他牛鬼蛇神一起被关在教堂里。她熟悉教堂那古老的有点发霉的味道，就像神父身上的味道一样。过去的时光，一幕幕重现在眼前。一会是年轻的神父，一会是童年的安娜，他们变成一对天使在教堂的穹顶上飞翔。飞着飞着，他们飞出穹顶，飞进顶层的钟楼里。她沿着陡峭旋转的楼梯一步步向上攀登，她看见了那口铜铸的大钟，像一个黑色的巨大怪物。是神父在每天清晨准时敲响它，可是它已很久没响了。钟楼上到处是鸽子屎，她不小心脚下一滑，"咣"的一声撞响了大钟。两只鸽子被惊醒，啪啦啪啦地飞出钟楼。安娜，安娜，等等我。安娜妈纵身跃下钟楼的窗口，她要去追赶飞走的安娜。她在夜色中遨游，飞起来的感觉真好，身心从此不再沉重。钟声，在寂静的夜晚格外响亮，传得很远，很远……

午夜，球子被凤兰死死缠住不得脱身。安娜妈白天被 " 剃鬼头 " 的情景不时出现在眼前。彪司令与安娜家往日无怨今日无仇，他为何下如此毒手？难道真的是阶级仇？还是像彪司令说的是为自己？见球子不开心，凤兰干脆翻身上来百般挑逗。他把凤兰推开，原计划今夜要敲开安娜家的门，可凤兰这个骚娘们今晚这是怎么了……

一个黑影来到安娜家门口，他先拉掉电闸，接着轻而易举就破门而入。安娜由客厅退进厨房，再由厨房退进卧室，最后退到墙角。这个黑影像饿狼一般，三下两下就将她的衣服扒光。安娜没有反抗，也没有喊叫，始终紧闭着双眼。黑暗中，黑影觉得自己仿佛搂着块冰冷的石头。他突然觉得索然无味，简直就跟干个死人一样，远比不上凤兰来得痛快。那叫声、那癫狂劲，简直让人欲仙欲死。他有些意犹未尽，提上裤子走了。

午夜，伊凡突然一阵心惊肉跳，一种莫名的恐惧袭遍全身。心慌的厉害，喉咙仿佛被人用手掐住，他大口地喘气。伊凡，伊凡……他听见有人在呼喊他。他向四处张望，黑夜中什么也看不见。这是心灵的呼唤，只有他听得到。是安娜，一定是安娜……

午夜，神父被钟声惊醒。他不顾一切地冲上钟楼，余音绕梁，空无一人。他将身子探出窗外，接着，发疯似的跑到楼下。他抱起余温尚存的安娜妈。女人安详地躺在自己的怀里，她睡着了。两行浑浊的泪水从他瘦削的脸上流下，上帝能宽恕自己，为什么不能宽恕她呢？不，死亡是对人最大的宽恕。她从此不再有烦恼，不再有忧伤，不再有牵挂，她已化作天使飞向天国。神父笑了。他俯下身，亲吻着那安详的面颊。

八

安娜妈死后，牛倌就没再外出干活。他将仅有的几盒红烧肉罐头拿出来，他要照顾无依无靠，精神恍惚的安娜。"安娜，吃一口吧。"牛倌把一勺肉汤送到安娜嘴边。安娜面无表情，两眼直勾勾地看着窗外。她脸色苍白，像一支被霜打的百合。窗外出现神父瘦削的脸，"开门，快开门，我是偷着跑出来的。"神父凝视安娜片刻，接着在胸前画了个十字。他应该是在心里祷告什么。转头对牛倌说："牛，感谢你照顾安娜，上帝会保佑你的。"牛倌点点头。"你们……你们结婚吧。"神父郑重地说。"结婚？"牛倌显然没有思想准备，先是惊愕，接着他笑了，"那敢情好，我能照顾安娜一辈子，一辈子对她好。""上帝会保佑你们的。说定了，你去街道办个登记手续，越快越好，我要给你们证婚。"神父把挂在自己胸前的十字架摘下来："孩子，主保佑你。"说完，他把十字架戴在安娜的脖子上。

牛倌和安娜的婚礼简单而隆重。牛倌从裤子底下抽出几十块钱，买了些糖果，还托人剪了两个大红喜字贴在门口，街坊邻居全来了。牛倌把压箱底的一套新衣服穿上，脸上洋溢着新婚的喜悦。安娜穿上母亲生前最喜欢的那件粉红色玫瑰花连衣裙，苍白的脸色蜡人一般。

那晚发生的一切简直是一场噩梦，大大超出她这个少女的承受。被球子蹂躏，母亲跳楼自杀，一夜之间天塌了。她想到死。就在她几天不吃不喝，奄奄一息的时候，牛倌出现了。人在绝望的时候，一点点关爱都像清澈的甘泉，何况牛倌的爱是真诚的，发自内心的。当牛倌把热乎乎的肉汤喂进她嘴里时，她突然感受到自己一生都渴望得到而没有得到的爱——父爱。爱，给了她活下去的勇气，那颗需要呵护的心恢复了跳动。她想到伊凡，人在哪里杳无音信，就是活着，他的境遇也好不到哪去。他们是一对苦命的人。再有，自己还有资格与他终身相守吗？自己已经是个有"污点"的人，无论如何再也配不上他。如果自己死了，他会去复仇，会去找球子拼命。不，莫不如让他死了那条心，不然会连累他一辈子。还有球子，一想到这个恶魔，她就浑身发抖，他会放过自己吗？安娜错乱的神志此刻开始变得清醒。婚礼上，大家在唏嘘安娜命运的同时，也纷纷送上祝福。牛倌不失为一个好丈夫。

"小狐狸精结婚了，看你还惦不惦记。"凤兰幸灾乐祸地对球子说。球子没回答。安娜妈跳楼自杀他没想到，他没想到会把人逼死。如果她的死是因为自己……他那颗冰冷的心开始颤抖了。"哪有你好啊？你是天底下最臊性的女人。"球子强作笑颜。"真的？不骗我？我还以为那小狐狸精是金边的呢。"凤兰酸溜溜地说。也许是安娜妈死得太惨，球子突然没有了对安娜的兴趣。这样也好，正好堵住凤兰的嘴，也免得这个母夜叉整天闹。想到此，球子心中仅有的那点醋意也消失了，他还装模作样地恭喜一番牛倌。

"牛棚"蹲了一年零八个月，爷爷被放了回来。回来那天，奶奶差点认不出来他。人衰老很多，腰弯得厉害，门牙被打掉两颗，面部浮肿。不愿见人也不愿说话，整个变了个人似的。他呆呆地坐在那儿，奶奶端饭给他吃，他接过饭碗又放下了。他起身站在地中间，做出低头认罪状："祝伟大领袖万寿无疆！祝伟大的……身体健康！"他一口气上不来开始咳嗽。奶奶紧忙帮他捶背，并找出伊凡小时用过的围嘴垫在他胸前，爷爷吃饭已经不利索了。吃完饭他又说："该干活了。""干什么活啊？这是在家里。"奶奶大声说。他到院子拿起斧头劈柴火。爷爷手上出现了老茧。这是一双书法家的手，曾经妙笔生花，龙飞凤舞，气贯乾坤，如今粗糙得像一个老农。奶奶不觉掉下眼泪。他精神恍惚，全没了往日的风采。人一天天消瘦，肚子却一天天大起来。肝腹水，肝硬化晚期。儿女们从外地赶回来时老人已经快不行了。

经多方奔走，伊凡被放了回来。当他看见弥留之际的爷爷，不禁放声痛哭。处理完爷爷的后事，父亲准备带他和奶奶一起走，从此离开这个伤心的地方。伊凡不想走。他从小在教堂街长大，这里有他的童年，有他的初恋，有那么多未了结的恩恩怨怨。他藏在暗处向安娜家张望。牛倌与安娜结婚之后，就搬到安娜家住，牛倌家当了马厩。他看见，牛倌忙里忙外一脸的幸福，安娜像个公主似的坐在那儿。安娜比

025

原来胖了，虽看不出喜悦，但精神尚好，应该是生活安稳所致。一股妒忌之火油然而生。就凭他牛倌，一个养牛贩马的王老五，五短身材，满身腥膻，也配娶安娜？一想到安娜与他同床共枕，心里就针扎一样疼。真是一朵鲜花插在牛粪上。还有安娜，女人的心不好懂啊！自己才离开多长时间，怎么就变了呢？就不能等等我吗？

九

趁牛倌不在家，伊凡来找安娜。安娜问候他几句，就低头默不作声。"你图他什么？"伊凡气哼哼地问。见安娜不回答，又说："图他家庭出身好？图他有钱？还图他什么？"伊凡几乎在嚎叫。安娜抬起头："伊凡，你忘了我吧。我现在已经是牛倌的妻子，再说什么都没用。""不，我只想听听你心里话。我不明白，我搞不懂，你能解释给我听吗？"安娜沉默片刻："我妈死时你在哪里？我被人……欺负，你在哪里？我最需要你时又在哪里？"伊凡勾起她的伤心事，两行泪水瀑布般流了下来。"安娜，安娜，我不是那个意思，你别哭。"伊凡赶紧安慰。安娜开始哭，她放声痛哭。哭自己悲惨的命运，哭死去的妈妈，哭那些伊凡无法理解只有自己知道的伤心事，总之，她要把满肚子的委屈哭出来。伊凡从没见过安娜这样哭。她痛哭完之后，脸上流露出少有的平静。"你走吧，走得越远越好。你在，会打扰我和牛倌的生活，那样对他不公平。"见伊凡不回答又说："算我求你，行吗？""这么说，你现在一点也不爱我，对吗？"伊凡咄咄逼人地看着安娜。"我现在只爱我的丈夫，因为他是我孩子的父亲。"安娜腆了腆微微隆起的小腹。伊凡彻底绝望了。

他最后看一眼安娜，掉头冲出门去。

　　他一个人躲在教堂后院的墙边哭泣。男人与女人的哭法不同，默默的，泪水往心里流。伊凡两手扶着墙，把脸深深埋在臂弯里，肩膀在不停地抽动。哭够了，他擦干眼泪。他要在院里空地上打一套陈氏太极，他已很久没打拳了。他脱掉上衣扎紧裤腿，稳稳地站在地上。他深吸一口气，气至丹田，再慢慢将丹田之气运展到手上，关节在啪啪作响，指尖在微微颤抖。他大喊一声，一个千钧灌顶。随着阵阵风声，青龙出水、白鹤亮翅、玉女穿梭、麻姑献寿……他越打越快，一招一式干净利落。练毕，心里痛快了许多。

　　伊凡要走了，在走之前他要办最后一件事，那就是与球子做个了断。爷爷的死，安娜妈的死，自己被捕入狱，安娜嫁人，这一切的一切，都是他球子所为。听说伊凡回来了，球子也格外小心，出入都会和蛋子同行。他知道伊凡不会和他善罢甘休。在爷爷出殡那天，胜子特意赶回来送爷爷最后一程，张嫂也里外帮着忙活。他们似乎在替球子赎罪。

　　球子最近有些郁闷。跟彪司令不那么近乎了，爷爷的死好像对他产生了触动。张嫂和胜子已断绝与他的来往，凤兰也隔三差五往外跑。有时，凤兰从外面回来身上会带回某种味道，一股难闻的味道。"你是不是又招野汉子了？"球子黑着脸问。"你胡说什么？老娘今生今世只跟你一个。"凤兰回答。"去你妈的，骗谁呀？狗改不了吃屎，你天生就是卖 x 的货。""你敢骂我？老娘和你拼了。"球子把她按在床上一顿胖揍。

　　彪司令递给球子一颗烟。"兄弟最近怎么了？看上去情绪不高。"球子把烟点燃，狠狠地吸了两口。他看见彪司令冲着他笑，那笑容似乎在说，你个傻小子，凤兰也跟我睡，你还蒙在鼓里呢。还有那个……安娜，凭球子对彪司令的了解，他应该不会放过安娜。原来把安娜妈置于死地，他另有所图，自己只是个垫背而已。他刚想发作，随即又忍住了。他知道，明目张胆，他玩不过彪司令。"没事，只是心情不太好。""凤兰惹你生气了？"彪司令试探着问。"对。那骚娘们让我揍了一顿，整天出去跑骚。""嘿，老弟，女人如衣服，想脱就脱。不过，我想和你说点正经事。"彪司令话锋一转。"啥事？"球子问。"我们得弄钱，不能饿着肚子革命。""上哪弄？""我看你们邻居牛倌是个有钱的主。你摸清他啥时候不在家，我们去他家翻，保险能找到钱。""白天，白天他出去干活，整天不在家。""白天不行，这小子不属于'黑五类'不能明着抄家，得晚上去。""他好像今晚就不在家，听说滨江站来了批货要连夜运。""那不行，太急了，你再打听打听，看还有哪天。"

　　天一黑，球子就躲在教堂后面盯着安娜家。他看见牛倌赶着马车出门，屋里只剩安娜一个人。他断定彪司令今晚一定会出现，他摸了摸腰里的菜刀。兔子还不吃窝边草呢，你彪司令也太不讲究，不仅抢了凤兰，还惦记安娜，欺负到我头上来了。这些年鞍前马后，我球子为你出了多少力？黑山支队半壁江山都是我打出来的，今天我非……

　　突然，一只手死死地按在他肩上，没等反应过来，胳膊已经背了过去。是伊凡。伊凡已经盯了他很久，终于今晚找到机会。"害死安娜妈不够？你还想祸害安娜？"伊凡压低充满怒火的嗓音。"你别误会，我是想保护安娜，真的。"球子说。"你死到临头还狡辩，我今晚和你老账新账一起算。在这打你不算数，走，到教堂后院，我们俩做个了断。"伊凡松开球子一只胳膊。"别，伊凡。我是做过对不起你家的事，但爷爷和安娜妈真不是我害死的。撒谎我天打五雷轰。"球子发誓。伊凡冷笑一声，"我一使劲就能拧断你的胳膊，今天我非废了你不可。为爷爷，为安娜妈，为那些被你欺负的人。"

"你看。"球子突然指着安娜家低声说。只见一个黑影幽灵般来到安娜家窗下，他四处观望一阵，拨开窗户跳了进去，灯一下熄灭了。伊凡纵身一跃跟了进去，紧接着里面传来打斗声。黑暗中，两个人影你来我往。突然一声惨叫，黑影夹着一只胳膊跑了出来。球子朝着黑影把菜刀扔了过去，只听黑影"妈呀"一声，翻墙跑了。伊凡没去追。院子里剩下伊凡和球子，他们隔着六七步远对视着。黑影的突然出现，打断了他俩刚才剑拔弩张的气氛。球子也许说的是真话。伊凡心想。"你为什么要给他一刀？"伊凡问。"这小子不仗义，我想做了他。"球子答。"为女人？""是。他抢了我的马子，还想……""我不管他，你准备对安娜怎样？"伊凡紧盯着球子问。"她妈死得惨，我不想欺负一个无依无靠的人，那样我也太不爷们了。"球子答。"当真？""男子汉大丈夫，说话算话。"伊凡第一次从球子的眼神里看到真诚的目光。"只要你说话算数，我们俩的恩怨从此一笔勾销。"伊凡郑重地说。黑暗中，球子点一下头。"你快走吧。彪司令饶不了你。"球子对伊凡说。"没事。他的伤十天半月好不了，一只胳膊让我打断了。""你呢？"伊凡问。"他没看见我，还以为菜刀是你撇的呢。"球子答。伊凡看见球子笑了一下，他笑起来很难看。

十

伊凡真的要走了，火车是半夜的。他要最后再看一眼教堂街。街上静悄悄的，一个人也没有，仿佛自己已经离开了很久很久。黑暗中，教堂像童话里的城堡，高耸、神秘、还有几分恐怖。从教堂的格子窗里透出一缕昏暗的灯光，是神父。午夜，他也许正在为安娜妈的亡灵祈祷。安娜家已经关灯睡觉，此刻，她可能已在牛倌的怀里进入梦乡，他不愿再往下想。俄式洋房就在眼前，自己从小在这里长大，这是自己曾经的家。

"孩子。"一个声音使伊凡一激灵，原来是神父。神父用手指做了个安静的手势，接着把他拉进教堂。"要走了？还回来吗？"神父用慈爱的目光看着伊凡。"不，不再回来了。"伊凡答。"你是个善良的孩子，主会保佑你的。坏人终将遭到报应。中国话怎么说来着？"他略沉吟，"善有善报，恶有恶报；不是不报，时候未到。"他斩钉截铁，一字一句。伊凡点点头，反问："你呢？还会留在教堂吗？""教堂是我的归宿，我是不会走的。"说罢，神父拉住他的手，他能感觉到那只瘦削的大手在颤抖。"走吧，孩子，零点的钟声就要敲响，黎明在等待着你。"

伊凡走出教堂，快步消失在夜色中……

接下来发生的故事，是后来伊凡听说的。彪司令在家养了三个多月，好了之后，听说伊凡已远走高飞。他一只胳膊成九十度拐尺一样不听使唤。胳膊被伊凡打残之后，那颗花花心也随之凋谢了，他甚至不愿再往安娜家看一眼，怕勾起那晚的丢人事。好在伊凡已走，除安娜外，没第二个人知道。他经常纳闷，练太极的怎么玩起飞刀了？他现在关心的是钱，他打起教堂的主意。教堂简直就是一座宝库。彪司令以"破四旧"为名开始洗劫教堂。神龛被砸碎了，壁画被铲除了，能卖钱的东西全部被抢走。神父的日子更加艰难，他变得焦躁、易怒，甚至有些疯疯癫癫。

一天，彪司令宣布："南岗广场的那座全市最大的'尼古拉大教堂'已经被红卫兵拉倒拆毁，在那里要建一座'文化大革命纪念碑'。我们也不能落后，这座教堂必须拆除，让反动传教士无立身之地。"其实，他是看中了钟楼里那口铜铸的大钟，还有塔尖上的金色十字架。他听人说，那上面能刮下来一百两黄金。数吨重的大钟把他难住了，一伙人费了九牛二虎之力，硬是纹丝未动。有人出了个主意，砸！砸碎了一块块拿走。他让人找来十八磅大锤，几个壮汉轮流砸。每砸一下，大钟都会发出痛苦的呻吟，开始声音还很大，慢慢变得沙哑，最后不响了。神父抱着头痛苦地在教堂里打转，每砸一下大钟，都好像砸在他的头上。他那双灰色的眼睛里，充满愤怒和绝望。他嘴里喊着："撒旦，魔鬼撒旦。"

彪司令仰头看着塔尖上的十字架。阳光下十字架闪着金光，这光芒刺得他睁不开眼，他恨不能像鸽子一样飞上去。凤兰也在一旁抬头看。她如今已是彪司令的情人。她咂了咂嘴说："这要把上面的金子全刮下来，能镶多少颗金牙啊？一万颗？"见彪司令没理她，她推了他一把："听见没？到时候给我镶满口的，满口金牙那该多牛！""金牙，金牙，你就知道金牙。我在发愁怎么上去，谁他妈修的教堂，咋弄上去的呢？""去，把那个洋鬼子给我弄来。"他对手下说。几个人把神父押过来。神父仰起头对天画了个十字。"你要能告诉我怎么把十字架拿下来，我就放了你。"彪司令对神父说。"那是天使放上去的，你们没有翅膀，不可能得到它。"

神父答。"放你妈个洋屁，我今天非要把它拿下来不可。"球子在一旁发话了："去，找根大绳子，顺着塔楼外面的梯子爬上去"。"那也够不着啊，离上面还有好几米呢。"蛋子为难地说。"笨！把绳子挽个圈，撇上去，套在尖上，下面大伙一起拽，就不信拽不下来。"球子说。"这主意好。"彪司令赞许地看他一眼。

球子对蛋子说："把咱家那捆黑胶皮电缆线拿来，又长又结实，麻绳恐怕不行。"蛋子背着电缆线爬上塔楼，扔了几次，还真把十字架套住了。神父紧张地闭上眼睛，心中不停地祷告。球子告诉蛋子，你先别下来，把缆线头扔下来就行。大家一字排开。球子对彪司令说："你站在前面喊号，我在后面当砣，弟兄们一起使劲拉准行。""好。刮下来金子，请弟兄们喝啤酒。"彪司令兴高采烈地站在头排。"一、二、三……"随着号子声，十字架开始倾斜。这时，天突然暗了下来，狂风骤起，乌云翻滚。"快，来雨了，再使把劲。"彪司令大喊。十几个人一起用力。一道电光闪过，"咔嚓"一声炸雷，十字架飞向天空。它在空中划出一个大大的弧线，如一道金色的彩虹。就在人们惊奇之时，它突然利剑般从天而降，随即是一声沉闷的巨响。神父睁开眼睛，他看见彪司令被巨大的十字架压在下面，血肉模糊，面目全非。球子像一尊塑像直挺挺地站在那儿，手里的电缆线还刺刺冒着蓝火。大雨倾盆而下，人们惊呼着四散逃窜，上帝显灵了！从此，没人敢再靠近教堂。它被保留了下来。

十一

时光飞逝。许多年以后，伊凡以一个人文学者的身份回到故乡。他看见了教堂高高的尖顶，伊凡的心不由得加快了跳动。他仿佛又回到四十五年前那个漆黑的夜晚。安娜还在吗？神父应该早已去世，还有牛倌、蛋子……时光已经抚平了昔日的创伤，如果球子依然活着，自己还会恨他吗？应该和自己一样已经是两鬓斑白的老人，大家都是那个年代的牺牲品。但是，人性和良知并没有泯灭。胜子、张嫂还有那些善良的人们，他们之中是否也应该包括球子？伊凡十分怀念神父，那个记忆中瘦瘦高高的洋大胡子。

教堂街如今叫革新街。昔日的景象早已不在，洋房一处也没有了，两侧是一排排六七层高的居民楼，街道变成了农贸市场。听说，牛倌是较早富裕起来的那批人，开了几个饭店，生意兴隆。伊凡走进街口，他像一个普通逛市场的老人，东瞅瞅西看看。他来到一个杀活鸡的三轮车前，一股开水烫鸡毛的味道迎面扑来。"活鸡怎么卖？"他问那个杀鸡的老头。"杀好剃光，十八块一斤。"老头答。伊凡这时看见鸡笼旁还有一笼鸽子。问道："鸽子也卖吗？""卖。现杀现烤，正宗的黄泥烧鸽子。"老头指了指身后的炉子。伊凡仔细打量卖鸡的老头。"鸽子怎么杀？"他问。老头似乎对这个问题感到很惊讶。他做了个揪东西的动作，说："揪头呗。杀鸽子不像杀鸡，没有抹脖的。"他老了，蛋子老了，但杀鸽子的方法没变。

伊凡站在"牛记"饭店门口。这里过去应该是牛倌家养牛的地方。"吃饭吗？大爷。"一个小服务员问。"不吃饭，想找你们老板。"伊凡答。"二叔，有人找你。"一个白胖的中年人从里面走出。"我找牛倌。对不起，真不知他的尊姓大名，但是老熟人了。你是他儿子？""没关系，都这么叫，大名真就没人知道。我是老二。您是……"是安娜的儿子，眼珠发黄，那是第二代混血儿的特征。"你哥哥现在做什么？"伊凡问。他似乎对老大更关注一些。"他是个画家，专门画油画。教堂里好多画都是他画的。"

　　顺着老二的指点，他来到教堂广场上。牛倌早已退休，生意交给两个儿子打理，自己享受天伦之乐。在一圈打扑克的人中，他发现了牛倌。人老了，更胖了，剃个光头，像一尊大肚弥勒佛。此刻，他正把扑克牌举得老高，玩兴正酣。伊凡暂时没打扰他。他将目光转向教堂，他看见一个穿大花布拉吉的俄国老太太在逗小孩玩。"丁香花，十二朵，大姨妈，来接我，猪打柴，狗烧火，猫儿煮饭笑死我……"还是那首童谣，安娜已不是当年的安娜。老年的安娜，混血的特征更加明显。她发福了，衣裙下难掩松弛的赘肉，皮肤变粗，毛孔增大，一个典型的俄国玛达姆。伊凡久久地看着她，时空变换，岁月穿梭，一个清纯美丽的少女又浮现在眼前……

　　教堂现在已没有宗教功能，是一座宗教艺术博物馆。伊凡买了张门票，走了进去。教堂里空无一人，只有他一个游客。依然是那古老的有点发霉的味道，高高的穹顶，旋转的楼梯，斑驳的壁画……时光仿佛倒流，把伊凡一下带回到童年。神父在哪里？他说过永远不会离开教堂。他在的，一定在的，伊凡已经感受到了神父的气息。过去神龛的位置，现在是一幅巨大的壁画，应该是教堂修复后画上去的。壁画内容是耶稣受难，与以往耶稣受难的痛苦表情不同，画中耶稣神态安详，头微微仰起，一缕阳光照射在他那瘦削的脸上……

看海人

一

　　一大早，马三坐在用彩钢板搭成的简易房门口抽烟。眼前是一片礁石突兀的沙滩，海水正从礁石间的缝隙涌上来，涨潮了。他揉了揉惺忪的眼睛，睡意似乎还没有消散。他使劲抻了个懒腰，竟放出一声响屁。昨晚的海带炖豆腐吃多了，这屁有一股子豆腥味。老黄狗被这一声巨响和异味惊醒，它眯起眼睛看一眼马三，接着又闭上了。意思是说，我并没真睡，警惕性高着呢。马三进屋扯了块手纸，冲老黄狗喊一声："撇条去喽。"接着，就躲在海边礁石后面。马三老家在河南农村，当地管上厕所大便叫"撇条"。老黄狗能听懂啥意思。马三刚脱下裤子蹲下，它就冲着马三屁股翘起一条后腿。马三赶紧挪了个窝，嘴里骂道："你个狗东西，往哪儿尿？"

　　这一带海岸人烟稀少，只有老黄狗陪着他，整天面对大海潮涨潮落甚是寂寞。除了与老黄狗说说话，最大的乐趣就是听收音机。他刚打开收音机，屋里的对讲机却响了。是王胖子。王胖子是这片海域的承包人，俗称"包海的"。马三给他打工看海，工资每月一千块钱。"你个 x 养的，昨晚是不是睡着了？狗那么叫也没看你亮灯起来。"王胖子不骂人不说话。他有钱，有钱就可以骂人。现在海参鲍鱼等海珍品价格飞涨，这海底简直就是银行，捞上来的全是红红花花的钞票。王胖子霸道，手下养着一帮凶神恶煞的打手，个个晒得黑不溜秋，剃着马蛋子（光头），赶海的落在他们手上，除了罚款，还得打个半死。当着王胖子面，马三从不还嘴。在外打工，除了挣钱，就图个平安。他抬起头，看着远处的山顶，此刻，王胖子可能正拿着他那架俄罗斯产的高倍望远镜看着他。"老板，昨晚没听见狗叫啊，是不是驴叫？你听错了。"马三争辩道。"放屁！狗叫驴叫我听不出来？你给我精神点，丢了海货，我扣你的工资。"王胖子恶狠狠地说。马三关掉对讲机。"日你个八辈祖宗，不就是有两个臭钱吗？有钱你就是大爷？呸！"马三冲着山头一顿臭骂，骂完心里舒服了。这是他的精神胜利法，每次都把王胖子骂个狗血喷头，鸦雀无声。

马三从小家穷，四十好几还是个光棍，一晃从老家出来打工五年了。他什么苦都吃过，在货场当过搬运工，在劳务市场站过"大岗"。如今，看海虽然挣得少点，但清闲不累，就是寂寞，有时真想找人说说话。再有就是看不见女人，这种滋味真难受。白天还好过，到了晚上，抓心挠肝，憋闷难耐。老黄狗还是个公的。可气的是，拉屎撒尿它都跟着，有尿没尿都要抬一下后腿儿，仿佛在与马三抢地盘。马三年轻时喜欢过同村的二丫，可家里穷，给不起二丫她爹要的彩礼钱，只能眼睁睁看着二丫被邻村的喜旺娶走。后来，他和村里的李寡妇搞过两回，以后再没碰过女人。

太阳渐渐升了起来。海边日头毒，马三穿上那件已经掉色的蓝上衣，戴上那顶破草帽，站起身向四下张望。他知道，王胖子随时都在山顶"炮楼"上用望远镜监视着他。这时，远处出现几个骑自行车的身影，马三睁大眼睛。三男三女。只见他们把自行车停在路边，每人背着个肩包向海边走来。"喂，干什么的？"马三冲着他们喊。"洗海澡。"其中一个女的大声答。"这海承包了，不让游泳。"马三装出一副管事的面孔。"东港填海不能游了，这块又承包了，老百姓连个游泳的地方都没有。"一个年龄稍大的男子抱怨。"别处我不管，反正这儿不让游。"马三说。"不让游？凭啥啊？海是你家的？我们只游泳不赶海，凭啥不让啊。"还是刚才那个女的，看样这娘们不是个善茬子。"谁知道你们是游泳还是赶海，反正老板说了，不许外人靠近。你们去别处游吧。"马三自知理亏。"老板，把你们老板找来，不行我们去市政府，找市长评评理。"就在马三有些招架不住时，对讲机响了。"老板，他们是游泳的，怎么说也不走，还要找市长。你看咋办？"马三把球踢给王胖子。王胖子在望远镜里看得一清二楚，这些人确实像游泳的。"让他们游吧，但你可看住了，有人赶海，立马报告。"

　　这伙人打开肩包，把泳帽水镜等游泳用品拿出来，接着就开始脱衣服。海边没遮没挡，光天化日之下，他们旁若无人。男人简单，用块浴巾把腰间一围，三下两下就换完了。其实男人怎么换马三不感兴趣，他两眼紧紧盯着那三个女人。他还是头一回大白天看女人脱衣服。只见她们将一个大裙子从头上套下来，只露个脑袋。大裙子应该是用家里旧床单被面之类改的，专门用在海边换衣服，花花绿绿，五颜六色。别看刚才那个女人说话厉害，她可是三个女人中长得最漂亮的。那鼻子眼睛还有圆圆的脸盘，使马三想起当年的二丫，二丫现在也应是这般年龄。那女人嘴里一边哼着歌，手一边在裙子里面动作，仿佛在演驴皮影。看得马三心突突直跳，恨不能生出一双透视眼。只见她脱下衣服叠好放进包里，再脱就是内衣了。她停下来，从包里拿出一个白色塑料袋。就在马三纳闷的时候，突然红光一闪，一件粉红色的胸罩蝴蝶般从裙子里飞出来。一股热血往上涌，马三有些晕。那一层薄薄的裙子下面应该是一对赤裸的乳房，他几乎能看见那凹凸的曲线。女人突然发现马三在看她，"喂！没见过女人换衣裳？小心眼睛生疮。"她一边大声警告，一边把胸罩放进塑料袋里。马三立马扭过头，装作看大海，可眼睛还是不停地偷着瞄。他瞄见一条粉红色的小裤衩从那女人腿上慢慢褪下来。这一刻，马三真的要晕过去了。

寂静的海面热闹了起来。原来这些人都是冬泳队的，个个水性极好。他们鱼一样在水中游着，一会蛙泳，一会仰泳，有说有笑。马三和老黄狗趴在岸边石头上看眼儿。游够了，他们上岸更衣。那女人从肩包里拿出一个塑料桶，拧开盖往身上浇水。她先洗了洗头，接着用手撑开游泳衣的领口，把水从上面灌下去，手还不停地在泳衣里面划拉。马三看见泳衣下面耀眼的白肉，这简直就是看女人洗澡嘛。城里女人就是开放，换在农村非得让人戳烂脊梁骨不可。那女人的身子真白呀，就像笼屉里刚蒸熟的馍。马三的喉结下意识地动了一下。女人早就看见马三在偷看，这回她没出声。换完衣服她走上前："这位大哥贵姓啊？"马三紧张得有些结巴："免……免贵姓马。""他马大哥，给你添麻烦了，往后我们天天来，这儿的水真清。不过，千万不要乱看呦，小心看进眼里拔不出来。哈哈……"马三被臊了个大红脸，紧忙说："只要老板同意，你们爱咋游就咋游。"其实，马三压根就没想撵他们走。既然王胖子表了态，他乐不得他们天天来。

二

第二天，马三比往常起得早。他刷牙洗脸，还对着门后的小镜刮了胡子。他换上那件二狗复原时送他的绿军装，虽没领章帽徽，但也显出几分英武。老黄狗好奇地围着他屁股转，老马今天怎么了？打扮这么精神？他照老黄狗屁股踢一脚，今天你别跟着我，看你个邋遢样。他不时向远处路口张望。几个骑车的身影终于出现了，五辆，唯独没有那个女人。马三突然有一种莫名的惆怅，一大早所有的期盼全都落空了。"老马，早上好！"其中一个男子和他打招呼。"啊，啊……"他没精打采地支吾两声。"怎么不见昨天那位大姐？"他实在忍不住问。"你是说玉华？她这两天有点事不来了。"她叫玉华，多好听的名字。马三把这名字深深记在心里。大家对马三都很客气，因为这是他的一亩三分地。刚才那位男子还掏出支"红塔山"给他抽。说话间，马三知道他叫李刚。马三平时卷旱烟抽，旱烟有劲，抽着过瘾。主要是这带过滤嘴的烟卷太贵，他舍不得买。可今天的好烟却怎么也抽不出味来，他索性进屋。她没来，这游泳还有什么看头？

玉华连续几天没来。马三吃不香睡不稳，人还有些烦躁。他破天荒地在对讲机里跟王胖子顶了一回嘴，王胖子气得说要炒他鱿鱼。玉华怎么了？她病了？他想知道但不好意思问。夜晚，马三一个人躺在海边小屋里，海浪拍打岸边发出"哗哗"的声响。一缕皎洁的月光透过窗户照射进来，白白的淡淡的，像下了一层霜。月光照在墙壁的挂历上，那是去年的挂历，他舍不得换掉，因为封面的女电影明星长得像二丫。是她，陪伴他度过无数个难熬的夜晚。慢慢地，挂历上的二丫变成了玉华，她从画中下来向他走来，轻轻钻进他的被窝。小时候就听大人讲过画中人的故事——每当月圆之夜，画中的美女就会从墙上下来。那故事太美好了，每当想起这些，马三冰凉的被窝就会温暖起来……

第四天早晨，伴随一阵车铃声，玉华来了。不等马三回过神，玉华已到眼前。"马大哥，几天不见怎么瘦了？"玉华爽快地问。"我……"他张张嘴，一肚子心里话到嘴边又咽了回去。"你咋了？病了？"马三关切地问。"没，就是……有点不舒服。"玉华突然脸红了起来。她没再理会马三，照样脱衣服下水。马三又坐在礁石上看玉华游泳。玉华游得真好，一会自由泳，一会仰泳，简直像条美人鱼。玉华体态丰满，游仰泳时两个乳房小山包似的露出水面，小腹和两条大腿在水中时隐时现。就在马三看得入神时，王胖子在对讲机里叫他，让他骑摩托去买条烟送到山上。马三不情愿地说："他们在海里游泳，我得看着，让别人去吧。"王胖子一听就火了："平时你没事找事往商店跑，现在让你去又推三阻四，是不是看娘们洗海澡看上瘾了？"王胖子这一骂，马三不得不赶紧去。等他回来，玉华他们已经走了。他想送给玉华一包干海带，是他精挑细选出来的，全都有一拃宽。听说女人吃海带好，补筋骨。

第二天玉华来了，他反倒不好意思把海带送给她。六个人，唯独送玉华海带，别人怎么想？再说，平白无故，她会收一个大老爷们送的东西吗？思来想去，没敢把海带拿出来。马三犯愁了，原来送礼还有这么大学问。可这礼送不出去，他心里憋得慌，成了他一桩心事。他想趁没人时单独给玉华，可他们一起来一起走，根本没有机会。最后，他把一草包海带全倒出来，挑了一些打成五捆，但都没法和玉华那捆比，只有那捆又宽又厚。他有些心疼，这些海带够他一个人吃半月的。等他们游完泳，马三说，这么长时间大家都挺关照，备了些海带送给大家。还说是自己下海捞的，纯天然绿色。其实马三根本不会游泳。他特别把那捆好的放到玉华手里，说："你这捆拿好，别和他们的混了。"说完还使了个眼色。玉华好像没听懂，接过海带随手递给李刚，"放你车上一起驮着吧。"马三有些急："别混了，上边那捆是你的。"大家对马三表示感谢，说老马真是热心人，这样的朋友可交。从此往后，这个给马三带几个鸡蛋，那个给马三带几个包子。可谁的东西都不如玉华送他的金贵。玉华送他一件毛衣，虽说不是新的，但是手工织的，没准还是玉华亲手织的呢。马三心里这个美，没事就穿上照镜子，比试够了，板板正正地叠起来，压在枕头下面。现在穿有点早。自从玉华来了，马三每天开始洗脸刷牙，不再邋邋遢遢。还拿铁锹把礁石上的野屎清理干净，并警告老黄狗，以后不许随地大小便。老黄狗莫名其妙地看他一眼，心想，为什么呢？

　　大家混熟了，换衣服时也就没人在意马三看不看，马三也变得大方起来，不再偷偷摸摸。一个星期天，玉华他们来得晚点，太阳已经升得老高。现在看玉华换衣服，马三已没有那般急色鬼的感觉，反而是一种享受，是一道养眼的风景。游完上来，玉华照例冲水洗澡换衣服。她转过身面对大海，背对着马三。由于身上水没干，裙子紧紧黏贴在身体上，在阳光照射下，玉华的身体清晰地呈现了出来。背部轮廓曲线优美，玲珑剔透，圆润丰满的屁股像一轮明月，隐现在薄雾般的裙纱里。马三惊呆了。他无法用语言来形容，但绝对是他一生中看到的最最美好的东西。夜晚，马三又美美地温柔了一回。

三

　　转眼秋凉了。马三迫不及待地穿上玉华送他的毛衣。正是海蜇丰收的季节，岸边经常会有大大小小的海蜇漂过来。他用一根长木杆做了个网抄子，站在齐腰深的海水里，把靠近岸边的海蜇捞上来。除自己吃，他每天都给玉华他们装一塑料袋。鲜海蜇用水浸泡洗净后切成丝，捣点蒜泥，拌点香菜，配上陈醋花椒油，吃起来咯吱咯吱的，口感好极了。玉华说，她就爱吃这口。玉华爱吃，马三就捞得起劲。可王胖子却把他臭骂一顿。"你吃饱撑的？他们给你什么好处，你给他们捞海蜇？以后不许随便捞。"马三说："没特意给他们捞，是我吃不了给他们的。"王胖子一听就火了。"吃不了？就是烂成水也不许给人。你说了算？"马三也不高兴了。"海蜇是大海里漂来的，又不是你家养的，凭啥不让捞啊？"马三最近有点胆肥，敢顶嘴了。"漂到我包的海里就是我的，我不让捞看谁敢捞。"王胖子瞪着马三吼道，还一脚把马三的网抄子踹断了。马三气得青筋暴跳，恨不能冲上去揍王胖子一顿，转念一想他忍了。

　　"马大哥，不让捞咱就不捞，早市上收拾好的才一块钱一斤。几个钱啊？不就是图个乐。"让玉华这一说，马三不仅心里的气消了，还感到暖烘烘的。玉华说话就是中听，谁娶了这样的媳妇真是祖上积八辈子德啊！马三在心里感叹。玉华的男人啥样呢？她有男人吗？她会不会还没结婚？马三的心里突然荡漾起来。他想起那天玉华说话脸红的样子，心里美美的、暖暖的，仿佛是自己什么人似的。后来，玉华每个月都有几天不来，他好像明白了是女人那点事。等到玉华再来的时候，马三就会提前用红糖熬好姜汤，等玉华从水中上来热乎乎端上一碗。怕玉华介意，特意说，天凉了，有些感冒，自己熬多了喝不了。他还象征性地让让别人。玉华使马三那颗冰冷孤寂的心有了念想。每晚他都期盼着天早点亮，然后望着路口，直到远方出现骑自行车的身影。有几次，他们没来，马三失落得一天都没精打采。

　　秋天，海水清澈透亮。一群群墨绿色的小棒鱼在水中往来穿梭，像一群追逐嬉戏的孩子。偶尔，一条银亮亮的鲅鱼跃出水面，"啪"的一声激起水花，海面上就形成一圈圈涟漪。正是甩鲅鱼的季节。钓鲅鱼与其他鱼不同，不是把线抛出去等鱼咬钩，而是快速拉动鱼线，鲅鱼就会追着鱼饵咬，所以叫"甩鲅鱼"。马三一天能甩十几斤。他挑大的收拾干净使上盐，用铁丝穿起来晾鱼干。咸鱼就饼子可是一流的美食，他要攒起来冬天给玉华吃。自从看过玉华的身体，马三在心里就把玉华当成了自己的女人。当年和二丫只拉过一次手，和李寡妇虽说干了那事，可黑灯瞎火急三火四，连衣服都没脱。玉华是他有生以来看过的第一个女人，不是自己的女人咋能看身体呢？

　　一天，马三正坐在礁石上看玉华他们游泳，突然听到有人喊："玉华被海蜇蜇了！"马三"腾"地一下站起来，只见李刚他们几个人围着玉华，旁边漂着一个篮球般大小的海蜇。别看海蜇没嘴没牙，但它头部的须子却有毒，海蜇越大毒性越大。马三曾被蜇过一回，皮肤针扎一样疼，胳膊上立马起了大红檩子，像被皮鞭抽了似的，严重的人会呕吐，需马上送医院。马三急得差点往海里跳。他赶紧跑到岸边，帮大家把玉华拖上来。只见玉华表情痛苦，不停地呻吟。她两条大腿已经被海蜇蜇得通红，眼看就肿了起来。岁数大的老王说："老马，你屋里有醋吗？赶紧拿来，用醋搓能减轻毒性，最好用嘴吸，把里面的毒拔出来。"马三掉头跑进小屋拿出一瓶醋，全都洒在玉华大腿上，他俯下身就要用嘴吸。玉华突然用手挡住马三的脸："不，让李刚来。"马三这才注意到在一旁焦虑的李刚。他有些惊愕地看一眼李刚，老王说："还是让李刚来吧，他是玉华老公。"

马三愣愣地跪在地上，大脑一片混乱。李刚？玉华老公？自己怎么一点察觉也没有？李刚用嘴在玉华一条大腿上吸着，另一条腿快速肿了起来。顾不了那么多了，马三一声没吭低头吸起另一条腿。他把带有酸酸咸咸味道的液体吸进自己嘴里，吸满了再吐出去，他要抓紧时间尽量减轻玉华的痛苦。马三一口接一口地吸着，他贪婪地吮吸着带有玉华身体气息的毒液。这一招还真灵，玉华红肿的大腿颜色变淡，肿胀有些消退。老王说："快给玉华披上衣服送医院，快！"荒芜的海边，一辆汽车的影子也没有。李刚说："打120叫急救车吧。""急救车来得猴年马月！"马三焦急地说。他突然想起自己那辆破摩托。他对李刚说："你在后座抱紧玉华，我骑摩托送她去医院"。那可太好了，大家一起说。这时屋里的对讲机响了。马三没理会，"轰"的一声加大油门，土道上扬起一溜烟尘。

四

等马三从医院回来，王胖子带着几个人在等他。"你给我滚吧！不用你了。看你平日老实巴交的，心还挺花花，那娘们是你什么人？""不用就拉倒，我还不干了呢。不过你说话嘴干净点，别那娘们、娘们的。"马三噘着红肿的嘴唇说。海蜇的毒全吸到他嘴上，嘴肿得像猪。"嗨！你个马三，嘴都肿成这样了还护着那娘们。看你在这儿干那么长时间的分上，我不和你计较，换别人非打断他腿。"王胖子指着马三说。"滚吧！这月的工资一分没有。"马三二话没说进屋收拾东西。

几天后，玉华带着一兜水果来感谢马三，从屋里出来的是个老头。"马……马大哥他哪去了？"玉华问。"被老板开除了，我接他的班。"老头答。"东西都搬走了？这才几天。"玉华向屋里张望，希望马三过几天能回来取东西啥的。"这人也真怪，啥都不要了，就带走一件毛衣，还有墙上那本旧挂历。"老头不解地说。墙上挂挂历的地方一片空白，屋里一下显得空荡荡的。"您知道他去哪了吗？"玉华问。"不知道，听说回河南老家了。具体是哪儿不清楚。"老头答。

自从马三走后，玉华他们再没来这里游泳，老黄狗也不见了。冬天来了。刺骨的北风呼啸着，海浪翻着白花拍打着岸边的礁石，一片肃杀的景象。马三经常坐在上面看玉华游泳的那块石头，被涨潮的海水淹没了一半，从侧面某个角度看，像一个坐着的人形。他久久地凝视着海面，一动不动。

马丽的婚姻

一

马丽对着镜子看自己。乌黑卷曲的大波浪头发，白净的脸庞，弯弯的眉毛下是一双水汪汪的大眼睛。多么美丽的一张脸啊！她在心里偷偷地赞美着自己，接着有些不好意思地笑了。脸颊上立刻呈现出一对浅浅的酒窝，彩云一样的红晕随即弥散开来，宛若一抹初升的朝霞。她经常这样欣赏着自己，特别是这回烫的大波浪卷发，更使她焕发出迷人的光彩。桂香第一眼看见就大叫了起来："太像《英雄虎胆》中王晓棠扮演的阿兰小姐。"那天参加桂香的婚礼，自己这个伴娘，差点喧宾夺主，抢了人家新娘子的风头。

她羡慕桂香，甚至是嫉妒。多好的命啊，一下就嫁个高干子弟，人家可是警备区司令的儿子。警备区司令，兵团级，相当于大军区副职，比军级还大呢！她本来对部队军衔一窍不通，自从桂香和司令儿子谈上恋爱，她也对这些官衔明白了起来。什么大军区正职坐红旗，副职坐吉姆，军职坐伏尔加，师职坐上海，团职坐吉普，等等。

桂香第一次带她进警备区大院感觉是入了皇宫一般。左一道岗，右一道哨，一幢幢小楼，高墙深院。连警卫员做饭的都穿着军装，真是叫人羡慕死了。同人不同命啊！马丽叹道。她觉得命运对自己不公平，凭什么自己就该吃苦受穷。姐妹三人都老大不小，至今还挤在一间八平方米的小屋里，父母那么大年龄了还要睡阁楼，而人家却住着楼上楼下整整一栋楼。特别是那天她和桂香下班等公交车，等了一辆又一辆，人挤得根本就上不去。正在她俩一筹莫展的时候，一辆伏尔加牌小轿车悄然而至，把她和桂香接走了。她感觉等车的人们都在用无比羡慕的眼神看着她们，似乎在说：肯定是哪个大干部家的小姐或儿媳妇。

轿车开起来如一阵风。车窗挡着黑色的纱幔，这一层薄薄的窗纱仿佛是一道屏障，外面的世界瞬间变得朦胧了起来。马丽感觉座椅是那样柔软而舒服，身体随着汽车颠簸起伏，人仿佛飘了起来。这是她平生第一次坐轿车，她只能和自己想象中的轿子比较——那顶在梦中坐过的红色大花轿。她闭上眼睛，任由这飞起的轿子将自己抬向天空，如腾云驾雾，心里美美的、飘飘的，些许眩晕，些许迷茫……

桂香结婚的前一天，马丽向爸爸要了三块钱，一狠心去了市里最高档的红星理发馆。理发师傅问她："姑娘，是剪头还是烫头？""烫头，但不要那种普通的羊毛卷。""那你要什么样的？"师傅不解地问。"我要大波浪的，像电影里王晓棠的那种。"满屋的人不约而同将目光转向她。师傅为难了起来，真没烫过那样的，"要不我请示一下领导？""烫个头还要请示领导？又不是不给钱。""哦，我明白了，你一定是个演员，要化妆演节目。那好，不过烫那样的头可贵呀。""再贵三块钱总够了吧？""这可是红星，三块最多烫羊毛卷。你说的那种怎么也得五块钱。"五块？自己一个

马
丽
的
婚
姻

学徒工，每月工资才十八块钱，这烫个头就要五块？跟爸爸要三块钱费了多少口舌？保证下月上班不坐车，还要多吃几顿咸菜。可一想到桂香的婚礼，那可是在警备区大院啊！马丽狠了狠心，把自己准备买饭票的两块钱也掏了出来。

婚礼那天，全场的目光与其说是看新娘子，不如说是看她这个伴娘。她能感觉到那些穿着军装的男人们看自己的眼神——看一眼，目光就迅速挪开，如触电一般，想看又不好意思看。然而，就这一眼传递的信息却是复杂的，有男人对女人美丽的欣赏，有爱慕的传送，有的则是对异性的冲动与渴望，瞬间的一瞥如锋利的刀刃直至肌肤。马丽的脸一下红了。她如一头置身于群雄当中的雌鹿，吮吸着由周围发出的带有浓烈雄性荷尔蒙的气息。这种气味原始而敏感，她明显嗅得到，但不是用鼻子。那天，马丽有了公主般骄傲的感觉，而不是一个灰姑娘。

二

马丽是三姐妹中最漂亮的。父母容貌上的优点被合理整合排列在她的脸上。听妈妈说，怀她那年，春天花开得格外美丽。大姐马华是个小学老师，性格平和而恬淡。除了在学校里忙，回到家就埋头给学生批改作业，很少说话。老三马英是个情窦初开的小姑娘，长相居两位姐姐之间，但性格活泼、开朗，有啥说啥。

看见二姐又在镜子前摆弄着大波浪卷发，就凑近了说："二姐，你烫这么贵的头发给谁看啊？周平哥也没回来，该不会想另攀高枝吧？""老三，我告诉你，攀不攀高枝是我自己的事，我又没把自己卖给谁，你管好自己就行了。""人家周平对你多好，不是他你能留城……""行了，行了，别管闲事。"没等马英把话说完，马丽就不耐烦地把话打断。

最近一提起周平她就心烦。论人品，论才华，他都没说的，对自己也是真好。可是谁让他出生在那样一个家庭呢？能跟他受一辈子罪吗？他一个大资本家的出身就够呛了，还外加一个海外关系。听说他有个叔叔在台湾，是国民党上校，现在又去了美国。美国可是头号帝国主义啊！知青们都已返城或保送上了大学，唯独他还一个人留在农村那片广阔的天地。

他的命比自己还不好。他似乎认命。上中学时，老师和同学都选他当班长，可报到校革委会就给拿下来了，还是那个可恶的家庭出身。没办法，老师只能让他当体育干事（班干部没这个编制），实际还让他喊起立、坐下、立正、稍息等，做该班长干的事。宣布班干部那天，老师特意把他叫到门外对他说，你虽然当不了班长，但你一直是老师心中最好的学生。听完老师的话，他哭了。哪个老师不喜欢好学生呢？即使是在那个年代，老师终究是老师。

马丽是班里的文艺委员，唱歌跳舞参加宣传队耽误不少课。考试前，周平就成了她的专职家教，经常到家里来给她补课，和三姐妹自然很熟。大姐马华经常说，周平这孩子仁义、懂事，学习又好，将来准错不了。听到这些，马丽脸上就会一阵发热，接着泛起红晕来。老三马英就会说："二姐，看你脸红得跟喝了酒似的。""一边去，你小孩懂个啥。"

中学很快就毕业了，接下来就是上山下乡。周平问她："你准备去哪里？是去黑龙江生产建设兵团，还是插队去青山沟？""我哪儿都不想去，我想留城。"马丽用手摆弄着辫稍，低头回答。"留城是有条件的，独生子女或重大疾病，你都不沾边啊？""是啊，反正我不想下乡。你呢？你可是独生子啊。""我无所谓，留城也是失业，倒不如下乡还有碗饭吃。"周平停顿一下看着马丽："能跟我一起走吗？"马丽没有回答，她只是抬起头，用她那美丽的眼睛看着远方。从她那迷茫的眼神中周平已经读到了答案。

周平插队去了青山沟，马丽留了城。周平用自己独生子女名额换下了马丽。同学们都说周平傻，做出这样的牺牲不值，马丽不会等他回来，而且他也没有机会回来。临走那天，马丽将一个崭新的日记本送给周平，这是一次文艺会演得的奖品，一直没舍得用。在扉页上写到：赠周平同学，广阔天地大有作为。

站台上，两人四目以对，默默无语。空气似乎凝固了，听不到一点声响。周平感到胸中憋闷，有一种窒息的感觉，几次想说什么都没说出来。要分手了，今后天各一方，自己还能回到这座城市吗？他想对她说，我爱你！等着我回来。可话到嘴边又咽了回去。他能听见自己咚咚的心跳声，从马丽那起伏的胸口看得出，另一颗心此刻也在激烈地跳动。一股冲动使他想拥抱马丽。自己到现在连她的手都没拉过一下，这一走……就在他鼓足勇气张开双臂的时候，发车的汽笛响了。命运似乎真的不眷顾他，这一声凄厉的长鸣划破夜空，把他带到那遥远的地方，同时带走的还有那无尽的遗憾和思念。

三

自从参加桂香的婚礼，部队提亲的就接二连三找上门来。他们中有机关的参谋干事，也有基层的排长连长。马丽觉得都不满意。桂香问："小伙子都挺帅，条件也不错，差在哪儿呢？"马丽支吾半天终于说："最好也是警备区大院的干部子弟，我想……和你做个伴。"桂香想了半天说："几位首长家，除了女孩，男孩都已经结婚了，真没合适的。要不，我再让我家那口子打听打听。"

几天后一上班，桂香就把马丽拉到一边说："田副参谋长有个儿子还没对象，年龄也合适，只不过他人在海岛当连长，不常回来。""副参谋长？""别看是副参谋长，可资格特别老，比我们家那口子他爸参军还早，是个老红军。就是没文化，要不早提上去了，是全军有名的战斗英雄，当年打锦州立过大功。""对了，就住在我们家后面那栋楼，上次我还指给你看的那栋。"马丽隐约记得，桂香提过老革命战斗英雄什么的，还有那栋灯光昏暗的小楼。

海岛部队的干部每年除休假外，就是"五一"、"八一"、"十一"、元旦和春节这五大节可以下岛回家。过几天就是"五一"劳动节，桂香约马丽到田参谋长家见面。田参谋长是老革命，房子和司令的一般大，只不过没什么装修。客厅很大，有二十多平方米，白墙上用天蓝色油漆刷成一米多高的墙围子，墙中央挂着一幅毛主席去安源的画像，侧面茶几上方，是一幅长的中央领导接见全军战斗英雄的合影。紫红色地板上，摆着几件部队配发的黄色办公家具，一红一黑两部电话和一组套着海蓝色布套的沙发，方显出几分尊严和气派。这是那个时候军队领导家的统一风格。

马丽有些紧张地站在那儿环视着周围。从楼上下来的是参谋长和夫人，桂香带头问田叔叔好阿姨好。参谋长用浓重的江西口音和她们打招呼，接着夸赞几句马丽漂亮，又问了问年龄多大，是不是共青团员，做什么工作，等等。夫人没说话，只是用女人特有的眼神上下打量着，最后才说："真

马丽的婚姻

是不巧，大风警报，海岛的船下不来。要等明天风停了，牛儿才能回来。"

牛儿是参谋长儿子的小名，大名叫田牛。父子俩的名字颇为相似，都是自然天成。参谋长放牛娃出身，家境很苦，从小叫田娃子，参军后才正式起名叫田耕。农民最大的心愿就是，"二亩地一头牛，老婆孩子热炕头"。耕田种地离不开牛，所以儿子一出生就叫田牛。

田牛充分继承了父亲的基因，为人耿直吃苦耐劳，就像他的名字。别的干部子弟在基层锻炼一阵，就都调回机关父母身边，过着大院子弟的悠闲生活，只有他始终在海岛带兵，而且是没有人烟的乌蟒岛。小岛方圆不过一公里，像一座孤独的礁石掩映在茫茫大海中间。除了连队战士，一年四季很难见到人，更见不到女人。田参谋长对儿子要求很严格，男人嘛，参军吃粮，扛枪打仗，那是天经地义，整天待在城市里，腻腻歪歪叫什么兵？

老子英雄儿好汉。田牛年年被军区评为"学雷锋标兵""扎根海岛先进典型"，就连《解放军报》都刊登过他的先进事迹。典型的号召力是强大的，在大家向他学习的同时，他也把自己真的塑造成了不同于常人的楷模。年复一年，他以巨大的精神力量驻守在那孤独的小岛上，头顶苍天，面对大海，过着枯燥、寂寞、艰苦的"标兵"生活，他似乎就是一座海边的礁石。

第二天晚上，桂香急匆匆来找马丽，拉上她就走，边走边塞给她一张电影票。进步电影院正在上演南斯拉夫电影《桥》。广播里不停地播放着"啊，朋友再见，啊，朋友再见……如果我在战斗中牺牲，请把我埋葬在山冈"的激昂旋律。人群中站着一个穿军装的男人。他中等身材，健壮而结实，黝黑的脸庞在鲜红的帽徽和领章映衬下，透露着几分英武，与旁边哼着电影插曲的小青年迥然不同。

"这就是我们大名鼎鼎的田连长。这位是马丽，我的好朋友。"桂香做完介绍便识趣地告辞离去。马丽糊里糊涂地看着电影，故事到底讲的啥她不知道，只记得什么大桥被炸了，还有那首非常流行的插曲。她的心思全集中在身边这个英雄连长身上。她心里暗想，谁发明的在电影院里相对象？连句话都不能说，甚至都不能正眼看看对方，还有这黑蒙蒙的气氛，简直是哑巴和瞎子谈恋爱。偶尔，听见他轻轻咳嗽一声，马丽用余光偷偷睨视一下身边这个男人，倒是鼻子自始至终都能闻到一股略带海风的味道。

电影总算演完了。田牛送马丽回家，田牛走得快，两人中间隔着一段距离。马丽说，走那么快我都跟不上，田牛这才放慢脚步。面对身边这个美丽的姑娘，田牛不是不喜欢，而是他不知道该说啥。他生命的词典里从没有过卿卿我我、花前月下之类的词汇。这么些年海岛军营生涯，使他这个大男人真不知该如何与女人谈情说爱。

昏暗的路灯下，两人默默地走着，他们在心里数着电线杆，完全是两个陌生人在散步。马丽觉得心里缺点什么，空空的。她用手摸了一下胸口，好像少了那头在心中乱撞的小鹿，以前与周平见面时，它经常跑出来。然而，她却多了一份安全感，一种受到呵护的安全感。这正是和周平在一起时没有的。

在那个"工业学大庆，农业学大寨，全国人民学习解放军"的年代，军人本身就是姑娘们心目中的偶像，更何况像田牛这样，既是高干子弟又是模范标兵的军队干部呢？虽然田牛话不多，可直觉告诉马丽，田牛喜欢她。想到这儿，马丽心中不免泛起丝丝的甜蜜。

夜里，躺在床上，马丽努力回想着田牛的长相，可能是时间短又是黑天的缘故，大脑中的影像一会清晰，一会模糊。朦胧之中，田牛变成了周平。很久没有见过周平了，自从那次她在信中委婉地表明，两人将来不太可能之后，就再也没有收到周平的消息。他现在怎样了？一想起他，那个瘦高而文静的身影就会立刻出现在眼前，而且是那么清晰，就像他一直隐藏在自己心里，随时等待召唤一样。

马丽失眠了。

四

因军区考核组要上岛检查训练情况，田牛第二天就回了海岛。临走前托桂香捎给马丽一封信，大意是对她印象很好，今后通信联系，并留下了通信地址。过了很久也没有田牛的消息，马丽想，他可能太忙，再说他也没有自己的联系方式，她就主动给田牛写了封信。过一段时间，田牛回信了，说之前写过一封信，寄到家里托桂香转交的。

第二天，桂香告诉马丽她去田家问过，田牛妈说信忘记放哪了，好像不太同意田牛和她谈恋爱，说她人长得太漂亮、太招人，不如找个老实本分一点的。听罢，马丽又气又急，眼看着好事要泡汤。桂香出主意道："别管他妈怎样，你和田牛好就行，关键是你要抓住田牛的心，你主动给他写信，勤写。"

马丽不仅给田牛写信，还把自己认为最满意的照片放大，做成彩色的寄给他。在那孤寂的海岛上，马丽的来信如春风般滋润着田牛的心。那份温暖、那份期盼、那份女性的柔情，使这个身在遥远海岛上的军人从此有了思念，有了想头。他把照片放在床头柜里，每天晚上睡觉前都拿出来看看。田牛的回信虽没太多的情话，算不上情书，但马丽的心里却是甜蜜的。

处在青春期的女人对异性的气味是敏感的。田牛每次来信，她都能从信纸上闻到一股浓浓的男人味道。其实，人并没有完全脱离动物靠气味识别异性的本能。科学研究发现，异性间的相互吸引，源于这一时期体内荷尔蒙分泌的多少。所谓的男大当婚女大当嫁，只不过是这一化学反应的社会表象而已。

他们就这样，隔着大海，靠一封封信传递着彼此的思念。在那个物质匮乏，信息不发达的年代，人的感情是专一的。没有那么多选择和诱惑，欲望被深深地压制在心底，更没有多余的营养和精力。

就在马丽陷入热恋的同时，大姐马华的情感也发生了变化。作为大姐，她不能让自己成为妹妹们婚嫁的障碍。一天，她突然领回家一个叫张海的小伙子，是车辆厂的一名技工。他人很朴实，从长相到性格和马华倒真有几分夫妻缘。很快他们就结婚了。婚后，马华搬去张海的单身宿舍，家里一下宽敞了不少。马丽对马英说："你听说大姐谈恋爱了吗？我怎么觉得，他们是见了面就结婚，也太神速了。""你怎么知道人家没恋爱？只不过没像你那样大张旗鼓。这才符合大姐少说多做的风格。"马丽想了想，可也是，自己很少关心过大姐。

她突然觉得马英这个小妮子说话不一般。"英子，你有男朋友吗？"马丽好奇地问。马英的脸一下红了，扔下一句"有也不告诉你"，就转身走开了。马丽觉得英子在她和周平的问题上一直对自己有看法，自己从没把她的意见当回事，始终认为她是个小姑娘。现在看，这个小姑娘长大了。

周平也许是最后回到这座城市的知青。父亲直到死也没洗清自己国民党特务的嫌疑。背着沉重的历史包袱，周平找了很多单位都没人敢要他，最后他来到烟厂仓库。看着他瘦弱的身材，主任说："小伙子，恐怕你干不了。我们这儿只有扛烟包一种活，烟包重一百二十斤，还要上三米高的跳板。就你这体格……"主任的话没再往下说。

周平从保管员那儿领来一把大钩子和一条板带，这是扛烟包必不可少的两样家伙什。钩子有一尺多长，前面呈半圆形带尖，而且很锋利，后面是个把。烟包呈长方形，里面是用机器扎紧压实的烟叶，外面用粗纺布裹着，被打包带三横两竖捆紧，宽八十高一米二，活像一个大炸药包。扛烟包时，人站在车大箱板边上，车上的人把烟包搬起来，扛者半蹲着钻到烟包下面，用左手紧紧抠住底部，另一只手将大钩子伸过头顶钩住烟包，屏住呼吸运足气力，才能把大烟包扛到后背上。板带是用旧传送带做的，非常结实，有点像举重运动员扎的宽腰带，一来可以保护腰，二来可以兜住气。烟包扛起来不能歇脚，大家伙四四方方，没有抓手，一旦放下，一个人就再也搬不起来。这些扛大个儿的苦力各个膀大腰粗，一顿能吃五六个大窝头，一百二十斤大烟包扛起来就走，上跳板如履平地，扛一个挣五毛钱。

周平扛第一个烟包，连腰都没直起来就被压倒在地上。师傅们看他可怜，往他身上放时尽量提着点等他站稳了才撒手。上跳板时，后面人用胳膊肘顶住他后腰，使他能省些力气。就这样，几天下来，周平累得腰酸背疼，浑身筋骨如散了架一般，工作服棉袄磨破几个大洞，白花花的棉絮露在外面，人造得像个叫花子。

一天，周平脚下一滑，大烟包结结实实砸在腰上。他捂着腰，一瘸一拐去厂卫生所看病。当护士喊到周平的时候，他抬起头，他看见白色口罩上方，一双美丽的大眼睛正盯盯地看着自己。那闪亮的眸子清澈如水，充满着惊喜。多么熟悉的眼睛啊！"周平哥？"就在他愣神的时候，那个护士摘下口罩。马英？周平有些不敢相信自己的眼睛。这个当年瘦弱的小女孩，竟然出落成一个亭亭玉立的大姑娘。看着周平痛苦而狼狈的样子，马英的眼泪一下流了出来。

马英高中毕业后接母亲班，来到烟厂卫生所。与周平的相遇使她喜出望外，她相信这是老天的安排。当年她像喜欢大哥哥那样喜欢周平。少女的暗恋是朦胧的、奇妙的，说也说不清楚。她曾为周平来找二姐而不理她伤心难过，见不到他心里会有一种莫名的惆怅。但没人注意到她，周平只把她当做一个小女孩，一个可爱的小妹妹。她最不喜欢人家叫她小女孩。

在马英的照顾下，周平的腰很快好了。烟包是不能扛了，主任照顾他在仓库里码货，干点轻巧活。马英一直没把和周平相遇的事告诉马丽，倒是把马丽和田牛谈恋爱的事一五一十地讲给周平听。周平默默地听着。当年那一声凄厉的汽笛带走了他的思念，他已经把自己的初恋深深地埋在青山沟的大山下面。在火车站分手的那一刻就已经注定了是无言的结局。

他能给马丽什么呢？在这个不属于自己的世界上，一个连自身都难保的人还有什么理由奢望爱情？马丽有权利追求幸福，痛苦就应该由自己来承受。周平认为这就是自己的命。命运捉弄人，就在他几乎已经把马丽忘掉的时候，马英出现了。他那颗已经僵硬的心又开始跳动起来，苍白的心田似乎有了血液的滋润。

马丽母亲身体不好，家里每月每人的半斤肉，除了给母亲吃一点，大多让父亲换成猪大油，这样能弥补一下每人三两豆油的不足。包顿饺子吃上顿肉，要等到年三十晚上。父亲常说，他最大的心愿就是能让全家吃上一顿红烧肉。

一天晚上，马丽刚下班，一辆军用吉普车就停在了家门口。两个解放军战士抬下一角猪肉，有三四十斤，那猪肉白里透红足有三指膘，看着就让人流口水。战士说，部队农场杀猪了，田连长让送来的。这顿红烧肉让父亲吃足了脖，还喝了半斤多烧酒。他涨红着脸对马丽说："闺女，咱家可是借着人家大光了，这么多肉我做梦都不敢想。差不多就把田牛领回家见见，早点把婚结了。"

马丽把全家吃红烧肉的事写信告诉田牛，感谢田牛的同时流露出一份自豪和满足。打那以后，家里时不时就有人送些细粮（大米白面）、鱼肉来。在那个饥馑的年代，能搞到这些凭票供应的食品是相当不容易的。吃顿红烧肉就是幸福，马丽家从此过上了幸福生活。

五

七月的大海风和日丽。马丽将平时休息日攒在一起，再串上几个班，去海岛探望田牛。部队的登陆艇行驶在碧波荡漾的海面上，几只海鸥围着船舷飞翔，不时发出"欧欧"的叫声，似乎在欢迎马丽的到来。马丽的心情如这晴朗的天气一样，她不禁哼唱起来："我爱这蓝色的海洋，祖国的海疆辽阔宽广……"

经过大半天的航行，远方天际边出现一个黑点，黑点渐渐变大，一个小岛呈现在眼前。田牛开着吉普车等在码头边，他将马丽扶下船，眼睛直盯盯地看着她，看得马丽有些不好意思。"你看啥？不认识？"马丽娇嗔道。"你穿这么漂亮，我担心……会扰乱军心。"马丽这才注意到，自己这身粉红色连衣裙在这个荒芜的小岛上是那样耀眼，几乎所有人的目光都在看着她。只想着见田牛要穿漂亮点，没想别的，可现在……见此，田牛把军装上衣脱下给她披上。人漂亮穿啥都好看，军装虽然肥大点，但更能凸显出她那婀娜的体态，娇媚中多了几分英姿飒爽，活脱脱一个部队女文工团员。

连部坐落在小岛中央一块较为平坦的山洼里，对面是一片操场。马丽下车时，战士们正在集合，值班员连喊了几声向右看齐，可大家的目光还是向左看，马丽那粉红色的衣裙仿佛是一面旗帜接受着注目礼的检阅。马丽被看得不好意思躲进屋里，这时指导员带着三个排长走了进来。"嫂夫人可真是仙女下凡哪，连长太有福气了。"说罢就非要让马丽给大伙点烟。见马丽红了脸，田牛赶紧解围："可别乱叫，还没结婚呢，哪来的嫂子，等到时候一定请大伙吃喜糖。"又闹腾一阵，临走，指导员命令司务长："连长对象上岛，今晚全连加餐。"

马丽的到来使小岛像过节一般。平时很难吃到的海参、螃蟹等海鲜摆了一桌子。排以上干部轮番敬酒，马丽自然不能喝，酒全灌到田牛的肚子里。亏他酒量大，喝了足有一斤老白干，人虽没醉但话明显多了起来。他对马丽说："我们这些守岛战士不容易，有的自从上了岛一次也没下去过。除了岛上的母驴，清一色都是公的。有人编了个顺口溜，'当兵三年，见了母驴都像貂蝉。'你别嫌我说话粗，真事。"

这时，远处传来几声驴叫。田牛又接着说："我们岛上有三件宝，海参、鲍鱼，驴当表。不信你看看，现在正好八点，前后不差一分钟。"

把马丽安排在连部边上的客房，田牛就去查岗，临出门指了指门后一个铁桶，"晚上起夜就别出去了，外面太黑。"小岛的夜晚静得吓人，只有每隔一阵的驴叫声像时钟一样准时。马丽翻来覆去睡不着，披起衣服来到窗前。窗外漆黑一片，伸手不见五指，天显得格外低，星星显得格外近，而且又大又亮，仿佛就在头顶上。借着星光，马丽看见不远处有个人影在晃动，好像是田牛。她心里不免紧张了起来，他在外面干什么？是想进来，还是在给自己站岗？马丽心中矛盾着猜测着无法入睡。天快蒙蒙亮时，那个黑影不见了，马丽睡着了。

第二天，从田牛那疲惫的脸上，马丽得到了答案。今天是星期天，田牛说带她在岛上转转。沿着小岛上的盘山公路开车十分钟就转了一圈。除了海水就是礁石，实在没啥可看的。田牛说，我给你讲讲我们海岛的来历吧。乌蟒岛是长山列岛中最小的岛，隶属于附近的獐子岛，大约生成于四百万年前的一次大地震。别看它小，它的战略意义非常重要。它正好处于长山水道的咽喉处，距南朝鲜（编者注：今韩国，后同）不足二百海里，守住了它就是守住了长山岛，守住长山岛就守住了整个辽东半岛的海上通道……马丽本以为田牛会给她讲个神话故事什么的，没想到给她上起了战备教育课。

见马丽听得有一搭无一搭，田牛说："要不我带你赶海去吧。""好哇。"马丽愉快地答道。马丽小时候最喜欢赶海了。赶上退大潮，海滩上蚬子、小波螺遍地都是，回到家煮着吃，或是下面条别提多鲜了。只可惜赶的人越来越多，东西却越来越少。

田牛从车上取来一只帆布桶和一个工兵铲，又用铁丝给马丽做了个小耙子，两人脱了鞋挽起裤腿赶了起来。马丽从没见过这么肥大的蚬子，原来以前用的蛤喇油（雪花膏）就是用这大蚬子壳做的。他们赶了一桶又一桶，不知不觉地转到了另一个海滩。突然，田牛大喊一声：别看！没等马丽反应过来，几个白不刺溜的身影"扑通扑通"跳到海里只露出个脑袋。透过清澈的海水，一个个裸露的身体像几条大白鱼。马丽掉头就往回跑，脸一下红到脖子根。

田牛追上她，不好意思地说："真不是有意的，今天是星期天，战士们放假，岛上平时又没有女人，所以他们游泳都不穿裤衩，有时还光着屁股打篮球呢。""你这个连长也这么干？"见马丽不生气了，田牛赶紧赔笑脸："哪能，干部都不会这样，顶多不穿上衣，光膀子。"

晚上，全连吃了一顿由马丽亲手做的蚬子面。天黑了，岛上又将进入一个寂静而黑暗的世界，仿佛是在另一个星球上。马丽对田牛说："今晚回屋睡去吧，我这儿不用你站岗，外面怪凉的。""你看见了？""嗯。"接下来是片刻的沉默。田牛猛地将马丽抱住，两只胳膊像铁钳子般有力，马丽感觉有些窒息，心慌得受不了。她努力使自己镇静，用力扳住田牛的手说："我们结婚吧。好吗？等到结婚再……"田牛也好像清醒了过来，抱住马丽的手渐渐松开。他失望地看着马丽。"那好吧，我尽快向组织打结婚报告。"

马丽在岛上实在不方便，只住了几天就提前下岛了。这趟海岛之行虽然短暂，但马丽是愉快的。她也亲身体验了海岛生活的枯燥，如果让她呆上几年，她一定会发疯，田牛这么多年是怎么过的？实在是不可想象。她想好了，和田牛结完婚就动员他调回陆地工作，这点关系他爸爸还是有的。

马丽结婚了。婚礼也是在警备区大院礼堂举行。梦中的那顶大红花轿换成了一辆大红旗轿车。当大红旗风光无限地开到马丽家门口时，人们赞叹、羡慕、嘘声一片。当年的大红旗不亚于皇帝的龙车凤辇，马丽的梦想成真了。这辆车，本是军区首长在此地的夏休用车。为让马丽高兴，田牛第一次求爸爸，专门给老战友打电话，借来当婚车。马丽的婚礼比桂香的婚礼还要风光。

就在马丽被田牛搀扶着坐进大红旗的时候，一个人站在远处默默地看着。他的心在绞痛，在流血。那种被压抑已久的男人的尊严，那种渴望出人头地的欲火，突然间被车前面那个红得耀眼的小旗点燃，不由得萌生了一个念头。等着吧，有朝一日，我要开着比大红旗更豪华、更气派的车出现在世人面前，尽管他不知道会是什么车。他要讨回所遭遇的不公，要洗刷所蒙受的耻辱，要像基督山伯爵那样实施报复。复仇，会使人坚强，会使人发奋，会使人产生快感，会让人活得有奔头。他目送着婚车远去，这一次带走的是他那烈火般炽热的眼神……

这一年，因"文化大革命"停顿十年的高考又恢复了。周平凭着那点儿老底子，又找了几本书复习了起来。"君不见，黄河之水天上来，奔流到海不复回。君不见，高堂明镜悲白发，朝如青丝暮成雪……天生我才必有用，千金散尽还复来……"他反复吟诵着李白的这首《将进酒》，一股激情油然而生。他早晨学晚上学，连吃饭走路的时间也不放过。他像大地回春时的野草一样挣扎着，努力着，顽强地向上生长。

一天，他正在仓库打扫卫生，门卫师傅送给他一封信。

他急忙把信封拆开，借着从仓库天窗照射进来的一缕阳光，他看见了一张闪着金光的大学录取通知书，那上面的红色大印清清楚楚地盖在他周平的名字上。他扔下扫把，双手将通知书高高举过头顶，泪流满面仰天大喊一声：我考上大学了！

他将喜讯第一个告诉马英。他第一次非常正式地对马英说："等着我，等我大学毕业就回来娶你。我一定要让你幸福！"看着周平兴奋的表情，马英流下了眼泪。她不知这泪水是高兴还是激动，是委屈还是幸福，是流给周平的还是流给自己的。

这些年，她由一个小姑娘长成了大姑娘，生理和心理上一步步拉近与周平的距离，他终于不再用看小孩子的眼神看自己。她始终认为，男人的心理年龄比女人要年轻，她与周平的年龄差距恰好弥补了这一点。她甚至有时会以母亲的口吻教训他，并从中得到一种莫大的满足，而他也会像个大男孩般调皮。他常说："你们女人天生就喜欢有个男人被你们管着，这是女人的天性。"而她则会反驳："这就是爱，是女人特有的爱。"

周平踌躇满志地踏进大学校园。他如饥似渴地学习，恨不能把这些年浪费的时光全都补回来。马英从每月的生活费中省出十块钱寄给他，一个大男人吃不饱饭怎么能学习好？她要尽自己所能帮助他完成心愿。与此同时，马丽搬进了警备区大院。

田牛婚假很快到期了，他要返回海岛。马丽难舍地说："和爸爸说说，把你调回来吧，你走了，我一个人在家怎么办？"看着新婚妻子期待的眼神，田牛沉默了。他是全军区"学雷锋标兵""扎根海岛模范典型"，结了婚就要求调走，领导会怎么看？大家会说他是个假典型，革命意志不坚定。再说，爸爸会同意吗？

"刚结婚就提调动不好，等一段时间再说好吗？"见马丽不吱声，田牛赶紧补上一句："其实我也不想走，可是……"看田牛为难，马丽说："那好，就再坚持半年，半年总够了吧？"田牛走后，马丽守着偌大个空房一下变得失落了起来。参谋长不是开会就是下部队，家里经常留下她和田牛妈婆媳俩。也许是马丽知道田牛妈开始就不赞成他俩好，或许是婆媳间天生就有隔阂，两个人怎么也亲近不起来。马丽说啥田牛妈爱搭不理，田牛妈说的马丽也不爱听。没多久，这个人世间最普遍的矛盾——婆媳矛盾出现了。

马丽感觉在这个家度日如年。她除了给田牛写信抱怨外，就是盼着他早点调回来。可事与愿违，没多久，田牛被任命为高炮营营长，调去獐子岛了。田牛升官本是高兴的事，可马丽怎么也高兴不起来。她想自己和参谋长说田牛调动的事，可几次话到嘴边又咽了回去。一个刚过门没几天的新媳妇就跟老公公提这事，她怎么也张不开这个嘴。

和婆婆没话说，她就和公公多说话，等时机成熟也好提田牛调动的事。一天，参谋长在家里看秘书给他写的一篇讲话稿。他识字不多，讲话全靠事先背熟，马丽趁机在一边给他纠正。这是一篇"反修防修"的讲话，其中有一句口号"打倒勃列日涅夫（前苏联领导人）"。参谋长念了几篇都是打倒"勃列日涅"。马丽告诉他："还有个'夫'。"

第二天，马丽一下班，参谋长就气呼呼地对她说："你个小鬼，净瞎指挥，害得老子出洋相。"马丽不解地问："爸，怎么了？""我照你说的念，结果下面全笑了，说我念得不对。""您怎么念的？""打倒勃列日涅，还有个夫！"马丽差点没笑背过气去，强忍着说："爸，勃列日涅夫是一个人，不是两个。”

参谋长爱下象棋，但棋特别臭，马丽没事就陪他玩。你连续赢或连续输都不行。连续赢，他就感到没意思不玩了；连续输，他会觉得你棋臭也不和你玩。你只有赢一盘再输一盘，这棋才能继续下去。对马丽来说，陪着下棋不是最难的，最难的是，参谋长边下棋边抽烟，而且是那种用烟斗抽的老旱烟。呛得马丽是鼻涕一把泪一把，那滋味和烟熏火燎差不多。马丽强忍住泪水说："爸，我看田牛和您水平相当，让他陪您下多好。""他在海岛怎么陪我？""把他调回来啊。"马丽觉得计谋就要得逞。突然，参谋长大喊一声："将！"不知什么时候，参谋长的马已经卧了马丽的槽。

他以胜利者的姿态抬起头："刚结婚，想牛儿了？可以理解，我当年一宿急行军八十多里，就为赶你妈热乎被窝。"见马丽脸红了，赶紧说："我是个大老粗你别在意。"他略微想了一下说："牛儿现在是营职干部，营职干部可以家属随军哪。对，我明天就跟他们干部处说，给你办家属随军。"什么？田牛没调回来反倒把自己送岛上去了。马丽赶紧说："爸，我不是那个意思，我一个人在家挺好的，千万别上岛打扰田牛工作。千万别……"

参谋长不由分说，把象棋一推："别不好意思，就这么定了。"

七

马丽糊里糊涂成了海岛当兵的家属，心里那个窝火。偷鸡不成反蚀一把米，竟然被一个大老粗给算计了。马丽随军可乐坏了田牛，他很快把分给他的新房装修好，又在部队服务社给她安排了工作。他要让马丽上海岛过新年。

　　冬天的大海如变了脸的魔鬼，把马丽第一次上岛的美好感觉全都吞噬了。从西伯利亚刮来的强劲北风像刀子一样割在脸上，小艇如一片树叶在风浪中起伏颠簸。由于快过年了，有不少岛上居民也搭船回家，船舱里人多，加上晕船呕吐的味道，马丽实在待不下去，只能在甲板上冻着，这样或许能减轻点晕船的痛苦。

　　风浪越来越大，海水已经打上了甲板。马丽顾不上这身过年穿的新衣裳，一屁股坐在靠近机舱背风处的甲板上，任由冰冷的海水浸泡着。她感觉心一会被提到嗓子眼，一会又掉到肚子里，跟着就出了一身冷汗。胃里开始翻江倒海，一阵阵恶心往上涌，她努力控制着不吐出来，嗓子眼如千万只蚂蚁在爬。终于，她实在忍不住"哇"的一声吐了起来。

　　这一吐如决堤的洪水，她吐啊，吐啊，最后连胆汁都吐光了。此刻，她死的心都有。她真后悔，后悔不该上这海岛上来。好好的，怎么一下变成这个样子？自己精心设计的生活怎么会变成一场磨难？一盘棋局竟会走出这样一步结果。

　　就在她被折腾得死去活来时候，船终于到岸了。马丽大病三天不起。病好后，她被安排在军人服务社卖菜。服务社全是部队干部随军家属，大多是来自农村的妇女，张家长李家短就成了她们谈论的话题。马丽的到来使这个小小的服务社热闹了起来。来买菜的人多了，有的不买也来看热闹，其实为的是看马丽。服务社来了个漂亮媳妇的消息很快传遍全岛。大家纷纷猜测她是谁的家属？当听说是高炮营田营长家属时，有人羡慕，田牛这小子真有艳福，娶了这么个漂亮媳妇；有人嫉妒，一朵鲜花插在了牛粪上。女人们则说："看看人家城里人，长得就是俊，比刘三姐都漂亮。"

马丽不喜欢这卖菜的工作，也不喜欢枯燥的海岛生活。但整天有田牛陪在身边，比在家独守空房，看他妈脸色强多了，小两口日子过得也算甜蜜。她想，和田牛在一起总比两地分居强，就不信再熬个一年半载还调不回去？老两口就这么一个儿子，再摔打锻炼几年，最终还是要回到父母身边。田牛已经是营职干部，下一步就是团职、师职，将来住上将军楼也说不定。想到这些，她心里安稳了许多。

这段时间田牛很忙，经常住在营里。听广播说，南边形势紧张，越南军队经常骚扰我国边境，海岛进入一级战备。田牛告诉她，要打一场自卫还击战，军队正在往北调，他们也都写了请战书。"南边吃紧为什么往北边调兵啊？"马丽不解地问。"这叫战略部署。南边好对付，只是打一下教训教训他们，重点防备的是北极熊。"对打仗的事马丽不懂，只是感觉到了一种战争将要来临的紧张气氛。

山顶上的雷达不分昼夜地旋转着，掩体里脱掉伪装的高射炮像长颈鹿一样伸出了脑袋，来往于海岛之间的船只也都停航了。眼瞅要过年了，不仅没有过年的气氛，反而使人感到紧张恐惧。服务社主任也给大家进行备战教育，让大家提高警惕，说我们地处黄海前哨，要提防南朝鲜水鬼登陆什么的，仿佛大战一触即发。

马丽迎来了她上岛后的第一个春节。由于备战，整个海岛没有什么过年的气氛。三十这天，马丽买上点菜提早下班，回家包好了饺子等着。她不知道田牛今晚能不能回来陪她过三十。

天黑了，马丽一个人没心思吃年夜饭，她坐在窗前焦急地等待着。今晚的夜好像格外黑，格外长，她在等待中迷迷糊糊睡着了。不知过了多久，马丽被一阵枪声惊醒，开始她

067

马丽的婚姻

以为是放鞭炮，接着瘆人的警报声划破夜空。马丽紧张地朝窗外看着，岛上的灯火瞬间全部熄灭，接着陷入死一般的寂静。

马丽用被子紧紧捂住头，心里不停地喊着田牛，在极度紧张、恐惧、期盼中度过了她在海岛的第一个年三十晚上。这也是有生以来最令她难忘的一个夜晚。天蒙蒙亮，田牛回来了。马丽不顾一切地扑上去，紧紧抱住田牛。"吓坏了吧？都以为真有战斗情况，指挥部差点下达战斗命令。"田牛安慰她说。"难道不是战争爆发了？"马丽仍有些惊恐地问。田牛把马丽扶到床边坐下。"昨天晚上岸炮营的一个新兵站岗。可能是太紧张，他发现有个黑影向他靠近，他问了几遍口令，对方都没回答，喊站住也不听，他就开枪了。听到枪声，观察所就拉响了战斗警报。""那个黑影是特务吗？""不是，是头驴。"

八

冬去春来，就在岛上山杜鹃盛开的季节，马丽怀孕了。田牛听到这个消息，很少大笑的他竟然咧开嘴，半天合不拢。他今天给马丽炖黑鱼汤，明天给马丽熬海鲜粥，把马丽调养得粉红似白，更加丰腴柔美。马丽说："这回孩子名我起，不能总是耕田种地的，多土气。"田牛说："随你。""我看要是男孩就叫田歌，田野里的歌声。要是女孩就叫田鹃，田野里的杜鹃。"马丽把早已想好的名字告诉田牛。

第二年，伴随着改革开放的春风，田歌出生了。马丽想，海岛虽然艰苦，但一年四季鱼虾不断，比副食品匮乏的城市生活好多了。她也就暂时打消了调回去的念头。孩子大一点送到部队幼儿园，马丽也调到公社文化站工作。

　　一天，站长告诉她，市歌舞团上岛慰问演出，让她负责陪同接待。带队的刘团长三十多岁，是个男高音，身材高挑梳着时髦的长发，举手投足间无不透着艺术家的风范。特别是他说话的声音，带有一种磁性，像唱歌一般，听起来非常悦耳。见惯了军人和渔民，听惯了岛上的"海蛎子味"，刘团长的出现使马丽沉寂已久的心莫名荡漾了起来。

　　刘团长夸她嗓音好，说她没搞声乐实在可惜。赞美她漂亮，说他没想到，海岛上竟然藏着个如此漂亮的美人，简直就是海岛之花。最最令他想不到的，她竟然已经是一个三岁孩子的母亲。天生丽质啊！唏嘘之中带有几分惋惜。

　　慰问演出结束后，刘团长特意给马丽留了电话，一再嘱咐她，有机会下岛千万别忘记找他，他要感谢她这几天对他们的关照和款待。船艇渐渐远去，海面上留下一条珍珠翡翠般美丽的航迹，也留下了那条修长的身影。这身影变幻重合，马丽仿佛看见了周平——那个被她遗忘很久的男人。

　　周平大学毕业，被分配到师大教中文。他和马英的婚礼很简单，只请双方的家人吃了顿饭，马丽在海岛没能参加。马英提着个箱子，搬到由学校教室间壁出的新房。周平愧疚地对马英说："英子，对不起，委屈你了。我将来一定让你住上大房子。"马英笑笑说："就凭你一个教书匠挣那几十块？别做梦了。我可不图什么大房子，能在一起平平安安过日子我就满足了。""真的，英子。改革开放了，我有个同学在深圳搞得挺大，让我过去。""你要去深圳？""对，我要闯一闯。"看着周平充满激情的眼神，马英知道阻拦已经没用了。

　　周平毅然决然地辞去大学老师的工作，南下深圳。同学开的是一家贸易公司，主要是利用特区的优惠政策，赚外汇差价。当时内地的出口结汇，还是按照国家统一牌价，一美元兑换七块二人民币，而南方的黑市已经换到十几块了。深圳，这个拔地而起充满生机的城市，到处都在建设，到处都在引进项目，外汇需求如饥似渴。

周平看准机会，自己也成立个公司，跑几趟内地，拉拉关系，搞到几个百万美金的大单去深圳结汇。除去对方的好处费，自己一下就赚了几十万。什么钢材、水泥、木材，只要能从内地倒到深圳来，都能卖个好价钱。周平频繁地来往于内地和特区之间，挣钱挣红了眼，他要尽快完成自己的原始积累。

一天，周平接到个电话，说是美国打来的。电话那头是个老者，在确认周平的身份后，老人的声音有些颤抖。"孩子，我是你二叔。"二叔？就是那个国民党上校？自己从没见过面，却给全家带来无数磨难的二叔？爸爸的特务嫌疑，自己的海外关系，都是因为他。对着听筒，周平一时不知该说什么。沉寂片刻，他低沉地叫了声："二叔。"

没过多久，二叔就经香港来到深圳。他现在是美国一家大型矿产资源公司的合伙人，他要在中国开设分公司。"平儿，真没想到你也在做生意，而且做得这么好。我们合作好吗？"二叔以谦逊、商量的口吻问周平。周平知道，二叔是想帮自己把生意做得更大。自己充其量就是个小倒爷、暴发户，怎么能和二叔的跨国公司比呢？他没有回答二叔的问题，转而问道："你真的是特务吗？"看着眼前这个满头银发、样貌慈祥的老人，他还是提出了这个从小就压在心头至今仍无法释怀的问题。

老人目光凝重地看着他，良久，意味深长地说，"我是特务……"看着周平惊愕的眼神，他停顿一下，"但不是国民党特务，而是受共产党的委派，执行一项特殊任务。今天，我可以告诉你了……那是 1944 年抗日战争后期，我直接从学校参加了国民党青年军，而在参军之前，我已经是一名中共地下党员。"

"一寸山河一寸血，十万青年十万军啊！"二叔的声音有些哽咽，"当时，青年军大多是爱国学生组成的，旨在抗日的学生军。我直接被分到了政工班，政治部主任就是蒋经国。后来随着时局的变化，我无法与家人联系，由于我的身份特殊，最后去了台湾。至于'特务'……可能与我在政工班的经历有关，你能理解吗？"

九

世事弄人啊！历史似乎又一次与周平开了个玩笑。

二叔说，他们经营的矿产品主要产自中国北方，看样你要打回老家去。二叔一下就投资三百万美元由周平组建分公司。三百万美金这在当地政府是个不小的引资项目，从市领导到各委办局无不把周平当成座上宾。一时间他成了炙手可热的人物。

外商独资企业可以免税购买两辆高级进口轿车。周平想起了当年的大红旗，不过红旗已经过时了，现在时髦的是奔驰，德国进口的大奔。他买了一辆黑色的奔驰 600，这在当时是全市唯一的一辆。车一提出来，他就开着去接马英。他对英子说："当年你姐是被田牛的大红旗接走的，今天我要让你坐上大奔。过几天聘个司机，你想上哪儿，让他拉着你。""你看你个小心眼，还吃着当年田牛的醋呢？你还真把自己当成资本家了？""我可告诉你，过几天田牛和我二姐就要回来了。田牛调到守备师当团长了，官一点也不比你小。"马英边上车边说。

大奔稳稳地开起来，外面的喧嚣瞬间消失。车内安静而清爽，周平打开音响放起了小提琴独奏曲《托赛里小夜曲》。那悠扬的旋律轻轻响起，周平完全陶醉在这悦耳的琴声之中。看着他得意的样子，马英想起那个扛烟包扭伤腰的周平，女人的那种成功和满足油然而生。她觉得女人选男人，就好比玉石行业的赌石，一块璞玉貌不惊人，甚至有些丑陋，这就需要你透过现象看本质，才能发现其内在的价值。接着就要看你的雕工了，只有用心去精雕细刻，一块美玉才能成为一件精美的艺术品，甚至最终成为价值连城的无价之宝。她觉得周平就是自己最成功的作品。

"哎，别自作多情了。我跟你说，正好二姐他们也回来了，我想请全家吃顿饭。"马英对陶醉在音乐中的周平说。"请吧，我也挺想大姐的。不过，你二姐……"见周平略有难色，马英道："莫非你心里还放不下二姐不成？""那倒不是，只是觉得有些别扭。我明修栈道暗度陈仓娶了她妹妹，见面多不好意思。""美得你！还暗度陈仓，你那叫走麦城。我看你可怜才收留你……""行了行了，大小姐，请还不行？你说去哪儿？""哪好去哪。"

田参谋长前不久因病去世，组织上这才把田牛调回来。回到这座久违的城市，马丽一下感到陌生起来。因为有当年上岛那次痛苦的经历，除母亲去世回来一趟，再就没下过岛。她突然感觉世界好大，自己以往生活的天地是那样狭小，大有一种洞中方七日，世上已千年的感觉。才几年时间一切都在变，街道宽了，楼房高了，草地绿了，城市变得更加美丽。

周平做东为马丽和田牛接风，地点在全市最高档的棒棰岛宾馆。马丽有些顾虑，这么多年没见周平，如今又成了自己的妹夫，这层关系使她感觉既别扭又尴尬，但不见又不行，都是一家人了，躲过初一躲不过十五。说心里话，刚听说他和马英好时，心里还真有点不是滋味，可转念一想又有些许安慰——妹妹替自己还了他这份情。再说，英子从小就对他有好感，也算得上是两情相悦。想到这里，心中感觉释然了很多。听说他这些年发达了，成了大老板，真是世事难料啊！

　　棒棰岛宾馆是接待中央首长的地方，只在没有接待任务时才对外开放。汽车行驶在滨海路上，一面是郁郁葱葱的青山，一面是一望无际的大海。马丽觉得，此刻看海和海岛上看海心情大不相同。现在看到的大海让人心情舒畅，看着她仿佛什么愁事都没有了；而在海岛上确有一种孤独、与世隔绝、遥遥无期的感觉。茫茫大海让人平添几多惆怅。

　　棒棰岛宾馆四号楼据说是接待过周总理的地方。周平和马英已经等在门口。马英先跑上去抱住二姐亲热一番，接着周平上前和田牛握手。"田团长大驾光临，欢迎欢迎。"周平以一种社交的方式和田牛打招呼。"你以为请市领导呢？应该叫二姐夫。"马英瞪一眼周平。田牛憨厚地笑笑："什么二姐夫，叫田牛。"

　　马丽和周平的目光碰到一起。他变得高大英俊，身上透着男人成熟的美，以前那忧郁的眼神如今充满了自信，甚至有几分傲慢。这目光似乎在说：这就是我，今天的周平。两人互致了一声问候，一切都在不言中。大姐和大姐夫最后到。大姐现在已经是市妇联分管婚姻家庭事务的主任，人发福了许多，但极具女领导的风范——端庄而亲和。大姐夫还像当年那样，默默地陪在大姐身边，言语不多，但处处显现着对妻子的关爱体贴。

十

听桂香说，原来的工厂早已解体，工人都买断工龄，回家自谋职业。马丽一时间不知道该干什么。昔日的闺密如今都已是不惑之年的孩子妈。桂香老公在他当司令的老爸退休那年，也从作训部转到部队的一家公司成了"军倒"。那些年"官倒""军倒"横行，什么紧俏他们倒什么。石蜡、钢材、粮食、化肥、豆油……就连退役的米格15战斗机、护卫舰，他们都能倒腾卖了。他们神通广大，穿着军装跑北京搞批文弄指标，没有办不成的事。桂香老公也算风光一时，桂香索性在家当她的阔太太，任由老公在外面折腾。

看着养尊处优的桂香，马丽好生羡慕。想想自己这些年奔波劳碌，跟着田牛扎根海岛，吃的是大锅饭，住的是军营，不要说跟英子比，就是眼前的桂香也比自己强百倍。挣大钱是不可能了，只有等田牛再熬个一官半职，最后在部队退休养老。老子没了，这官还能升上去吗？

事情没有十全十美。两个多年不见的女人，到一起有说不完的话，唠不完的嗑。桂香老公在外面有女人，她开始虽没明说，但女人的直觉使马丽早已猜个八九不离十。打也打了闹也闹了，桂香现在反倒是眼不见心不烦，钱拿回来人爱哪去哪去。

真是饱暖思淫欲啊！这些年在海岛虽然艰苦，田牛人虽木讷点，但这方面还真不用马丽担心。这么比起来，自己要比桂香幸福。现在的社会真是变了，变得都叫人不敢认了。人们仿佛是一群受骗的孩子，一旦醒悟就会以一种极端的、否定一切的态度看待这个世界。他们惶恐着，寻觅着，信仰被现实逼得无处藏身，最后不得不在旷野中幽灵般游荡。到处是诱惑，到处是陷阱，到处欲望横流，到处都轰轰烈烈、乱七八糟。中国正经历着前所未有的变革。这变革由经济杠杆撬动，如一个巨大的车轮，一旦滚动起来，任何东西都可能被碾碎，也包括人的伦理道德。

马丽发现，从言谈举止到穿戴打扮，自己都和这个城市有差别。这些年海岛生活已经不知不觉地给她打上了烙印，她要尽快回归这个城市。

一天，她上街买了几件时髦的衣服正往回走，一辆皇冠轿车突然停在面前。"马丽？"车窗里探出个男人的脑袋。"是你？刘团长。"几年不见，刘团长艺术家的长发已经变成油光锃亮的大背头。他让马丽上车。他现在是一家演艺公司的总经理，除运作商业演出外，还培训演艺学员，将他们推荐到各专业文艺团体，实现明星的梦想。用时髦的话讲叫"文化经纪人"。

听说马丽没事干，他建议马丽到他的公司来，他正缺个总经理助理。马丽说，我什么也不会干。刘总说，没关系，我教你，主要是跟着我就行。他的声音除了还那么富有磁性动听外，变得更加具有煽动性。架不住刘总花言巧语，马丽同意试试看。他看了看马丽买的衣服，摇摇头："这衣服根本穿不出去。""这可是我认为最好的？"马丽惊讶地说。

"你跟我走。"刘总将她拉到市里唯一的一家五星级酒店，富丽华大酒店。在意大利名品阿玛尼专柜前，他为她选了一套常装和一套黑色晚礼服。当马丽从试衣间出来，站到镜子前，连她自己都不敢认自己。原来黑色穿在自己身上是那样好看：衣领开到胸前，白皙而丰满的胸部恰到好处地显露出来，黑白相间形成一条美丽的曲线，直到柔美的腰身。两只胳膊像两条雪白的莲藕，圆润而不失修长。这套黑色晚礼服面料考究、做工精美，如给她度身定做的一样。

刘总后退几步，像欣赏一件艺术品那样，上下左右仔细打量一番，不时发出感慨："太美了，真是太美了，简直就是梦露。不过……头发不行，鞋跟也矮。"马丽说："我这个岁数穿，是不是有点太露了？就这么上街多难为情。再说……也太贵。""不不，你穿上有一种贵妇之美。钱不是问题。"刘总从钱包抽出厚厚一沓人民币。马丽不知是多少，赶紧说："真是太贵我买不起。"见马丽紧张，刘总说："就算是工作服，总经理助理的工作服。""这工作服也太……"没等马丽把话说完，刘总已付完钱拉上她就去做头发。

十一

马丽旧貌变新颜。田牛在部队不回来，晚上刘总又约她一起吃晚饭。刘总不愧是制造情调的高手，烛光，红酒，西餐。马丽从没见过这阵势，但这种情调却是她向往已久的。虽然结婚多年，但在情感上她一直心有不甘。和田牛在一起只是过日子，没有自己少女时就幻想的那种浪漫，那种令人陶醉、心旷神怡的爱情。与周平似乎有，但残酷的现实却把它彻底打碎了。马丽将酒杯对向烛光，红酒立刻呈现出宝石般迷人的色彩。跳跃的、橘黄色的烛光，将醉人的颜色映照在马丽脸上。刘总看着眼前桃花般娇美的面容，那迷离的朦朦胧胧的眼神似乎告诉他：差不多了，时机到了。

"马丽？我们去休息一下吧。"刘总试探着问。说罢起身欲动手搀扶马丽。马丽猛然间惊醒。这是在哪儿？难道是在梦中？眼前的那个与自己近在咫尺的男人是谁？田牛？周平？"是我，马丽。我是老刘啊。"马丽一下想起今天发生的一切，真好像梦游一般。"对不起，我喝多了。我还要回家接孩子，小歌等着我呢。"刘总知道，女人一旦想起自己的孩子就没有人能再左右得了她。不急，来日方长。他像一个老练的猎手，把已经套住的猎物又轻轻放走了。他清楚，她走不远。

刘总正在运作香港艺人开演唱会的事，他带着马丽跑市委宣传部和文化局，找人策划演出的广告宣传，忙得不亦乐乎。几天下来，马丽觉得既新奇又兴奋，和自己以往的生活完全不同。一天下班前，刘总告诉她早点回家换衣服，晚上有重要活动，到时候去接她。最后还嘱咐，一定要穿那件黑色晚礼服。

晚上，香港英皇娱乐和宝力金唱片公司在富丽华大酒店联合举行新闻发布酒会，来宾全是一些有头有脸的人物。刘总带着马丽穿行于人群之中，她微笑着向见面的人示意打招呼。虽很少说话，但她那端庄雍容的气质一点也不逊色于其他女宾。刘总明显感觉到脸上有面子，昂着头，流露出一副得意和满足。

新闻酒会后灯光变换，一曲《蓝色的多瑙河》随即响起。马丽虽多年没跳舞但功底还在，加上刘总舞姿极佳，很快两人便在华尔兹明快的舞曲声中翩翩起舞。交谊舞讲究的是舞伴，两人配合默契步调一致，跳起来格外轻松。如果是一对恋人，音乐就是流淌的蜜，舞姿就是奔放的情。刘总娴熟的舞步使马丽舒服极了，特别当乐曲进入高潮，身体连续旋转时，人仿佛飘了起来。一曲终了，身体已微微出汗，脸上泛起红晕，马丽又有了当年那种少女般的青春之美。

接下来是布鲁斯慢四舞曲。音乐低沉而舒缓，两人都陶醉在靡靡的乐曲之中。他们慢慢地随着音乐晃动，慢得如原地踏步，空气好像凝固了，时间也似乎停滞不前。然而，就在这令人窒息的平静下面，一股欲望之火正在升腾燃烧。这火焰像大地下奔突的岩浆，火红而灼热。它滚动着，积聚着，稍有缝隙就会喷薄而出。马丽被熔岩烘烤得面色绯红，心跳加快，呼吸急促。她尽量躲开刘总那炙热的眼神，生怕不小心被烤化了。刘总搂住马丽后腰的手在用力，迫使她的身体前倾，紧紧和他的身体贴在一起。她感受着对方身体的温度，倾听着对方的心跳声。一股气息在耳鬓间萦绕，渐渐地这气息传遍全身……马丽就这样绝望地看着自己被炙热的熔岩融化掉，最后化作一股尘埃喷向天空，礼花般炫目而灿烂地消失在夜空里。

十二

田牛注意到了马丽的变化。总经理助理出入社交场合穿得漂亮点也算正常。多年来，马丽的容貌一直是他骄傲的资本。因此，在生活中，田牛宠着她惯着她，有时甚至是迁就。除去外表的变化，田牛还是感觉到了有些不对劲。他每次从部队回来，马丽都对他格外热情。这热情，好像不符合多年来夫妻间早已形成的相处之道，显得生硬、做作，不合常理。用现在的话说，肯定做了啥亏心的事。但田牛没往那上面想。"你怎么突然对我这么好？我都有些不习惯。"田牛好奇地问。马丽的脸一下红了，赶忙说："你这个人真是的，对你好还不好？"田牛憨笑着想，少年夫妻老来伴，马丽学会疼人了。

夜晚到了床上，马丽不是说累，就是这疼那不舒服，实在拖不过去，就草草了事，像木头人一般。田牛虽然不满意，但好不容易回来一趟，不愿惹马丽不高兴。再说，这么多年的军旅生活，没睡过几天安生觉，旱旱个要死，涝涝个要死，夫妻生活也就是解决生理需要而已。因此，在心里，田牛对马丽一直怀有亏欠之意。

到底是女人，田牛妈看出了问题。对田牛说："马丽整天浓妆艳抹地往外跑，你得看紧点。从进门那天起，我就看她不是个省油的灯。""妈，你那是对她有偏见。"田牛替马丽辩解。多年来，马丽一直认为，当年让她上岛，田牛妈是始作俑者，如今见了面，她又经常用话敲打马丽，马丽索性不登婆婆的门。逢年过节，老人过生日，田牛要好说歹商量，马丽才肯去。

其实，马丽心中也很矛盾，有时是挣扎。每次与刘总约会，都是提心吊胆与激情刺激同在，过后还有深深的愧疚与自责。她仿佛是深陷泥潭而不能自拔，想喊又不敢喊，想动又不敢动。生活中的丈夫与梦中的情人使她进退两难。她需要丈夫和孩子，家庭是传统社会一个女人生命的全部。田牛能给她安全感和归宿感，但不能给她精神需求和情欲的满足。她觉得田牛的手是那样粗糙，碰在自己身上像砂纸一样不舒服，还有那震天的呼噜声，如今也变得很难忍受。她经常半夜醒来，看着自己身边这个熟睡的男人，感觉既熟悉又陌生。她不敢再往下想，越想越觉得迷茫，好像一个人走在无垠的旷野里，心中充满无助与恐惧。

一段时间，马丽以各种借口拒绝了刘总的约会要求，她觉得周围有太多的眼睛看着自己，担心有一天会被田牛发现。刘总明显感觉到马丽在有意疏远自己。两个热恋中的情人撒泡尿的工夫都能到一起，对他这个情场老手来说不会不知道。说心里话，比马丽年轻风骚的女子有的是。为了能出人头地，为了能在某个戏里露个脸而主动投怀送抱的大有人在。可是他不喜欢，干他这行见的女人太多了。那是交易，是金钱与性、名利与肉体的交易。而马丽则不同。她虽然不年轻，但天生丽质，风韵犹存。自从在海岛上见到她那一刻起，就魂牵梦绕，难以忘怀，只因大海相隔暂且作罢。

他不喜欢年轻的小女孩，她们太稚嫩、太矫情。他认为真正的尤物是少妇，是那种既已结婚又涉世未深的有夫之妇。她们丰腴柔美，懂得床第之欢，那种既新奇又忐忑的扭捏与造作，那种犹抱琵琶半遮面的半推半就，恰恰更能激发起男人的激情和占有欲。一旦得手，她们就像小绵羊一样温顺听话。平时的矜持，只不过是她们掩盖内心空虚的伪装罢了。美啊！好像哪部古典小说就发出过这样的赞叹。

马丽恰恰符合他刘某人的胃口和要求。长年生活在海岛上，感情世界纯洁得像一泓清澈的海水。老公是根棒槌，生硬得直来直去，他只会重复动物那原始的交配方式，根本谈不上性爱。从第一次和马丽在一起他就发现，她原来和处女没多大区别。而且，她那种对情欲的渴望和激情如干柴烈火，一旦被点燃就化作熊熊烈焰。这才是他所要追求的那种境界。

见马丽不理他，刘总并没有显出太着急的样子。他知道她要有个心理调节过程，每个有婚外情的女人都要经过一番痛苦的感情挣扎，过了这个坎就好了。夫妻俩还有拌嘴怄气的时候呢。不出刘总所料，没过几天，马丽就像烟瘾复发一样主动就范了。

十三

女人和男人不同。生理差别使她们在对待性的问题上也不同。男人大多在性冲动的驱使下图一时之欢，有很大的随意性而与感情无关。女人则不同，在没有对对方产生好感之前，不会主动与对方发生性爱（妓女除外），一旦发生，其用情之深是男人所不能及的。古往今来，女人为情所困，甚至殉情的爱情悲剧大多是这样发生的。这个悲剧本也将不无例外地复制到马丽身上，只不过，一个人没等到让这个悲剧演完就使它提前谢幕了。

这个人就是周平。当刘总第一天带着马丽选衣服开始，就有一双眼睛死死地盯着他们。私家侦探将他们的一举一动都记录在案，每天向周平报告。当这一对男女出双入对激情上演的照片放到他面前时，周平沉默了。他想到而不愿看到的事情终于发生了。因为马英的关系，他不想伤害马丽，但那个男人绝不能放过。一个计划在他脑海迅速形成。

一天，刘总在下班的路上无缘无故被几个不明身份的人暴打，其中有几脚重重地踹在下面。这是个下马威。在他还没想明白怎么回事的时候，一个神秘电话又打了过来。电话中那个低沉的声音告诉他，如果想活命就尽快离马丽远一点，否则，下一次让他变成太监。最后告诉他，打开家门看看，有一件礼物就放在门口。刘总连滚带爬地打开门，取回一个塑料袋，打开一看，脸都吓青了。一副血模糊啦的猪三件还冒着热气，他立马觉得裤裆一热，瘫坐在地上。醒醒神，发现还有一封信和一沓照片，是他和马丽约会时照的，其中不乏不堪入目的镜头。后面附了一封信，大意是：你现在破坏的是军婚，这是要受法律制裁的。一旦被告发，你将身败名裂。在确定你已彻底断绝与马丽的关系之后，照片将被销毁。否则，就把你那玩意儿割了下酒。他感觉胯下一阵冰凉。

刘总顿时傻眼了。这个藏在暗处的人是谁呢？马丽老公？应该不是。听口气此人来头不小，黑白两道通吃，而且自己在明处他在暗处。他万万没想到一场艳遇竟然引来杀身之祸。想到这些，小肚子不禁又一阵抽搐。可怎么和马丽说呢？把实情讲给她听，让她放过自己？不过她好像真的不知情。不管怎样，这个女人不简单，必须离远点。

自从刘总被打，他就一直托病不见马丽。他越不肯见，马丽就越着急，眼看事情越闹越大适得其反。实在没招，刘总只能使出杀手锏。他约马丽在富丽华西餐厅见面，说有事要谈。马丽如约而至，她看见刘总和一个年轻女子坐在一起，相谈正欢。看见马丽，刘总起身介绍到："这是我新交的女朋友，叫婷婷。我们结束吧，你以后不要再来找我，我也不会和你再见面。"说罢，挽起婷婷，一瘸一拐地走了。

这突如其来的打击使马丽呆呆地站在那儿，半天回不过神来。看着远去的身影，她有一种哭笑不得的感觉，自己真是不了解这座城市，更不了解这城里的人。这人变得比戏法都快，眼前发生的这一切真的仿佛是一场戏。她又气又恨，恨不能有个地洞钻进去。此刻，那首非常流行的"一场游戏一场梦"的歌声不知从何处飘过来，似乎有意唱给她听。对，就是一场游戏，一场梦……马丽呢喃着，默默地一个人离开了。

十四

周平翻弄着手中的照片，犹豫再三，把不堪入目的拿了出来，把其余的和一封已经打好的信让秘书寄出去。

中国经济已经进入飞速发展的快车道。十几亿人的庞大需求，使欠账多年的房地产市场如雨后春笋般迅猛发展。周平调重金迅速抢占这个市场。他看好靠近东港海边的一块山坡地，基本没什么动迁户，而且依山傍海，要在这儿建一片高档海景住宅，一定能卖个好价钱。以他在深圳的经验，当人们的基本需求被满足之后，追求更高的物质文化生活是必然趋势。李嘉诚当年就是先人一步，在不被人看好的半山和填海区盖楼，而且房价要高出市区几倍。最后，住在半山成为香港有钱人的象征。李嘉诚也成了香港乃至世界华人的首富。

而内地人们还没意识到这一点，多数人还愿意住在交通便利，生活方便的市区，开发商也热衷于在市内拆迁抢地。就在这块地眼看到手的时候，半路杀出个程咬金，一家国有房地产公司同样慧眼识珠，事情变得复杂起来。这些年的商场磨炼，已经使当年那个扛烟包自卑忧郁的回城青年成长为一个精明、老辣，有时甚至不择手段的商人。资本能推动一切，改变一切，其中也包括人性。

他找到主管城建的副市长。副市长为难地说："周总，按道理你们在先，这块地应该给你。可这一家不仅省里有关系，还有军方背景，更何况资金、规模都不比你们差。我看，你们的胜算也就五五开，这还是乐观的估计。"副市长说的是实情。那我该怎么办？周平的眼睛看着副市长似乎在问。"竞争。看谁最终能把对方淘汰掉。"副市长的回答干脆明了。

从市政府出来，周平没回办公室，而是去了一家外表不起眼，内部却装修豪华的茶楼。六哥早已等在那儿。六哥身材魁梧，虽已发福，但坐在那儿仍像铁塔一般。他是当年烟厂扛大个苦力中的老大，为人仗义，又有一身好功夫。他练的铁布衫功据说就是当年鲁智深练过的，运足气岔开骑马蹲裆步如在地上生根一般。虽不能倒拔垂杨柳，但四五个人是很难近他身的。这些年手下弟子无数，叫得响的也有几十号，六哥是这一方无可争议的老大。由于当年对周平格外关照，而今两人已是莫逆之交。

两人关起门品茶。周平喜欢喝龙井，特别是清明节前采制的"明前狮峰"，色翠、香郁、味醇。被清代著名茶人陆次云赞为："啜之淡然，似乎无味。过后觉有一种太和之气，弥沦乎齿颊之间。此无味之味，乃至味也。"透过淡淡的墨绿色茶杯，几只浮萍漂起又沉下，六哥轻轻吹了吹说："这些人用道上的办法不行，还得对症下药。""我也在考虑。"周平答。"要不这样，我先让弟兄们把几个头头脑脑的背景、家庭、嗜好等情况摸清楚，完了再做打算。""也好，但要快。"

几天后，一份名单和几份资料摆在周平面前。卢中云，男，53岁，已婚，现为该公司董事长，法人代表，未发现有婚外情，之前系某大型国企的厂长，因企业改制工厂被收购调到现在公司搞房地产……张鹏飞，男，48岁，退役军官，现为该公司总经理，之前系警备区作训部副部长，已婚，现有一个同居情人……

周平拿起电话："六哥，卢，重点了解一下企业改制工厂被收购的情况；张，就从他的情人下手……"周平清楚，国企老总最怕什么。他们利用国家赋予的权力，干着挣钱肥自己赔本归国家，包赚不赔的买卖，充其量换个地方，只要把关系学玩好就行，但屁股多半不干净。因此，他们最怕反贪局和经侦队。

一天上午，卢董事长正在办公室看报纸，两个市公安局经侦大队的办案人员敲门而入。他们将一份有举报人签名的检举材料放到他眼前。"我们接到举报，说你在438厂兼并过程中有受贿行为，低估贱卖国有资产。现在请你去协助调查。"

十五

自从马丽离开刘总之后，心情也逐渐平复下来。经大姐介绍到妇联办的幼儿园工作。晚上刚回家，桂香就急匆匆跑来，见面就哭。她老公被情人告到单位，让他赔偿青春损失费、堕胎费等一百多万，并要求严肃处理。现在她老公已被免去总经理职务，接受审查。"完了，一切都完了。我本想迁就他一阵子，慢慢玩腻了就自然分手。可现在，我还有什么脸见人哪……"接着，就大哭起来。

马丽暗自庆幸自己和刘总结束得早，不然今天哭的很可能不是桂香而是自己。但最近田牛明显不高兴，回到家不是一根接一根地抽烟，就是喝闷酒。问他为啥也不说。只说部队精简整编一百万，现在已到团职干部，转业是迟早的事。转业？田牛能干什么呢？这个问题马丽从来没想过。她曾设想田牛能熬到副师级，或者靠到军龄三十年从部队退休。可现在真要转业……她见过不少部队干部，转业时惶惶不可终日，如热锅上的蚂蚁，有关系有特长的还好，啥也不会的只能托门子送礼，最后也很难找到好工作。这扛枪站岗大半辈子，临老了还要从头来过？马丽不敢往下想，越想脑子越乱。

田牛愁的不光是转业的事。自从收到那封带有照片的信，他人几乎崩溃了。他几次鼓足勇气想问马丽，但话到嘴边又咽了回去。他想到儿子，想到可能发生的后果，他不敢也无法面对这个事实。思来想去，觉得事情不一定就坏到那种程度。他反复翻看照片，无非是马丽和那个男人逛街、吃饭，充其量是两个人跳舞的镜头。这只能说明他们关系密切，但不等于就有那个。他在安慰着自己，为开脱寻找着理由。况且，现在马丽已经和那个人分手，在家待得很安分。人啊，谁没有犯错的时候呢？接下来转业的事已经使他无暇顾及其他了。他索性把信和照片付之一炬。周平今天心情大好。一早刚上班就接到副市长电话，告诉他那块地有希望，对方好像内部出些问题，暂时不参与竞争了。周平亲自驱车来到海边，看着一望无际的大海，想象着即将拔地而起的一幢幢高楼，心中不免涌动起岳飞的那首满江红："怒发冲冠，凭栏处，潇潇雨歇。抬望眼，仰天长啸，壮怀激烈。三十功名尘与土，八千里路云和月。莫等闲，白了少年头，空悲切！"

由一个炒外汇的倒爷到今天身价过亿的大地产商，他完成了自己人生和事业上的飞跃。今天，没有人可以瞧不起他。他可以告慰九泉之下的父母，你们的儿子即将是这块土地的主人。他任由海风吹打着自己，任由头发遮挡住眼睛，衣服被风高高掀起，像一个行为艺术的雕塑久久伫立着……

十六

大裁军一百万。这是中国建军史乃至世界建军史上的壮举。田牛，这个最适合当兵的人，也不能幸免。当他脱下军装回到家的时候，马丽怎么也不能接受这个现实。不停地问："你没跟领导说，你是'学雷锋标兵''扎根海岛的典型'！怎么说转业就转业了呢？"田牛摇摇头："没用。老标兵活到今天也得转业。"部队的送行酒让这个酒量很大从没醉过的人喝醉了。

标兵并不是一点用没有。先进典型，三等功以上荣立者，边海防前哨的，可以加分，可以在公安系统和海港优先选择。马丽建议他去公安局，脱下军装换警服，和部队差不多。田牛不同意。当了几十年的兵，从小就在部队长大，如今去当警察？警察不是正规军，那身警服怎么能和军装比？

他喜欢大海，决定去海港。到处都人满为患，一个正团职干部到了海港，只能在行政科当副科长，而且排第五。田牛感觉老了，心老了。报到那天，一个小年轻还开他的玩笑："老同志会点啥？""我是炮兵，会打炮。""什么炮？"小年轻问。"高射炮。"田牛答。顿时满屋子人笑翻了天，笑得田牛丈二和尚摸不着头脑。后来才听人说，现在管干那事叫"打炮"。

什么电脑、炒股、上网，他一概不会。那拿惯了枪的手像棍子一样僵硬，差点没把键盘敲坏了，从此就再也不碰电脑一下。他一年四季穿军装，很少买衣服，而没了领章帽徽的军装穿起来像个民工。马丽说他多次也没用，没办法，索性不管他。岁月蹉跎，马丽也老了。但她人老心不老，虽没了年轻时的姿色，但穿戴打扮得体，还参加了市中老年合唱团，没事在家上网、炒股不闲着。

真正长大的是田歌，如今已是二十七八的大小伙子。他继承了母亲的基因，不仅人长得帅，也像他妈一样讲排场、爱虚荣。儿子老大不小了。马丽对田牛说："再买一套房子吧，说不定哪天儿子就结婚。""现在的房子七八千块一平米，哪能买得起。""你就是死脑筋，我们不会想办法？""啥办法？"田牛问。"离婚。"马丽说。"离婚？"田牛惊愕地看着马丽。"离婚与买房有啥关系？""假离婚，房子给我，你就成了无房户。我们现在住的是部队的房子，你们海港马上就要分房子，可能是最后一次。""这不是骗人吗？欺骗组织。"田牛不同意。"就你诚实，为要房子谁不这么干？"马丽跟他大吵一架，几天不说话。

如今，神圣的婚姻也成了获取利益的筹码，还有什么不是商品吗？田牛没办法，只能按照马丽说的做。海港看他真有离婚证又是老同志，就照顾他分了房子。房子到手后，马丽又说："我们把这两套房子卖掉，买一处好的，将来和儿子一起过。没看见东港正在建海景房吗？叫东海岸国际社区，那房子多气派。""那更买不起，要一万多一平米，不是给我们老百姓住的。"田牛说。"开发商是周平，我找老三说说，便宜点。"

　　眼看人家都住上大房子、开上汽车，马丽是又羡慕又着急。如今是没钱啥事也办不成，可上哪儿弄钱呢？这些年，和田牛一起，是饿不死也撑不着。干部子弟，部队军官，在大锅饭年代优越无比，可现在……她觉得与田牛生活平淡如水，如今老了，就把心思和爱都用在儿子田歌身上。儿子就是她最大的希望。

　　田歌是现代青年，泡吧、穿名牌样样不少，除他自己的工资，老两口还得往上搭钱。田歌喜欢车到了痴迷的程度。为看车展，他不惜利用周末时间打飞机去北京。马丽心疼钱但儿子喜欢。她常想，自己这辈子穿没穿着，玩没玩着，如今儿子赶上好时候，就随他高兴开心。大人一辈子不都是为了孩子吗？

　　买房的事马丽没跟马英讲。便宜也得上百万，还要给儿子买车钱，怎么也掂对不开。她直接去找周平，这么多年从没张口求过他，今天为儿子老脸也豁出去了。周平的办公室在金座大厦二十八层，马丽坐电梯上来，没到门口就被保安截住了。听说找老板，保安先给秘书打电话，秘书又问她有没有事先预约，她说没有。折腾半天也没进去门。马丽正烦躁，突然看见里面周平的影子晃了一下，就大喊起来。

周平没想到马丽来找他，平日两人很少见面。听完来意，周平说："可以八折优惠，不付款恐怕不行。董事会通不过，我说了也不算。"说完，就急着开会走了。马丽碰了一鼻子灰，心里这个气。真是资本家啊！有那么多钱还跟我打官腔，这社会怎么又倒过来了？这还是共产党的天下吗？

十七

田牛带回的消息更是火上浇油。海港实行改制，田牛被买断工龄，打发回家，从此成了一名失业者。当田牛把买断工龄的十六万元钱交给马丽时，她蒙了。辛辛苦苦一辈子就值这十六万？自己煞费苦心寻找的幸福到头来就是这么个结局？她把这怨、这气一股脑全撒到田牛身上。当初让你去公安局，你非要去海港，现在失业了，成了没人管的无业游民。她越想越气，猛地推开窗户，将十六万扔了出去。钱像雪片一样，在空中飞舞着、飘落着，纷纷扬扬。田牛被眼前的一切搞懵了，回过神来，赶紧冲到楼下捡钱。钱散落在地上，就像枯黄的树叶，了无声息。

结婚这么多年，田牛第一次动手打了马丽。接下来两人冷战半个月，谁也不说话。田牛也想不明白自己怎么一下就变成了废人，堂堂团职干部转眼变成失业人员，别说马丽接受不了，自己也觉得没脸见人。他主动向马丽认错，不该打人，什么洗碗、擦地，家务活全干。冷战结束，房子还得买，八折也能省十几万啊！这个时候，也不怕被周平笑话了，马丽厚着脸皮又去找周平，心想，有便宜不占白不占。卖掉两套旧房，东海岸大房子总算买到手了。可装修又是一笔钱，田牛决定出去打工，贴补家用。

089

马丽的婚姻

到劳务市场一打听，像他这个年龄，无学历无技能的只能干打更的活，一个月工资八百元，干二十四小时歇二十四小时。钱少那也是钱啊！田歌谈恋爱了，花钱更多。平日里老两口吃得很简单，只有儿子在家才做点好的吃。从小田歌就爱吃海鲜，如今是每顿饭都离不开，无论多贵，马丽都给儿子买。每天田牛下班回来，看见水池里化着鱼虾，就知道今晚儿子回来。一天，田牛觉得馋了，就把给儿子准备的虾吃了几个。这一下又惹火了马丽，说他这么大个人还和孩子争嘴，为几个虾又大吵一架。都说女人更年期脾气不好，因此，每次马丽发火，田牛就忍着。就这样，家中也是战火不断。

冬去春来。田牛发现有人在小区后面山坡开荒种地。马丽不是总说自己没能耐吗？这开荒种地自己可是一把好手，既能吃到新鲜蔬菜又能省下买菜钱，也免得整天听马丽唠叨。他每天起早贪黑侍弄着这块地。他用手把地里的石头一块块挑干净，又用筛子把土仔细筛一遍，这才翻地、下苗，种上一茬黄瓜豆角。当看着豆角开花、黄瓜结纽，他心中充满喜悦，坐在地头，边抽烟边欣赏着自己的劳动成果。闻着泥土的芳香，看着绿油油的秧苗，他发现自己骨子里还是个农民，对土地有着一种与生俱来的亲切感，就像祖辈们遗传给自己的血脉一样不会改变。他突然萌生了回江西老家养老的念头，在井冈山上和父亲做伴，那该多好、多开心啊。马丽能和自己走吗？

见田牛整天泥一把水一把，马丽不让他进门。不在外面把脏衣服换下，就别进屋，免得弄脏了家。马丽觉得自己现在是跟一个老农民生活在一起，没有共同语言，没有共同爱好，连生活习惯也相差甚远。她不让田牛上她的床，把他撵到客厅睡沙发。主卧和书房都让给儿子，不能让别人瞧不起，她要创造条件把儿媳妇娶进门。这些，田牛都忍受着，因为他爱马丽，爱这个家。他知道，换到现在，马丽是不会嫁给自己的，她真的应该嫁给周平。跟了自己，确实是一朵鲜花插在牛粪上。只要马丽和儿子开心，自己什么都能忍受。

儿子要买车。看中了一款宝马5系，优惠完价格也要四十几万。田牛的意见，买个几万块钱的，能代步就行，家里刚买完房子钱紧。可儿子不干，周围朋友开的都是好车，几万块钱的车开着丢人。儿子太喜欢车了。马丽一狠心，贷款也要买宝马。宝马开回来了，二十几万贷款也等着还。这每月七八千块的还款，是必须完成的硬指标，马丽和田牛发愁了。马丽对田牛说，你歇那二十四小时再找份工吧，每月你怎么也得承担两千元任务，我把剩余的十几万都投进股票里，不定哪下运气好。

就这样，田牛又找了份大厦地下停车场看车的活。地下停车场冬天冻死人，夏天潮死人，再加上连轴转，自认为身体挺好的田牛有些吃不消了。由于潮湿，身上起了大片大片的红疙瘩，痒得要命。但他不舍得去医院，实在受不了，就用手挠，浑身上下挠得血葫芦似的。漏屋偏逢连天雨，马丽那十几万全家唯一的积蓄又全套在了股市里，而且是牢牢地套在山顶上。

马丽绝望了，一股火使她大病不起。

一天傍晚，田牛正在停车场值班，一辆黑色大奔开了进来。他刚要问找谁，一个戴墨镜的年轻人从副驾驶探出头，张口就骂："你是不是新来的？眼睛瞎呀？连董事长的车都不认识？"没等田牛答话，一个人推开车门走了下来，原来是周平。"田团长怎么会在这儿？找工作也不和我打个招呼，怎么让你干这种活呢？""这是你的公司？"田牛仍有些诚惶诚恐，呆若木鸡地站在那儿。周平边上电梯边对"黑墨镜"说："再张口骂人就炒你鱿鱼。告诉保卫部，给新来看车的每月加五百块钱。"

十八

马英坐在董事长办公室等周平。周平现在是全市屈指可数的大地产商，到处都有他开发的房子，人也忙得神龙见首不见尾，马英已几天没怎么见着他了。她很少过问他生意上的事，公司也不常来，只有几个高层和秘书认识她。

周平的办公室与众不同。一般的老板办公室喜欢挂些与领导、名人的合影或题字，摆放些吉祥发财的物件，借以彰显自己的实力和影响。而他的办公室则像个艺术馆。墙上挂着俄罗斯画家列宾的《伏尔加河纤夫》和列维坦的《金色的秋天》油画，办公桌侧面是一尊罗丹的《思想者》雕像。对面墙上是亲手书写的"天道酬勤"四个行草大字。整个房间充满艺术气息，唯独右边墙上一幅放大的照片让人感觉到一股煞气。那是一只雄鹰将一条蛇紧紧抓住飞向天空。鹰翱翔着，羽毛竖立，怒目圆睁，蛇努力昂起头攻击鹰。两个博弈者在天空中翻滚飞舞，背景是清澈的蓝天和莽莽群山。这场云霄之上的生死搏斗令人遐想。

画作是艺术，无论画得多么真实，它都是艺术。而照片是现实，无论照得多么艺术，它都是现实。人可以生活在艺术之中，但必须面对现实，而现实往往是残酷的。这就是周平的人生哲学。

马英无意间拉开办公桌抽屉，在最底层发现一个装有照片的旧信封。她打开信封，被眼前的照片惊呆了。一对男女卿卿我我，女的竟然是二姐马丽。照片中的二姐还很年轻，应该是多年以前拍下的。

她突然觉得周平不可思议，不知他究竟还有多少秘密瞒着自己。这些年来，周平生意越做越大，人也变得高傲、自负，甚至带有几分阴鸷，这是她没想到的。但她可以理解，商场如战场。就像刚看过的一部前苏联电影《莫斯科不相信眼泪》，商场同样不相信眼泪，她虽然不是商人，但这一点她懂。

周平总体看是个知识分子，但他潜在的经商意识也是与生俱来的。他应该是一名优秀的教师，也可以成为一个成功的商人，只是在不同的环境下，某一种天赋被激发放大了而已。他看上去温文尔雅，内心却坚毅冷酷。他性格上的双重性与他从小精神受压抑有关，不然也不会成就今天的周平。这一点，没有谁比马英更了解他。但眼前发生的一切超出了她的预想，这些照片他是如何得到的？他对二姐做了些什么？二姐又做过些什么？那个男人又是谁？这一系列谜团使她对一切都产生了怀疑。这可是自己身边最亲近的人啊！

十九

马英突然觉得这个世界那样陌生，陌生得连找个说心里话的人都没有。她想起大姐。大姐像母亲，在大姐身上，她嗅到了母亲的气息。"和周平闹矛盾了？"马英摇摇头，又点点头，她不知该如何跟大姐说。"这不奇怪。"大姐好像早有预料一样。"我做妇联工作这么多年，夫妻矛盾，家庭纠纷见得多了。特别是周平，一个成功的有钱男人，他所面对的诱惑、挑战就更多，特别是来自于女人。为什么说男人有钱就学坏？这几乎成了有钱男人的宿命。""不，他对我很好。""那为什么呢？""还是听说了什么？"大姐用关切的眼神看着她。

"大姐，夫妻间有秘密吗？发现与你同床共枕的另一半有那么多秘密瞒着你，我简直不敢想象。""傻丫头。有隐私是人的权利，夫妻也不例外。有些隐私是一辈子也不能讲的，有些则是善良的谎言，几乎不存在没有隐私的人。因此，夫妻间要坦诚相见，也要相互包容。人都是有缺点的。你爱周平，就意味着要接受他的全部，包括他的缺点。同时，你也有帮助他改正缺点的责任和义务。"大姐极富哲理地说道。

"你了解二姐吗？"马英抬起头问。"我了解你们俩像了解我自己一样。你二姐怎么了？难道她和周平还……""不是，我现在好像谁都不敢相信了。"马英赶快把话题岔开。"你和大姐夫多好，我真羡慕你们，总是那么和和美美。"大姐沉默片刻接着说："婚姻大致可分为三种。第一种是相亲相爱、白头偕老。比如我国两弹一星元勋钱学森和夫人蒋英，他们互敬互爱、相濡以沫，演绎了人生最完美的爱。第二种是找到自己所爱的人。由于爱对方可以为对方付出一切。第三种是找不到自己所爱的人，就找一个爱自己的人。但完美的爱情婚姻是要靠双方共同维系的，纯粹的爱情几乎没有，或极为短暂。"大姐停顿一下说："英子，我可以告诉你个隐私。你还记得当年你大姐夫他们厂出的那次事故吗？""记得。大姐夫因公负伤，还立了功。""就是那次事故使他丧失了性功能，所以我们这么多年没有孩子。""不一直说你有病？怎么会是他？""他是男人。我要维护他做男人的尊严。那时我们刚结婚不到两年。""大姐，这么说你们这么多年一直都……"马英一下抱住大姐，痛哭了起来。

大姐像哄孩子一样，轻轻拍着马英的头。"大姐，你太苦了。我们一点也不知道，还以为你是我们姐妹中最幸福的。"大姐安详地凝视着窗外树枝上一对小鸟，喃喃道："我现在感觉很幸福。"马英突然间觉得自己太自私、太可恶，大姐承受如此大的痛苦和打击，自己却全然不知。

她紧紧抱住大姐，这么多年第一次仔细看着她。大姐老了，老得和当年母亲一样。"大姐，我一定要好好照顾你，真的。"马英抽泣着说。"你们幸福就是我最大的满足。还有问题吗？有什么想不开的，就跟大姐说，我现在可是专家啊！"

二十

离开大姐，马英给周平打电话，让他务必马上回家。当马英将照片在周平面前摊开时，他那一贯自信的脸上流露出了少有的尴尬。"你翻了我的抽屉？""对不起，我无意间发现了你的秘密。我说了，是无意间。"事发突然，周平一时语塞。

"你为什么要这么做？"马英提高了声音。"这是，这是很久以前的事，我早应该把它销毁。"他答非所问。马英几近失声地大喊道："我在问你为什么？你能告诉我吗？""英子你听我解释，千万别激动，千万别激动。"马英推开周平的手。"你在生意场上耍手段、玩阴招我不管，可她是我二姐，是我的亲人。你竟然六亲不认。周平，你太可怕了。你还是人吗？你变得连我自己都不敢相信。"

周平沉默着，一声不吭。这个生意场上威风八面的董事长，在马英面前却有几分英雄气短。没有马英，就没有他周平。是马英在他人生最低谷的时候，给了他信心和关爱，是马英用自己微薄的工资供他读完大学，马英不仅是妻子还对他有再造之恩。

良久，他说了句："英子，对不起。"说罢，站起身从手提包里拿出一份文件递给马英。"公司正准备上市，上市后要由职业经理人和团队管理。我准备辞去董事长职务。公司发展到今天，我的愿望已经实现，我也真的感觉累了。你说得对，钱财乃身外之物，生不带来死不带去。没有时想得到，得到后，才发现失去的更多，而且是金钱所买不到的。你能原谅我吗？我当年只是想报复马丽和田牛，生意场上也做过很多见不得人的事，是私欲和金钱冲昏了我的头脑，现在想来很后悔，真的很对不起你，对不起马丽和田牛。我们把照片销毁掉，世界上再不会有人知道。"

"销毁掉？心中的创伤能销毁吗？多年的情感能销毁吗？往日的回忆能销毁吗？"马英越说越激动，"我告诉你周平，你会遭报应的。田牛下岗是不是与你有关？去停车场看车，也是你的阴谋？你还干了些什么？"周平知道马英的脾气，现在说什么都没用，他必须用行动来弥补自己的过错。是啊，马英骂得对，自己的心理从什么时候开始变得如此阴暗？手段如此下作？周平啊，周平，你怎么变得连自己都不认识自己了？他像一个挨完老师批评的小学生，默默地，悄然退了出来。

二十一

马丽生病期间，田牛精心照顾着。都怨自己没能耐，才让马丽上这么大的火，他自责着。他给马丽喂饭、洗脸、洗脚。马丽虚火旺盛，大便干燥，他就用皂液帮她润肠，干粪蛋硬得像石头，在便池里冲不下去，他就把手套上塑料袋，伸到便池里捏碎，再用水冲。这人一旦生病，就万念俱灰。马丽那颗争强好胜虚荣一辈子的心，终于在此刻平静下来。

她看着田牛端给她吃药的那杯白开水，一种愧疚之感油然而生。她突然觉得对不起田牛。这些年，总是觉得和田牛生活平淡如水，现在看平平淡淡才是真，健健康康才是福。田牛的爱就像这水，无色无味，喝了一辈子从没在意过，如今才发现生命当中每时每刻都离不开。人老了，什么好喝的也喝不下去，只有这白开水。

她想起多年的往事，想起周平，想起学校，想起海岛还有刘团长……她突然想和田牛说出那段一直隐藏在自己心中的秘密。最近，它在心里像疯长的野草一个劲往上蹿。这心里长草的滋味，实在让人难受，简直是一种折磨。

田牛去医院取马丽的化验单。医生告诉他肝功化验异常，病人需做超声波和 CT，进一步检查。检查结果像一颗炮弹把田牛炸晕了，马丽患肝癌已经晚期。她似乎早有预感，死活不同意住院，说治也是白搭钱，不如回家养着。她只是不放心儿子，嘱咐田牛千万别告诉儿子，也别告诉其他人，她不愿看到别人怜悯的眼神。倾家荡产也要给马丽治病，不行就卖房卖车，就是卖上老命，也不能见死不救。田牛下定决心。他告诉医院先交五千押金，其余的回头补上，病不能不治。

他首先去田歌买车的车行。说家里急用钱，问车能不能转手卖出去，实在卖不出去把车收回，贷款是还不上了。人家说，大爷你开什么玩笑，贷款已经被一次性还完了，车你就放心开吧。怎么可能？二十多万哪！谁能替还上？他不信。反复核实之后，钱确实还上了，但不知还款人是谁。他又来到一家房屋中介公司，登记卖房子。忙活完，回到医院病房里，没有马丽，他一下急了。难道出院回家了？这时值班护士告诉他，马丽已调换到高级病房。

病房里，大姐和马英坐在床边，田牛一下明白了。"你看看，马丽不让告诉，你们还是知道了。车贷那二十几万算田歌借的，将来一定让他还上。"田牛对马英说。"什么车贷？我不知道。"马英疑惑地问。"那就是周平，不会有别人。"田牛说。"周平已经去了青山沟，他不知道二姐有病的事。"马英答。就在田牛和马英探讨到底是谁还了贷款的时候，大姐马华轻轻地给马丽做着按摩，马丽如婴儿般安详地睡着。见状，马英也凑过来，三姐妹这么多年来第一次又像小时候那样依偎在一起。临走，马英告诉田牛，钱不是问题不要再跑了，她已经给医院交了足够的押金，安心治病就行了。

二十二

周平辞去董事长职务，他要回青山沟看看。前些年，捐建过一所希望小学，但人没回去。自从离开那儿，转眼快三十年过去了，听说那里依然很穷。老乡们听说周平来了，像看国家领导人那样激动兴奋。山沟里出了这么个大人物，他周平早已是家喻户晓，只是他自己不知道。

正值秋天，周平吃着老乡自家种的粘玉米、地瓜、核桃等土特产，格外香甜。什么山珍海味、西洋大餐，都不如这土生土长的味道好。当年的老村长八十多岁了，身子骨硬朗，半斤老白干下肚啥事没有，周平却喝醉了。他陶醉在这青山绿水之间，流连忘返，山里的清风仿佛能荡涤掉凡胎俗骨，一切丑恶、私欲、明争暗斗、尔虞我诈全都化为乌有。周平感觉自己返璞归真了，身心无比轻松。他要把这进山的石子路修成柏油的，把绿色的土特产运出大山，让老村长和乡亲们过上小康生活。

人不留天留。秋雨一场接一场下个不停。马英来电话，说马丽快不行了。周平决定冒雨上路。崎岖的山路泥泞难行，大雨形成瀑布，顺着山坡往下淌。突然间，"轰"的一声巨响，山洪夹着泥石流倾泻而下，周平的车顷刻间被巨大的力量推下公路，翻滚着掉向谷底……

田牛坐在病床边。肝癌晚期的疼痛已经传遍全身，马丽昔日那漂亮的面容，如今已被病魔折磨得枯槁而憔悴。药物和化疗使她头发脱落，她已多日没照过镜子了，自己现在的模样，不用照镜子也能知道。两行泪水顺着眼角流了下来，田牛边给她擦眼泪，边劝慰道："会好的，一定会好的。你不是还想回海岛看看吗？"

"田牛，我对不起你。"马丽用微弱的声音说。"你看你说哪去了，我们是夫妻，照顾你不应该吗？""我……我是说当年……"从马丽那忏悔的眼神里，田牛知道她想让他原谅什么。"别说了，我什么都知道，事情过去就算了。""不，你让我说出来。不说出来我憋得难受，这么多年……"

后　记

马丽死后，田牛带上马丽的骨灰回到江西老家，那里还有他长眠的父母。周平大难不死，截掉一条右臂。他用自己在公司的大部分股份成立个扶贫基金，专门扶持像青山沟那样的贫困山区的经济发展。他彻底辞掉了公司里的工作。从此，在师大中文系讲坛上，经常可以见到一个用左手在黑板上写字的老师：君不见，黄河之水天上来，奔流到海不复回。君不见，高堂明镜悲白发，朝如青丝暮成雪……

失去了，永远不会再回来

一

"明天你是否会想起，昨日你写的日记。明天你是否还惦记，曾经最爱笑的你……谁娶了多愁善感的你……谁把你的长发盘起，谁给你做的嫁衣……啦啦……"

老狼的这首《同桌的你》，唤醒了无数人对学生时代的美好回忆。保尔这几天就一直在不停地哼唱这首歌。虽然这首歌的创作年代与他的学生时代差很远，但这却是最能代表他此刻心境的一首歌了。妻子嫌他吵，扔下一句："怎么不研究中医，改练唱歌了？"扭头关上门，进卧室看她的电视剧，留下保尔一个人在那儿干嚎。

离别三十年。他第一次参加同学聚会，当大家纷纷寻找自己当年同桌的时候，这首《同桌的你》就被一遍又一遍地唱，一遍又一遍，直到面色绯红、两眼湿润，如醉如痴。这些已过不惑之年的男女们，仿佛要弥补过去几十年本应属于他们的青春而忘情歌唱。

保尔没见到自己的同桌。

保尔的同桌叫冬妮娅。就像大家叫他保尔一样，冬妮娅也是在大家看过《钢铁是怎样炼成的》之后，男同学给她起的别名。虽然男同学都这么叫，但他从没当面叫过。她的真名叫什么，保尔不记得了，反正是一个与冬妮娅毫不相干的名字。久而久之，大家都只是记住了冬妮娅而忘记了她的真名。

那是二十世纪七十年代初，保尔的朦胧人生和他那青涩的初恋就是从上中学那一天开始的。用现在的标准看那算不上初恋，充其量是一个情窦初开的少年对女同学的好感，确切地说是青春期开始萌动对异性产生的化学反应。但这确确实实是他第一次对异性产生异样的感觉，若干年后，他把它定性为初恋。

上中学的第一天，一个初春晴朗的上午。积雪还没有完全融化，一群仍旧穿着棉衣的新生们仰着脖，在发榜的墙上寻找自己的名字，保尔找到了自己所在的班级，一年六班。班主任是一个看上去不年轻的中年男人。老师开始点名分座，男女搭配小个坐前面，保尔个高被分到最后一排。他对保尔说："我看了你的小学档案，一到五年级你一直当班长，而且字写得不错，现在还让你当班长。"老师姓刘，过去一直教政治，刚刚改教语文。点完名分完座，待同学们把《毛主席语录》在课桌中央放好后，刘老师上了第一堂语文课。保尔看着自己旁边空着的座位，同桌会是谁呢？

第一堂课的内容保尔记不清了，但刘老师讲的三个字他终生难忘。他在黑板上写出"己、巳、已"，接着问道："谁能读出这三个字？"见没人回答，他说："张口己（ji 三声），闭口巳（si 四声），半张半合那是已（yi 三声）。"保尔从此记住了这三个看上去一样的字。这时一个女同学敲门进来，只见她面色绯红、气喘吁吁，显然是跑来的。"老师，我回

失去了，永远不会再回来

家取《毛主席语录》，所以来晚了。"她胆怯地抬头看一眼老师。那个年代，每天第一节课前，要全体起立，祝伟大领袖毛主席万寿无疆，读《毛主席语录》半小时。这叫"三敬三祝"，雷打不动，不带《毛主席语录》是不准上课的。

她坐在了保尔的身旁。这时保尔注意到她原来是个混血儿。据说他们都是白俄的后裔，有的是日俄战争后留下的，有的是被列宁发动的十月革命吓跑到中国来的。这是个充满异域风情的北方城市，有人把它称作"东方巴黎"。马路是由整块花岗岩条石铺成的，经年累月，变得油光锃亮。走在上面会使人想起高头大马、华丽的马车还有车上穿着布拉吉的玛达姆（对俄国女人的称呼）；街道两侧是风格各异的欧式建筑，有巴洛克的、拜占庭的，还有哥特式的；清晨，很多俄国人在排队买大列巴、打牛奶；每逢周末，教堂的钟声合着悠扬的风琴在暮色中回荡；春天，大街小巷到处飘散着丁香花的香味，那沁人肺腑的幽香魔力般萦绕着，如影随形；秋林公司的大列巴和里道斯红肠更是让人垂涎欲滴。后来中苏关系紧张，他们开始回国，到了"文化大革命"已经所剩无几了，留下的无亲无故，只能在中国过着没有面包的穷日子，或者和中国人结合，就生出了混血儿。

也许是混血优势，特别是女孩，白皙的皮肤，高挑的身材。东方人的基因弥补了他们鼻子太大、眼窝太深、面部轮廓过于分明的缺点。这种结合创造很完美，以至于多年后一个混血的香港小姐几乎成了经久不衰的美丽化身。

冬妮娅很美。尽管当时不分男女，一律蓝布上衣蓝布裤子，但那种没有任何人工雕饰的自然之美是现在浓妆艳抹，甚至整容所不能及的。当然，这些是保尔后来才悟出的道理。在老师要求同学们读奥斯特洛夫斯基的《钢铁是怎样炼成的》

时，她，理所当然地成为同学们心中的冬妮娅。她大大的眼睛，长长的睫毛，白皙的皮肤泛着少女特有的红润，笔直的鼻梁在金黄色头发的衬托下，构成一幅美丽的剪影。保尔从没面对面直视过冬妮娅，只是借着下午的余晖，偶尔睨视一下这美丽的侧面。仅此而已。老师管得很严，加之那个年代的学生远不如现在年轻人开放，男女生之间几乎不说话。但也有发育早、胆大的，"半拉8"就是其中之一。

半拉8有些来历，以至于多年后，同学们谈起仍津津乐道。那是上英语课的时候，大家都不认真学，特别是英语的发音。教英语的老师是个南方人，英语水平很高，而且极其认真。当教到字母S的时候半拉8怎么也记不住，老师就说："你看S像什么？是不是一个半拉8？"等到下一次英语课老师再提问他S的时候，他冲口而出："半拉8。"全班哄堂大笑，半拉8从此声名远扬。

半拉8不爱学习，但追女生却有一套。他经常隔着三排给冬妮娅传纸条，只见冬妮娅匆忙看上一眼，接着面色绯红，像喝了酒一样。保尔不知道字条上写的是什么，是什么能让她的脸像变戏法一样，一下就红了呢？老肥说："一定是我爱你。"磕巴说："不……可能，他没……没那两下子。"课间，男生围着半拉8，求他说出字条上写的是什么。他卖起了关子，非要大伙出钱给他买个面包才肯说，这实在是太难了。字条在冬妮娅兜里，秘密也在她兜里。

一天，轮到保尔和老肥值日，扫地时，在冬妮娅的座位下发现一个纸团，打开一看，是半拉8写给冬妮娅的情书。"东泥牙，放学后到公园小树林见面，必须去。"冬妮娅能去吗？他们在小树林里干什么？老肥眨着小眼睛似乎在问。冬妮娅去没去保尔不知道，但老师不知为什么却知道了，专门召开班务会让大家批判了一回，还请了工宣队吴师傅参加。为此事，老师批评了保尔，说他身为班长不积极向不良倾向作斗争，当老好人。没过多久，老肥加入了红卫兵。

打那以后，冬妮娅总是低着头。保尔觉得她一定是在恨自己，认为是自己向老师告的密。冬妮娅本来学习就不算好，每天上学来去匆匆，很少说话，保尔看得出她的心不在课堂上。刘老师是少数几个敢抓学习的人，用他的话说，那一时期赶上了教育回潮。后来大家经常说，真要感谢老师和那次教育回潮，不然我们都成文盲了。

每逢考试都成了保尔向冬妮娅"赎罪"的机会。考试开始，保尔低头飞快地写着，争取时间，尽快将卷子答完。冬妮娅也认真地看着卷子，但很少下笔，过一会，开始抬起头四处张望。这是个信号。保尔能感觉到那探寻的目光和那微微的带有香味的气息。这时，他装作写累了，抬起头看一眼监考老师，用手将答完的试卷向冬妮娅那边轻轻推去。冬妮娅立即低头，奋笔疾书。每当这时，他就会感到一丝欣慰，因为他看见了冬妮娅浅浅的笑靥。

后来，保尔随父母支援三线建设，去了内地。听说，毕了业，冬妮娅就嫁给了半拉8，躲过了上山下乡。这其中还有一段英雄救美的故事。

那时候，学校是九年一贯制，也就是小学五年，中学加高中四年。中学四年级的冬妮娅，已经出落成一个如花似玉的大姑娘，她那带有洋味的丰满身体，像熟透的樱桃，令人垂涎欲滴，又仿佛是红宝石般诱人的美酒，使人看上一眼就酒不醉人人自醉。

一天放学回家的路上，几个号称"黑山支队"的流氓截住了冬妮娅。他们围着她，左摸摸右看看，欲行不轨，冬妮娅像一只受惊的小鹿落入虎口。就在这千钧一发之际，半拉8挺身而出，一把将冬妮娅拽到身后，大声说："她是我女朋友，你们敢动她一个指头，我和你们拼命。""嘿嘿，臭小子，敢装大瓣蒜，给我打。"一顿拳打脚踢后，领头的扔过一把刀："臭小子，要么你给我滚，要么在你自己身上捅三刀我就放了你们俩。"半拉8二话没说，拿起刀在自己大腿上连捅三刀，顿时，血流如注。小流氓傻眼了，半拉8被送到医院，输了两千毫升的血才算保住了性命。

再后来，听说半拉8扒火车偷焦炭，被火车轧死了。老肥曾对冬妮娅用过一番心思，但不知为什么始终没有跟她好。听说冬妮娅二婚嫁了个搞建筑的包工头。

二

转眼三十多年过去了。保尔已从主要岗位上退居二线，孩子在外地上大学，妻子也提前内退在家。这些年忙忙碌碌，不经意间，已是韶华光阴过，不觉皱纹增。他经常对着镜子看自己：头发不知从何时起已开始花白，并日渐稀疏，几个月不焗油看上去就像个老头；面部开始下垂，眼袋已经像小月牙般显露出来。衰老也反映在生理上。保尔最近经常晚上睡不着，白天犯困，尿越尿越近，书越看越远。

生活安定了，日子却过得平淡。夫妻间，除了一日三餐，就是柴米油盐，早已没了往日的激情，就连结婚纪念日他也不记得。为此，妻子和他大吵了一架。

都说人老怀旧，鸟老恋巢。保尔这段时间就经常想起自己的学生时代，想起冬妮娅。她怎么样了？他想象不出冬妮娅老了什么样，在他的记忆中，她始终像歌里唱的那样：你是含苞欲放的花，一旦盛开多美丽。妻子经常揶揄他说："想了就回去看看，现在不是时兴同学聚会，寻找初恋的情人吗？"妻子的话不知是真是假，看着她一脸的大度，他忽然想起时下流行的段子，什么"家中红旗不倒，外面彩旗飘飘"。还有什么"情人累，小姐贵，找同学最实惠"。听起来让人心里痒痒的。

坦白地说，冬妮娅一直是保尔心中最美好的回忆。尽管她命运多舛，嫁了两个男人，尽管他认为是一朵鲜花插在了牛粪上，不免惋惜，甚至带有几分醋意，但仍认为她是他见过的最美的女人。

现在的影星歌星无非是一群化妆品包裹下的尤物，翘首弄姿，袒胸露背，稍不留神，奶子就能露出来，还美其名曰是什么性感。天生丽质的真是少之又少。曾听说某俊男取了个靓女生下孩子却很丑，夫妻俩互相指责，最后抱孩子去医院。医生说："你们俩也要给孩子做整容？"

保尔经常慨叹，当年虽然生活清苦，但天是蓝的，水是清的，大萝卜白菜是甜的，一旦都是自然天成。不像现在美女是人造的，孩子是试管的，猪肉注水，黄花鱼染色，连牛奶里都有什么胺。面对他的牢骚，孩子说这是更年期综合征，是老年痴呆的前兆。

在妻子的"纵容"下，保尔回到了阔别多年的故乡，这样就有了第一次同学聚会。

磕巴现在是天润工程有限公司的董事长，说话仍然不利索，但以他的身份却平添了几分威严。现在是混得好的有头有脸的愿意聚会，叙叙旧情，找回过去的记忆。这是当今成功人士厌烦了官场商场的应酬之后的一种休闲方式。他们做东花钱，买回的是一份轻松和赞许，自己也从中享受一回成功者的满足。普通人也愿意聚会，只要有人做东，大家聚在一起何乐而不为呢？往往是有人张罗，磕巴就慷慨解囊，保尔的到来正好给大家提供了聚会的机会和理由。他和大家约好，等找到冬妮娅时，他一定再回来。

磕巴来电话了。这就是前面保尔突击练唱《同桌的你》的那一幕。

保尔这回多请了几天假。

他对着酒店客房卫生间的镜子，将有些稀疏的头发拢了又拢，最后检查一遍仪表，出门打车去了果戈理大街的波特曼大酒店。

改革开放后，过去被认为"封资修"的东西又被改了回来，包括地名。保尔住在这里时，这条街叫"奋斗路"，波特曼叫"北方宾馆"。马路斜对过就是当年的母校，现在仍是一所高级中学，听说还是省重点。磕巴把聚会地点安排在此，其用心可谓良苦。

这次聚会范围比第一次大了许多，老师也来了。"弹指一挥间"，老师用了当年他教过的一句毛泽东的诗作开场白。说来也怪，人年轻时长得老到老了却不显老，老师就是这种人。当年他实际不到三十岁，而在同学们眼里却像父亲一样，如今快七十的人了，和大家在一起一点也不显老。

同学们早没了当年在他面前的拘谨。这个说，你总是批评我，还罚我一回站；那个说，我写过三次申请书都不让我入团。你一言我一语地拿老师寻开心。他非常认真地给大家做着解释，他越认真大家就越是笑得前仰后合。他内疚地说："我对你们管得太严了，确实有点'左'，男生女生之间说说话算什么？不然也不能只成一对，还……"他仍在为当年开会批判半拉8的事自责。不停地念叨，红颜薄命啊！

老师其实不知道暗恋冬妮娅的还另有其人。

冬妮娅在哪儿？磕巴似乎看出保尔的心思，凑到他耳边说："快……到了，正从江北往……这赶呢。"一条松花江把城市分成江南江北，一曲《太阳岛上》唱得人魂牵梦绕，那美妙的歌声曾红遍大江南北。听磕巴说，冬妮娅和包工头离婚了。包工头喝醉酒经常打她，还在外面养小妍。她要了几十万分手费，自己在太阳岛开了家俄罗斯风味餐厅。

真是应了老师的那句红颜薄命啊。保尔心里想。

"她……来了。"顺着磕巴的视线，一个由多种颜色组合的身影飘了过来。保尔使劲眨巴眼睛，这不是小时候在中央大街见过的玛达姆吗？金色的大波浪卷发，五彩云霞般的布拉吉，绣着金丝花边的手包，白色的高跟鞋，一个地地道道的俄国大嫂。这难道就是当年的冬妮娅？没等保尔回过神来，她以一个俄国式的拥抱将他搂在怀中。保尔感到胸前热乎乎的，好像碰上了两个肉球，一股香水味使他有些窒息。

冬妮娅变了，微微发福的身材，加上那另一半血统使她显得人高马大。也许是基因的关系，大多数俄罗斯女人上了些年纪就开始皮肤变粗，汗毛孔增大，胸前和臀部堆积着大块的赘肉，这就是玛达姆。冬妮娅变得很大方健谈。从当年传纸条讲到保尔让他抄卷子，别人几乎没有说话的机会。保尔只能默默地听。真是此一时彼一时，那个很少说话小鹿般沉静的冬妮娅不见了。冬妮娅酒量很大，来者不拒，但老肥的酒她却不喝。老肥现在一点也不肥，甚至有点瘦，还叫他老肥有点冤。

保尔调走以后，老肥进步很快，毕业前当上了校红委会主任。这个学校红卫兵的最高首脑权力很大，连老师都要惧他三分。在那个是非颠倒、上蹿下跳的年代，他干了不少伤天害理的事。据说就是他从中作梗，半拉 8 和冬妮娅连毕业证都没拿到。如果有毕业证，公社（现在叫街道）能分配工作，半拉 8 就不会去扒火车，也就不至于……老肥从农村返城后在一家校办工厂当工人，工厂倒闭了，失业在家。现在又得了严重的胃溃疡，不得不长期病休，已经没有了当年红委会主任的威风。同学聚会能叫上他，就已经很满足了。

　　酒喝大了，歌没唱成。冬妮娅提议明天到她店里唱。

三

　　时间尚早，保尔没打车，而是沿着中央大街向江边走。远处，圣·索菲亚大教堂那巨大的"洋葱头"露了出来。据说，它是整个远东地区最大的东正教教堂，始建于 1907 年，1923 年由俄罗斯著名建筑设计师克亚西科夫设计重建。整座教堂是由红砖砌成的，大小套叠的拱券式设计，使这座拜占庭风格的建筑气势恢宏，精美绝伦。"文革"时期曾被当做建材仓库险些毁于一旦。而今，被扩建为索菲亚广场，教堂成了建筑博物馆，而没有了宗教功能。再往前就是马迭尔宾馆。

　　江边的天鹅出水雕塑还在，几棵空心老柳树的枝条像老人稀疏的胡须，在随风飘舞，那个撅着屁股做跳水状的胖娃娃和吹小号的红领巾少年的塑像都还伫立在那里，只不过看上去比记忆中的小了许多，防洪纪念塔下的喷泉仍在向天空喷着水花……什么都在变，而这里的一切却没变。望着东去的江水，保尔仿佛回到了童年。真是老了，动不动就怀旧，而且极易伤感，几次差点在人前流泪。

　　渴望已久的同学聚会，和见到冬妮娅的一刹那，没像自己想象的那样激动。保尔曾无数次想象过见到冬妮娅的情景，也设计过多种见面方式：走在街上不期而遇；火车上同处一个车厢却茫然不知；见面时相对无言，含情脉脉；还有那微微的自然散发出的香味等等。就是没想到会是小时候见过的玛达姆。

保尔没有坐大船，而是选择了用桨划的小船过江，他要寻找一下当年泛舟的感觉，亲手摸摸江心的水。冬妮娅的餐厅在太阳岛上一片绿荫掩映下的老式苏联房里。这种房子举架很高，墙很厚，带有壁炉和地窖，整块又宽又长的松木地板应该有百年历史。近几年，俄罗斯游客很多，这种在他们本国可能都很少见的房子，加上冬妮娅的半拉血统使得餐厅生意兴隆。

为今晚的同学聚会，冬妮娅闭店，对外不营业。有人提议像当年上学那样，自己找自己的同桌坐，由保尔喊起立，祝伟大领袖万寿无疆后再开宴。保尔举起杯："万寿无疆就算了，祝我们大家身体健康！"

酒过三巡，开始唱歌。磕巴拿起话筒："每……对同桌，都要合唱一遍《同桌的你》，不唱完不……准换歌，唱得不好罚酒。"他的同桌是当年女生中最丑的，外号叫"孩子他娘"，因为结婚早，现在已是孩子他姥姥了。磕巴搂着"孩子他姥姥"又亲又啃，搞得老人家嗷嗷直叫。其实，磕巴就是疯闹搞怪调解气氛，他的女人足有一打。

别看说话磕巴，歌唱得却很溜到。磕巴唱完，下来就是保尔和冬妮娅。冬妮娅非要用一个麦克唱，她把头伸过来紧贴着保尔的脸，另一只胳膊搂着保尔的腰。这个姿势严重影响了保尔的发挥，加上同学们起哄，他苦练半天的《同桌的你》全唱砸了，还被罚了一杯酒。

今天喝的全是俄罗斯进口的伏特加。此酒后劲大上头，在酒精的作用下，已经全都醉眼蒙眬，精神亢奋，云山雾罩。他们不停地说着上学时的往事，互相倾诉着当年想说而不敢说的心里话。

冬妮娅把灯光调暗，放起了音乐。这是一曲由萨克斯演奏的布鲁斯慢四舞曲，那沙哑的靡靡之音和着昏暗的灯光不由得使人心旌摇动。

冬妮娅向保尔款款走来，她身披白纱，宛若天使般曼妙。保尔起身迎上去，将右手轻轻地放在她的腰间，然后两人开始翩翩起舞。他仿佛又闻到了那微微的带有香味的气息，不由得右臂用力将她的身体搂紧，滚烫的脸颊轻轻地贴在了一起。他们跳起了贴面舞，跳得比慢四还慢，几乎是在音乐中晃动。

"你知道吗？你才是我心中的白马王子。"冬妮娅在耳边轻轻说。"真的吗？"保尔的声音听起来有些颤抖。"你是班长，学习好，从来不理我们。""其实我……"保尔欲言又止。

音乐低沉而舒缓。男人最听不得的，就是女人说她喜欢自己而自己却全然不知。保尔突然觉得自己对不起冬妮娅，这迟来的表白使他顿时怦然心动，一股暖流顺着任脉径直向上涌，直达百会穴。冬妮娅仰起头，一双火辣辣的眼睛直视着保尔。太近了，保尔从没离冬妮娅如此近过，鼻尖几乎碰在了一起，能听到对方急促的心跳和喘息声。他猛然用嘴紧紧压住冬妮娅那微微张开的湿润的双唇，右手在腰间发力，一个滑步就转到窗边巨大的帷幔后面。这里灯光更暗，远离众人视线，只有帷幔在此起彼伏……

不知过了多久，灯突然亮了。磕巴张罗要走，再晚没车

失去了，永远不会再回来

的就下不去岛了，夜晚渡船停航。保尔有些意犹未尽。心里骂，这个混蛋磕巴，不早不晚单赶这个时候走。临上车时，看见冬妮娅正深情地望着自己，并作了个飞吻的手势，保尔努了下嘴回了一个飞吻。

太阳岛上万籁俱寂，远处偶尔传来几声蛙鸣。磕巴问他愿不愿意跟他接着去玩，保尔清楚他下一站要去哪里，便识趣地说有些累，想回去休息。

也许是酒喝多了，加上兴奋，保尔睡意全无。随着年龄的增长，熬夜的本事越来越差，近些年已很少在外面折腾了，过了半夜十二点，下半夜就怎么也睡不着。他觉得有些口渴，起身喝了一杯水，嘴里感觉舒服了许多。

他回味起今晚和冬妮娅的吻。好多年没亲过嘴了，不知从何时开始，夫妻间就只有"公事"而没有嘴，甚至没有需要时，干脆以打呼噜为由分房睡。还美其名曰：一等夫妻分房睡，二等夫妻分床睡，三等夫妻才同床睡。开始妻子还抱怨，后来就习惯了这一等夫妻的生活。

是啊，整天面对，几十年下来，视觉已经疲劳。爱情变成感情，激情变成亲情，夫妻俩如同左手握右手。都说少年夫妻老来伴，保尔觉得自己已经开始向这个方向发展了。但今晚，他似乎又有了久违的激情。是新鲜感？是酒精的作用？还是那音乐的情调？他说不清。但在嘴对嘴、舌尖相互缠斗的那一刻，他确实有了令人陶醉的带有丝丝蜜意的感觉。这是一种令人年轻的感觉，是能刺激肾上腺荷尔蒙分泌的化学反应，是性爱的前奏。而没有吻的性爱，只是生理需要的发泄。

保尔辗转反侧。今天以及接下来会发生什么？他既期待又忐忑。难道这就是所说的出轨，婚外情？还是什么彩旗飘飘？这些年保尔一直秉承"精神可以出轨，肉体必须守住"

的原则，还经常吹嘘"外面逢场作戏，公粮交到家里，肥水不流外人田"。

他突然想起了妻子，这几天如出笼的鸟，差点忘记了归巢。手机，手机哪儿去了？该不会落在太阳岛冬妮娅的店里吧？还好，在上衣兜里一闪一闪地提示着有未接来电和短信息。两个来电全是妻子打的，时间是夜晚十点。那时应该正在跳慢四或在……两个短信，第一个是，"请把钱打到工行账号：6686686655……"这群骗子！保尔骂了一句，随手删掉。第二个短信是妻子发的："打电话不接，玩疯了吧？多吃菜，少喝酒，听老婆话，跟党走。切记吃药！！！"还整出顺口溜了。保尔赶紧下地，口服了两粒阿司匹林。阿司匹林夜服能更有效预防心脑血管硬化，在当护士出身的妻子监督下，已经坚持数年，效果还不错。她此刻睡觉了吗？收不到自己的消息，她肯定睡不好。已经下半夜了，明早给她回电话。服完阿司匹林，他很快睡着了。

四

不知什么时候，手机铃声将他吵醒，看一眼时间，已经上午十点多了。电话还是妻子打的，听着他睡眼惺忪下的声音，嘱咐两句就挂断了。保尔感到头疼，这伏特加真不是什么好东西，都这会儿了，还这么大劲。他躺着不愿起来。约莫快下午时，冬妮娅来电话，说等她晚上一起吃饭。他起床洗漱完毕，又将房间整理一番，沏上一杯茶，等着冬妮娅。下午的余晖透过窗棂照了进来，将保尔的思绪又带回到从前。

那是保尔调走前的一个周末，全校师生到郊区的翻身公社学农。北方有时雪来得早，"十一"刚过就下了一场雨夹雪，地里的土豆还没来得及起就冻了。没有拖拉机，全靠人用手往外扒，为了干起来快，班干部带头，全把手套摘了，不一会手就冻得像红萝卜一样。不分男女，看谁扒得多堆儿大，眼看冬妮娅落后，堆儿最小，保尔跟老师说，先派个同学去烧开水吧，天太冷，喝点热水暖暖身子。就这样，他把冬妮娅安排去烧开水，她的任务大伙分了。看出保尔用意的有两个人，一个是半拉8，另一个是老肥。

放工回来的路上，遇到一条水沟，来时还能迈过去，现在随着雪水融化已变成一条小河，只能脱掉鞋蹚水了。那水真叫凉，冰冷刺骨，不知怎的，冬妮娅死活不脱鞋。女班长在老师耳边悄声说了点什么。老师说，冬妮娅有病别脱了，等一会来车接。个别男同学立刻嚷嚷开，就是资产阶级娇小姐作风，应该批判。只见半拉8从水沟对面返身跑了回来，二话没说，弯腰背起冬妮娅就走，老师不仅没批评，还表扬了他。其实，保尔也想背，但鼓了几次勇气就是没敢。后来，他才明白冬妮娅得的不是病。

冬妮娅来了。她带来大列巴、红肠、松仁小肚，还有啤酒，都是保尔最爱的。这么多年，每逢有人从家乡来，都要给他捎上这些特产。也许是习惯了，其他地方卖的熟食都觉得味儿不对。有些土特产之所以经久不衰，完全有赖于传统的工艺和考究的配料。譬如说里道斯红肠，就一定要用百年老汤加上等五花肉，腌制到一定程度，才能开始制作。肥肉多了不行，少了不香，要恰到好处。大列巴的制作也颇有讲究，一定要用果木或松木来烤制。听说为提高产量，试过用煤和其他方法来代替，结果烤出来的就不是那个味儿。

红肠不用切，一人一根咬着吃；啤酒不用杯，一人一瓶对嘴吹。这么多年了，饮食文化一点都没变，北方人粗犷的性格可能就是这么吃出来的。转眼间，两瓶啤酒吹完了。说心里话，保尔喝不过冬妮娅，再者今晚他也不想喝得太多，他的心思不在酒上。昨晚，虽然情到浓时，但迫于当时的情景只能意犹未尽，这也怪不得磕巴。今晚，冬妮娅不是来了吗？而且把东西带来在屋里吃，其用意不是明摆着吗。但冬妮娅的心思却好像真在吃上，红肠一直没离嘴。保尔如坐针毡心突突地跳。他在等冬妮娅发出信号，就像当年考试一样。

　　男人，所有的男人都一样，在性方面仍然保留着动物本能。在进化过程中有些本能被进化掉或已弱化，只有性在保留本能的同时，又被提高升华，以至于达到一种至高无上的境界。性与感情是否专一没关系。所谓的坐怀不乱，不等于他不想，只是时机还未成熟罢了，对感情的忠贞不渝，其实是人们编造的美好故事。保尔心中如吊桶般七上八下，在给自己寻找理由和借口的同时，他饱受着情欲的煎熬。

　　冬妮娅终于不吃了，她说她一天没吃饭，真有点儿饿坏了。刚刚饱食过不适宜马上做那种事，保尔赶紧沏上一杯茶，让她顺顺食。酒没喝到量，情绪明显没昨晚高，保尔又开始和冬妮娅喝啤酒。啤酒不像伏特加，喝多了肚子胀得要命，头脑还很清醒。遇上这样能喝的主，保尔后悔没预备两瓶白的。他最大的弱点就是缺乏主动性和胆量，尽管内心丰富，已想得天花乱坠就是不敢表现出来，不然冬妮娅也不可能嫁给半拉8。他适合别人主动给他勇气，才能尽情地发挥。冬妮娅转身去了卫生间，好久才出来，保尔以为她喝多了。

　　终于，冬妮娅眼中又流露出昨晚那异样而朦胧的光芒。也许感觉热，她开始脱掉鞋，光脚在屋里走来走去。脚其实是女人最性感的部位之一。她又解开连衣裙的腰带，让衣裙宽松，从衣襟的缝隙，依稀可见白白的圆润的腰。男人的缺

失去了，永远不会再回来

点就是女人的主动。保尔以帮她整理衣服为由转到身后，顺势将她抱住，憋闷已久的情欲终于像洪水一样倾泻了出来。冬妮娅似乎早有准备，回过头深情地望着他。他们学着电影中的情景，边缠绵边脱衣服，将衣裤散落一地。他们赤裸相见了，这是保尔梦寐已久的情景。赤裸的冬妮娅看上去有些臃肿，胸部已经开始下垂，小腹滚圆……她伸手将床头灯调暗，最后全部关掉。

黑暗中，一切都变得美好起来，如梦境一般。保尔状态极佳，刚要翻身上去，突然感觉冬妮娅呕了一下，她起身下地，跑进卫生间吐了起来。啤酒喝多了。保尔赤条条地晾在那里，等她回来重新开始时，他突然很难坚强起来，几经努力，仍不成功。焦虑、懊恼、最后灰心丧气，保尔遇上了让男人最尴尬的事情。他沮丧得像个孩子蜷缩在那里，两人相对无言。

冬妮娅穿起衣服走了。保尔走进卫生间，打开淋浴水龙头，他让凉水尽情地喷洒在身上，直到凉透为止。他伸手去拿浴巾，偶然发现纸篓里有一个小小的白色纸袋，拿起细看，里面好像残留着白色粉末状东西……

保尔回家了。妻子问他怎么回来这么早，他说该见的都见到了，所以就提前回来了。晚上，他主动给妻子打好洗脚水，并将两床被子铺到了一起。妻子狐疑地看着他："怎么表现这么好？是不是做了什么亏心事？"他说："岂敢。真要做了亏心事，不早就睡觉去了。"妻子狡黠地一笑。

这一晚，他真的表现很好。

保尔很后悔，后悔不该去找冬妮娅。心中那美好的回忆，就应该永远留在心里，找到了反而失去了。失去了，就永远不会再回来。

青萌时代

最近，经常在媒体上看到"卖萌"二字。曰：某某卖萌……自认为文字功底尚可的老王却不解其意，遂查《辞海》。萌，植物的芽，发芽。指事物的开始或发生。女儿见笑："什么年代了还查《辞海》，这是网络语言，上网查去。"老王在百度搜索输入卖萌二字，出现如下解释：一、萌字意为"可爱"，卖萌的意思就是显示自己的萌点，装可爱；二、萌是动漫语言，多用在娱乐圈，有装嫩的意思；三、最新解释，萌字分为草头和日月。日月乃阴阳，阴阳乃男女，其意就是一对男女在草地上谈恋爱。

老王茫然。网络时代真是无奇不有，大有千年传统文化一夜间被瓦解倾覆之势，就像科幻片里演的，人最终会被自己造出的机器人取而代之。无奈之余，觉得上述一、二的解释还较为靠谱，抛开字意，仔细想来，还真挺形象。于是乎，老王大胆将自己的小说定义在萌上，并将故事背景上溯四十年，取名"青萌"。当时，虽然没有互联网，甚至连电视都很少见，但类似于"萌"的故事一点也不少，而且原汁原味，萌劲十足。

一

那是公元一千九百七十二年初春，在中国北方的一座城市里，有一个叫小王的年轻人背着个网兜，在火车站广场上苏军纪念碑前焦急地等待。就是那个一根棍，上面有辆坦克，底座是一群怀抱冲锋枪、头戴钢盔的苏联士兵雕像的纪念碑（若干年后广场扩建，纪念碑被拆除）。网兜里装着一个搪瓷脸盆，脸盆里是《毛泽东选集》四卷，其中一本是由毛选做封皮，里面却是禁书——红楼梦。他正是以这种方式才蒙骗过母亲的眼睛。再上面是一个边上已经破损的曼陀铃。今天这种乐器已经少见，上点年纪的人应该记得，老电影《三进山城》中那个由方化扮演的鬼子松井，手里拿的那个家伙就是此物。除此之外，小王身上再无长物。不像今天的孩子出门，亲友们开车相送，大小皮箱若干，再外加个拉杆。而小王没人送，父亲在"五七"干校，母亲上班一天也耽误不得，全家人要靠她那几十块钱糊口。最要紧的，钱，已经被母亲紧紧缝在里面贴身穿的内衣兜里。五块钱，母亲把家中仅有的五块钱给他带上，并说，穷家富路。

虽说已进三月，但北方的天儿仍然很冷，积雪还没有完全融化。小王在原地冻得直跺脚，他不会不来吧？他像企盼神灵那样，企盼着那个穿军装的人早点出现。其实，在此之前没人叫他小王，老师和同学都叫他大名王朝阳。只是前些天和他见了面，才开始叫他小王。他说这是部队传统，年轻的叫小王，老一点的叫老王，个大的就叫大王。

小王是市业余体校游泳队的，成绩还不错，取得过全国少年比赛亚军。只是近一段时间很少训练，考完试就初中毕业，接下来，就该奔向那大有作为的广阔天地。没人愿意上山下乡，同学们都在走后门，开诊断书。可他是运动员，运动员哪有身体不好的？一天他去游泳馆，几个小哥们说你还上什么学啊？部队来招体育兵，都招走好几个了，听说明天 xx 军区还来招，你早点来等着吧。

小王是体校少有的几个爱学习的运动员。这里所说的爱学习，主要是指他爱看闲书。什么《三国》《水浒》《西游记》，还有外国的《基督山伯爵》《红与黑》《茶花女》等等。这些都是禁书，他只能偷着看，私下里传借。当然，《钢铁是怎样炼成的》《红岩》《欧阳海之歌》等革命书籍，他早就看完了。也许是书读得多，在同龄人中他有些另类，总喜欢想些他这个年龄孩子不该想的东西，甚至有点坏。

第二天，他向母亲申请要喝一碗高汤。这高汤其实是葱花酱油加开水，最主要是加上一勺猪大油。出门前，母亲破例又给他一毛钱，让他买个面包吃，这简直是至高无上的待遇了。他老早就到游泳馆等。一等不来，二等不来，快到中午时分，一个穿军装的人才在教练陪同下走了进来。小王这才敢把那个面包吃下去。按不同泳姿，三人一组，分批测验。轮到他，他使劲鼓了鼓干瘪的肚子，向上伸展几下腰身，一根根肋巴条就手风琴键盘似的露了出来。他做了一个深呼吸，像一条准备赛跑的瘦狗站在出发台上。一百米自由泳，二十五米游泳池两个来回，也许太紧张，他不知道是怎么游完的，只感觉在最后一个转身时脚蹬空了。完了，他心里咯噔一下。刚冲刺完一百米，他顾不上剧烈的心跳，从水中抬起头，眼中流露出期待的目光。"你平时最好成绩是多少？""一分四秒"。他答。这刚好是一级运动员标准，其实他没达到过这个成绩。"我最后一个转身没蹬着。"他解释道。"我看见了。如果蹬到，成绩应该还会好。""我游了多少秒？"他紧张地问。"一分四秒三。"他一头扎进水里，自己居然创造了最好成绩。他把功劳归功于那个面包，如果再吃一个，也许能破一分大关，达到健将级也说不定。事后，他经常这样向别人炫耀。

从水中上来，小王喘着粗气，吐着舌头，样子应该很像一条落水狗。他上下打量一番说，身材还可以，就是太瘦，不过到了部队上，几天就能把你吹起来。这时，他才知道他姓赵，都叫他赵干事。赵干事说："明天去你父母单位外调，没啥问题，后天就带你走。""我还在上学。""我会让教育局通知你们学校，入伍通知书过后寄来。""那军装，军装啥时候发？""你们这是特招，不能按正常征兵程序走，军装到部队再发。"回想起来，当年靠一身军装就能把人领走，换现在打死也不敢，没准被人贩子拐去卖了。

小王领着赵干事去父亲单位外调，他在外面等。他的心又有点像昨天那样跳得厉害。父亲学生时参加过国民党青年军，这段历史问题已经把全家折腾得体无完肤，父亲为此被带上高帽游过街。自己政审能合格吗？时间仿佛在有意煎熬他。不知过了多久，赵干事终于出来了。他迫不及待地冲上去问："能行不？"他用期待的目光，紧紧盯着赵干事，这一刻仿佛无比漫长。"可以。有成分论又不唯成分论，重在政治表现。"赵干事掷地有声的话让他高兴得差点尿裤子。母亲把家里下蛋的老母鸡杀了，一锅小鸡炖蘑菇，算是对赵干事的最高答谢。

在往火车站走的路上，小王依依不舍地看着即将离别的故乡，心里却大喊，去你的上山下乡，老子参军了！就在小王冻得发抖的时候，赵干事来了，和他一起来的还有娟子。怪不得他说你们，原来还有别人。娟子和他是一个游泳队的，主项是蝶泳。她身材极好，皮肤雪白，特别是游蝶泳时，那身体曲线就像条美人鱼。小王第一次遗精，梦里梦见的就是她。当时吓坏了，睡梦中感觉下面痒痒的，好像有无数只蚂蚁在爬，这时娟子出现了，接着一股热流涌了出来，那一瞬间他简直欲仙欲死。醒来，身下湿了一大片，冰凉冰凉的。他没敢告诉母亲，将裤衩脱下垫在下面，光腚睡了一宿。第二天一大早，将湿漉漉的沾满糨糊状物体的裤衩穿上上学去了。一整天他都夹着裤裆走路，见着娟子，他头都没敢抬。男生说，这小子肯定那地方长疖子了。

晚上睡觉前，他发现，床单不知啥时候母亲换过了，床头上还放了一条新裤衩。他有些不好意思看母亲。母亲用一种怪怪的眼神看着他说，快把裤衩换下来，我给你洗了，以后当时就要换，穿湿的会得病。从那以后，他总是不敢正眼看娟子，特别是娟子游蝶泳，看了晚上就做梦，做梦就遗精。

他不知道自己是从什么时候开始对女人感兴趣的，就像有一天，突然发现光溜溜的小弟弟长出几根绒毛。又一个不留神，已黑乎乎长出一大片，就像树底下的野草。也许真像母亲说的，自己不该看那些毒害青少年的禁书。可不知为什么，读书就像遗精，都不以自己的意志为转移。

二

坐了一天一宿的火车，赵干事将他们带到了一座海滨城市。一辆部队的大客车把他们接到一个有卫兵站岗的大门口。大门非常气派，上面写着某某舰艇学院。一条两旁长满高大法国梧桐的大道延伸进去，里面仿佛深不可测，没有尽头。这种上面结满小铃铛被叫做"法国梧桐"的树，是小王后来才知道的。他为此专门查过资料，还有个中国名字叫"云南悬铃木"。

这是一座海军高等学府。"文革"后期还没有正式招收学员，游泳队就设在这里。赵干事原来是队中的指导员，以前在政治部当干事。为迎接第二年的全军运动会，已从部队抽调一批游泳骨干上来，但都没经过专业训练，所以又从全国各地招收了一批运动员。第二天，司务长将他们两个新来的叫去，每人先发一个月津贴费六块钱。小王领完钱问娟子："你为啥六块五比我多五毛？"娟子说："可也是，凭啥一起来的，你就少五毛钱，找他去。"小王有些犹豫，初来乍到怎么好意思问，不如先问问老兵。一个叫"小山东"的山东籍老兵说："这得找他去，凭啥少给五毛钱。"走在半路，碰上卫生队徐护士，她听完后说："不要去，他们在耍你。五毛钱是女兵的卫生费。""啥叫卫生费？"小王不解。"卫生费就是那个……"见徐护士涨红了脸，小王好像明白了。怪不得刚才小山东笑得有点坏。

到部队的第一个星期天，小王借了老兵的一套军装去照相馆照相。娟子也穿着徐护士的军装去了。娟子穿军装真好看，英姿飒爽得像红色娘子军里的吴琼花。小王使劲夹了夹裤裆。他装作若无其事地对娟子说："照片洗出来一起寄回家呗？""为啥？寄你家还是我家？""谁家都行，不是可以省一张邮票嘛。"她想了一下说："才不呢，自己寄自己的。"娟子没上当。

部队的伙食真好。他们吃的是运动员灶，每人每天一块五毛钱伙食费，顿顿四菜一汤。而连队伙食标准才四毛九分钱，只是他们的零头。有了营养，小王的精力格外充沛起来。晚饭后，他抱着那把曼陀铃对着女兵宿舍的窗户弹了起来。

"西边的太阳快要落山了……"他边弹边唱起电影《铁道游击队》插曲。小山东凑了过来："这是啥玩意？"并拿起来在手里摆弄。"啥玩意？说了你也不懂。"小王没好气，心想那天差点让你给耍了，当真去要那五毛钱还不让人家笑掉大牙？小山东用手拨拉几下说："我看它像个瓢。和我们农村的葫芦瓢一个样。"这时几个女兵从窗户探出头来："小王，再弹一个，弹个红星闪闪。"娟子没在，他索性抱起"瓢"回屋去。自从小山东管它叫瓢，再就没人知道它叫曼陀铃了，真可惜了这浪漫的名字，或者说他们压根就没有那个音乐细胞。最可气的是，他一弹琴就把他和鬼子松井联系起来，因为部队刚放映完电影《三进山城》。

小王心里这个郁闷。这把琴听说是当年爷爷从一个俄国人手里花十块钱买的，别看边上坏了，那可是一八几几年造的。从音箱中间的圆孔可以看见里面的商标，花花绿绿全是俄文，正宗沙皇时期的产物。俄国人急着回国，才把它卖了，留到今天绝对是件文物（小王变成老王后经常后悔没留住这把琴）。

驴x的小山东竟然把它叫成瓢，说是用他老家的葫芦造的。小王在心里经常骂小山东驴x的，因为他那家伙长得格外大。每次训练结束洗澡的时候，大家都会议论谁的家伙大。小王因为年龄小，加上游泳池水凉，那家伙经常缩成个小蚕蛹，老兵们特别是小山东，动不动就扒他裤子摸上一把，小王恨得连杀他的心都有。

因为他是老兵，不敢和他明着干，小王就在暗地里使坏。他突然发现小山东个不大，但那家伙却不小，又黑又长，像门小钢炮，两个蛋子好似钢炮的轱辘，黑乎乎、圆滚滚地挂在两边。他就对别人说："你看山东那家伙，足有两拃长"。

说着还用手比划了两下。在他的启发下，小山东长着个驴一样大家伙的秘密迅速传开。气得他咬牙切齿，就是不知道谁给起的。

小山东是游长距离自由泳的，可怎么练也游不快，却有一股子蛮劲，号称从小就能横渡黄河几个来回。小王清楚，游泳这项运动必须从小进行专业训练，世界冠军没有一个是从江河里游出来的。小山东的技术动作已经定型，再练也是白费。于是又送他个外号叫水牛，并说游不快完全是那家伙太大，坠的。这回被小山东知道了，就把他按在游泳池边扒裤子，非要把他的小茧蛹掏出来给大伙看看。

他跟小山东较劲还因为一件事。因为学校没有学员，整栋大楼空荡荡的，厕所在走廊的尽头，整条走廊没有灯，夜晚起来上厕所，走在漆黑的走廊里，地板发出吱吱呀呀的声响特别瘆人。小王本来就胆小，可小山东偏偏吓唬他，说："这里解放前是日本人的医院，挨着厕所的那一间屋就是太平间，听说还诈过尸！"每次夜里小王上厕所，都吓得浑身直起鸡皮疙瘩，有几次差点尿裤子。

他胆小，是小时候被吓着过。有一次走夜道没有路灯，他突然发现前面不远有一点光亮，就快步向亮灯处奔去。到跟前一看，差点没被吓死。只见一盏昏暗的油灯下停放着一口漆黑的大棺材。油灯被风吹得忽明忽暗，鬼火般闪动着。他撒开腿就跑，可是不知从哪儿冒出几张纸（很可能是死人后烧剩下的），绊住他的脚怎么也跑不动，跑到哪儿纸就跟到哪儿。回到家就吓病了。母亲对他说，再遇着这种情况就停下用脚把纸踩住，这是小鬼找你要买路钱。为此，母亲特意去黄山嘴子小庙里为他祈福压惊，把几张用黄纸写的符贴在家门口。打那以后，他就胆小。

让小山东一吓唬，他起夜就往脸盆里尿，可偏偏被小山东发现了。他把他堵在墙角说："你小子是不是有病？"小王说："没病。""没病你咋在脸盆里撒尿？我给你告领导去。"小王求他千万别说出去，以后再也不给他起外号了，再也不说他那家伙大了。

小王也开始在撒尿问题上动脑筋，他要以牙还牙。曾听人说，在睡觉时把牙膏抹在脚心再扇凉风，一会就尿床。只是听说，不知道灵不灵。怎么能神不知鬼不觉地把牙膏抹在小山东脚心上呢？只有中午睡午觉的时候。运动员一般上午运动量大，中午一觉睡得比晚上都香。

一天中午，等小山东开始打呼噜，小王蹑手蹑脚地来到他床边。中午天热，小山东光着膀子只穿个裤衩，四劈拉胯地睡着。他小心翼翼地把牙膏挤在小山东的脚心，接着拿张报纸在那儿扇。那小子觉睡得是真死，牙膏挤在脚心上一点不知道。扇着扇着，只见那家伙竟然立了起来，把裤衩支得老高。见状，小王使劲扇，最后手都累酸了，也不见尿出来，只能眼看着那家伙直挺挺的而作罢。

三

老兵们经常在一起议论女人。女队员中除了从各地体校招来的学生兵外，还有一批从部队医院和机关来的，有的已经提了干部。老兵们经常谈论的就是她们。说她们是女人，一点也不为过，不叫参军，小王走在大街上肯定要叫她们一声"解放军阿姨"。特别是有几位，大号游泳衣穿在她们身上都有点显小。硕大的奶子几乎把泳衣撑破了，一跑起来，波涛汹涌上下乱颤。两条大腿又白又粗，总使人想入非非。

她们的游泳成绩不咋样，但个个关系很硬，不是部队首长家的小姐，就是某某叔叔阿姨介绍的。小王在她们眼里就是个雏，一个刚脱了开裆裤，乳臭未干的大男孩。这其中也包括徐护士。

徐护士爱给男兵抠耳朵，但她只给小王他们这样的小男兵抠，而不给那帮老兵抠，因为他们和她没正经。游泳运动员耳朵经常进水，时间长了容易得中耳炎。小王愿意找徐护士抠耳朵还另有原因。抠耳朵时，徐护士坐在椅子上，头顶带个反光镜，有点像孙悟空头上的紧箍咒。她让小王坐在小板凳上，将头趴在她大腿上。这个姿势和高度抠耳朵正合适。小王把脸埋在徐护士两大腿中间，感觉暖暖的、软软的，有一种母亲身上的气味，仿佛是在母亲的怀抱之中。还有另外一种他说不出来的，非常奇妙的，总之，非常舒服，想一直趴在那儿不动的感觉。当时徐护士是什么感觉呢？多年以后回想起来，他突然想知道答案。直到有一天见到已经当奶奶的她，却没有问她。

娟子越发出落得美丽动人，真是女大十八变。比刚来时长高了，胸部更加丰满圆润。脸颊上那少女特有的充满青春气息的腮红，使人想到八月里的樱桃。特别当训练结束从水中上来时，水珠在她那鲜嫩的微微涨红的脸上洋溢着，又好似一朵出水芙蓉。小王偷偷地痴迷地看着。娟子的美充满着青春和朝气，不像那些女人只有松弛的肉感。

晚上熄灯前，小王总喜欢学一会"毛选"。他睡在上铺，红宝书遮住他的脸，贾宝玉和林黛玉的爱情故事使他看得津津有味，而红宝书封面永远朝向别人。虽然有人对他的孜孜不倦表示怀疑，但四本毛选轮流出现，很难识破真假。

看完书，小王开始憧憬娟子泳衣下面的身体。那该死的泳衣，到大腿根就把小王想看的地方死死遮住，只能朦朦胧胧地看见个轮廓，让人心里痒痒得如猫抓一般。下水前做准备活动时，小王总是站在能清楚看见娟子的地方，期望在做踢腿动作时能有奇迹出现。

一天，奇迹真的出现了，是他之前想都不敢想的天大奇迹。自由泳组和蝶泳组的泳道挨着，中间隔着条水线。小王在做放松游的时候，无意间手臂划到了水线那边，只觉得手碰到了一个人的身体，那身体软软的，直觉告诉他是女人的身体，而且手从上一直划拉到下。两人都触电般站了起来。这个人竟然是娟子。她用惊恐的目光看着小王，在确认是无意之举后，转身钻进水里。小王呆呆地站在那儿，那个触摸过娟子身体的手高高地举在半空，他生怕放进水里会把刚才触摸到的感觉冲走。卵子弦仿佛被谁拽了一下，疼得他赶快爬上岸向厕所跑去。卵子弦到底是哪根神经，他也说不清。总之，一说卵子弦男兵都知道。

娟子那柔软的身体使他辗转反侧，想入非非。小山东指着斑痕累累的床单说："又跑马了？怪不得这几天你一训练就吵吵累。"跑马就是指遗精。老兵都这么叫。小王最近一段经常跑马，搞得他晚上睡不好觉，白天训练没精神，卵子弦还丝丝拉拉地疼。自从娟子被他摸过以后，见面时总感觉不自然，总想着那从上摸到下的滋味。娟子也仿佛有意避开他，这男女之间怎么就跟两块磁铁似的，不离远点就能被吸到一块。

和小山东的矛盾也就是扒裤子而已，而和那个北京高干子弟就没那么简单了。这个高干子弟泳游得不咋样，篮球打得却不错。他到游泳队来，纯粹是为逃避连队的艰苦生活。他一米八几的大个，走起路来呼扇呼扇的。有一样绝活，就是会理发，专爱给女兵理发。运动服领口比较宽大，他站在女兵身后，两只眼睛贼溜溜地在女兵白皙的脖颈上打转，恨不能看到衣服里面去。还以扒拉头发茬为由，把手往里面伸。最可恨的是，他竟然有一次对娟子动手动脚，小王真想把他杀了。这小子经常吹嘘他玩过多少个女人，简直就是现代版西门庆。他经常回来得很晚，不管是否已熄灯，搞得大伙睡不好觉。小王有意把灯绳卷高，让他够不着，可这小子弹跳极好，竟然像篮球运动员一样跳起来够。于是，小王想了个损招。他借值日的机会，把大便抹在灯绳上，弄得那小子满手恶臭骂了好几天。

床单上的精斑实在太难看，而且被子上也都是。小王不得以连被子拆了一起洗。拆了容易，做起来难。没办法去求女兵，求那几个女老兵。两个大姐级的一人拽一头把被子铺开，没有下针都在那儿发愣。这精液干了以后根本洗不掉，一疙瘩一块简直就是一幅世界地图。其中一位叫苏护士的指着"地图"说："你小子整天胡思乱想什么？你这思想可是有问题。"说得小王脸一直红到脖子根，恨不得有个地洞钻进去。嘴里嘟囔道："不给缝就拉倒，说那么多干啥，不行我就盖棉花套。""你嘴还挺硬。"说归说，两个大姐还是把被给他做上了，只是遇见那些地方也不免脸红，三下五除二几针就带过去。过后，小山东逢人就讲，小王的马驹子直尥蹶子，把苏护士的手腕都给闪了。

这个苏护士是老兵们议论最多一个。晚上熄灯以后，在黑夜的笼罩下，老兵们的故事更加活灵活现。苏护士护校毕业上班的第一天，就遇到个做阑尾手术的战士，由她给病人"备皮"。小王不懂啥叫备皮，老兵告诉他就是刮毛，刮鸡巴毛。苏护士先用小刷子蘸上肥皂水，在那家伙根部涂抹一遍，接着就一手提着那家伙，另一只手用剃刀刮。谁知道那家伙竟然腾地一下立了起来，苏护士见状，用剃刀背上去就给了一下，嘴里还说，叫你不老实。过几天那个战士来找医院领导，说那天被苏护士敲一下，那家伙就再也立不起来了，这以后娶不上媳妇，断子绝孙咋办？战士在农村的父母也找到部队来，说实在不行，就让苏护士嫁给他儿子做媳妇。苏护士一听就急了。谁能证明你立不起来是我敲的？小战士说那天就咱俩没人证明。见找不到证明人，小战士只能吃了个哑巴亏。事后，医院领导严厉批评了她。说这是正常生理反应，作为医护人员不能往那方面想。为此，罚她连续备皮一个月。

　　还有更离奇的。说苏护士有一次给个病号打针，刚脱下裤子，病号正好放了个屁。苏护士敢怒不敢言，强屏住呼吸，扭过头去。心想我这一针非疼死你不可。只见她把针头高高举起，一个投标枪的动作把针飞了出去，接着把一管子药水一气推完。等了半天，见病号还光着屁股在那儿撅着。她说，针打完了怎么还不穿上裤子？我怎么没感觉？病号回过头说。她这才发现沙发上湿了一大片，这一针根本没扎在屁股上。

四

　　娟子有几天没下水了，听说是身体不舒服。看不出有什么病，陆上运动一样也不落，就是不下水。小王发现，女运动员每个月总有那么几天休息，今天你明天她，令他羡慕不已。可是娟子不下水，他觉得去游泳馆就没啥意思。于是他也说肚子疼，要求留下打扫卫生。小山东对他说，人家女兵才肚子疼，你疼个啥劲？谁说只能女兵肚子疼？我就不能肚

青萌时代

子疼？我拉肚子。

　　白天都去训练，打扫卫生的要男女厕所都打扫。小王打扫完男厕所，就敲女厕所的门，问有人没有？没人回答只听见里面的门响了一下，这说明有人。他就在走廊过道里等。不一会，娟子从里面出来了，头都没抬，就从眼前匆匆走过。她为什么不理我？还是因为那天摸过她一把？小王突然产生一种猥亵的念头，刚才娟子脱裤子了吗？她脱裤子是什么样？娟子她……他竭力冥想着。

　　他小心翼翼地推开女厕所的门，见纸篓里有一叠沾满鲜血的手纸，肯定是娟子刚刚用过的，血迹未干似乎还冒着热气。这就是娟子不下水的原因？还有每月比自己多五毛钱卫生费，也是因为这个？一种巨大的好奇心驱使他想走进娟子的心里，甚至想知道娟子身体的秘密。他好像明白了，小时候那些大男孩为什么对女人上厕所那么感兴趣。那时都是旱厕，男女之间就隔着一层木板而且还有缝。他们就想方设法从缝隙往里看，看女人脱裤子。更有甚者，藏在粪坑里弄得满身恶臭，只为能看个清楚。他当时不明白为什么，女人上厕所就那么好看？屎尿那么臭都不在乎？再后来，就经常可以在学校男厕所的墙壁上，看到一些用粉笔和铅笔画的画，都是画女人和男人那个地方。可以肯定，这些作画的人画工极差，根本就是信手涂鸦，只是凭想象发泄着一种强烈的心理欲念，一种不可抗拒的生理本能。

　　那个时候，公安局经常拉大网。所谓拉大网就是在某天晚上，警察大批出动，把在公园里卿卿我我的男男女女像网鱼一样围起来，挨个检查。当年谈恋爱搞对象都喜欢去公园，因此，公园的小树林假山等隐蔽之处就成了男女们约会的最佳场所，公安局也就盯上了这里。是夫妻的，回家取结婚证而后放人；没有结婚证的，一律按流氓罪抓起来。后来老王（有时用老王）读了欧洲史，觉得那个时期的中国特别像中世纪欧洲，人起码的尊严和本能都被视为犯罪，情欲只能变为厕所里的涂鸦。其实，中国人的性观念和开放程度，一直伴随着思想解放和社会发展的进程，就像当年在公园里谈恋爱被视为犯罪，到后来躲在家里看黄色录像被视为犯罪一样。

　　一天半夜，小王还在睡梦中的时候，听到一个消息，赵干事和徐护士被拉大网的抓起来了。因为他俩穿的是便服，不得已才说出自己军人的身份。被领回队里那天晚上，大家像看一对"破鞋"那样看着他俩（那时把不正当男女关系叫"搞破鞋"）。据说他俩被抓住时，衣冠不整正行苟且之事。从此，游泳队有人搞破鞋的消息传遍整个体工队，还被添油加醋，演绎得活灵活现。当时，部队正在批林批孔，上级要求结合实际展开批判。批判会上，赵干事脸一会青，一会白，因为他在老家农村有老婆。徐护士始终低着头不吱声。也许因为没有赵干事，小王就当不了兵，徐护士经常给他抠耳朵的缘故，批判会上，他怎么也恨不起来，不像有些人义愤填膺，有深仇大恨一般。在他俩因搞破鞋（当时就这么定的性）被隔离审查期间，小王偷偷地去看望过他们。后来他们双双被处理转业，反倒成全了一对恩爱夫妻。

　　离比赛的日子越来越近。军区决定将水上项目合并，派来个行政十级的老政委当领队。老政委经常给大家上政治课，每次都讲赎买政策。运动员大多听不懂，好像是讲上海解放时党改造民族资本家的事。虽然与游泳无关，但其中有一段倒是极为生动，而且与厕所有关。说解放军刚进驻上海时，一个战士在某高级酒店上厕所，蹲惯了粪坑的他怎么也不习惯坐便，索性就蹲在上面。刚蹲上去，旁边突然伸出一只手。

吓得他裤子都来不及提，抄起枪就是一梭子。过后才知道，原来那是个机械装置，一有人坐上去就自动伸出来送手纸。

老政委见大家一上政治课就睡觉，干脆把全体拉到操场上，一声"全体注意，坐下。"就都盘腿坐在操场水泥地上。有些女兵嫌水泥地凉，就把鞋脱下来，垫在屁股底下。这帮体育兵虽穿着一身军装，但都没接受过部队的正规训练，不一会就抠脚的抠脚，东倒西歪溃不成军。老政委突然大声命令："全体起立，跑步，走。"队伍立刻乱了套，只见找鞋的找鞋，穿衣服的穿衣服，有的来不及干脆光脚跑了起来。队里决定整顿军容风纪，不能"只看水线不看路线"，要"政治挂帅，狠批单纯军事观点"。

天气开始热了起来，为防止出汗过多消耗体力，老政委就让炊事班往开水里加盐，说，这是当年部队在战争年代发明的，很管用。他尝了几次都说淡，最后咸得大家都喝不下去，偷偷往里面加糖。他抓计划生育极其认真，每逢节假日队里干部回家，都会嘱咐说，晚上睡觉一定要管住小弟弟，千万别忘记给它戴个帽。引来大家一阵哄堂大笑。

小王总觉得对赵干事和徐护士的处理不公平，北京那个高干子弟才是真正的流氓，受处理的应该是他。小王仍对他给娟子理发时动手动脚耿耿于怀。他发现了一个整蛊那小子的好办法。陆上训练结束后，洗澡要男女分开，女先男后。澡堂门口挂个木头牌，一面是男，一面是女。木头牌女字朝外，就说明是女的在洗澡。

一天，女兵正在里面洗澡，小王趁没人，偷偷把牌子翻了过来。接着跑到操场上，对正在打篮球的北京高干子弟说，赶紧去洗澡吧，刚翻的牌，一会人该多了。那小子把篮球扔给他就直奔澡堂子而去。接下来发生的事情可想而知。因为刚出过赵干事和徐护士的事，闯女澡堂子被视为顶风上，加上那小子平时的表现，给了个警告处分打发回了连队。

五

这男女的事就像一首诗说的："野火烧不尽，春风吹又生。"一大群年轻的姑娘小伙在一起，岂有不生情的？眼里看的，心中想的，早已在眉目间电波般传递着。当一方对另一方有意，就会有一种别扭的感觉。这种感觉有时很闹心，闹得你见不到对方就会想，就会有一种莫名的惆怅。心仿佛被一根看不见的绳子拴着，牵肠挂肚。人也变得拘束起来，不知所措。心里有话但说不出口，不知对方是咋想的，那股憋闷劲就像充满气的气球。当心闹到一定程度，就会脸红心跳，局促不安，不把心里话说出来，就会像气球一样爆炸。爆炸的结果可能是欣喜若狂，也可能是垂头丧气。在一起无拘无束，反而啥事没有。这点小秘密地球人都知道。

娟子改游仰泳了，这下可把小王乐坏了。他发现，娟子游仰泳比游蝶泳还好看。蝶泳只能看见娟子的后背，充其量看见屁股一上一下，线条虽好但总是把后背对着你。仰泳就不同了，人仰在水里，丰满的胸部像两座小山包似的露在水面，小腹及大腿在水中时隐时现，整个身体正面一览无余。小王经常站在池边欣赏这道靓丽的风景，娟子仰着的姿势实在太美了，使他联想到她在床上睡觉时的姿态。一想到娟子游仰泳的样子，小王晚上就睡不着觉，就会跑马。

女兵都不爱吃肥肉，吃饭的时候，经常把肥肉挑出来和男兵换菜。小王借机把挑好的瘦肉拨给娟子吃。娟子没吱声，用她那羞涩的眼神看一眼他，随即低下头。这眼神一瞬间闪电般在小王的心底划过。以至于多年以后，每每想起，那电光般的眼神仍历历在目。眼神，多么恰当的形容啊！那个神，她隐藏在人的心里，不经意间从心灵的窗口探一下头，却深深地留在有情人的心中。

自从娟子改游仰泳之后，小王的憋闷之情就有点像要爆炸的气球。别看娟子表面没反应，可心里还是想着他的。从他和小山东吵架那件事就能看出来。小山东知道他在背后经常骂他驴x的，就指着鼻子骂他，x你个妈。恰巧被路过的娟子听见了。只见她拧起漂亮的眉毛，对小山东说："你凭啥张嘴就骂人？小王咋惹着你了？"小山东一愣，看看他又看看娟子，像发现什么秘密似的嘟囔一句："对了，你俩是老乡，我咋给忘了？"小王心里这个高兴，不仅没恨小山东，还有点感激他。这一骂，骂出了娟子的真情，不然她怎么会像一家人那样帮着自己？

伴随着批林批孔运动的深入，队里的政治气氛越来越浓。小王想单独和娟子说句话的机会都没有，除了训练，就是政治学习。一天训练回来，老政委把大家全都集中在会议室开会，气氛紧张。只见前面桌子上摆满从各宿舍搜出的东西，以书籍为主。老政委神情严肃地说："资产阶级思想无时无刻不在腐蚀我们，这些书都是从你们宿舍搜出来的。有看《牛氓》（编者注：应为《牛虻》）的，还有看《第二次握手》的，写信还什么亲爱的。有个女兵脸一阵红，一阵白。小王同志不错，听说一直在坚持学习毛选四卷，大家要向他学习。有些书被没收了，其余的返还给大家。小王被收上去的还有个日记本，因为里面有《红色娘子军》芭蕾舞剧的剧照，娘子军们只穿个短裤，而且腿抬得太高，笔记本取回时剧照已经被撕掉了。小王庆幸藏在枕头里的那本"毛选"没被发现。

接着，老政委拿起几个干瘪的茄子，说是从女兵宿舍床底下发现的，应该是从学校菜地摘的。在得到摘回来玩玩的回答后，老政委说："要尊重学校职工同志的劳动成果，贪污和浪费是极大的犯罪。"散会后，小王发现几个老兵凑在一起嘀咕，好像是说茄子怎么怎么样。见他在听，他们发出一阵阴邪的笑声，一哄而散。

这帮老兵都是部队的体育骨干，二十多岁正当年，个个身体壮得像牡牛。最近，队里连续发生几件事。有偷看女兵洗澡的，有夜里趴女宿舍窗户的，还有人听见女宿舍后山上有狼一样的嚎叫声。空气中似乎弥漫着一种躁动，仿佛处在发情期的牡牛，随时都有冲破围栏横冲直撞的危险。老政委决定夜里加双岗，每晚必须有干部值班，大赛来临前绝对不能出问题。

二楼女宿舍有个阳台，上面经常挂满女兵们晾晒的衣物。内裤、胸罩、月经带，五颜六色，彩旗飘扬。男兵们管这儿叫西洋景，时不时能看见有人只穿胸罩走出来。最近，经常有女兵发现晾晒的内衣不见了。有天半夜，小王看见小山东从外面鬼鬼祟祟地回来，好像把什么东西塞进被窝里。难道是他？一天晚上，小王也跟了出去，想看个究竟。只见他顺着阳台外面一棵树，猴一样蹿了上去，接着又从阳台上一跃而下。在落地的瞬间，好像看见他裤裆里的大家伙在晃动。黑暗中，他将女兵的内衣放在鼻子上，贪婪地闻着，手开始在裤裆里动作，接着把精液喷射在上面。做完这些之后，他把内衣包上几块石头扔到院墙外面。小山东是个变态狂。没多久，他再一次作案被卫兵发现，给了个处分遣送回乡。

六

雄性荷尔蒙潜流一样在小王的体内萌动。他已经不能满足睡梦中跑马的快感，小茧蛹也经常膨胀得大如蟒蛇。性的冲动远大于求知的欲望，在无书可看的日子里，他感到空虚寂寞，满脑子想的都是娟子，而手淫则使他感到沮丧。娟子越发出落得美丽动人，只是很难有机会单独接近她。战士不准谈恋爱，这是纪律。他绝没有胆量半夜爬上女宿舍的阳台，只能忍受着煎熬寻找机会。

终于又等到娟子不下水的日子，而且只有她一个人在宿舍。小王借故感冒请假，拉肚子的理由已经没人信。队里现在对请假抓得格外紧，老政委让他去卫生队检查。他从医生手中接过体温计，痛苦地干咳几声说："能给我倒杯开水吗？嗓子眼冒烟地疼。"随即做痛苦状。趁医生不注意，他迅速把体温计伸进杯里，又迅速夹回腋下。当他把体温计还给医生时，医生流露出疑惑的神情。"你高烧四十度？"

小王赶紧从怀里掏出那本"毛选"，他知道这个医生爱看书。"帮帮忙，真的不舒服。"医生翻开"毛选"，严肃的脸上立刻露出笑容。小王叮嘱他一定要保密，拿着病假条一溜小跑回到队里。凭病假条，炊事班给他做了一碗荷包蛋。他端着热乎乎的病号饭给娟子送去。娟子一个人躺在床上，见他进来赶快起身，生怕被人看见。在他的劝说下，娟子勉强喝了点汤。时间在一分一秒地过去，随时都可能有人回来，从娟子那坐立不安的神情，看得出她很紧张。小王突然把娟子抱住，在她的脸上忘情地亲吻着。娟子想推开他，可此刻他力大无比，渐渐娟子不再挣扎，任由他在自己身上杀伐劫掠……外面好像有动静，两人同时触电般分开，娟子迅速躺回到床上。

小王贼一样逃出女兵宿舍，虽然紧张的心都要跳出来，可偷情的刺激令他兴奋不已。色胆包天！他此刻才充分理解这句话的精辟。接下来，虽然他利用医生的关系又请过几次假，但都没有单独和娟子在一起的机会。他只能冥想，冥想着和娟子在一起的情景。那股潜流一样的萌动又开始在体内流淌，令他无法自制，那家伙已膨胀得大如蟒蛇……

性饥渴有时可以用手淫来缓解，但精神饥渴却使他空虚无比。自从那次收缴行动以后，除了那本"毛选"，再也找不到马列、红宝书以外其他可读的书籍。《毛主席语录》，老三篇在上学时他已能背得滚瓜烂熟，可仅限于背诵。他也曾用心去体会歌里唱的"毛主席的教导我细心领会，只觉得心坎里头热乎乎。好像那旱地里下了一场及时雨，小苗挂满了露水珠"的感觉，但除了敬畏与神圣，仍无法填补心灵的空虚。

一天，他被抽去打扫俱乐部楼上的仓库，无意间发现几个落满灰尘的大木箱。他轻而易举就打开一把锈迹斑斑的锁，眼前的一切使他惊呆了。里面全是书，全是禁书。有中外文学名著，《史记》《中国通史》《欧洲文学史》……简直就是基督山的宝藏。他随手拿了一本薄伽丘的《十日谈》和马克·吐温的《王子与贫儿》，然后把箱子原封不动盖好。他要保守住"宝藏"的秘密，并伺机把这些宝藏盗走。

《十日谈》里每天讲的精彩故事使他兴奋不已，空闲时他就讲给那些女兵们听，最主要他是想讲给娟子听。当她们听到《王子与贫儿》因命运的捉弄而悲欢离合时，他发现女兵们热泪盈眶，比听忆苦思甜报告哭得还厉害。知识使人强大。那帮老兵虽然年龄比他大，身体比他强壮，但在知识面

137

前却有几分胆小怯懦。他们开始对他另眼相看。小王会讲故事，会用"瓢"弹《莫斯科郊外的晚上》。当"深夜花园里，四处静悄悄……"的旋律响起，大家开始跟着哼唱，枯燥的生活突然变得浪漫起来。他们都纳闷，书里还有这些精彩内容？小王则说是参军前看的闲书。

奇怪的是队领导，特别是老政委对此并没提出异议，偶尔他也跟着哼唱几句。在没找到安全藏匿这些书的地方之前，他只能把俱乐部仓库当成图书馆，这本看完换那本，悄悄地进行，没引起他人注意。书，对于喜爱它的人是无价之宝，而对某些人却是废纸一堆，只能静静地躺在仓库的角落里。

小王发现对他来说，最大的需求就是对性的渴望和对知识的攫取。这两种欲望使他对生活充满遐想。他幻想着能和娟子生活在书中描写的那种多彩、刺激、美好的世界里，而不是现实中刻板枯燥的生活。他经常感到困惑和迷茫，梦见一个人行走在漆黑的夜里。他必须尽快找到安全藏匿这些书的地方，可他除了一张床和一个床头柜，再无一席之地。

他想到卫生队那个医生。小王每次去开诊断书，他都会透过金丝眼镜冲着他诡异地微笑，似乎知道他的秘密。医生长得很干净，白净的脸上架着一副眼镜，看上去很斯文。只是脖子有些长，喉结过大。"娟子简直是一朵含苞欲放的花。"他蠕动一下喉结说。小王诧异地看他一眼。最近他经常发现，医生有事没事总爱找娟子说话，时不时还让娟子躺在他的小床上检查检查。小王看着就不爽。"她是很美，我真心喜欢她。你还想看书吗？"小王有意岔开话题。"你还有？"医生有些兴奋。小王从怀里掏出那本《十日谈》。"我还有些书，你能帮我保存吗？""哪儿搞的？"医生疑惑地看着他。小王想了一下，没有把秘密告诉他。

七

比赛的日子终于来临了。在离开基地之前，小王必须把这些"宝藏"盗走。他只能相信医生。一天，趁医生值夜班，他用一个大号旅行袋搬运了三趟，把认为好的拿走，其余的只能忍痛割爱。医生答应一定保守秘密，条件是书要分他一半。他没想到医生会这么黑，看着挺斯文出手却挺狠。见小王犹豫，他说："放心吧，书丢不了，我和你们一起去比赛。""你去干什么？"小王狐疑地看着他。"随队医生。"

比赛地点在广州，驻地是珠江边上的海珠宾馆。那时倡导"友谊第一，比赛第二"。在进行一番"不能只看水线，要看路线"的政治教育后，比赛才正式开始。说是这么说，可准备这么长时间为的就是拿成绩得第一。各参赛单位互不相让，为争一个冠军差点打起来。偏偏在这个时候，有几个女队员又不能下水了，其中也包括娟子。老政委急得团团转。关键时刻医生出了个主意，他说他能让女人那玩意回去或推迟。办法是喝醋，大量喝醋。几瓶子醋下去，人喝倒了，那玩意却没回去。医生又说，他听说有一种塞子，下水前把那地方塞住就可以正常比赛。于是他紧急联系在广州军医大的同学真搞来了塞子。老政委有些犹豫，他从未听说过这玩意，对身体是否有伤害？没办法情急之下只能试试。赛后，女队员都说肚子疼。小王在心里骂，狗屁医生出的什么驴 x 主意，娟子那地方能随便塞东西吗？自由活动时，医生也愿意下水泡泡，可他只会"狗刨"。摘了眼镜他就是个瞎子，头像狗一样抬得老高，生怕被水呛着。小王一个猛子潜到他身下，一把抓住那家伙。医生杀猪般大叫一声，沉了下去，他顺势把他裤衩扒掉，将一个准备好的木塞子塞到他肛门里。医生呛了好几口水，拼命朝岸边游，上来才发现没穿裤衩，出尽了洋相。他向老政委汇报说："有阶级斗争新动向，阶级敌人在游泳池里也兴风作浪。""看清楚谁干的吗？"老政委问。"好像是……我当时都蒙了，没看清。"查了半天不知是谁干的。

亚热带温暖湿润的气候使这些北方来的人们兴奋不已。到处绿草如茵，春意盎然。入夜，晚风清凉，芭蕉树在霓虹灯的映衬下随风摇曳。比赛很快结束了，剩下几天参观购物，小王和娟子都取得了不错的成绩。没有比赛任务，人的心情一下放松起来。

娟子今天穿上新买的超短裙，两条修长健美的腿显露无遗。小王在后面喊一声："娟子。"见四下没人，他掏出一串珍珠项链："这是送给你的。"他用攒了几个月的津贴费给娟子买了这件礼物。他拉着娟子走进旁边的树林，把项链郑重地戴在她的脖子上。珍珠莹润的光泽映衬着娟子白皙的脖颈，显得美丽而高雅。"喜欢吗？"娟子羞涩地点点头。小王又摘下一朵鲜花插在她头上。"你真美。像个新娘子。"娟子顿时羞红了脸。小王感觉热血往上涌，他逼近娟子，娟子本能地向后靠在一棵大榕树上。他将滚烫的面颊贴向娟子的脸，继而贪婪地亲吻起来。娟子紧闭双眼，承受着他猛烈而鲁莽的爱。他使劲将舌尖伸向娟子的嘴里，一种进入身体的快感使他亢奋。娟子也用舌尖回应他，它们蛇一样缠绕扭动在一起。他贪婪地吮吸着，吮吸着花蕾般的芬芳和甜蜜，就像一只忙碌的蜂鸟。他开始抚摸她的胸部。这是一对少女的乳房，丰满而富有弹性，光滑而充满魔力。他肆意揉搓拿捏着，突然，娟子的乳头精灵般跳动起来，弹劲他的手指。他随即放肆地向下摸，最后到达那个神秘的地方。那是一个水草肥美的温柔乡，绵软，湿润，陌生，刺激。时而花蕊盛开，时而溪水潺潺，梦境般令人陶醉而不能自拔。娟子开始呻吟，接着瘫软地向下滑。他的家伙早已大如蟒蛇，紧紧顶住娟子的下体。一时间，火山剧烈地喷发了。炙热的岩浆喷涌而出，火光映红了天空，整个世界仿佛在燃烧……

夜是那样沉静，静得一丝声音都没有。一缕月光透过婆娑的树影洒下来，犹如一抹白纱披在他们身上。"你爱我吗？"小王深情地问道。娟子点点头。她依偎在他的怀里，幸福的红潮还挂在脸上没有退去，她温柔得像一只小绵羊。小王禁不住又一次亲吻她。他们在夜色中静静地依偎着，时间似乎凝固了……突然，一道强烈的光柱射向他们。"在这儿，找到了。"几个人突然出现在面前。

他们被押送回部队。在关押的日子里，没有娟子的消息，只告诉他调查组正在调查取证，罪名是流氓强奸。大榕树下被抓现行，是保卫处直接派的人，队领导也不知道。就在小王万般无奈时，老政委和一个调查组的人来了。"我真的喜欢她，她也喜欢我。不是强……"他哭着说。老政委神情严肃："战士不准谈恋爱，你已经违犯纪律。被害人衣服上的残留物证据确凿，事实不可否认，而且还有目击证人。徐丽娟母亲已经来队，坚决要求严惩，还他女儿清白。""我真的没有强奸，真的。"他竭力申辩。"你不要再狡辩，老实交代问题"。调查组的人说着拿出一本书，正是那本包着毛选外皮的《红楼梦》。

"你年龄不大倒是挺反动，竟敢把黄色小说隐藏在伟大领袖的著作里。还伪装成积极进步的样子，原来是个阶级异己分子。"说完把书重重地摔在桌子上。"他年纪还小，想问题不一定那么深刻。"老政委在替他说情。"我们调查过了，他家庭出身是资本家，父亲参加过国民党青年军，是个地地道道的走资派。这样的'黑五类'怎么能混进革命队伍里来呢？""他的游泳成绩还不错，为迎接全军运动会当时是特招……"老政委的辩驳已经显得苍白无力。家庭出身、历史问题、资产阶级、流氓强奸，四项罪名叠加，小王成了批林批孔运动的典型案例，是阶级敌人妄图复辟资本主义的铁证。

八

小王苦苦地思索着。怎么会一夜之间就从天上下到了地狱？和娟子在一起的甜蜜还没来得及回味，怎么就变成强奸犯了呢？他望着铁窗外的天空，娟子现在怎样了？是自己害了她，这种事传出去让她今后怎么做人？接着又想到自己。是给个处分下放到连队当兵？还是像小山东那样处理复原？或者……他不敢再往下想。这突如其来的变故使他猝不及防，有太多问题想不明白。到底是谁检举揭发的呢？保卫部的人怎么会知道自己和娟子在一起？所说的还有一个目击证人又是谁？这个一下把自己推向深渊也毁了娟子的人。他百思不得其解。

娟子由于受到惊吓得病了。在调查组和她妈的逼迫下承认是小王强奸了她。没多久又传出娟子怀孕的消息。医生跑前跑后带着娟子去医院检查，大骂小王禽兽不如的同时，流露出对娟子的无比关心和爱怜，令娟子妈感动不已，一个劲说："医生这孩子太仁义了，真是个好人。"在医生的大力协助下，娟子被送到部队疗养院疗养，出院后被保送到护校学习。没过多久，医生也调到护校当教员，再后来，听说俩人一起被分配到某部队医院工作，并结为夫妻。医生的行为在当时被普遍说成是义举。也有替他叫屈的，娶了一个被别人玩过而且怀孕的女人。娟子妈则把他看成救世主而感激涕零，至于娟子，只能在茫然中草草出嫁。这是后话。

小王被开除军籍，遣送到海岛，劳动教养三年。听说，是老政委一再要求，才对他作出最轻的处罚。临行前，老政委把曼陀铃从仓库取出来还给他。说：作为"四旧"本应被销毁，但考虑是你入伍前的个人物品，再者，它也能弹奏革命歌曲。

强奸罪像阴霾一样笼罩在小王心头无法释怀，直到有一天他看到刑法中关于强奸罪的解释。法律是这样说的："判断是否构成强奸罪，要看是否违背妇女本人意愿而发生的性行为，并以男性生殖器是否进入对方身体为依据。"小王仔细回想当时的情景，忙乱中，那家伙连门都没找着就把子弹打光了，弄得满衣服都是，说强奸实在是冤枉。只可惜那年月中国没有律师，不然请个律师替自己辩护辩护，也不至于就稀里糊涂成了强奸犯。那么从何来怀孕呢？阴谋，这肯定是一场阴谋！他隐约感觉到了这个阴谋制造者是谁。

在荒凉的海岛上，海风凛冽，海水苦涩。王朝阳想起自己喜欢的那本书《基督山伯爵》，觉得自己就是那个被冤枉并必将复仇的船长邓蒂斯。遥望大海，陆地、母亲、娟子、老政委，都在海那边。

老汉与猫

一

　　贾老汉下了公交车，顶着蒙蒙细雨一跩一滑朝家走。春天的雨水很凉，迎面一阵风雨吹来使他不由得打了个寒战。老伴的老年痴呆症越来越重了，吃药也不见强，自己的退休金加上低保补助，大部分都用来买药治病。这日子……他的心情如这阴雨的天气一样阴冷而潮湿。他后悔没带把伞，用装药的塑料袋遮住半边脸，缩紧脖子加快了脚步。

　　猛然，不知从何处蹿出一只猫挡在了面前，只见它前爪抬起，人一般站立起来。贾老汉吓了一跳，刚要绕开，那猫"喵喵"地冲着他叫了起来。一双大眼睛乞求般地看着他，两只前爪如同作揖，直立着向后退，挡住贾老汉的去路。他突然明白，这只怪异的猫一定是遇到了什么难处，或饿极了，才不得已以这种方式向路人求救。从它那浑身被雨水淋湿的程度看，应该在路边等很久了，他也决不是它等到的第一个人。他突然对这只猫起了恻隐之心，这也是一条命啊！他随即蹲下身去。这是一只白色的猫，脖子上系着一根红丝线，两只眼睛一蓝一黄，如两颗闪亮的宝石，应该是曾经被人养过，后遭遗弃或走失的家猫。

　　贾老汉下意识地在身上摸了摸，一点能吃的东西也没有，兜里只有买药剩下的几块钱。他赶快向不远处路边的小卖店奔去，买了两根火腿肠，用他那老迈的牙齿使劲将外皮撕开，掰成小块给它吃。这猫真是饿极了，从没见过猫吃食狼吞虎咽的，一会工夫一根火腿肠吃完了。也许是吃饱了，第二根火腿肠，它吃吃停停，最后拱起腰做了个伸展动作，尾巴天线般高高翘起，用身体在贾老汉腿边蹭来蹭去，最后在湿漉漉的地上打了两个滚，这一连串的亲昵动作应该是猫的最高礼仪了。在猫打滚的时候，他看见猫屁股上沾满血迹。它受伤了？刚要看个清楚，它已蹭地一下窜进路边树丛不见了。

　　贾老汉突然感到惆怅了起来。

　　这些年，儿女们偶尔回来，又匆匆离去，就连孙子也很少来看他们，现在更是连个人影也见不着。老伴整天望着窗外发呆，要是有人来看看她，陪她说说话，管保比吃药都好用。他记得孙子小时候一来，老伴就高兴得呜哩哇啦地喊个不停，眼睛里也会流露出平日难得见到的喜悦。孙子走了，她又像个木偶一样，用那死鱼般呆滞的眼睛看着一个方向，很久不挪动一下。接下来是长久的惆怅……就这样，老伴目光中的喜悦越来越少，渐渐地，她几乎完全痴呆了。

　　孤独是老年痴呆的开始。可有什么办法呢？儿女们连自己都顾不过来，怎么能再连累他们呢？自从十年前老伴患脑血栓，瘫痪在床，就再没出过这间十平方米的小屋，贾老汉也就一把屎一把尿地伺候到今天。真是漏房子、破锅、病老婆，困顿的生活已经使他的神经变得麻木起来。以前，楼下的张妈还偶尔上来坐坐，可张妈在三年前走了，再就很少有人来了。听别人议论说是家里有味儿，这味儿到底有多大，贾老汉不知道，反正连查电表的也不愿进屋来，每次都站在门外递给他一支手电筒让他自己看。

给老伴喂完饭，又给老伴喂药，忙活完这些，才轮到自己吃饭。贾老汉吃得很少，不知怎的，他只就饭吃了点咸菜，把老伴剩的两块鸡肝用纸包了起来。留给谁呢？孙子肯定不会来，那给谁？它。它还会来吗？他希望它来，不来他就会有一种惆怅，像当年盼孙子那样盼着。

贾老汉用拣来的康师傅方便面桶剪了个小碗，找一只娃哈哈矿泉水瓶灌满水。他把鸡肝剁碎，拌上点剩饭装到小碗里，下楼朝昨天的地方走去。

自从见到那只猫，他心里仿佛就有了心事。它怎么样了？这种天气没吃没喝，加上有伤，它能活下去吗？不过，看它昨天吃完东西的精神头应该没大问题。猫有九命，是九个女孩儿托生的，这是贾老汉小时候听奶奶说的。他依稀记得，奶奶当年坐在炕头上，身边就趴着只大花猫，碳火盆散发出融融暖意。自己经常替奶奶装烟袋。先把老旱烟在烟笸箩里搓碎，然后将烟袋锅塞满压实，接着奶奶就把尺八长的旱烟袋伸向火盆，对着火炭吱吱地抽起来。每抽一口，烟袋锅就小灯般闪亮一下，那只似睡非睡的大花猫就眨一下眼睛。奶奶经常一只手端着烟袋，一只手摸擦着大花猫，给孩子们讲故事。大花猫也像能听懂似的，全神贯注一动不动。奶奶活了九十多岁，大花猫自然老死。这应该是很久很久以前的事了。

雨不下了，可天儿还阴乎乎的。贾老汉转了几个圈儿也没看见它。它也许不会来了，都说狗是忠臣猫是奸臣，它吃饱了就不会再来了。他有些不甘心，嘴里喊着"咪咪，咪咪……"他突然感觉有什么东西在腿上碰了一下，低头一看，它不知什么时候已在脚下。它围着贾老汉转来转去，不时地拱起腰在他腿上蹭，发出"呼噜呼噜"的声音，仿佛嘟嘟囔囔说着什么。这是亲昵地表示。他的心一下乐开了花。这由内心发出的喜悦，使他的老脸像秋后的残菊使劲绽放了一下，残缺的门牙如几颗熟透的葵花籽。他赶紧把手中的小碗放在地上。这猫刚吃两口好像突然想起什么，就抬起头冲着贾老汉喵喵地叫了两声，好像在说："谢谢，那我就不客气了。"贾老汉回应道："吃吧，吃吧。"接着他就无比满足地看着它吃，就像看着孙子小时候吃饭一样。

　　小碗里的饭很快吃光了。贾老汉拧开矿泉水瓶把水倒进去，它又吧嗒吧嗒地喝了起来。水足饭饱之后，伸了个懒腰，接着一本正经地洗起脸来。贾老汉痴迷地看着它，一下被这只猫深深地吸引，仿佛是命里注定要遇见它，是冥冥中的一种缘分。他禁不住伸手轻轻拍拍它的头，它乖巧地仰起头让他抓挠它的下颚，接着无比舒服地顺势躺下任由贾老汉上下其手。他们俩享受着快乐的时光……猛然，它像记起了什么，翻身起来蹭地一下蹿进路边树丛。

　　贾老汉立马惆怅了起来，喜悦的心情也被它蹭地一下带走了。

二

　　贾老汉回家找了只不用的搪瓷碗，每天按时送饭来，它也每天如约而至。它在那儿吃，贾老汉就蹲在一边看，后来干脆就带个小马扎坐在旁边。等它吃完了，就和它玩耍一阵，这样的约会大概持续了二十几天从没失约。渐渐贾老汉发现这猫越来越能吃，以往的分量似乎有些不够，而且大有吃不了打包的意思。一次，它吃完后，单单把一块稍大的鱼肉留下，临走时叼在嘴里带走了。这猫也有藏食物的习性？或许怕哪天断了顿，备战备荒？贾老汉不得其解。

春天，如同孩子的脸，说变就变。上午还晴空万里，下午就下起雨来，而且越下越大。贾老汉挽起裤腿打着伞，照例给猫送饭。它来了，顶着大雨守候在那儿，浇得如刚从水里爬出来一般。唉！贾老汉不由得叹息起来，这猫也真不容易，为口吃的遭多大罪你说。他蹲下身，尽量用伞把它遮住，雨越下越大，冰凉的雨水顺着后腰往下流，但他始终这么蹲着。今天猫好像没有玩的心情，边吃边四处张望。猛然，贾老汉隐约听见有小猫崽的叫声，风雨中这叫声显得格外凄惨令人揪心。猫突然不吃了转身跑向路边的树丛。贾老汉顺势望去，只见好几只晶亮的小眼睛，正朝他张望着，原来是几只小猫崽。他一下明白了。那天它是刚下完小猫，每天风雨不误的等候原来是为这一帮孩子们。他毫不犹豫脱下上衣，把小猫一只只包起来，然后搂在怀中，打起雨伞快步往家走。大猫好像明白他的意思在后面一溜小跑紧跟不舍。

进了门，贾老汉赶快找条毛巾给小猫擦干，接着翻出件破棉袄铺在地上，小猫全都依偎在大猫怀里，大猫不停地用舌头挨个舔舐着小猫。贾老汉数了数，整整五只小猫崽。他从冰箱里拿出一袋牛奶温热后放过去，小猫们开始砸吧着过来喝奶。大猫则在一旁安详地看着。这是一家六口啊！贾老汉突然觉得这只猫很伟大，真是母爱大于天哪！他觉得人和动物没什么区别，在母爱面前，在生命面前，是平等的。贾老汉心里踏实了许多，不然，这场大雨小猫崽不定会怎样呢。

"猫，猫，"老伴突然说话了，手颤颤巍巍地抬了起来，眼睛里流露出很久不曾有过，贾老汉认为永远不会再有的喜悦神情。"它叫咪咪。"贾老汉一高兴顺口给猫起了个名。他拿起一只小猫崽放在老伴怀里，你看，这是小咪咪。老伴开心地笑了。

这个家从此有了生气，有了欢乐，老两口有了笑容。贾老汉找了个纸箱，再把破棉袄铺在底下，算是给咪咪一家六口安了个家。他每天早早起来，去早市买些便宜的杂鱼，回到家掐头去尾，好的留给老伴吃，鱼头鱼尾鱼下水，洗净做熟，兑上点剩饭，然后捣碎、调拌均匀，就变成猫咪们的精致美食。小猫崽吃得那个香啊。几天工夫，小家伙们就长了一头多。家里添丁增口，自然是件高兴的事，可吃饭也成了问题。贾老汉就跟卖鱼的说："你收拾鱼剩的下水别扔，给我留着，我家有一窝小猫崽呢，以后我的鱼全在你家买。"从此后，贾老汉家就几乎天天吃鱼，楼道里就经常飘散着做鱼的香味。

小猫崽大了，活泼可爱，但调皮淘气也是了得。纸盒箱早已装不下它们，什么被垛上、柜子里，到处钻，到处爬，贾老汉的裤腿成了它们的练功场，各个用那尖利的小爪子在上面抓挠。几天工夫，他的裤子就像筛子一样，到处是眼儿。贾老汉不生气反倒笑了。小孩嘛，哪有不淘气的？又不是什么好裤子。他任由它们调皮淘气，他看着高兴。更重要的是老伴高兴，她不停地指着小猫们，嘴里呜哩哇啦地喊个不停，那残疾多年的右手还时不时地抬几下，饭量也比过去大多了。

有贾老汉的精心照料，咪咪反倒清闲了起来。它经常爬到老伴怀里，眯着眼看小猫们玩耍，接着就呼噜呼噜地睡大觉。老伴就用手不停地在它身上摸擦着，这情景仿佛使贾老汉又回到了遥远的从前。咪咪和老伴的感情甚笃，白天趴在老伴怀里，晚上就睡在枕边。老伴有什么动静它就先醒，贾老汉就跟着起身看看，咪咪俨然是个穿白大褂的值班护士。

贾老汉每天买菜做饭，伺候老伴、喂猫，忙得不亦乐乎。老伴身体见好，他去买药的次数少了，省下钱可以多买点鱼。见他乐呵呵地买鱼回来，街坊邻居就开玩笑说："老贾头，又吃鱼了？今天给猫孙子们做什么鱼？你家都快成海鲜馆了。"听到这儿，他心里没好气儿，不是总嫌我家有臭味吗？这回怎么变成鲜味了？就回上一句："馋了，就过来改善改善。"说罢转身上楼。

贾老汉每天给老伴洗脸擦身后，就开始给猫们洗澡。咪咪原来是个大美女。洗完澡擦干后，它一身雪白的长毛松软而飘逸，两只宝石般的大眼睛格外迷人。他听说只有波斯猫才长一对宝石眼，纯种的尤为名贵，在外国值好几千美金。他以后逢人就讲，咪咪是只波斯猫，多么多么纯，能值多少多少钱，看着别人羡慕的目光，他就觉得无比满足和自豪。大凡养猫养狗的都有这个毛病，希望听见别人说自己的猫狗如何如何好，就像听到夸赞自己的孩子。渐渐地，贾老汉有一只纯种波斯猫的传闻越传越远，甚至被演绎成伊朗国的远房亲戚专门从国外带回的，光进口报关检疫就花了一千美金。

没过多久，有人上门买猫。来者是东城宠物市场专门卖猫的。他拿起小猫崽看了又看，接着又把咪咪从上到下看个遍说，咪咪是个波斯串儿，小猫是咪咪和别的猫的串儿，从血统上讲，小猫就是第三代混血，不值钱顶多十块钱一只。胡说八道，给多少钱我也不卖，什么第三代、第四代。贾老汉一气之下，把猫贩子赶走了。

三

咪咪和小猫们已经把贾老汉这十平方米的小屋当成了

家。在人的眼里这儿可能破烂不堪，但对它们来说，却如皇宫一般。再不用怕刮风下雨了，也不用愁吃愁喝，这是一个多么温馨的家呀！咪咪仿佛格外珍惜这来之不易的安稳生活，它在贾老汉的教导下竟然学会了上厕所，四只脚如杂技般蹲在便池的头上，人一样拉尿。事后，还用爪子像模像样地拉一下冲水绳。在老两口眼里，咪咪已是家中不可缺少的一员，是精神上的莫大安慰。

一天，街道治保主任上门来了。他对贾老汉说："有人举报你家养宠物，是只波斯猫，还有一窝小猫崽。你是吃低保的困难户，怎么能养宠物呢？那是你该养的吗？困难补助是给人的，不是给猫的，再说你老伴还有病，有这钱买药多好。"贾老汉赶紧解释说："主任，猫吃的都是我和人家要的鱼下水，不然也得扔，再说小猫也吃不多少。""不行，你的事反应很大。要不，把猫处理掉，要不，就取消你的低保补助。"主任语气严肃。"主任，你就行行好，这猫我和老伴都喜欢，就让我们留下吧。"贾老汉几乎在哀求。"老贾，我说你糊涂咋的？为几只猫，连低保都不要了？我告诉你说，我们正在建设和谐社区，你看你这家造的，是人窝还是猫窝？卫生首先就不合格。"

贾老汉还想争辩几句，治保主任扔下一句："给你十天时间，猫不处理，就取消你的低保补助"，然后扬长而去。贾老汉呆呆地坐在那儿，这低保补助是自己和老伴的活命钱，没有了靠什么生活？可咪咪，他实在是舍不得啊！他犯愁了，愁得他不知如何是好。领低保就不能养猫，养猫就不能领低保，两者只能选其一。他不大明白这其中的道理，不明白养猫和低保到底有什么关系，不明白这人怎么就容不下这可爱的小动物呢？老伴好像听到了他刚才和治保主任的谈话，睁着一双惊恐的眼睛看着他，而猫儿们还在无忧无虑地玩耍，它们不知道将要离开这温暖的家了。

听说要把猫送走，老伴变得狂躁起来，经常莫名其妙地大呼小叫，晚上一定要把猫搂在怀里睡。贾老汉也是夜夜失眠，他不知该如何安置这群猫。

一天，一个邻居告诉他，陕西某个地方在打狗，一天就打死两千多只。打不死，就浇上汽油用火烧，那个惨哪！还吓唬他说，猫收走后卖给烤羊肉串的人，杀了抹上羊油，冒充羊肉卖给人吃。贾老汉听后毛骨悚然。不行，决不能让他们把猫收走。有人建议，送到宠物一条街，还能卖两个钱，也好补偿一下这么长时间的养猫费用。贾老汉不同意，他图的不是钱，最主要是给猫找个好人家，要真心喜欢猫，对它们好。

于是他找个旅行袋，先把五只小猫装上，去了宠物一条街。他把旅行袋拉开个口，让小猫们把头露出来，给过往行人看。见有人打听价儿，他就说不卖只想挑个好人家。接着就对人家上下打量考察一番，见是年轻人不像真心养的，就拒绝不给，见是老年人真心喜欢的，就劝人家多拿几只。

几天下来，小猫全都送出去了，只有咪咪都嫌是大猫没人要。明天就是第十天了，主任还会再来，可咪咪怎么办呢？他突然灵机一动，抱起咪咪拿上猫食碗下楼，向当初和咪咪见面的地方走去。他想，咪咪还应熟悉那个地方，再把食物放那儿，每天自己像以前一样去看它，给他送吃的，老伴想了就偷偷抱回来稀罕稀罕，这岂不两全其美？咪咪是大猫，知道遮风躲雨应该没问题。

到地方之后，咪咪好像明白他的用意，用爪子死死钩住他的衣服不下来，贾老汉能感到猫爪子钩到肉的疼痛。他狠狠心使劲一抖搂，咪咪掉在地上。只见它匍匐着身子，眼睛里露出惊恐万状的神情，犹豫片刻就一头钻进树丛里面。贾老汉赶紧把猫食碗放下，叫着："咪咪，咪咪"，可它就是不出来。开始还能看见一双眼睛，后来就什么也看不见了。他心想，有食物在这儿，它饿了就能出来吃。

　　这一晚，贾老汉的心里如十五个吊桶七上八下，闭上眼是咪咪睁，开眼也是咪咪，翻来覆去无法入睡，天蒙蒙亮，他就起身出去了。街上很静，人们还都在梦乡之中。猫食碗还在，里面的食物还在，咪咪不在。贾老汉的心一下揪了起来，"咪咪，咪咪……"他声嘶力竭地喊叫着。也许藏在别处？他沿着树丛，边走边叫，穿过这条街到了下条街，他一路喊一路找，一路找一路喊，找啊找啊……咪咪丢了。

　　他不相信咪咪真的丢了。咪咪一定是在跟自己赌气，恨自己狠心不要它，暂时离家出走。它会去哪儿呢？这附近的大街小巷，犄角旮旯他都找过，就是没有咪咪的影子。他逢人就问："看没看见一只白猫，眼睛一黄一蓝像宝石一样？"回答都说没看见。他后悔当初没给咪咪照张相，也好搞个寻猫启事，他经常看见有寻人寻狗的启事贴在电线杆上。最后，他开始恨自己，怎么就突发奇想把咪咪抱出来呢？这活生生地就给弄丢了。

四

　　咪咪丢了以后，老伴的病情就加重了，整天不吃不喝，呆呆地发愣，没有一点声响，人瘦得皮包骨。等儿女们从外地赶回来，老伴已经不行了。医生说，老伴是因长期瘫痪加上精神抑郁、营养不良，而导致全身脏器衰竭，在十分虚弱的情况下，遇到刺激和打击就会造成死亡。儿女们要把贾老汉接走，他不肯。他离不开和老伴生活一辈子的地方，他相信咪咪总有一天会回来。他要在这儿等咪咪。

没有了老伴，没有了猫，贾老汉整天无精打采，心里空落落的。有时整天不说一句话，饿了就对付吃一口，人一下又苍老许多。到了晚上，要么睡不着，睡着就做梦，梦见的都是咪咪。他梦见咪咪跑到一座山上，他在后面追，眼看追上了，咪咪回头冲他叫了两声，刚要去抓，它"蹭"地一下又跑了，怎么也抓不着。第二天，昨晚的梦挥之不去，一定是咪咪给自己托梦来了。哪儿有山呢？他想起北门公园有座假山。

公园假山没梦里的大，他山上山下找个遍，也没个猫的影子。最后，发现后山有个山洞，里面漆黑一片，什么也看不见，他就对着洞里喊："咪咪，咪咪。"洞很深，自己的喊声在洞里回荡：咪咪，咪咪……他仿佛觉得里面有动静，他用打火机照亮弯下腰钻了进去，里面阴暗潮湿，又膿又臭，除到处粪便尿迹之外什么也没有。突然，打火机的火苗"扑"地一下灭了，就在眼前漆黑的一刹那，他看见两只幽灵般绿色的小眼睛正盯着他。他刚要喊叫，只听"吱"的一声，一个黑影从身边跑了出去，原来是一只大老鼠。

贾老汉沮丧地往回走，在公园门口遇见一群打扑克的老人，其中一位告诉他，不远的市场后面经常有一群猫，让他上那儿去找找。市场其实是条马路，每天早晨五六点钟开，八九点钟关，就是人们常见的那种马路市场。两侧是饭店、蛋糕房、水果摊，这种地方倒是容易找到吃的。

贾老汉转了一圈也没看见一只猫，就向一个卖雪糕的老太太打听。老太太说："确实有群猫，每天鱼摊撤了就来捡点臭鱼烂虾，有没有白猫没注意，至于什么眼睛就更不知道了。不过听说，前两天，卖鱼的张老三嫌猫老偷他的鱼，下了几包耗子药，全给毒死了，还打死一只挂在树上，现在一只也没有了。"说完指着远处一棵老槐树："就那棵树，昨天还在那儿挂着呢。"贾老汉的心一下揪了起来。咪咪啊咪咪，不会是你吧？他三步并做两步，向老槐树跑去。树杈上确实挂着只猫，一根面条粗细的铁丝紧紧勒在脖子上，像一只被宰杀的兔子，前腿弯曲后腿伸长。他找了根竿子把猫挑了下来，这是只白猫。

死了的动物，毛色暗淡而凌乱，嘴角渗出一丝血迹，双眼紧闭而塌陷，完全是一只没有生气的皮囊。除了眼睛颜色看不见，其他都很像咪咪，贾老汉扒开死猫的一只眼睛……他的头"嗡"地一下，眼前一片漆黑，几乎站立不稳，赶紧用手扶着树干。他看到的是一个混浊而充满乌血的黑窟窿，眼睛被挖掉了，哪还有什么颜色？这人心怎么这么狠哪！竟能如此残忍地祸害一只猫？一定是咪咪，一定是咪咪。

贾老汉抱起死猫，返身回到公园，在小树林里选了块土质松软的地方，他要把猫埋了。没有工具，他就找了块瓦片挖了个坑，将猫放进去，亲手一捧一捧地填上土。嘴里念叨着："咪咪呀咪咪，找奶奶去吧，奶奶在那边等着你呢。"说罢，两行浑浊的老泪流了下来，泪水滴落在这刚刚挖出的新土上。

第二天一早，贾老汉把菜刀别在腰里向市场走去。早市上人来人往，熙熙攘攘，到了卖鱼的摊位前问道："谁是张老三？""我是，买鱼吗？""我买你的头！"贾老汉抽出菜刀，大喊一声冲了上去。"是你杀了咪咪，是你杀了咪咪，我今天和你拼老命！"卖鱼的被这突如其来的喊杀声惊呆了，反应过来，掉头就跑。边跑边喊："快来人哪！这老头疯了！"

老汉与猫

八　哥

一

　　祥子开着他那辆紫红色的桑塔纳，沿着繁华的人民路游逛。两侧的高楼大厦像电影中的镜头似的，一幕幕从车窗外闪过。这里是全市写字楼租金最贵的地方，在这里办公的非富即贵，像他这样一个小装修公司的老板是想都不敢想的。可是今天，他要在这儿租间办公室，而且要一百平方米以上。

　　他将车停在靠近香格里拉大饭店的路边，隔着车窗看着对过一幢闪闪发光的玻璃大厦。他想象着自己西装革履地从大厦走出，在路人羡慕的目光下，去香格里拉会见客人，门童谦恭地向自己鞠躬示意，而自己非常从容地将一张百元大钞塞在门童手里，就像当年去香港旅游，在半岛酒店看到的情景一样。他曾暗自计算过，半小时之内门童收的小费比自己当时一个月的工资还多。从那一刻起，他就下定决心要挣钱，挣很多很多的钱，要使自己尽快富起来。

　　他按着大厦上的招租电话打了过去。接电话的是个声音甜美的女生，而且是那种一听就麻死人的林志玲般的台湾普通话，而随之报出的价钱仿佛是温柔的一刀。他还是决定上去谈谈，租不起和美女聊聊也不错。

"我找招商部林小姐，"他对接待员说。不一会儿，一个手里拿着大本夹子，胖得像个球似的女子走了出来。"您是齐先生？""是。不是，我……找林小姐，刚才接电话的那个。""鄙姓林，林妙涵。"看着他诧异的目光，胖女子似笑非笑地递上一张印刷精美的名片：台湾顺腾企业集团顺通大厦招商部。接着把大本夹递了过来，"这是我们所有空置写字间的平面图和报价单。"

他不禁倒吸了一口气。这年头光听声儿是不行啊，什么都要眼见为实，这差距也忒大了！祥子再没看林小姐一眼，目光紧紧盯在价格上。

这台湾人真会做生意，房子按天租，1.5元一平方米，乍一看挺便宜，可这是日租金。乘上130平方米这一天是195元，一个月就是5850元，乘上12个月这一年就是70200元。这也太贵了！

"我租三个月。""不行，最短一年。"

他抬起头看一眼窗外，"香格里拉"就在眼前，远处，是依稀可见的海景。耳边又想起那温柔的声音："物有所值，齐先生。当您的客人听说您在'香格里拉'对面办公，您的身价立马就会抬高很多……"说的比唱的还好听，这叫钱哪！他突然想起小黑，小黑就是说的比唱的还好听，最近正想给它换个金丝楠木鸟笼子，这回看样要泡汤了。林小姐给了个面子，抹掉零头，每年七万元整，上打租，先付一万块订金，租金每半年一付。

出了顺通大厦，他准备去家具市场，看看办公家具，这时媳妇来电话了。媳妇小美喜欢貂皮大衣好多年了，年年去商店试，就是嫌太贵，今年原本答应给她买一件，她也看好圣邦皮草城的一件灰白相间的十字貂。这两万块钱本打算给她买件貂皮大衣，剩下的给小黑置办个新房，可这一租办公室，就什么也买不成了。跟小美好好解释解释，等挣了大钱，什么貂买不起啊？

皮草城里，小美正穿着貂皮大衣对着镜子转圈。看见祥子连忙招手："老公，你看这大衣，像给我定做的一样，打对折才一万二。"没等祥子开口，售货员凑了过来："大姐穿貂确实好看，这貂不是谁都能穿的，肤色白、身材好，穿上才显得贵气。"

"小美，你听我说，这……这钱我有急用，等这单生意拿到手咱再买，到时候买两件都行。"祥子用急切的口吻和小美商量道。小美喜形于色的脸瞬间变得愤怒了起来，"好啊，祥子，你就要我玩吧！"她将貂皮大衣狠狠摔给售货员，掉头跑开了。"小美，你听我说，你听我说啊……"

二

税务局办公大楼要装修，是祥子在税务局工作的一个哥们说的。外立面瓷砖更换大理石，内部全都重新装修，包括办公家具，总预算三千多万。这可是单大生意，按装修行业常规计算，不是半利也得在 40% 左右，这要能拿下来，自己一下就变成千万富翁。机会！机不可失，失不再来，祥子决定放手一搏。

听哥们说，大局长是从上面新调来的，来了就要改变以往形象。这活以前你想都不要想，某副局长小舅子就是搞装修的，工程全是他承包。可这回老大亲自抓，而且要走招投标程序。具体工作由财务处和行政处操作，但这只是个形式，最后还得老大拍板。哥们如是说。

现在的领导干部，不是被称作老大，就是被叫做老板。这种颇具江湖韵味的称呼，似乎是对掌控权力和被权力掌控两者间关系的别样诠释。不是吗？叫局长，尊重有余而亲切不足，说明只是工作关系。而老大，尊重中透着一股亲近，有一种士为知己者死，甘愿两肋插刀的味道。叫者舒服，听者受用。所以，此称谓一经问世即流行开来。

副局长是明眼人，早就放出话来，他小舅子肯定不参与，避嫌。这你才有机会。哥们说。可老大才调来对他的习惯嗜好摸不准，不过财务处长是他上任后带过来的，关系肯定铁。现在的领导哪个不是一支笔？财权是一定要抓在手里的。财务处长我可以帮你约，但其他功夫你也要做足，比如说公司规模、资质等等。至于最后能否搞定老大，那就看你的造化了。

小美一气之下，去了张胖子家打麻将，今晚看样是回不来了。祥子感觉没有胃口，但小黑不能饿着。祥子整天忙忙碌碌，为挣钱，见人说人话，见鬼说鬼话，只有在小黑面前，才能说说心里话。小黑是只八哥，从雏鸟养大的。

祥子平时不抽烟不喝酒，除了忙活挣钱，最大的嗜好就是养鸟。打小他就在家门口老杏树上挂鸟笼子，每逢春天杏树开花，春雨蒙蒙的季节，正是捕黄雀的最佳时机。他在树上的滚笼里放上几只爱叫的"大公子"，啾啾的叫声在春的气息里，显得格外清澈悦耳，远在云端之上的鸟儿都能听见，接着便一头扎下来，落在树上。它们先在树枝和花蕾间辗转跳跃，然后好奇地向鸟笼接近，此刻"大公子"叫得就更欢。

滚笼是品字形的，是人专门设计用来捕鸟的。滚笼的上面装着引鸟，两侧放上谷穗，有谷穗的地方就是陷阱。当鸟一落上去，自身重量使翻盖向下，鸟就顺势滑落下去，掉到笼子里，翻盖随即恢复原样，鸟却永远也出不来了。这一瞬间仿佛是个滚动的过程，所以叫做"滚笼"。

刚掉进陷阱的鸟儿惊恐万状，它们不知道为什么突然间身陷囹圄，眼看着外面，就是飞不出去。在几经挣扎，筋疲力尽之后，只有乖乖地待在这狭小的牢笼里，从此不能再自由飞翔，只能冲着蓝天叫啊，叫啊。气性大的撞得头破血流，翅膀折断而死。正应了那句"人为财死，鸟为食亡"。

鸟儿养到极致，才开始玩八哥。八哥是人鸟，它会说话通人性。自从老杏树被砍，动迁盖起了大楼，祥子就再也没养过别的鸟儿，只养八哥。训八哥是个漫长而残酷的过程。为了让鸟儿说人话而且要说得好，有的从小就要对八哥进行矫舌。所谓"矫舌"，就是用烫热的铁丝把鸟的舌头缠绕起来，就像女人用发夹烫头一样，使它弯曲，然后在舌头上抹点儿獾子油。烫不好，发炎溃烂，鸟就死了。这种办法到底谁发明的，无从考证，但据说打古时候就有，一直流传到今天。

小黑是幸运的，经过艰苦磨炼，今天它可以衣食无忧了。祥子将肉末和着大黄米面，用水搅拌蒸熟，待凉透了搓成一条一条的，喂小黑吃。小黑像人吃面条一样发出"呼噜呼噜"的声响。只见它油黑锃亮的羽毛紧塑着身体，灯光下闪烁着金属般亮丽的光泽，两只眼睛炯炯有神，白玉般的喙，光滑润泽，金色的利爪粗壮有力，头顶上那撮凤冠般的羽毛，使它显得格外精神，那神态甚至有些不可一世。

真是只好鸟！每每欣赏它时，祥子都会发出这样的赞叹。这时，那颗浮躁了一天的心才会平静下来。祥子过去也是个有理想的人。小时候看完《十万个为什么》，他曾仰望星空，长大了想当一名天文学家，有一段时间，看小说着了迷，也想过要当作家。最后发现什么家也不如发家。这年头，人人都在向钱看，钱就是大爷，张胖子就是最好的例子。

张胖子初中都没毕业，大字不识几个，从小就和他爸一起掏马葫芦（下水道）。后来从环卫队出来，成立了什么蓝洁士科技公司。那年，正赶上市里要参加全国卫生城市评选，要求在一定范围内就要有一座公厕。他做了几百个移动公厕摆在大街上，号称是无水免冲，生物环保厕所。其原理是靠微生物细菌将粪便吃掉，尿液提纯为水重复利用。报纸大肆宣传，市长亲自剪彩，老百姓上一次收五毛钱。至于微生物细菌能否真的吃掉粪便不得而知，反正张胖子一下挣了几百万。评比过后，几百个厕所大多偃旗息鼓，老百姓该上哪方便还上哪方便。

张胖子发了，老婆也成了阔太太，整天在家打麻将，时不时把小美叫上。每次小美回来都会替人显摆，你看人家张胖子如何如何，人家又换新车了，等等，等等。祥子开始变得浮躁，他的那根神经被张胖子的厕所刺激得一跳一跳的，仿佛那些细菌不是在吃粪便，而是在啃食他的五脏六腑。他恨不能发明一种指粪成金的魔法，你张胖子能让细菌吃粪便，我能让大粪变黄金。全中国十三亿人，不，全世界七十亿人，让他都能拉出黄金来。不是没有可能，好像哪个童话故事里，毛驴就能拉金子。这年头什么奇迹不会发生呢？

"金子，拉金子。"祥子吓了一跳，原来是小黑在重复他的话。不知什么时候开始，祥子的心里话总能被小黑学去。自己没说出声啊？难道是自言自语？"你他妈是鸟还是人？""哈哈，哈哈，"小黑怪异地叫了几声，用眼睛顽皮地看着他，仿佛是在笑。

没听说过动物会笑，只听说过动物会哭。据说在杀牛的时候，面对屠刀，牛会流下眼泪；狗思念主人，悲伤之极也会流泪。从没听说有会笑的，动物如果会笑岂不是个挺可怕的事？祥子不愿再往下想，认真地对小黑说："对不起，你的金丝楠木新房不能买了。我得'装灯'，你明白什么叫装灯吗？就是要装给别人看，不然人家就瞧不起你。等咱发了财，我给你弄个金的。""发财，发财。"小黑说发财最溜到。

三

有了新办公室，他开始托哥们约财务处长。上哪儿请呢？财务处长财神爷，什么山珍海味没吃过？现在请人吃饭最难，你说吃什么？谁会在乎你一顿饭？搞不好，一顿山珍海味下来，五六千块还吃不饱，回家还得来碗大米稀粥就咸鸭蛋。吃饭只是一个见面的形式，总不能在大街上见吧？重要的是以后的节目，洗呀、按哪、唱啊、跳哇，直到混熟，称兄道弟，接下来才有可能谈到实质性问题。实质性问题谈好后，履行程序就是个形式了。这做生意也像上阵打仗一样，搞情报、设埋伏、冲锋陷阵，一样都不能少。过程紧张残酷，结果生死惨烈。怎么叫商场如战场呢。

请财务处长，定在"香格里拉"。第一，这里够档次。吃什么不重要，重要的是让人家看出你有实力。第二，这里离办公室近。吃完饭顺便邀请到办公室坐坐，这么贵租的办公室，其价值也在于此。哥们说了，财务处长和行政处长不能一起请，要分开，坐一起不好。祥子虽然心疼钱，但也没办法。财务处长约了几次，不是开会就是有应酬，有一次都定好了但临到最后又变了。哎，请个处长都这么难，老大能见着吗？

今天是周末，哥们来电话：今晚财务处长有空。

几天前，祥子就托人和餐厅经理打招呼，可以自带酒水。这五星级酒店酒水太贵，一瓶五十二度茅台就要三千多块，整整比市价高出一倍还多。他自备了两瓶茅台，提前二十分钟就在包房里等。菜品委托服务员推荐，要好要高档，照个五六千块钱花。

　　不一会菜单上来了：澳洲龙虾刺身，红烧大网鲍，清蒸苏眉鱼，雪蛤，燕窝……全是高档名菜。祥子很满意，最后，他建议龙虾生吃后，头和壳煲粥做两吃，等客人到了再上菜。

　　祥子这是第一次在"香格里拉"吃饭，以前请客人喝过一次茶。龙虾过去吃过，所以他知道刺身非常气派，整个龙虾端上来，头是头，尾是尾，中间是刚剔出的白花花的虾肉，像一颗颗闪亮的小银元宝，而须子和眼睛还在动弹。夹一块虾肉蘸辣根，吃到嘴里艮揪揪的，别提有多爽。什么苏眉鱼、大网鲍还真没吃过。

　　他突然想起，忘问财务处长抽不抽烟，赶紧叫服务员过来："软包中华多钱一盒？""九十五。"算了，还是我自己买去吧。他刚到街边烟店买了两盒软中华，返回包房，哥们就和一个戴眼镜的男人走了进来。祥子赶紧起身迎了上去。

　　"我来介绍，东祥装饰工程有限公司齐老板，齐永祥。""叫我祥子就行。""税务局江处长。"祥子赶紧递上自己的名片，江处长看了一眼，随手将名片放在桌子上。"请抽烟，"祥子打开软包中华递了过去。"不，我只抽这个牌子。"江处长从自己兜里掏出一盒芙蓉王香烟。"你看，我不知道处长抽这个牌子。"祥子有些尴尬。接下来是片刻沉默。

　　江处长中等身材，看上去蛮斯文。"处长老家不是此地的吧？"祥子没话找话。这开场最难，第一次见面人地两生，话不知从何说起，总不能上来就谈正事吧。遇见性格开朗的还好，遇见内向的，真能把人憋出汗来。

"湖南。""湖南好啊，毛主席家乡。"祥子装作很熟悉的样子，但江处长没接话茬。眼见要冷场，哥们赶紧接着说："江处原来是咱们省税务专科学院的讲师，财经方面专家，《会计学原理》这本书就是他主编的。""哎呀！大知识分子，怪不得呢。"祥子立马迎合道。

他亲自起身，为这位大知识分子处长斟满一杯茅台，并将长字省掉，叫起了江处，这样听起来亲切多了。江处却将酒杯推到一边："不好意思，不喝白酒了。"嗯？这不喝酒哪儿能行！全凭着酒劲调节气氛呢，这气氛上不来，正事儿还怎么谈？

祥子赶紧说："不喝白的喝点别的，您看喝什么？对，红酒。红酒调节血压，降胆固醇。""那就来一点红酒。有什么红酒？"江处把脸转向服务员。

祥子有点后悔。真是多嘴，不看看这是什么地方。他后悔没像小品《不差钱》里赵本山那样，事先和服务员打个招呼。听说"香格里拉"一瓶进口红酒上万块，他可别……

服务员清了清嗓子："法国04年顶级拉菲，波尔多圣朱利安年份酒也不错。"这家伙还真懂酒。"还有卢瓦尔河谷，圣达梅隆……"随着一连串报出的酒名，祥子的心几乎跳到了嗓子眼，一张嘴就能吐出来。他再没听清接下来还介绍了什么。说白了，祥子听不懂这些洋酒的名，但他知道一定很贵，恐怕这一桌子饭菜也赶不上一瓶酒。

江处用深邃的目光看一眼祥子，转而打个手势示意服务员靠近点。他要点酒了。祥子紧张得差点晕过去，张张嘴想说什么，但没发出声。

"什么乱七八糟的，我们听不懂，有国产的吗？张裕解百纳多少钱一瓶？"江处的回答出人意料。"还真不知道，那……给您问问去。"这家伙只懂洋酒。

祥子一颗悬着的心一下落了地，用几乎亢奋的声音喊道："不用问，搬一箱来！"

祥子本不胜酒力，但这国产红酒喝起来像糖水一样好喝。他一杯接一杯地干，等到脸像红酒一样红的时候，气氛终于喝起来了。江处的话开始多了，从毛主席家乡，一直谈到吃辣椒，又从吃辣椒谈到唱歌。谈起女歌手，他眼睛骤然亮了起来。看得出他很崇拜一个声音优美样貌可人的女歌唱家。

"粉丝，铁杆粉丝，"祥子给江处满满倒上一杯酒，"干了，为我们的歌唱家老乡干了。"江处拿起酒杯一饮而尽。借着酒兴他唱起了《今天是个好日子》，"越来越好，越来越好……"他一边唱，还一边拍手。那做派，那笑起来的模样，别说，还真有点让人看着熟悉。

酒真是个好东西。它能让人忘乎所以，让人真情流露，刚才还正襟危坐，转眼就仪态全无。此刻，再没有什么可拘谨的了，开场的矜持和客套，统统在这红酒一样热烈的气氛中化为乌有。

祥子不知道自己怎么回的家，办公室肯定也没去成。等他醒过来，小美正在打电话叫救护车。"叫救护车干啥？""干啥？你都喝吐血了，吐了半脸盆。"血？祥子歪过头看看，"不是，那是酒，是红酒……"

四

第二天，祥子睡到快中午才起来，喊了几声小美，没人应。倒是小黑接话了，"酒，红酒。"祥子用手拍拍仍然有些发胀的脸，昨晚喝大了，到底喝了多少酒，不记得了。

他一骨碌爬起来给小黑喂食。"你个鬼东西，怎么知道我喝的是红酒？嗯？告诉你吧，是中国红酒，要是法国的，我昨天都回不来了。小美要知道这一顿饭吃去半件貂皮大衣，她能把你带毛吃了。"

祥子养成了和小黑说话的习惯。为了创造语言环境，当初教它说话，着实下了一番工夫。受儿子学英语的启发，他把儿子淘汰的一台录音机全都录上诗朗诵什么的，早晨上班走之前，就开始播放给它听，直到录音带到头为止。

功夫不负有心人。年复一年，日复一日，在儿子考上外语学院附中那年，小黑能背诵唐诗了。特别是王之涣的那首"白日依山尽，黄河入海流……"让小黑演绎得出神入化。那个"流"字拖着长音向上挑，闭着眼睛听，真还以为是唐老鸭的配音演员呢。

打那以后，他有什么心里话都跟小黑说，久而久之，小黑成精了。有时，祥子不觉得它是只鸟，而是人，是个会讨人喜欢博人开心的精灵鬼。它能理解祥子说话的意思，不局限于简单重复。它似乎有了思想，从它那偶尔凝视你的神态中看得出它在思考。

自从祥子开始忙活挣钱，小黑就不爱背唐诗了，而是恭喜发财、挣大钱，满嘴生意经。听到这些，祥子非常开心。作为奖励，他时不时把新鲜牛肉割成条喂小黑吃。小黑就越发长得油黑锃亮，越发会说讨人喜欢的话。

祥子现在却很少思考，思考有什么用？思考能挣大钱吗？能让我住上豪宅吗？能让我开上大奔吗？张胖子从来不思考（他总是想起张胖子），人家不也是百万富翁吗？楼上的关秀才倒是爱思考，整天两眼发直，骑个破自行车，直往电线杆上撞。还作什么朦胧诗，差一点被公安抓起来，美其名曰精神富有，笑话人家满身铜臭味。精神富有啥样？拿出来给我看看？

据说关秀才祖上中过进士，从他太爷开始世代都是教书匠。"文化大革命"时，红卫兵抄他的家，他爷爷和爸爸一起被戴上高帽，批斗游街。关秀才也被孩子们叫做"黑五类狗崽子"，受尽了歧视。

他大祥子几岁，由于家庭出身的关系，他很少和其他孩子玩。每当祥子和小五用弹弓打鸟，他都隔着很远偷偷地看，把祥子他们玩剩下的死鸟捡起来，带回家。开始，祥子以为他是带回家吃肉，后来发现他把死鸟都埋在他家后院的果树底下，一个个窝头状的小坟包上插着用冰棍杆做成的牌位。

他给每只小鸟都起了名，这些死去的小鸟仿佛是他的伙伴，他在为它们悲伤，为它们祈祷。祥子和小五以为他有精神病，因为他爷爷精神就有些不正常，一挨批斗就尿裤子。他爷爷前门牙被红卫兵打掉俩，一说话撒气漏风，"我叫关德章，出生在剥削阶级家庭……"反反复复，念叨的总是这两句话。有时还没等他张嘴，孩子们就一起喊："我叫关德章。"

也许童年的烙印太深，以至于改革开放后，他仍然生活在自己的小天地里，这精彩的大千世界好像跟他不发生关系，什么钱、车、房子，对他都没有太大诱惑，偶尔说出几句愤世嫉俗的话却语出惊人。他除了上班，就关上门写诗，他鄙视祥子的拜金钱主义，一副清高不食人间烟火的架势。

有一天，公安突然找上门来，才知道他在网上成立什么朦胧社，有聚众结社，破坏安定团结之嫌，被带走好几天才放回来。

"这人傻不傻？"祥子跟小美念叨。"有闲工夫多挣点钱多好，扯那些没用的干啥，人家老张上访，为的是恢复干部待遇，可他为的啥？"

钱，一想起钱，祥子立马来了精神。他赶紧给江处打电话。吃了半件貂皮大衣，正事还没办呢！打办公电话没人接，拨通手机，"好日子"唱了半天，才听到一个压低的声音："哪位？""江处，我是祥子，那个……""什么，箱子？""不记得了？昨天喝酒的祥子。""啊？哦，我在开会，回头再说。"电话挂断了。

"这犊子，忘性够大的。"祥子在心里骂道。这年头收礼不办事的太多了，更别说只吃你顿饭。看样，这小子对吃喝没多大兴趣，莫非在那方面好一口？看昨晚唱"好日子"的劲头……对，男人嘛，没有不好色的。

像选饭店那样，祥子又开始琢磨起桑拿了，哪家好呢？既要高档又要有那个。对，问问张胖子，他可是个大玩家。张胖子听完，嘿嘿笑了。祥子赶紧解释："不是我，是个朋友要安排。""你少给我装灯！我又不是小孩，还怕我告诉小美不成。""哥们，帮帮忙。"见祥子求他，他略作思忖："海洋之星。""那得多少钱？""那要看你选什么样的。洋妞八百，普通的四百"。张胖子像按斤两卖肉一样报着价钱。

"还有洋妞？""看你大惊小怪的。那年我在澳门葡京酒店还玩过一个黑的，皮肤像缎子一样光滑，跟抹了油似的，小屁股那个紧撑，做起来真他妈受用。"说到女人，张胖子眉飞色舞。

早知道何必上"香格里拉"呢？这比洋酒便宜多了。祥子后悔没早点请教张胖子。

去了两次海洋之星，江处随和多了，但祥子仍感觉这人和你隔着心，让你琢磨不透。有时，他似乎已经放开心情，但很快就又把自己遮掩起来。看样，在江处身上还要多费些心思，从哪儿入手，祥子一时还真不得而知。

钱。有钱能使鬼推磨。祥子仍坚信这条颠簸不破的"真理"。为了显示实力，他专门找婚庆公司租了辆奔驰500，还特意选了辆尾号是88的，尽管要多花二百块钱。每次有应酬，他都亲自开车接送。开好车的感觉就是不一样。说心里话，这种不一样倒不是车的差距有多大，再好的车也是四个轱辘朝前跑，在哪儿都堵车的城市里，大奔一点也不比他的破桑塔纳快。真正感觉不一样的是别人不一样的感觉。

他注意到别人看车的眼神，那一瞬间仿佛是对你身份的认定。车就像一件商品的标签，人就是这件标着标签的商品。你值多少钱？看车就知道。这就叫"商品社会"。至于是不是假冒的，另当别论。

当大奔雪亮的灯光照过去的时候，人们纷纷避让，领导来了，大老板来了。祥子开始还有一种狐假虎威的感觉，后来却真的泰然自若了起来：推车门下车，两脚稳稳地踩在地上，目光淡定地环视着周围。感觉告诉他，人们都在看他而且是以一种敬畏的眼神看他。

他明白了张胖子为什么有了钱就先买辆好车，这是身份的象征。一定要先买辆好车，房子不着急。谁没事老上你家看去？而车就不同了，招摇过市，一看车就知道你小子发了。知道你有钱，人家就会愿意和你来往，这生意就越发好做。老话说得好：穷在闹市无人问，富在深山有远亲。真是千真万确。等生意谈成了，首先就买一辆和这一摸一样的大奔。

五

祥子开车在街口拐角处遇到了关秀才。他有意把关秀才的自行车别在道牙子上，接着探出头说："秀才，也不看着点，撞上咋办？"其实，祥子开着大奔和关秀才遇见过几次，每次祥子都有意放慢速度，以为秀才会主动和他打招呼，夸赞他的大奔一番。可没想到，他看都没正眼看他，就从边上骑过去了。这一次，他非要让关秀才开口不行。

关秀才一只脚支着地，屁股斜歪在车座上，愣是没下车。眯着他本来就一条缝的小眼睛，审视了祥子片刻，冒出句："奔丧去啊？"祥子本想听句好听话，却挨了狗屁呲。"你怎么说话呢你？不会说别说，啥叫奔丧？"祥子沉下脸。见他生气，关秀才乐了。"你看你，不识闹不是？你先前开的是桑塔纳，现在开的是奔驰，加起来不就是奔丧吗？""感情你还认得奔驰？我以为你只认得自行车呢。""叫你说的，我不仅知道奔驰，还知道奔驰不能开白色的。""为啥？"祥子不解。"你说为啥？白奔呗，哈哈……"关秀才闭上眼睛，得意地放声大笑。祥子讨了个没趣，只能尴尬地让过关秀才。

祥子刚进门，没等坐下，电话响了。哥们告诉他，江处老父亲突然患脑出血，住院了。祥子掉头就往楼下跑，边跑边想，关秀才嘴可真够黑的，这脑出血十有八九要人命，刚说完，奔丧的就来了。不过，这也正是接近江处的好机会。他赶紧先去银行取了两万块钱，然后直奔医院。重症监护室里，江处一脸的焦虑和疲惫，见到祥子，略表惊讶："你怎么来了？""出这么大的事我能不来吗？老人家怎么样？好点吗？"祥子表现出极度关心的样子。他看了眼病床上戴着呼吸机，一动不动的江老爷子，不知怎的突然想起自己老父亲当年躺在病床上的样子，不由得悲从中来，眼泪在眼圈里直打转差点哽咽出来。江处见状，连忙递过一块纸巾，轻轻拍了一下祥子的肩膀，以示安慰。

此刻，祥子觉得这弥留之际的老人就是自己的亲爹，江处就是自己的亲兄弟。江处仿佛也有同感，一种亲情才有的气场，在这特殊的环境下，突然交汇呼应了起来。祥子明显感觉到了这种气氛，并被这种气氛所感染。江处老家在湖南，本市没啥亲戚，事发突然，而这个病恰恰需要的是人手。

祥子本想礼貌性地探望一下，送上两万块钱转身走人，可现在好像不是那么回事。他犹豫再三，还是把钱拿了出来，江处坚决地把钱塞了回去。"兄弟，我看你人挺实在，也就不跟你客气了。现在的护工不好找，你就帮我护理几天，等老家来人就好了。""你看你，外道了不是？就把我当自家兄弟，照顾老人是应该应分的。可这钱也一定要收下，一点心意。"祥子心想，我可不能犯低级错误。"你不肯帮我这个忙？"江处目光真诚，那只抓住祥子拿钱的手格外有力。

祥子二话没说，脱了外衣，开始忙活起来。两人一起帮病人翻身、喂药、跑前跑后，连接大小便，祥子都不嫌乎。外人都以为是两个儿子呢。真是患难之中见真情啊！以往请江处，变着法讨他开心，可吃喝玩乐之后，他又板起一副拒人千里的面孔，想真正交下他，难哪。可今天大不一样，祥子感觉两人的心一下拉近了，从江处轻轻拍自己那一下开始，自己仿佛真的走进了他的心里。看来，人都是有感情的，感情这东西有时真不关钱的事。

经过几天朝夕相处，江处终于说，工程的事一定尽全力帮忙。祥子心里总算一块石头落了地。

江处老家来人了。祥子拖着疲惫的身体回到家。几天没见小黑，它好像瘦了，羽毛有些暗淡，眼神里透着忧伤。祥子知道，这是想他想的。看样，这几天小美只顾打麻将，也没正经喂它，祥子赶紧把笼子里已经发臭的水换掉，添上一把混合饲料。小黑歪歪头，说了句"你好！祥哥。祥哥辛苦。""不苦，不苦。祥哥今天高兴。"祥子答道。小黑的一句祥哥辛苦，让祥子几天来的疲惫一扫而光。小黑呀，小黑，你真是我的心肝宝贝。祥子心想。

突然，有人敲门。关秀才的到访使祥子颇感意外，住平房的时候，邻里间相互串门，你来我往，如今上了楼却很少走动。"你可是大稀客，快请进。"关秀才一屁股坐下，身子顺势下滑，腿伸出老远，形成半躺的姿态。"你这资产阶级的做派还没改？"祥子讥讽道。"这样舒服。"关秀才一辈子不修边幅，吊儿郎当。

"老弟，我前几天说的话别往心里去，就是开个玩笑。"原来他是为那句"奔丧"的话道歉的。"怎么说呢？我不知是应该感谢你还是怨你。总之，你的话应验了。""是吗？我的话真那么灵？"关秀才略显得意。接着又道："老弟，凡事莫强求。老子曰：道可道，非常道。名可名，非常名。所谓：祸兮，福之所倚。福兮，祸之所伏。人在得意的时候要想到……"祥子听不懂这些之乎者也的文言文，心想，你就是妒忌我，等我把这单大生意做成，看你还跩不跩了。

"什么福啊，祸啊，我新接个三千多万的大工程，至少能赚……""你就吹吧你，当着关秀才你也吹。八字还没一撇，你光租车一天就是八百块钱，这日子还过不过了？跟人说你在金石滩买了别墅，看你到时候……"祥子刚想和关秀才显摆，小美恰巧这时候进屋，劈头盖脸就是一顿抢白。他狠狠瞪了小美一眼，强压住火气。见状，关秀才说话了："弟妹给祥子留点面子，打人不打脸嘛。"他眯起眼睛接着道："祥子，你从小就爱面子，我们一起光腚长大的，谁不了解谁？车，我以为是借的，没想到是租的。我说句难听话，你这叫死要面子活受罪。"他激动地站了起来："浮躁啊！当今的人都怎么了？张口钱闭口钱，为钱坑蒙拐骗啥都干，还有道德底线吗？这叫什么社会？信仰危机啊！"

"我可没坑蒙拐骗。"祥子嘟囔一句。见祥子被说得红了脸，关秀才调转话题，"走，去看看你那宝贝鸟"。小黑歪着头，有点认生，在笼里跳腾几下，说了句：恭喜发财！不是会背唐诗吗？还是唐诗好。关秀才说。它还会英语。真的？来句英语。"哈喽。"小黑扬了扬脖，发出一声鼻音很重的叫声。怎么样？标不标准？祥子颇为得意地问。关秀才把脸贴近笼子，仔细看着小黑，若有所思。

"放了它吧。它实际很痛苦。"关秀才突然说。"放了它？开什么玩笑？有人出一万块钱我都没卖。"祥子瞪了一眼关秀才。"鸟儿本应翱翔在蓝天丛林之上，现在却被禁锢在这狭小的笼中。打个比方，如果把你关在一个仅比你身体大一点的空间里，你的感觉会怎样？更何况它是长着翅膀要飞的，它所需要的空间比人要大几百倍、几千倍。"

关秀才又开始说疯话，他总是语出惊人。养了这么多年鸟，祥子从未想过鸟的感受，压根就没想过。人为什么要想鸟的感受呢？你关秀才的思维就是和别人不一样，是吃饱撑的！自己的事都没管明白，竟然管到鸟儿那去了。

"让鸟儿学人说话，那就更残忍了。我观察过，笼中的鸟和大自然中的鸟叫声不同。开始我以为都是在唱歌，后来才明白，笼中的鸟可能在哭泣，为它们失去自由而哭泣。因为我们不懂鸟语。人恰恰把鸟的哭泣当成美妙的歌声来欣赏。

八哥

你哭得越悲伤，他听得越开心。"

关秀才的一通高论把祥子搞糊涂了，这什么乱七八糟的，鸟叫和哭有什么关系？

六

离招标的日子越来越近了，可大局长还是没见着。江处传话来，为保证工程质量，投标单位必须有装修一级资质，否则不许竞标。这下可把祥子愁坏了，上哪儿弄资质证书呢？到技术监督局一打听，办一级资质证书首先要有八个高级以上工程技术人员。这八个高工证书上哪弄去？就是弄到也没用，高工证书是在技术监督局备案的，不能重复使用。有证的早都被人用上了，哪儿找闲着的？情急之下，他想起张胖子，他能干那么大工程肯定有资质，现在不是时兴挂靠吗？

张胖子正在品茶。自从有了钱，他也玩起了高雅。据说一套正宗宜兴紫砂"民国绿"就要几万块。他坐在八仙桌般大小的茶海前，正面墙上，是他在武夷山那几株天下闻名的大红袍茶树前的合影。

看见祥子，张胖子并未说话，只使了个眼色，让他坐下。全神贯注地洗茶、冲水、倒掉。再洗杯、冲水，直到茶杯的温度接近水温时，才将金黄色的极品大红袍倒进一排牛眼珠般大小的茶杯里，示意祥子喝，自己一扬脖先干了一杯。他吧嗒吧嗒嘴，这才说了句："好茶。"

听完祥子的来意，他眯起眼睛思忖片刻，说："这资质嘛，别说一级就是特一级我也有。"他又一仰脖接着说："挂靠，你知道什么叫挂靠吗？对外，你要以我的公司名义签合同，也就是说一切体现的都是我的公司。你我之间签一个代理协议，等钱进帐后，扣掉我的代理费，其他返还给你。"

"多大个工程？"张胖子抬起眼皮问道。"三千多万吧。"张胖子的眼睛忽然亮了一下如一道流星闪过。"哦，我当多大个活呢，才三千万，你说怎么做吧？一切费用你自己出，我只收5%代理费，权当帮忙，如让我出钱就按比例分成。"说罢眯起眼睛继续品茶。

茶喝到这会，他每杯只品一小口，剩余的浇到茶宠身上。所谓"茶宠"，就是用紫砂做成的麒麟、龟、龙等物件，它们摆在茶海中间，主人不时将喝剩的茶水倒在它们身上。茶喝得越多，茶宠就越发光亮润泽，就像从狗的毛色上能看出主人的身份一样。

这年头真是无宠不有。

祥子没心思细致摆样子地陪张胖子品茶，起身刚要走，一个穿警服的人来了。张胖子介绍说，是大北监狱王管教，铁哥们。王管教死活拉住祥子不让走，说刚见面就走，是不给他面子，不会是瞧不起我们"二劳改"吧？叫他这么一说，祥子只能又坐下。

张胖子和王管教好像是在说往外"捞人"的事。这些年张胖子三教九流，什么朋友都交，路子宽得很，据说没有办不成的事。经常吹嘘说，自己就是麻将桌上的混儿，到哪儿都好使。他指着祥子对王管教说："这也是好哥们，以后有啥事多关照"。啥事？祥子听这话心里别扭。

"哥们没别的能耐，真要有朋友进去，保证给他弄个单间。"王管教拍胸脯。"没事，没事。还是别进去的好。"祥子赶紧说。"你可别小瞧那里面的单间，比他妈五星级酒店都金贵，不亚于总统套房。出事的钱副市长怎么样？他进去不也……"张胖子大声说。

　　听他们越扯越没边，祥子说真有事，起身告辞了。从张胖子那儿出来，心里直犯合计，凭他这几年做生意的直觉，真要找张胖子代理，这钱恐怕就要肉包子打狗。到时候三千多万进了他的账，再往外吐，可就不那么容易了。张胖子他太了解了，心黑手辣，雁过拔毛，这活儿不能找他。可又上哪儿弄资质去呢？他无意中抬起头，看见一面雪白的墙上喷了一排黑色电话号码，和两个歪歪扭扭的大字：办证。

　　他犹豫了一下，将车停下，拿起手机拨通了这个电话。接电话的是个操南方口音的女人。"你们都能办什么证？"他试探地问。"什么证都能办，身份证、毕业证、结婚证、营业执照、税务登记……""资质证能办吗？"祥子打断她问。"能办，你要几级的？钢结构还是土建？""装饰一级的多少钱？""三百五，给你优惠五十，就三百元。""你们那东西像真的吗？""大哥你放心，和真的一模一样，拿到国务院都好使，验证付钱，不像不给钱。""多长时间能做出来？""今天订，明天交货。""哦，我知道了。""大哥，你要发票不……"那女人见祥子要收线，又追问了一句。

　　祥子把电话扣死，一脚油门，车开了起来。"国务院，还联合国呢！这帮假证贩子。"他骂了一句，还是把这个号码存了起来。

　　江处这问题应该不大，说好，一旦中标先拨30%预付款，其他款项随工程进度陆续到位。哥们就是不一样，有哥们关照这生意好做多了。回到家，祥子边喂鸟，边在心里打着如意算盘：30%预付款，前期材料、启动资金都够了。中期款一上来，本钱就够了，再收上来的就是纯利润。一分钱不用垫，尾款就是不给，也是欠我的，何况税务局不差钱。

　　值啊！这一段时间应酬花了点钱，租车和办公室算是大头，可和挣的钱比，简直是九牛一毛。想到这儿，他一阵高兴不禁冲着小黑打了个响指，这突然的响动吓得小黑在笼里直扑腾。

对了，现在行政处长那还差点事。请吃饭洗澡，都以各种借口推脱，不软不硬，就是不出来。从现在形势看，他和江处比，应属次要地位。首先，按分工，财务处在前，行政处在后，再说，财务处长是老大亲自调来的。虽说两个处共同负责这项工程，可孰重孰轻一目了然。再就是大局长，大局长要再能接上关系，这活儿就万无一失。

祥子煞费苦心地捋着这条通往发财之路的每一条线索，生怕哪块疏漏了。他明白，现在想拿到手一个大工程，方方面面，上上下下，都不能差事，差一点也成不了。没有领导认可下面说得再好也没用；领导认可，下面不配合也不行，不然领导不好说话。只有上下一起使劲才能成事。当然，工程质量，价格也都要有竞争力，在各个方面都差不多的情况下，才能选你。让谁干不是干？但不能出问题。现在的领导脑瓜皮都薄，在反腐倡廉风声日紧的今天，谁也不愿冒风险。

大局长他只能寄希望于江处，到现在，长什么样他都不知道。可行政处长不妨再试一试。后天就是圣诞节，正是请客送礼的好机会。他特意托朋友买了一箱茅台酒，办大事一瓶两瓶拿不出手。

第二天，他特意带个司机，把酒放在车上，让他在下面等着，自己进了税务局大楼。行政处在五楼，处长在501房间。据祥子掌握的规律，只要门开着，人就在屋，关着就说明没人。祥子心里不免有些紧张，也不完全是紧张，好像还有些害怕，总之是一种叫人感到难受和矛盾的心理。既怕屋里没人又希望屋里没人。这时，只要给他个理由，他就会转身下楼，而且跑得飞快。然而，在片刻轻松之后，是更大的心理负担。该办的事，不愿意办也得办，只有办成了，心里才会轻松。祥子硬了硬头皮，出了电梯。

501的门虚掩着。从门缝里看见行政处长一个人坐在办公桌前。他轻轻敲了下门，接着闪身挤了进去，这一刻他仿佛会轻功和缩骨术——门几乎没动，他居然能从缝里钻进去。

尴尬地寒暄几句后，祥子单刀直入。"处长，快过节了，给您弄箱酒。拿上来不方便，把您车钥匙给我，直接放车里。"祥子把在心里默背几遍的话，以最快、最自然的方式说完。

"不用客气，我不喝酒。""您不喝可以送人，没别的意思，就是快过节了，一点小意思。"见对方仍然没反应，祥子将插在兜里的手指按了一下。

不一会，司机扛着一箱酒进来，祥子不由分说，让把酒放在门边，行政处长刚想阻拦，他就转身退了出去。下楼时他感到如释重负，腿脚轻快多了。说来也怪，这把东西送给别人，心情咋就这么好呢？要是送不出去，就别提有多闹心了。

今天他是精心策划，志在必得。同意给车钥匙就说明接受了，不同意就直接搬上来。这一箱酒挺沉，撂下就走，他想追出来也不容易，不收也得收。一箱酒比吃饭实惠。吃饭费事劳心，还不少花钱，这酒他想喝就喝，喝不了可以送人。这年头谁不求人办事？

这送礼不仅是门学问，还需要有高人指点，能投其所好正中下怀最好。比如说，在送钱不方便的时候看对方喜欢什么。有喜欢古董字画的，有喜欢名表的，有喜欢集邮的，等等。一个朋友为拿工程，在几次送钱不收的情况下，得知对方喜欢邮票，就花高价在集邮市场买了一套猴票，对方终于笑纳了。一套猴票，方寸之间，但价值不菲，内行人自然心里有数。

在不知对方嗜好的情况下，烟酒通常是常规武器。酒就送茅台，烟就送中华，而且要送就是一箱。这几年，名烟名酒价格一路上涨，有几个是自己买来受用的？喝茅台抽中华，又有几个是自己买的？再办大事，就得送房子、送车、送小蜜、送原始股、送子女出国，无所不为其送。

现在，行政处长这边多少可以放心了，有了这回，以后就好处了。

七

这天祥子心情大好，买上几个菜提早回了家，等小美回来饭菜已摆在桌上。趁小美换衣服的工夫，祥子从包里拿出今天从哥们那借来的小沈阳专辑录音带，放进录音机听了起来。自从春节联欢晚会看了小沈阳的演出，他几乎成了他的粉丝，那细声细气、古怪滑稽的腔调简直能逗死人。"为什么呢？为什么呢？"他本打算放在车上听，可转念一想这腔调小黑没准都能学。这要学会了，小黑可就更值钱了，还没听说谁的八哥会演小品。

录音刚放一会，小美打屋里出来，"大钱挣到手了？"看着祥子乐滋滋的样子，小美问道。"快了，进展非常顺利。媳妇，不出意外，春节就能让你穿上貂皮大衣。""别跟我提貂皮大衣，一提气就不打一处来。"小美白了他一眼。"真的，媳妇，你放心，我祥子快发财喽！"

"你又上张胖子家打麻将了？看见张胖子了？"祥子问。"没看见，听他老婆说，好像在运作什么项目。""什么项目？不会又是什么厕所之类的吧。等我把这个工程拿下来，让他看看，咱这叫大楼外立面装修，真正的外装工程。他那叫什么？做厕所的，臭气拉轰，都不知道该往哪一行归。"

"你管人家做啥的，反正人家挣着钱了。不像你，整天吵吵挣大钱，钱在哪儿？还尽往里搭钱。"这本来挺高兴，无缘无故又挨小美一顿抢白，祥子随手把录音机关掉，闷头吃饭。

这大钱哪儿那么好挣？这几年祥子小打小闹，除了费用真没挣着啥钱，眼看着人家一个个发达了，这心里别提多着急。再加上小美添油加醋，他恨不能马上中大奖。他隔三差五就买一次彩票。

开始，他把自己和儿子的生日作为吉祥号码。开奖时他两眼紧紧盯着电视，出来一个号码看一眼彩票，那紧张劲就别提了。仿佛大奖轰然间就出现在自己眼前，就像阿里巴巴芝麻开门。可是几年下来，最多也就中个三等奖，在经历无数次紧张、憧憬之后，神经似乎麻木了。就在他打算放弃的时候，一位老彩民说，中大奖就是撞大运，不如听电脑的，打出啥就是啥。

他茅塞顿开，人算不如天算，你能算计过天吗？从那以后，他每次都随机抽出六个号码，并自创了一套开奖程序。彩票到手不看，直接放进钱包，开奖直播不看，等到第二天报纸刊登出来，他才把彩票从钱包里取出，先闭上眼睛在心中默念三遍"芝麻开门，芝麻开门"，接着冲彩票背面轻轻吹口"仙气"。然后，他猛地将彩票翻过来，期待着奇迹的出现……这套变魔术式的开奖方法，使他将希望保留到最后。

他期待着，某一天大奖真的像芝麻开门一样，砸在自己头上．他每天都活在希望之中，幻想着发财，他甚至都设想过有了几千万后这钱怎么花。这种感觉真的很刺激、很奇妙，他没进过赌场，但他能想象到豪赌的滋味。

招标公司定了，是天润招标公司。江处告诉让他再找两家公司一起投，进行围标。"围标"是招投标中的惯用办法，就是用几家价格、质量、工期等都不靠谱的公司虚投，从而掩护真实目的公司中标。这种做法颇像战争中的声东击西，让人搞不清你的主力部队在哪里，从而达到出奇制胜的效果。

这只是一种战术，而决定战争胜负的最有效办法，是在内部瓦解敌人。所以说现在的招投标，内部没人、没有关系，就是白玩，行话叫"陪榜"，陪着走个形式而已。

祥子在这场战争中似乎已取得了主动，他不知道是否还有比他更有力、更强大的奇兵出现。还要再找两家公司，正在他绞尽脑汁想辙的时候，哥们来电话，说行政处长把那箱茅台酒退回来了，就放在他那儿，问他怎么办。这突如其来的消息使他非常沮丧，甚至有些懊恼，这摆明了是不给面子。更可气的是，让别人知道会怎么想？这让人把东西退回来，简直就是在大庭广众前脱裤子，太丢人了！

他一时间不知该怎么回答，干脆告诉哥们，你留着过年喝吧。不就一箱酒吗？这一段时间没少帮忙，正准备谢你呢。正好，不要拉倒。嘴上这么说着，心里别提多别扭。转而一想，不对，是不是嫌少哇？祥子揣摩着行政处长心里到底是怎么想的，想来想去，没想明白。最后，想得脑瓜仁子疼，还是不明白。

总算又找了两家公司陪榜，条件是如果中标，一家给 1% 的好处，谁也不能白忙活。元旦假期过后，一上班，招标公司就通知，将标书封好送过去。祥子不急着送标书，先给江处打了个电话。他明白，这标书一封上，内容就不能改了。他想先了解一下标底和别人的报价，知己知彼，百战不殆。

搞不好别人也在这么做。

江处让他晚上订个地方，把招标公司汪经理请出来。招标公司为的是挣佣金，至于让谁中标，他不管，只履行程序即可。既然是使用方的意思，汪经理也来者不拒。酒过三巡，汪经理透露：这次是议标，不现场开。目前有八家公司参与其中，包括祥子找的两家陪榜的。六家中，两家为外地公司。

"标底是多少？"祥子忍不住问。汪经理看一眼江处："三千万，上下浮动一百万。""那其他公司的报价出来了吗？"汪经理没正面回答这个问题。"齐总，议标、议标，价低不一定中，价高不一定不中，这回你明白了吧？"说完，冲祥子神秘地笑笑。"那得多谢汪经理关照，事成之后必当重谢。"也许是这句话起作用，汪经理又接着说："我再告诉你个窍门，在报价时，你多做个比正常报价低的特殊报价，单独用信封封起来，一起装在投标文件中，关键时候可能用得上"。

祥子感觉离三千万又近了一步。招标公司汪经理的一番话，似乎在暗示他这一标的结果。看来江处的能量真不可低估。今天是星期六，祥子紧绷多日的心终于放了下来，一个人逛起了鸟市。

这鸟市其实是花鸟鱼市，除了卖鱼卖鸟卖花，连王八黄鼠狼都卖，无奇不有，每到周末人头攒动热闹非凡。祥子不自觉地来到卖八哥的摊位前，摊主正在向一个领导模样的人介绍鸟。养鸟不分三六九等，图的就是个开心，玩的就是个爱好。什么大老板、艺术家，听说有个市政府副秘书长都经常来逛鸟市。

看见祥子，老板连忙招呼："祥哥，你帮这位领导参谋参谋，这鸟怎么样？"这是一只成年雄鸟，个头不小，但一看就没经过训练，两只眼睛亮而无神，不停地东瞅西望。经过训练的八哥神情专注，会用眼神与人交流，就像狗的眼神一样。再有，这只鸟脑门的凤冠像是人为烫出来的，看上去非常别扭。

祥子靠近笼子仔细看了一会说："好鸟。下工夫训练保险能说话。"他完全明白老板的用意，顺便当了把托，送个人情。这人又端详一阵，给了两千块钱提着笼子上了一辆黑色奥迪轿车。

"这鸟不值两千，这个头好像喂激素催起来的，还有那撮毛。总之，看着不太对劲。"祥子斜眼看着老板。"哪有你祥哥那么好眼力，他有钱愿意买，这年头，是有钱难买我乐意。明天我请你喝酒，祥哥。嘿嘿。"老板讪笑了两声。

下周三之前，投标资料必须交到招标公司，可资质证书还没着落。祥子出了鸟市，漫无目的开着车，走了一阵他把车放慢速度，拿起电话调出那个号码，刚要拨通又赶紧扣死了。他有些犹豫，心里七上八下，不知为什么。他后悔没问问招标公司汪经理，投标资料是否要检验。可这话怎么问呢？搞不好此地无银三百两，不如不问。

道德底线。他突然想起关秀才说的这句话。自己做事有底线吗？反正杀人放火，走私贩毒不会做，其他别的还真没想过。办个假证好像不属于道德问题，现在假证满天飞，什么假文凭、假护照、假论文，连身份证都有假的。干部教授都造假，是"狼吃看不见，狗吃撅出屎"来，抓住倒霉。再说，就不信别人都有资质，搞不好也是假的。你遵纪守法公平竞争？傻子一个。围绕假证问题，祥子思来想去。

突然，前面路口红灯亮了。他猛一刹车，稍一犹豫，脚下给油闯了过去。为什么不停下？好像停不住。闯红灯了吗？好像没有。也许这个路口根本就没有电子眼。祥子在心里自问自答。他又拿起电话……

八

关键时候到了，再有几天就要招标了。到目前还没见过大局长，祥子心里总是不托底。这不免让他有些担心，似乎有一种不祥的预兆。果不其然，江处老父亲恰恰在这个时候去世了。火化，下葬，迎送老家来的亲友，江处告假一星期。最坏的消息是，局里重新委派一位副局长负责这项工程。

祥子烧香，佛爷调腔。

已经没有时间让祥子再犹豫，情急之下，干脆直接找到那位副局长。开门见山把来意说明白，最后祥子承诺，事成之后，按合同总金额 10% 提成。

赌博，这简直是公开的赌博，而且一点胜算把握都没有。但祥子此刻没有别的选择，找人拉关系已经来不及了。对于自己的唐突和冒昧，从副局长那惊愕的目光里可见一斑。他像一个赌红眼的赌徒疯狂下注。一切听天由命吧。祥子对着小黑祈祷。这一次，小黑没听懂他说的啥。

这几天，真的不好再打扰江处，人家大丧期间，再提这事真就不是人了。再说，现在他说了也不算。祥子心情忐忑，不停地问计于哥们。哥们无能为力地说，副局长那儿实在说不上话。而且，这几天局里一直在开反腐倡廉大会，老大亲自主持，还特别提到工程一定要招标，公平竞争，选有实力的公司，决不能出现豆腐渣工程。

真是人算不如天算，为啥江老爷子不早不晚，单赶这个时候归天呢？莫非是天意？祥子只能把宝押在那 10% 上，能否起作用听天由命吧。就在祥子紧张、焦虑、心灰意冷的时候，他听到一个声音，尽管这声音有些沙哑，他还是一下就听出来，是江处。电话那头江处说，现在只有找老大，除了老大谁都不好使。怎么找？是请出来，还是上家去？祥子有些急不可耐。老大这人很正派，你那套在他那儿肯定行不通，再说，这时候请客送礼，搞不好反倒演砸了。那咋办？祥子急切地问。

你喜欢养鸟吗？江处突然问道。什么？养鸟？我养了一辈子鸟。你们老大也喜欢养鸟？对。你怎么不早说！祥子一个高蹦了起来，手机差点飞出去。

以鸟会友。江处说。你养什么鸟？八哥。会说话吗？中文还是英文？还会外语？不瞒你说，不仅会外语，还能背唐诗，会学小沈阳说"为什么呢？"行不行？真的假的？江处半信半疑。告诉你，我那只八哥是只神鸟。别人出一万块钱，我都没卖。不过这回豁出去了，只要能把活儿拿下来，把它送人也在所不惜。

那好，你把鸟准备好，等我的电话。

真是踏破铁鞋无觅处，得来全不费工夫。老大居然喜欢养鸟！这才是天意啊？祥子如大梦方醒。看样这财还是该自己发，人找财找不着，财找人躲都躲不掉。他心里这个高兴！祥子一会天上，一会地下，晕得他有些找不着北。

哥们，到底是哥们。都这时候了，还没忘帮自己。等事成之后，真得好好谢谢他。可等了几天江处都没消息，祥子正着急，他来电话说机会来了。老大前几天把乌鸦当八哥买回了家，不仅不会说话还"哇、哇"地直叫，把他气坏了，现在送正是时机。什么乌鸦，八哥？祥子没听明白。

真要把小黑送走，祥子还真舍不得。小黑已经是家中的一员，是他生活中的一部分。都说养狗到头来伤感情，如生离死别，这养鸟也是一样。其实，动物一旦和人发生了感情，它们对人的那份依赖、眷恋是人所不能及的，也许这就是人比动物高级的缘故吧。

这几天，祥子天天喂小黑好吃的。每天出门前，都把录音机打开，他要给小黑强化小沈阳的腔调。一旦送过去，老大高不高兴就看它了，三千万成败与否全靠它了。拜托了，小黑。

送小黑那天，祥子非要跟着去。江处说，我先把鸟送去，等老大喜欢上以后，再介绍你见他。让他先在老大家楼下等。到地方，江处指了指停在门口的一辆黑色奥迪车，"老大在家，那是他的车。"祥子看一眼觉得这车很眼熟，好像在哪见过，又一时想不起来。黑色奥迪太多了，说不定哪儿见过。

在楼下等的那段时间，他心乱如麻，几次想上楼去，最后还是强忍下来。好像儿子去外地上大学，自己也没这么难受。没办法啊！小黑，不是我心狠，谁让人家单单喜欢养鸟呢？等我有了出头之日，等我挣了大钱，再把你买回来，花多少钱都行。祥子在心里念叨着。不知过了多久，江处下来了。"怎么样？老大喜欢不？"祥子迫不及待地问。"还行，可能认生，小黑只说了几句简单的。"

回到家，祥子感觉心里空落落的，像丢了魂似的，呆坐在那里。小美没回来，他已习惯了，可没了小黑，这家里一下变得空荡荡的，静得吓人，连自己转个身都能听见。小黑现在怎样？它习惯新环境吗？吃不吃食？他眼前又浮现出，把小黑送走的一刹那，它看自己的眼神，那幽幽的眼神像黑夜中的萤火。他赶紧把灯打开，原来自己一直坐在黑暗中。

他又想起老大家楼下那辆车，那辆黑色奥迪轿车。在哪儿见过呢？在鸟市。他一下想起来，是鸟市那个买鸟的人。乌鸦？八哥？怪不得呢。那天，他看着那鸟就有点怪，原来是只乌鸦！他听说过，有人把乌鸦当八哥卖，没想到还真让自己碰上了。

那个买鸟的人就应该是老大。坏了，自己不还想见他吗？他认出我就是那个把乌鸦说成好鸟的托儿，还能把工程交给我吗？他会认为我和卖鸟的合伙骗他，这可如何是好？祥子这个后悔呀！后悔那天不应该去鸟市，去了鸟市不应该多嘴，这下损失大了。这么长时间的努力白费了，钱挣不着不说，还搭了那么多钱，连小黑都赔上了。这可真是赔了夫人又折兵啊！夫人……小美这一关，还不知怎么过呢。

……

夜深人静。睡梦中，老大好像听见有人说话，这声音来自客厅，又好像是黑暗中某个角落。他一下惊醒，竖起耳朵仔细听。声音时断时续：反腐倡廉……严厉惩治贪污腐败行贿受贿……搞好自身廉政建设……

好像是自己在全局反腐倡廉大会上的讲话。夜晚，这声音听起来如此震撼，发人深省，摄人魂魄。莫非是幻觉？他使劲掐了一把自己，疼。当他再一次确认自己不是在做梦之后，身体不由地瘫软了下来。现在办案人员的手段实在太高明，科技太先进，简直就是谍战片中的场景。他们肯定事先配好了家中的钥匙，神不知鬼不觉地在你卧榻边候着，制造出一种神秘气氛，让你在睡梦中毫无防备，就像大片《盗梦空间》那样，用电波把你大脑里的秘密调出来。他觉得黑暗中肯定有几双眼睛正盯着自己，接着灯光大亮，明晃晃的手铐就会出现在眼前。他下意识地把手往后缩了缩，似乎有一股透心的凉意，电流般传遍全身。他闭上眼睛，大脑的搜索引擎开始高速旋转，他反省着自己……

良久，死一般寂静之后，他发现屋子里什么也没有，什么也没有发生。刚才的情景完全是自己高度紧张产生的妄想。

难道这声音？他努力使自己镇静，这时那个声音又响了起来。莫非是……一种恐惧，一种遇见灵异般的恐惧再一次袭遍全身，他既害怕又好奇，他想看个究竟。他蹑手蹑脚地向客厅方向摸去。这声音越来越大，且语气怪异，他感觉浑身汗毛都竖了起来。

这黑暗中的声音忽近忽远，忽高忽低，抑扬顿挫，回荡在静谧的夜色中，显得那样空灵、神秘，仿佛来自于天外。他不禁打了个寒战，随手抄起走廊边上的一个花瓶。

他不敢开灯，他不知道突然出现在眼前的会是什么。

他慢慢向前，慢慢地向这个声音接近……

他看见一个黑影，这个黑影正慷慨激昂地发表演说，黑暗中它不时晃动着脑袋，一点幽蓝色的光，萤火般上下起伏……

九

祥子把标书在最后期限前交了上去。他不敢催江处见老大的事，他不知道应该怎么向江处解释。开标的日子过了，可一点消息也没有，祥子心情忐忑不安，却不敢去问。

哥们急匆匆地来找他，说老大前几天病了没上班，今天来了就要求全局干部复习考试，考他在全局反腐倡廉大会上的讲话内容。"赶快把前些天我借给你的小沈阳专辑录音带还给我。"哥们急切地说。"你不好好复习还有功夫听小沈阳？"祥子一边找一边问。"不是，弄错了。我用小沈阳的带录了老大的讲话，就前面一段是小沈阳的演出。"

"什么？"祥子张大了嘴。"怎么了？看把你紧张的，又不是让你考试。""坏了，坏了，小黑肯定学错了。""什么小黑学错了？你怎么神经兮兮的。"

祥子赶快给江处打电话，可电话转到了秘书台，一天都联系不通。到了晚上，江处才回电话，听说招标推迟了，一是老大没上班，二是有人举报，公安局经侦大队已介入调查。调查什么？投标文件造假。谁造假？祥子紧张地问。不知是哪一家。听副局长说，公安局已经把投标文件全调走了，这标啥时开不好说，有关人员正全力配合调查。

祥子本打算问小黑的情况，可这突如其来的消息使他预感大事不好，要出事。举报？谁能举报？没人知道啊？祥子带着重重疑惑回到公司。他关上门，调出那个号码拨通后，那头出现的是此电话已停机的提示。

他沏上一壶乌龙茶，喝到嘴里，感觉苦溜溜的，全没了往日的香气。他吧嗒吧嗒嘴，好像是自己嘴苦。人有心思，茶自然不是味道，品茶大多要有闲情逸致。

晚上，他翻来覆去地睡不着，在床上"烙大饼"，害得小美也睡不好。他几次想把小美叫醒，说说心里话，可又止住了。

他第一次体验到食不甘味，夜不能寐的滋味。这人图的是啥？他猛然觉得，自己梦寐以求的发大财，有点像滚笼边的谷穗，而自己就是掉进滚笼里的鸟。如今想来，平淡的生活该有多美好。

人为财死，鸟为食亡。这"死亡"二字太可怕了。这财字和死字怎么离得那么近？这"食"字和"亡"字也仿佛就隔着一层空气。这人活着，谁好谁坏很难区分，谁没做过点亏心事呢？今天还高高在上，明天就变成阶下囚也说不定。只有自己最清楚，有些秘密直到死也不会有人知道。没人知道，就一辈子平安无事，但良心呢？有的被良心拷问一辈子、折磨一辈子生不如死。

祥子提心吊胆，担惊受怕，他想了很多很多，当把最坏的结果都想出来后，心里反倒踏实了。他想找关秀才聊聊，不知为啥，此时此刻，特别想见见他。可上去几趟，家里都没人，不知他去了哪里。

他终于开始思考了，人学会思考，做事就有分寸。心态浮躁哪有不出错的？人犯错误之前，往往先进入一种浮躁的状态，明明知道是陷阱还抱着侥幸心理往前走，就像那次闯红灯。心里明明白白却还是闯了，吃了罚单才知道后悔。

预料之中的事发生了。

祥子被带走那天，小美又哭又闹，他自己反倒很镇静。伪造资质证书、提供虚假注册资本证明，祥子被取消竞标资格，以涉嫌经济犯罪被拘留，是否判刑等待检察院对问题进行深入调查核实。拘留期间，平日的狐朋狗友没一个去看他，关秀才不知从哪儿冒出来，听说了后，专程去探望他。也许是两人有过相同的经历，惺惺相惜。

面对沉默不语的祥子，关秀才倒显得很健谈。"老弟，我觉得你现在比以前好。"这人说话和别人就是不一样。"你现在看上去踏实多了。"祥子不禁想笑。秀才呀，秀才，你太有才了，我可不踏实多了，都这样了，还能不踏实？"没关系，二十年后又是一条好汉。"秀才劝他。祥子"扑哧"一声真笑了，这么多天他第一次笑。"我还不至于是死罪，你咒我是吧？""开个玩笑，开个玩笑。"

"你这么长时间去哪了？找你几次，都找不着？"祥子反倒关心起他。"去了贵州，我一个远房亲戚在那边山区当老师。很苦的，但我喜欢。那里山清水秀，民风淳朴，吃的喝的都是绿色的，绝没有污染。我也想去教孩子，为他们实实在在做点事。"

"不回来了?""这次回来搬家,本打算让你帮我卖房,你关系多,没想到……"祥子突然有点舍不得关秀才,这心里一酸,眼泪流了下来。他哭得很伤心,大男人哭起来虽然没声,但肩膀一抽一抽的,悲伤都发自心里。关秀才像哄孩子似的一个劲说:"不哭,不哭。"祥子越哭越伤心,他在哭自己。

哭吧!多年没哭过了,老父亲去世,他都没掉眼泪,现在把多年淤积在心底的酸甜苦辣全都哭出来。真是男儿有泪不轻弹,只是未到伤心处!

恸哭了一阵之后,祥子轻松多了。他答应,有机会去贵州山区看望关秀才,如果自己能出去的话。他忽然想起问:"今儿个几号,是不是快过年了?""今天是腊月二十三,过小年。这号子里也应该吃饺子。"关秀才答。

啊,过小年,过了小年就是大年。看样,今年过年是不能放鞭炮了,等出去一定买他十万响,崩崩晦气。晦气?晦气就是倒霉。都说过年放鞭炮能崩走晦气,可这鞭炮去年没少放,霉还是倒了。看样不关鞭炮的事。祥子思考着。

拘留期间,他还真看见一次王管教,可他压根没提单间的事,只说看能不能找人给他调个铺位不让他睡"立刀"。按里边的规矩,刚进来的犯人只能睡小半个铺位,也就是侧着身子睡,这样老犯们就能宽敞一点,等新人来了,你才有资格平躺下,新来的人再睡"立刀"。

这"立刀"实际是因犯们自己定的规矩,一代代传下来。开始,祥子根本睡不着觉。这大约二十公分宽的地方,人像压豆腐似的被挤在中间,胳膊压在身子下,一会就不过血没了知觉,只能是将两只胳膊伸直,举过头顶做投降姿势,让你在睡觉时也别忘了低头认罪。

在熬过一段皮肉之苦的日子后，祥子的心像豆腐一样被挤扁、压实了。什么钱哪、车呀、房啊都不重要，他只盼望能让他平躺着，踏踏实实睡个安稳觉。他觉得天底下最大的幸福莫过于自由！自己是身在福中不知福，天天生活在幸福之中却浑然不知。一天到晚瞎折腾，折腾进来就踏实了。

三千万？三个亿又如何？他现在真正体会到了钱财乃身外之物，如果连生命都不存在了，一切还有什么意义？这话谁说的来着？好像不是关秀才。

他太佩服这个发明监狱的人，在他发明监狱之前，自己肯定失去过自由，没有亲身体验是不会有这个灵感的。这种发明又实在太残忍，对人的惩罚，没有比活生生地让他失去自由更残忍。

小黑犯什么错了？他猛然想起小黑。无缘无故让它失去自由那么多年，还有那些曾被自己关在笼子里的鸟。就因为它们动听的歌喉和美丽的羽毛？自己不就是那个发明监狱的人吗？残忍，太残忍了。祥子想起关秀才说过的话：放了它吧，它实际很痛苦。

他还想起很多关秀才说过的，他曾认为是疯癫的、语出惊人的话，现在回想起来，似乎有些道理。他第一次在心里深深地反省自己，深深地。他反思一番之后，觉得今天的牢狱之灾，完全是罪有应得。报应啊！这是报应。他找到了答案。

十

当祥子心如止水地准备把牢底坐穿的时候，他被放了出来。经查实，除了有几千块钱偷税漏税外，没有重大经济犯罪，假证件没有造成严重后果且是初犯，被判处行政拘留三个月，补交税款，并处以罚款一万元。

祥子一个人孤独地走在大街上，在经过税务局办公大楼时，他看见工程已经动工了。大楼外立面被苫布遮挡着，两幅巨大的红色条幅从楼上垂下。一条写着：蓝洁士科技向税务局全体同志拜年！另一条写着：狠抓质量讲安全，创优质工程！

他还看见张胖子在大楼前指手画脚地讲着什么，旁边那个戴眼镜的应该是主管工程的副局长。祥子转过身，眼前的一切好像与他没什么关系，就是一个普通装修工程而已。

洞中方七日，世上已千年。祥子感觉自己离开这个城市很久很久，以前发生的事情恍如隔世。匆匆走过的行人没有一个看他一眼，没有人注意他打哪儿来，又上哪儿去。这个世界一下变得如此陌生。

他抬起头，看见柳树已经吐出鲜嫩的新芽，早春的杏花已经开得一片一片。天空中，一队雁阵由北向南，它们列队整齐如接受检阅的战机，掠过之处留下一串高亢的雁鸣。

这正是候鸟迁徙的季节。祥子被眼前的春色吸引住了，原来春天是这么美好，空气中都弥散着淡淡的清香，简直就是一幅浓淡相宜的水墨画。他情不自禁地深深吸了口气。

这时，一只黑色的大鸟从头顶飞过。是它？他不顾一切，向它飞去的方向追去。鸟飞起的形态比落着时大得多，他断定这是只八哥。他追一阵，它飞一阵，等他追到跟前，它又飞走了，像是和他捉迷藏。一次几乎都能看清楚它的眼睛，可它又飞了起来，这回它飞得很高、很远，向老铁山方向的茂盛森林飞去。

是小黑吗？天下八哥一般黑，可他能认出小黑的眼睛，那是一双幽幽而传神的眼睛，祥子永远也忘不掉。

他在老铁山脚下一个杂货店，买了一套迷彩服和一双农田鞋，又在农机店买了把镰刀。他将镰刀别在腰里，一步一步向老铁山上攀登。

老铁山是中国著名的鸟类保护区。每年春秋两季，南来北往的候鸟成千上万地飞越渤海，老铁山是它们的必经之路和栖息地。在这里，它们吃虫子喝露水，攒足了精力，然后开始飞越这浩瀚的大海。它们借助太平洋强劲的季候风，迎着狂风巨浪，不停地飞翔，一刻也不能停。有多少同伴葬身波涛，但它们仍一代代生生不息地向前飞。

在一片开阔的灌木丛里，他看见一排隐秘的网。没有经验的人根本看不到，几只鸟的尸体已经挂在上面，干瘪凋零像几片枯黄的树叶。祥子恨恨地抽出镰刀，使劲向网砍去，他要把这些网撕烂砍破，彻底捣毁。就在他使劲挥刀的时候，几个人突然出现在面前。祥子不由地后撤几步，紧握镰刀，准备自卫。坏了，遇见捕鸟的了，捣毁了他们的网，肯定和他拼命。

"你是什么人？"对方问。"林业局……护鸟站的。"祥子壮着胆答道。"林业局的？我们才是林业局的。""哎呀，同志，吓我一跳，以为遇上捕鸟的了。""我们埋伏在这观察你半天了，哪个单位的？""我是铁山民间护鸟协会的。"祥子顺口答。

"民间护鸟协会？"一个领头模样的人摇摇头笑了，"谢谢了！有时间到我们林业局登个记，给你配发点装备，一个人上山多危险。"

"我有这个。"祥子挥了挥手里的镰刀。

尾　声

在祥子拘留期间，小美已离他而去。他如今孑然一身，往事如过眼云烟。小美走了，小黑也走了，自己也该走了。一辆破旧的长途汽车，行驶在贵州山区那弯弯曲曲的山路上，祥子出神地望着窗外那郁郁葱葱的景色，一群漂亮的、叫不出名字的鸟儿在山林间嬉戏飞舞着……

八哥

瑛 霞

一

霞手握电话呆在那儿。这个突如其来的电话使她不知所措。话筒中传出"嘟嘟"的忙音，良久，她才茫然地放下话筒。电话是一个陌生男人打来的。他说他把民和他老婆堵在屋里并在外面上了锁，让她来领人，不来，就报警让警察把人带走。

她努力使自己的情绪平复下来。该怎么办？去，明摆着是让她丢人现眼，不去，民会怎样？被人暴打一顿，还是被警察带走？她真是欲哭无泪，欲罢不能。最后，她还是决定去。

民在外面搞女人不是第一次，但大白天被堵在屋里，还是第一次。民不知从何时开始好上了这一口儿。刚下岗待业时，也就整天抽抽烟喝喝酒，偶尔出去和邻居打打牌吃吃烧烤。自从学会了上网聊天，就一切都变了。听说过上网有瘾，但她不知道网上到底有什么能让他茶饭不思，有时还关起门来通宵达旦。开始，她还庆幸，会上网了，省得憋在家里心烦。男人嘛，下岗失业，心情肯定不好，有点事做可以排解排解，免得憋出病来。她时不时还好酒好菜地伺候着，为他学会上网感到高兴。

发现民有了变化，是在她一次出差回来。

霞虽然文化不高，但为人善良，工作努力。上学时她就喜欢朗读课文，一字一句，字正腔圆，像播音员一样。每学一篇新课文，老师都让她读第一遍，凭着这个优势，从农村返城后到了一家医疗器材厂，当推销员。推销员，一是靠嘴，二是靠腿。她成年累月地往外跑，辛苦自然不在话下，不管多远的路，她都不舍得坐卧铺，为的是多挣几个补助钱。而今，她这个年龄的女工早已都下岗回家，唯独她凭着多年交下的客户关系，被厂里破例留了下来。

每次出差十天半月回来，民都会炒上几个菜，在桌上摆好等着，再倒上两盅自己泡的药酒，两口子便舒舒服服地喝起来，一路的辛劳也就都融化在这温馨的小酒里。接着，民就迫不及待地要做那个。真是小别胜新婚，次次高潮迭起。事毕，民还得意地说：这"青春一号"真他妈劲大。霞会嗲一句：臭不要脸。小两口打情骂俏，其乐融融。

可这次却变了。霞敲门没人应，自己开门进来，只见清锅冷灶，屋里空无一人。可能有事出去了。她放下包就开始淘米做饭，接着给民打电话。铃声一遍遍响，就是没人接，或许在洗澡？一等不回来，二等不回来，怕饭菜凉了，她用盘子把菜盖上，边看电视边等。不知过了多久，民回来了，嘴里含糊其辞地说了半天，霞也没听懂他去了哪儿。她发现民的表情不自然，吃饭时低着头，不敢看自己的眼睛。最大的变化是吃完饭没了往日的"节目"，看一会儿电视，民就张罗去睡觉。霞以为他不舒服，生病了。

霞不会上网，她也没时间上网。在班上听同事讲，现在网上啥都有，黄色网站，五花八门，比当年看的毛片还邪乎。聊天之后，还可以和网友约会，当然是异性网友，有的可以在网上举行婚礼，甚至安家过日子。真是太不可思议，如今的社会到底怎么了？她忽然想起，一次无意间看见民上网的情景，只见他神情慌乱，面色绯红，一副极不自然的样子。难道，民也……

霞担心的事情终于发生了。当她质问民为什么要这样时，他的回答颇为理直气壮："你经常不在家，我有这个需求。"霞一时间无言以对，好像是自己做错了什么。她甚至有点怨那酒。民身强力壮，膀大腰粗，精力格外充沛，这整天闲在家里胡思乱想，不出事才怪呢。打那以后，她除了上班，尽可能多抽时间陪民，可民像中了邪、吸了毒一样，沾上就很难戒掉。渐渐地，他把霞的忍让和宽容视为默许，而越发肆无忌惮起来。她也想过离婚，可为了孩子，为了几十年的夫妻情分，她还是忍下了。终归不是什么光彩的事，她希望民有一天能改邪归正，或随着年龄的增长把心收回来。可没想到，这回竟然会被堵在别人家里，她心如刀绞。决不能再姑息、再心软，她边走边想。

本想大吵大闹一番，可看见民狼狈的样子，她却鬼使神差地说了句："跟我回家吧。"令在场看热闹的人大失所望。

他们离婚了。

霞想起了瑛。瑛住在另一个城市。每当遇到烦恼无法排解时，她都会给瑛打个电话，过后，心里就会敞亮很多。瑛早就主张她和民离婚，说这样的男人不值得留恋。瑛很早就离婚了。她不像霞那样优柔寡断，在发现老公有外遇后，当机立断，没留任何挽回的余地。她眼里揉不得沙子，无法忍受男人对感情三心二意，一想到与自己同床共枕的男人和别的女人在一起，就会有一种呕吐感，一种无法忍受的恶心。

她让霞到她这儿来。

民被堵在屋里的事儿，像油炸臭豆腐一样很快传遍大街小巷，霞无法面对街坊邻居的指指点点，无法忍受同事们的背后议论，这个城市已无她立足之地。她决定去找瑛，离开这个令她伤心的地方。

二

她们俩下乡当知青时，在一个青年点土炕上睡过五年。瑛性情刚烈，为人仗义，男生都惧她三分，背地里叫她穆桂英。冬天冷，瑛会像照顾小妹妹一样，把被窝焐热，然后让霞钻进来。躺在瑛的怀里，霞会感到无比温暖和满足。而瑛也似乎把照顾霞视为己任。一次，瑛开玩笑地对霞说：我要是男人一定娶你做老婆。你信不？我就是梁山伯你就是祝英台。听着瑛的话，霞傻傻地笑了。

返城后，天各一方，时光荏苒。

瑛在靠近火车站的街上开了家服装店，为了迎接霞的到来，专门把匾额改成"瑛霞服饰"，不用霞出钱，就让她做了二老板。店面不大，把原来的服务员辞掉，两人一个上货一个看店，都在时，互相说话做伴。两个离婚的女人全没了往日的烦恼。瑛有一套两室一厅的房子，女儿住校不常回来。一间留给女儿，她和霞住另一间，有时忙，干脆就住在店里。去外地上货多半是瑛的事，霞刚来人生地不熟，但霞看店卖货却如鱼得水，推销员出身加上口齿伶俐，没多久就结交了一批回头客，小生意越发红火。

瑛霞服饰隔壁是一家性用品店，起了个好听的名字叫"春意盎然"。老板是个三十多岁的女人，平日里也不见有什么生意。霞心里犯咯硬问瑛，"卖那些东西不犯法吗？会有人买吗？"瑛说，"你个傻样，没人买，开店干什么，人家卖出一件胜过你卖出十件。"霞愕然。虽为邻居，可霞从没进去过，也不敢正眼往里面看，那些五颜六色千奇百怪的东西，瞄上一眼就让人脸红。

邻居没事反而经常来这边坐坐。从她的嘴里，霞听到了许多闻所未闻的故事。邻居知道的事情很多，火车站方圆几里，甚至更远发生的事儿她都知道。

一天，她指着马路对面的金龙泉桑拿说，你知道车水马龙的，都是来干什么的吗？霞说，洗澡呗。错，"打炮"，桑拿都是"炮房"。前几天有一对夫妻来洗澡，出来结账时竟多了 200 多块钱。女的上去就给了男的一个耳光，骂道：当着老娘的面，你都敢找小姐。你说现在这男人啊！邻居话锋一转，当然，大姐的老公一定很优秀，看大姐的样子应该差不了。霞的脸腾一下红了。她见状赶紧把话题岔开。霞想起了民。听说他已正式领个女人回家同居了。

瑛上货回来了。这次去的是广州。也许路途遥远，天气太热，回来瑛就病倒了，连续几天高烧不退。霞只能把店开半天就关，半天在家照顾瑛。都四五十岁的人了，还整天大包背小包扛的，看着瑛那黑瘦的脸，不免叫人心疼。霞就对瑛说："你也真是，姐夫就那么一次，你就和人家离婚，也不给人家个改正的机会，要不你们再好好谈谈，复婚算了。"瑛说："让我抓着一次，指不定有多少次呢。再说，是狗就改不了吃屎。你给民的机会还少吗？他不还是得寸进尺？"霞无言以对。瑛支撑着身体，半坐了起来，喝口水接着说："我们女人就要自强自立，别以为离了男人就活不了，我们非活出个样来给他们看看。"

霞把晾凉的绿豆汤端过来，坐在床边，一口一口地喂瑛喝。瑛喝着喝着，眼泪就流了下来，见状，霞也禁不住哽咽起来，两个女人抱头痛哭。别看瑛嘴硬，可她心里苦。日子过得有多难，自己清楚，终究是个女人，平日里委屈和泪水自己往肚里咽，有谁的肩膀可以让她靠一靠呢？唉！女人自立自强，难啊！

当今社会，男人七老八十都能找二十多岁的大姑娘，而四五十岁女人一旦离了婚，想再婚真是难上加难，高不成低不就。"男人四十一朵花，女人四十豆腐渣"，一点不假。是男人太稀缺变成了稀有动物？还是别的什么？霞百思不得其解。

在霞的精心照顾下，瑛的病好了。

一天，一辆火红的法拉利跑车停在了门口，只见一个珠光宝气的女人下了车。霞以为是买衣服的，刚要迎上去，结果人家却进了隔壁的门。霞还是第一次看见有女人进去，她是来买那些东西的？瑛用鼻子哼了一声，你以为是买你这些烂衣服？不一会，邻居兴高采烈地搬个箱子出来，放进跑车后面，拉开车门让阔女人上车。嘴里说："姐下次打个电话就行，我给您送去，不用亲自来。姐您慢开，走好……"在一连串的拜年话中，法拉利"轰"的一声绝尘而去。

邻居没回自家店，而是进了瑛霞店。她点燃一支烟，仰起头，将烟圈一个个吐向空中，喜悦溢于言表："看人家，一买就是流行最新款，刚从美国进口的，从不还价。真是三年不开张，开张吃三年哪！"接着，她就绘声绘色地讲起这个富婆。老公是本市著名的大地产商，身家过亿，上千万的别墅却很少回来住，老婆花钱应有尽有，就是见他一面难。她往前凑了凑神秘兮兮地说："你们知道晚上谁睡在床边上？"邻居有意卖个关子，停顿一下。"灰太郎，一条大狼狗！

你说这狗也神了，听说比人都厉害。一次她老公突然回来，灰太郎蹭地一下蹿了上去，不偏不正，一口咬在下面，差点出人命。老公大怒，要就地把狗正法，她好说歹说，总算免于一死。后来，听说老公要来，就提前把狗圈起来。那狗吃的真叫好，每天由五星级酒店厨子给做，小牛肉一定要澳大利亚进口的，还时不时再补一补。"霞听得眼睛都直了。

晚上，夜深人静。霞不知怎的，睡不着了，翻来覆去，脑海里全是邻居白天讲的故事，眼前总是出现那些花花绿绿的东西，怎么也挥之不去，还有那条大狼狗。她发现，瑛也好像没睡着。不一会，瑛起身上厕所。瑛上完，她也起身上。回来后，两人仍旧睡不着，瑛提议，睡不着就别硬折腾不如起来抽支烟。瑛偶尔抽烟，而霞却从没抽过，吸了两口，就呛得咳嗽起来。瑛赶紧给她又捶背又顺气。

白天忙忙碌碌，时间好打发，可到了晚上，长夜漫漫，似乎没有尽头。瑛说："你没来时，我睡不着就起来抽烟，再睡不着就喝酒，喝着喝着就睡着了。要不你也试试？"自从民有了外遇，霞就再没喝过酒，她恨酒，恨那个让民走上邪道的"青春一号"。其实，她心里清楚不关酒的事，但打那以后她真就没喝过酒。瑛拿出一瓶泸州老窖，她找来两个大茶杯，将酒一分为二，什么也不就，两个女人喝了起来。喝一阵，唠一阵，哭一阵，笑一阵，一瓶白酒干光了，瑛霞喝醉了。

三

霞要回家一趟。一来厂里要正式办下岗手续，二来天气转凉，取点过冬的衣物。瑛将店门关了，去车站送霞。霞说不用送，过几天就回来，瑛不肯。到了车站，非要送进站台，进了站台又上了车。看着她依依不舍的样子，霞眼泪直在眼圈里打转。她突然有一种难舍难分的感觉，一种介乎于亲人和朋友之间，或两者都不是的奇特感觉，她一时说不清楚。要开车了，瑛突然搂住霞，在霞的脸上吻了一下，掩面跑下车。列车缓缓开动，窗外是瑛依恋不舍的眼神。

家已面目全非。离婚时和民说好，两居室一人一间，厨房卫生间公用，如今除大衣柜里衣服没动，其余全被民占了。往日温馨的家已荡然无存。霞收拾完东西，就去了三哥家，这个曾经的家她多一分钟都不想待。父母去世早，三哥身体不好，嫂子又下岗在家，日子过得也颇为艰难，但这却是她在这个城市唯一的亲人。她想起远在深圳打工的女儿，这是她唯一的牵挂。大人之间发生的事情，尽可能少影响到孩子，孩子一人在外打拼不容易。

下岗买断工龄，再加上补发的奖金，一共五万块钱，这基本是她全部家底。路过商场时，看见在卖一种远红外线护膝，说对治疗风湿性关节炎很有效，她就买了一对。瑛经常腿疼，现在天又凉了，戴上它没准管用。见了面，还有一个伟大计划告诉她，瑛听了一定高兴。

她没告诉瑛，想回去给她个惊喜。车到站已是晚上，没去店里，直接回到家。瑛喜出望外，你看，我就知道你该回来了，刚把电褥子给你铺好，供暖之前这段时间可冷了。接着又打开热水器，让霞洗澡。趁霞洗澡功夫，把饭菜热好端上桌，接着看着霞吃。洗个热水澡，舒服极了，吃着热乎乎的饭菜，霞感受到一种久违的家的温暖。吃完饭，霞把五万块钱放在桌上。"我们再盘个大点的店吧，现在正是换季的销售旺季，生意一定好。"接着，拿出远红外护膝让瑛穿上试试。不一会，瑛就连声说"热了，热了，这东西真好。"

第二天，在店里正商量扩大经营的事，隔壁邻居进来了。听了她俩的计划，连连摇头。"两位姐，我们处得不错，我才说这话，一件衣服能挣多少钱？还得费劲巴拉去上货，不值。再说，卖你们这种衣服的遍地都是，有几个挣大钱了？还不如干点别的。""别的？""我不是说让你们干我这行，"见瑛霞有些疑惑，她接着说："现在卖名烟、名酒很吃香，开个烟酒专卖店，保险挣钱。""那一瓶酒就好几百块，能有人买吗？"霞不解地问。"我的姐啊，你以为人都像你这么活着？""你看……"她指着远处一幢灰色的大楼说，"你知道那里面坐的都是什么人吗？贪污犯！"见她们有些惊愕，补充道："不全是，起码也有不少。你们听说过新四项吗？"她掰开手指头说："烟酒基本靠送，吃穿基本靠供，工资基本不动，老婆基本不用。"见她俩傻愣着，又说："谁自己闲着没事喝茅台抽中华？有病啊？全是买来送礼的。有的收礼太多，干脆就拿出来卖，我认识一开烟店的哥们，昨天四百一条的中华烟刚卖出去，今天就有人二百一条送回来，烟号一模一样。你说这一倒手就是二百元。"

这生意虽好，可瑛霞做不了。她们决定扩大店面先放一放，可以多进点货，要稳扎稳打。瑛看中了一款女式棉袄，她对霞说："看见别的店卖得挺好，我们也进点货吧。厂家在上海，我去一趟，要好就多进点。"几天后，瑛来电话，说上货的人很多，她把带去的五万块钱全进了这款棉袄。这几乎是她们俩全部的流动资金。

过几天，瑛回来了，随后货也到了。开始几天，卖得还不错，可没过多久就卖不动了。什么原因呢？两人出去一看，满大街全在卖棉袄，和她们的一模一样，价格却比她们低三分之一。一打听，原来是本地一厂家仿冒的，连商标都一样。

瑛霞火上大了。特别是瑛，嘴上立马起了水泡，嗓子连话都说不出来了。五万块呀，何年何月能挣出来？这可是霞几十年的工龄钱哪！棉袄卖不出去，小店就得被压死，过了季节谁还穿棉袄？卖吧，只要能卖掉，赔血本也得卖，最后来个清仓大甩卖。棉袄总算卖完了，一算账，净赔两万块。

瑛流着泪对霞说："全怪我，是我对不起你，把你养老的钱都赔进去了。"商场如战场，两个女人第一次领教了战争的残酷，第一次品尝到失败的滋味。在这个战场上，她们太渺小了，力量是那样薄弱，甚至不堪一击。可她们没有退路。这次反倒是霞安慰瑛。她说："我们不是回来三万块吗？吃一堑长一智，手上的现货卖一冬天没问题。明年开春，上点好卖的春装，半年就能挣回来。"见霞说得有道理，瑛的情绪平复了许多。"再说，我们退休还有养老保险，就算生意不做了，过日子还是没问题的。"霞趁热打铁接着说。瑛"扑哧"一声笑了："就你会说，要是我自己，想不开都能跳楼。"

瑛用纸巾擦干眼泪。"对，我们过日子，好好过日子，对自己好一点，何必这么对不起我们自己呢？"然后，望着霞说，"你不要离开我。行吗？永远不要。"霞点点头。

经过这次打击，瑛霞反倒想开了许多，有生意就做，没生意就早早关门回家。闲了，两人还经常逛逛街。

205

四

一天周末，报纸上说在世纪广场要举行大型集体婚礼，有百对新人参加。瑛想起了自己的女儿。按说，已到了婚嫁的年龄，可这孩子一提起给她找对象，就说她妈无聊，瞎操心。怕她唠叨很少回家，回来也像蜻蜓点水般，旋即就走。有文章说，这是离异家庭子女综合征，孩子需要看心理医生。可哪个母亲不操女儿的心呢？她给女儿打电话，让她去看看热闹，也许会对她有所触动。电话那头，女儿的回答让她颇为吃惊。她说，她有娇娇就足够了。娇娇是谁？娇娇是女同学吧？这孩子净瞎胡闹。

孩子不去，瑛霞去了，看看现代年轻人的婚礼啥样，也顺便散散心。世纪广场其实是个大的综合体，集酒店、商场、写字楼、高档公寓于一体。里面简直就是个小世界，电影院、溜冰场、餐厅、游泳池等，应有尽有。婚礼在一进门巨大的挑高玻璃大厅举行，新搭建的婚礼舞台灯火辉煌。

瑛霞挤到了前面，占据个有利位置。婚礼开始，百对新人在乐曲声中鱼贯而入，一对小天使般的童男童女手持花篮，不停向空中扬撒花瓣。新郎，清一色黑色燕尾服红色领结，仪表堂堂；新娘，一袭白色婚纱拖地，婀娜多姿。此情此景，两人都不约而同想起自己当年结婚的时候。瑛说："我结婚时，就穿一件花的确良衬衫。"霞说："我也好不到哪儿去，穿件旗袍还是借的，跟现在可是没法比。""现在的年轻人真是太幸福了，不愧为世纪婚礼。"两人同声叹道。

灯光渐暗，一个壮观的由二百个高脚酒杯组成的玻璃金字塔呈现在眼前，一瓶巨大的特制香槟从空中缓缓降下，金黄色的液体，由顶端第一支酒杯开始依次流下，最后二百只酒杯全被装满，变成一座名副其实的金字塔。

瑛霞看得如醉如痴。

婚礼到了高潮，新郎新娘开始喝交杯酒。交杯酒意在交杯。只见一对新人将手臂相互交叉缠绕，然后小臂折回将酒杯伸向嘴边，想要把酒喝进去，两人必须把脸靠近，身体贴紧，这个动作非情侣或夫妻莫属。真是太高难了，不知是哪个发明家发明的。最后，到了互赠结婚戒指的神圣时刻，当新郎将戒指深情地戴在新娘无名指上时，瑛不由得紧紧握住霞的手。霞感觉到一个用手指做成的圈，正轻轻地套在自己的手指上……

观摩完婚礼，回去的路上，两人都默不作声。晚上，两人都睡不着觉，翻来覆去如在热锅上烙饼。瑛没起来抽烟也没张罗喝酒，只是不时发出轻微的叹息。霞感觉有些燥热，起身去卫生间洗澡，她将水调得很热，让强劲的水柱冲刷着身体……不知何时，瑛也进来了。水雾中，两个女人如洪荒年代的女神，腾云驾雾般，时而清晰，时而模糊，时而分开，时而交融……

打那以后，两人配合得更加默契，外人不知道都以为瑛霞是一个人。

转眼快过年了。年对中国人很重要，无论贫富都要图个喜庆。扫房，扫去一年的晦气；放鞭，崩走一年的小人。瑛霞将小店里里外外打扫得干干净净，明天将是一个崭新的生活。见她俩干得欢，隔壁邻居也来凑热闹，帮着擦擦这儿、抹抹那儿。

门开了，进来两个人。"你们谁叫李继红？""我是，你们……"邻居答道。"我们是公安局的。"说着，警证递到了眼前。瑛霞这才发现，不知何时门口停了辆警车。"梁二东是你丈夫？他在深圳贩毒被抓获，我们来这里搜查，请你们配合。""可他已两年多没回来过了……"警察不容分说将她们全都带走。尽管瑛霞不停地解释，她们不是一起的，说她只是开店的邻居，偶尔过来坐坐，什么贩毒不贩毒，根本不关她们的事。

一切都是徒劳。

瑛霞在看守所里，听着外面雷鸣般的鞭炮声，今天是大年三十！

……

后来，听说事情搞清楚了，瑛霞被放了出来。小店已关门，瑛霞不知去了哪里。有人看见她们坐火车去了外地，也有的说，她们在城里某个地方。但有一点可以肯定，她们一定还坚强地活着！

海之恋

一

王朝阳能参军纯属意外。学校推荐的那几个根红苗壮的人物，不知为啥，一个都没录取。招兵的干部问他，你有什么特长？会游泳。他答。多深的水都敢下？我能横渡松花江几个来回。那人用疑惑的目光看他一眼，又问，大海你敢下吗？大海？王朝阳突然兴奋起来。我做梦都想看看大海，你们招的是海军？可以这么说，但又不一样。那人用带点山东腔的口音回答。同志，不，解放军叔叔，收下我吧，我太喜欢大海了。他几乎是在哀求。那人低头在一份表格上记录着。明天你在学校等通知，有人会带你们去游泳测验。对了，别忘带游泳裤。那人抬起头。

第二天，他和另外几个同学被带到市游泳馆。王朝阳心中窃喜，他就是体校游泳班的队员，只是很长时间没练了。马上高中毕业，不能参军，就要上山下乡。王朝阳这时才知道，那个招兵的干部叫张连长。张连长已经换好游泳裤等在那儿，他浑身肌肉健硕，皮肤黝黑。本应带你们到江里去，怕不安全才在游泳馆。他不屑地看一眼游泳池，这点水和大海比就是一泡尿，你们应该到大风大浪里锻炼成长。一泡尿？王朝阳虽没见过大海，但他觉得这个张连长也太夸张，待会儿给他露一手。接着分组下水，游一百米。王朝阳的主项正是短距离自由泳，他一路领先，游到张连长跟前，还特意来个前滚翻，这是专业游泳运动员的动作，既利落又潇洒。水花溅了张连长一脸。他擦了一把脸上的水，好小子，到时有你好瞧的。他有点喜欢这个小伙子。王朝阳气喘吁吁地问，连长，我游得咋样？游得还不错，就是太瘦了，张连长对吐着舌头瘦狗一样的王朝阳说。不过，个头还不矮，到部队上几天就能把你练结实。见张连长穿着泳裤，几个学生说，连长一定游得好，给我们表演一个吧。张连长看出这帮学生的心思，这是不服气啊。说，我是怕出现意外才换衣服，说实话，真没你们游得快，但水性一定比你们好。水性？王朝阳在心中打了个问号。张连长从出发台上一跃跳入水中。他黝黑的身体在清澈的水下潜行，一点水花也没有，像一颗出膛的鱼雷。一个来回，两个来回，王朝阳感觉自己快要窒息了。他终于露出水面，足足潜泳了一百米，在水下憋气一分多钟。王朝阳第一次见到能潜泳这么长时间的人。

　　一天一宿的火车把王朝阳带到辽东半岛一座海滨城市。正赶上漫天大雾，没等看清城市啥样，就上了一条登陆艇，随着大门"哐当"一声关闭，他就与世隔绝不知去向何方。他想找张连长问问，可听说他留在市里办事，没有同行。他靠着行李蜷曲在黑暗的角落里，只能听到海浪拍打船舱发出的声响。也许旅途太枯燥，有人唱起了歌。"小河的水呀清幽幽，庄稼盖满了沟，解放军进山来，帮助咱们搞秋收……"唱歌的人叫郭福林，据说是宾县一中文艺宣传队的。在这一百多新兵里，数他最活跃。当眼睛慢慢适应黑暗环境后，王朝阳发现登陆艇大舱里，黑压压坐满了人。有人捅他一下，回头看正是刚才唱歌的郭福林。你是哈尔滨市的？他问。王朝阳点了一下头。一看你和他们就不一样。郭福林往跟前凑了凑。他们是谁？王朝阳问。那帮农村兵呗，个个是山炮。王朝阳仔细打量一下眼前这个城里人。人长得很白净，长瓜脸，五官端正，眼睛不大却很亮。他说，他在学校演过革命样板戏《沙家浜》，可惜京剧没有《红色娘子军》，要不他一定能演洪常青。

船体开始剧烈颠簸，海上起风了。茶缸等物品开始在船舱里滚来滚去，人们纷纷躺下，刚才还喧闹的船舱变得鸦雀无声，只有海浪拍打船舷发出巨大的轰鸣。王朝阳感觉胃里有什么东西在搅动，不停地往上涌，他使劲捂住嘴，心仿佛跳到嗓子眼。他开始出虚汗，强忍着不让自己吐出来。刚才还唱小河水清幽幽的郭福林，此刻脸色苍白，双眼紧闭，表情痛苦。突然，他"哇"的一声吐了出来。他这一吐，王朝阳再也忍不住了。他开始呕吐，不停地呕吐，就像有一只手伸到胃里往外掏心掏肺，最后把胆汁都要吐出来了。船舱里呜哩哇啦乱成一团，开始还有人抢痰盂，后来就顾不上那么多了。有的新兵开始叫娘，开始哭泣，横躺竖卧，弄脏了新军装也全然不顾。晕船使王朝阳连死的心都有。就在他死去活来的时候，一缕清新的空气透了进来，船似乎平稳了许多。王朝阳睁开眼睛，自己还活着。

一座黑乎乎的山峰，在雾霭中隐约可见，几只海鸥在头顶上盘旋，沙哑的叫声似乎在欢迎这些远方来客，一股黏黏的略带咸味的海风迎面吹来。乌蟒岛，四百万年前形成的火山岛，方圆 4.8 公里，黄海深处的一座无人岛。

二

大海给王朝阳来了个下马威。更令他想不到的是参军竟然是打山洞。手中握的不是钢枪而是钢钎。几天下来，手上已起满水泡，钻心地疼。白天干活，晚上还要站岗，天不亮起床号一响就得出早操，一天下来筋疲力尽，来时的激情荡然无存。几百名工程兵住在用帐篷搭建的简易住所里，在山洼那边是一道百丈高的悬崖，下面是波涛汹涌的大海，山洞就打在崖壁上。据说，为准备与"苏修"打核大战，周边的海岛全都挖空了，乌蟒岛的山洞是准备藏鱼雷快艇的。每天上工，人要从百丈高的悬崖上，经绳梯爬下来，稍有不慎就会掉到海里。王朝阳紧握绳梯的手开始出汗，脚下是泛着白沫的浪花，悬在半空的身体随风摆动，他感觉小肚子一阵发麻。不许往下看，值班干部大声喊。一股热乎乎的东西流到脸上，他抬起头，郭福林尿裤子了。

夜晚，海岛上静得出奇。除战士们的鼾声只能听到哗哗的海浪声。王朝阳睡不着，他想家了。他想母亲，想美丽的松花江畔，想秋林的大列巴、红肠，想马迭尔宾馆的奶油冰棍，还有白雪的笑容。他清楚记得，那天在火车站欢送新兵的队伍里他看见了白雪，尽管她躲在人群后面。他看见了一双闪亮的眼睛，目光相交的一刹那，白雪羞怯地低下了头……你还没睡？想啥呢？躺在一边的郭福林悄声问。没想啥，就是睡不着。累大了，浑身跟散架了似的，哪儿遭过这洋罪。郭福林翻个身说。我想撒泡尿，你去不？见王朝阳没回答，又说，外面太黑，陪我去吧。

海岛的夜晚如同另一个世界。巨大的天幕深邃而悠远，纯净的夜空水墨般清新。星星格外大，格外亮，低得如同挂在山尖上。海风迎面吹来，王朝阳打了寒战。转过去，郭福林说。为啥？顶风拉屎，顺风撒尿。这小子精明，从上船的那一刻起，王朝阳就发现他这一点。有话说吧，你绝不是只让我陪你撒尿的。郭福林使劲嘚瑟两下，往跟前凑了凑。他们好像有意在耍我们。你发现没有，整天在悬崖爬上爬下的只有我们几个，那帮山炮和老兵都坐舢板过去。郭福林神秘地说。王朝阳也觉得奇怪，从悬崖上下到山洞，远不如坐船方便。我们和这帮山炮比不了，再这么下去，不摔死也得累死。郭福林继续说。你想咋办？王朝阳问。调走，离开这兔子不拉屎的地方。你一个刚来的新兵蛋子，调走？这不可能。要不就跑。郭福林压低声音。你想当逃兵？再说，这四面是海，你往哪儿逃？想逃总会有办法。你看过《基督山伯爵》吗？王朝阳知道，他把这里比作了关押犯人的伊夫堡。谁在那讲话？值班干部查岗回来了。报告，郭福林和王朝阳在撒尿。他俩转身跑回帐篷。

第二天，郭福林说拉肚子没去上工。晚上，他悄悄对王朝阳说，我算过了，每隔一周登陆艇都会来送给养，明天又该来了。你啥意思？明天我们装病请假，趁白天没人，偷偷藏在登陆艇里，晚上就可以离开这个鬼地方。不行，要被抓到，事可就大了。再说，跑得了和尚跑不了庙。王朝阳反对。反正这个鬼地方我实在待不下去了，做梦都想娟子。郭福林说的娟子是他的女朋友。他没事就把夹在钱包里娟子的照片拿出来看，是张扮演阿庆嫂的剧照。见王朝阳不回答，又说，你不走我走。是哥们就给我保密。明天我会扔一套衣服在海边，就说我可能下海……

就在郭福林准备逃跑的时候，张连长回来了。他是跟登陆艇一起回来的。王朝阳如见到亲人般扑了上去。连长，我……他禁不住哽咽起来。准确说，张连长应该叫张船长，是因为接兵，才临时被任命为新兵连连长。当初招你们几个就是准备上船的，把你们留在乌蟒岛，是为了锻炼你们，正常的新兵训练科目上船后再进行。他说。这就对了！说好当海军的嘛。王朝阳高兴地跳了起来。多亏你没跑。他悄悄捅一下郭福林。

这是一支陆军船艇部队。任务是往黄海前哨各驻岛部队运送物资给养。和海军灰呢子军装不同，他们的军装是黄呢子，外人不知道，还以为是将军服呢。海上潮湿风浪大，普通棉军装打上海水就湿透了，而呢子服抗风，水打不湿。发军装那天，王朝阳对着镜子照了又照。他们几个被一起分到张船长的船上。这是一条六百匹马力拖船，拖着一条载重量三百吨的驳船，眼下任务主要是为战备工程运送钢筋水泥等物资。基地在离乌蟒岛三十海里的海洋岛。海洋岛是个大岛，有三千多驻岛军民，距离南朝鲜（编者注：今韩国，后同）二百海里。与乌蟒岛比这里无疑是个大城市。星期天，王朝阳和郭福林一起去军人服务社，拍了张军装照。郭福林还特意做了张彩色的，一颗红星头上戴，军装翠绿，领章鲜红，他要寄给那位"阿庆嫂"。王朝阳也想寄一张照片给白雪，但不知寄到哪里，想让家里转，又不好意思。算了，等探亲时见面再说吧。

三

王朝阳被分到枪帆班当了一名枪帆兵，郭福林当了一名航海兵，就是常说的水手和舵手。虽然是运输船，却配有苏制 12.7 毫米高射机枪。枪帆是枪械和帆缆的总称。看着崭新瓦蓝的高射机枪，王朝阳爱不释手，恨不能晚上睡觉都搂在怀里。第一次出海，王朝阳激动不已。船长高高地站在指挥台上，随着汽笛一声长鸣，船徐徐驶出清晨的港湾。今天的天气格外好，微风轻拂，碧波万顷，海面像镜子一样平。天边出现一抹暗红，像一把刚锻造出炉的弯刀，接着火焰越烧越旺，海面变得一片通红。突然，一轮红日跃出海面。金色的光晕带起海水，太阳如同被托起一般。王朝阳第一次看到这么美的日出。郭福林禁不住又唱起了歌，我爱这蓝色的海洋……老兵说，遇上好天，给个县太爷都不换。今天的视距真好，大海一望无际，王朝阳使劲向远方眺望。天边出现一个黑点，黑点渐渐变大，一艘船的桅顶露了出来。他想起一首歌颂祖国的诗：你是一轮喷薄欲出的红日，你是一艘露出桅顶的航船……

张船长是海洋岛人。海岛居民大多是山东人后裔，他们的口音乍一听像山东话，其实是纯正的海蛎子味。他从小就跟随大人出海打鱼，那时渔船都是木质的，条件艰苦，抗风差。听他说，遇到大风，他们就把捕到的鱼装进大柳条筐，一排排悬挂在船舷两边，增加船的稳定性，就这样也常常船毁人亡。有句顺口溜，宁上南山当驴，不下东海打鱼。因此，能驾驶威武雄壮的"炮艇"，他非常自豪。海岛人把部队的船都叫炮艇，金属船叫钢壳，木质船叫木头篓，用橹摇的叫舢板。每次他驾驶"炮艇"进港，乡亲们都会投以羡慕的目光。在王朝阳这帮新兵眼里，船长就是一尊神。他多大的风浪也不怕，跟他出海心里踏实。一次遇上大风，航海兵全都晕趴下了，他一个人亲自掌舵。那天，正赶上王朝阳帮厨，由于船晃得厉害，水全从饭锅里洒出来，饭根本做不熟，就是做熟了也没人吃。船长见状，亲自和面烙饼，一边烙一边在锅里摔，说，

海之恋

饼要七分烙三分摔，人也一样，不经摔打不成才。饼烙好了，他让王朝阳吃。他说，吐也得吃，越吐越吃，只要胃里有东西就不怕吐。他还让王朝阳站在高处瞭望，看得越远越好。不知是因为吃了东西，还是紧张的缘故，王朝阳居然坚持住了没趴下。

船上有个河南兵叫朱家满，参军前一直在家养猪，大家给他起个外号叫猪倌。和他一年入伍的还有朝鲜族兵金哲万和四川兵苟良才。参军入党是每个战士的终极目标，"不入党等于兵白当"。他们仨有一个将被列为今年党员发展对象。船上党支部书记是指导员，姓魏，老家河南。上船后，王朝阳发现，老乡是个特殊的群体。河南兵，四川兵，朝鲜族兵，等等。只要能攀上老乡，就亲近三分，老乡见老乡，两眼泪汪汪。猪倌就经常往指导员屋里跑。别看他文化不高，一副憨厚老实的模样，鬼心眼子却不少。他掏出雪白柔软的烟纸，把"光明牌"烟丝均匀地撒在上面，粗壮的手指此刻格外灵巧，烟卷得又粗又实。然后熟练地用舌头舔一下，双手把烟送到魏指导员面前。新买的烟丝，尝尝中不中……他划火把烟点着，用浓重的家乡话对指导员说。接着他撕下一条报纸，自己卷了一颗老旱烟。"光明牌"烟丝他自己舍不得抽。猪倌会干面子活。一次天下雨，室外扫除停止了。猪倌却一个人在雨中扫甲板，边扫边抬头往指导员房间看。金哲万说，这个毯子又开始装了……"毯子"是对河南兵的虐称。河南话把男人那玩意叫"毯"，就像四川兵叫"锤子"一样。猪倌也不示弱，你懂个毯，下雨天刷甲板省水，你个"棒子"。金哲万最忌讳别人这样叫他。老兵们嬉笑打闹，明争暗斗，入党迫在眉睫。

猪倌队列动作不好，做饭是他的强项。一天，部队会操，正巧金哲万值班，当着全大队官兵的面，他让猪倌出列。那天的科目是单兵徒手队列教练，被点到的应跑步出列。跑步时要昂首挺胸，两臂端起至腰间，前不露肘后不露手，立定时脚跟靠拢，干净利落。猪倌先是一愣神，接着一溜小碎步蹭着地皮来到队前。军人讲究站如松、坐如钟，而猪倌却像个木偶戳在那儿，左顾右盼，不知所措。队列里一阵哄堂大笑。在入党问题上，船长和指导员有分歧。船长喜欢军事技术强，能吃苦耐劳，而不是拉关系干面子活的兵。猪倌在队列前出洋相，船长决定让他去厨房做饭，新兵轮流给他帮厨，做饭的不用出早操。猪倌起床后，吩咐王朝阳给他择菜。他先点着一支烟，边抽边站在船舷往海里撒尿，完事手也不洗就和面蒸馒头。王朝阳说，班长忘洗手了。你懂个毬？不干不净吃了没病。几十号人吃饭，一大盆面团，他甩开膀子用力揉。王朝阳看见，汗珠子噼里啪啦滴落在面团上，又看见两条大鼻涕在猪倌鼻孔出来进去，最后"啪嗒"一声落下来，猪倌顺势揉进面团里。开饭了，雪白的大开花馒头端上来，大家都说，猪倌馒头蒸得就是好。王朝阳禁不住想吐。

四

晚上熄灯号吹响后，老兵们便开始讲故事，故事内容大多与女人有关。最近，听说服务社新来个卖货的女服务员，人长得跟仙女一般。一些人有事没事便往服务社跑，其实是为看美女。星期天，郭福林约上王朝阳，也要去看看。这帮当兵的大多站在远处张望，指指点点，个别大胆的会有意从面前经过，近距离看上两眼。女服务员发现大家都在看她，就用纱巾把脸裹起来，只露出一双眼睛。恰恰是这双眼睛最迷人，反而增添了许多神秘感。有人说长得像电影《冰山上的来客》里面的古兰丹姆。有的说她爸是走资派，跟随父母下放来到海岛上。大家只有看的份，唯有郭福林敢于上前搭讪，代价是花光了两个月的津贴费。

你小子该不会看上人家吧？别忘了家里还有个阿庆嫂。王朝阳对郭福林说。远水解不了近渴，相思的滋味真难熬。郭福林说。王朝阳也想白雪。每每想起，眼前都会出现站台上那一幕，白雪现在怎样了？毕业后是留城，还是下乡了？一想起白雪，甜蜜感就会涌上心头，她是王朝阳心中的古兰丹姆。这份相思和甜蜜使他对生活充满希望，能战胜孤独和寂寞。拖船连续半年在乌蟒岛修码头，看不见女人更看不见古兰丹姆。晚上老兵们的故事越讲越黄，一股雄性荷尔蒙的味道弥散在空气里。王朝阳开始"跑马"，跑马就是指遗精，老兵都这么叫。每当天气好晾被子，那些由精斑构成的地图随处可见。

苟良才的"锤子"大，走起路来一撇一撇的，按猪倌的说法是家伙大，坠的。叫他"锤子"名副其实，他身高一米六，却长着条驴一样的大家伙，裤裆处经常鼓起个大包。最近有人发现，每当晚上轮到他站岗，驴就叫。海岛上驴叫是有规律的，常说的三件宝就是：海参、鲍鱼、驴当表。海岛上的驴，每逢整点才会叫，准得很，至于为啥，没人说得清楚。自从金哲万让猪倌在队列前出洋相，猪倌就一直在找机会报复他。他们俩斗，正中苟良才下怀。一次，郭福林教大家唱歌，歌名是《毛泽东思想照羌家》。金哲万是朝鲜族，发音不准，他也不清楚羌家是啥意思，猪倌就给他上纲上线，说他把羌家唱成了"墙角"，是污蔑毛泽东思想。金哲万一听就急了。就在猪倌与金哲万互相揪时，苟良才却出事了，出大事了，听说和驴有关。没几天，保卫科来人把苟良才带走了。有人看见他被当场撕下领章帽徽，低着头押上船。船务会上，船长狠狠敲打了大家一番。船长说，实在受不了，就到海边用石头砸砸，或者干脆撸出来喂鱼，我看谁再敢偷鸡摸狗，非把他剐了不可。老兵私下嘀咕，敢情你人有窝马有厩，饱汉不知饿汉饥。船长家在海洋岛，可以经常回家。指导员家属在河南老家，每年休一次探亲假，今年施工任务重，他决定不回去了，让家属来队探亲。其实，船长指导员也才三十出头正当年，他们经受的煎熬和辛苦一点不比战士少。老兵们到了有探亲假时，第一件事就是赶快回家找对象，凭借一身军装能博得女青年的青睐，是党员的，对象更好找。探亲回来，一封封情书接踵而至。每当通信员送信来，大家就蜂拥而上，接着就躲在角落里，偷偷地看。有的被人抢走。亲爱的……情书变成公开信。

白雪给王朝阳来信了。她是从别的同学那儿要到地址的。她已下乡到黑龙江萝北建设兵团，对岸就是苏联。怪不得这么久没有消息，王朝阳写过几封信打听都没结果。他立刻给白雪回信，并随信寄去自己一张穿军装的照片。白雪回信也寄了她一张近照。白雪比在学校时更漂亮了。背景是广袤的黑土地，风吹起她额前一缕秀发，脸上洋溢着青春的朝气。王朝阳把照片小心地夹在钱包里，贴身藏好，没人时偷偷拿出来看。他沉浸在甜蜜幸福之中。他把海上看日出，船艇上的生活，大海的风浪，还有对白雪的思念一股脑告诉白雪。白雪也把北大荒春天的野花，秋天的麦浪，冬天的暴风雪，描述给他听。隔着时空，他们仿佛生活在彼此的世界里，那样新鲜好奇，而又熟悉。白雪说，她正在争取一个保送上大学的名额。王朝阳的信多了，郭福林的信却少了。一天，他突然对王朝阳说，我想回家。回家？参军不到一年就想回家？王朝阳疑惑地问。发电报，让家里发电报，说有人病危。撒谎？王朝阳惊愕地看着他。我已经想好了，说母亲病危。几天后，通信员送来一封电报。郭福林一脸的悲痛忧伤。经领导研究决定准郭福林十天假。郭福林表面做痛苦状，其实心里乐疯了。能回家了，能见到女朋友了。忽如一夜春风来，千树万树梨花开。他用这句诗形容高兴的心情。十天很快就过去，郭福林回来了。他悄悄告诉王朝阳，我和她睡了。

一天早晨，部队正在出早操，一条登陆艇靠上码头。一个穿花衣裳的女人格外引人注目。船长连续喊了几声向右看齐，可大家的脑袋还是向左转。指导员家属来队了。不知是哪年哪月，哪个有才的老兵留下一句话：当兵三年，见了母猪像貂蝉。码头管理所收拾出一间屋子，作为指导员夫妻的临时爱巢。看着指导员屋里温暖的灯光，男人们羡慕不已。船长特别开会说，谁要敢晚上去趴窗户、听动静，我打断他腿。自从家属来队，指导员就很少出早操了，经常看见女人一大早出来倒尿盆。唉，真是旱旱个要死，涝涝个要死。一个老兵感慨地说。

五

船长利用靠码头的间隙，对船艇进行保养。船在海里时间久了，船底会长出一种生物叫"马牙子"（藤壶）。马牙子长多了，会增加阻力，影响船速。在不上坞修理的情况下，需要人潜水下去用刮刀铲除。船长安排几个游泳好的干这个活，王朝阳也在其中。海水清澈见底，阳光穿透水面，形成一束束激光般的倒影。王朝阳第一个跳进水里。由于手里拿着刮刀，他扎了几个猛子，就是潜不下去。他曾自信游泳是自己的强项，船长也不在话下，可眼下却掉链子了。船长看出他的窘迫，从他手中接过刮刀示范给他看。他纵身下潜，身体与水面呈四十五度角，两腿摆动，双臂前伸，用刮刀抵住船底。船长说，海水浮力大，在手用不上力的情况下，关键是头要向下，两腿不能露出水面，利用水的反作用力，才能控制身体不上浮。王朝阳试了几次还真灵。现在他有点理解水性的含义了。水性就是人和水的默契与交融，与游得快慢没关系。一旦潜入海底，王朝阳如蛟龙入海。

闲暇之余，船长带着他去赶海。海底世界简直是神话里的龙宫。褐色的海藻像是水中的森林，在水流作用下舞动摇曳，偶尔一两条大鱼隐现其中。一群嘴巴尖尖的小鱼好奇地围拢过来，突然又快速离去，仿佛在有意与人捉迷藏。海底世界静得一点声音也没有，只有鱼儿无声地游来游去。五颜六色的海星分布在海底，像是原野上盛开的野花。船长不一会就赶上来几个大海参。活海参呈黑褐色，棒槌般硕大，长着几排肉刺，鼓胀胀得像个小刺猬，拿在手里溜滑黏腻。船长隔着水镜使个眼色，王朝阳跟着他潜了下去。海参分布在海藻丛中和石头下面，鲍鱼藏在岩石缝隙，海螺海胆随处可见。王朝阳看见一个巴掌大、泛着墨绿色荧光的鲍鱼，它紧紧地吸在礁盘上，王朝阳费了九牛二虎之力，就是没抠下来。船长递给他一把螺丝刀，只轻轻一撬，鲍鱼就漂了起来。王朝阳还发现个窍门，他连续撬起几个鲍鱼，借助浮力一起收入囊中，比撬一个捡一个快多了。潜水，使他有一种置身太空的失重感觉。很快，绑在救生圈上的网兜装满了。晚上全船吃了顿海鲜大餐，海参、鲍鱼用脸盆装。

保养刚结束，就接到任务往獐子岛运弹药。船航行到一半，海面上起了大雾，转眼间后面的驳船都看不见了，只能看见一条拖缆延伸在大雾里。当时船上没有雷达，全靠肉眼观测。船长根据时间、距离、航速推算转向点。王朝阳瞪大眼睛瞭望着海面，雾水像毛毛雨般打湿了全身，水珠顺着头发往下淌，蒙住双眼。他使劲擦了把脸，紧紧盯着前方。雾太大什么也看不见，一种莫名的恐惧袭上心头，似乎有什么事情要发生。船上拉响了汽笛，"呜，呜……"低沉的汽笛声像一头不安的猛兽在嚎叫。周围一点回应也没有，只有弥漫的大雾和海水。船长命令减速前进。南风涌，北风浪。海上航行，怕涌不怕浪。浪会使船颠簸，但不晕船，晕不晕船主要是大脑平衡神经起作用，涌会使船摇晃。强劲的西南风把船推向波峰又抛向浪谷，王朝阳的心也忽上忽下一阵阵紧缩。紧张使他忘记了晕船。突然，一个黑乎乎的家伙出现在眼前，像是一个巨大的怪物。不好，有礁石！就在王朝阳大喊的同时，船开始剧烈抖动，船尾泛起一片浪花，船在全速倒车。但为时已晚，巨大的惯性使船还在向前，王朝阳听见一阵刺耳的摩擦声——触礁了。

　　船长拉响战斗警报，全船进入紧急状态。海上触礁，意味着船毁人亡，全船乱成一团。魏指导员让人把桅顶的军旗降下来，用军旗把党章和党支部记录本包好。他围着甲板转一圈，不知该把这些东西放哪儿好。他突然想起来，船若沉了，放哪儿都没用，他干脆解开上衣纽扣藏在怀中。他神情严肃，目光凝重，做好随时跳海的准备。船长冷静一下后，让轮机长抽出前压载舱的水尝了尝，水是淡的，说明没进海水，船体没漏。大家紧张的神经这才放松下来。雾一点点散开，大家这才看清，四周布满犬牙交错的礁石，原来是狗牙礁。"狗牙礁"是长山水道的一处暗礁，平时只有几颗狗牙状的礁石露出海面，落潮时底下的才露出来，黑压压一大片。等涨潮，只有涨潮，拖船才能从礁石上退下来。

海水一点点漫过吃水线，拖船终于从礁石上退下来。这时发现，触礁的巨大力量把拖缆挣断了，驳船正向另一片礁石漂去。驳船拉着三百吨弹药，一旦触礁，后果不堪设想。唯一的办法就是用备用拖缆，把驳船拖出来，但距离太远撇缆打不上去。怎么办？船长用目光看看大家，对指导员说，老魏你替我指挥，我下海游过去把缆送上驳船。不行，指挥船艇更重要，不能没有你。指导员说。这水深浪高，我水性好，只有我去最合适。说着，船长就要脱衣服。报告船长：让我去吧。我的水性也不差。王朝阳大声说。大家一齐将目光转向他。你是个新兵，这里海况复杂，你……我保证完成任务。没等船长说完，王朝阳就脱掉上衣。等等，别穿你那条红裤衩，一旦遇到鲨鱼……船长担忧地说。王朝阳听说过鲨鱼喜欢攻击红色物体，以为是带血的猎物。惊悸在脑海中一闪。干脆什么也不穿，反正船上又没女人。他把撇缆绑在腰上，向船长敬了个军礼，纵身跳入大海。别看泳裤那点布，真不穿，下面感觉凉飕飕，空荡荡，一股寒意袭遍全身。海水呈墨绿色有些发黑，说明深不见底。巨大的涌浪把他托起又摔下，大海中他像一片漂浮的树叶。他越游越沉重，全然没有赶海时的惬意。他终于接近驳船。突然，驳船在涌浪作用下山一样向他压过来。他赶紧掉头躲开，接着船又向另一面倾斜，露出巨大红色的船底，差点把他吸进去。他根本无法靠近驳船。这时他感觉身体在往下沉，有一种巨大的力量向下拉他，他拼尽全力挣扎着。他感到自己快没劲了，一种从未有过的恐惧袭上心头。这时，一根撇缆从驳船上打过来，他赶紧抓住，把系在腰间的撇缆解下，与驳船的接在一起。驳船上的人开

223

始往上拉。成功了！王朝阳感觉一阵轻松，他转身向回游去。后来他才知道，所有撇缆都接上还不够长，就把拖缆也接上了，怪不得越游越沉，再过一会，都有被拖入海底的危险。驳船终于脱离了险境。事后，郭福林问他，当时怕不怕？有点。但没想那么多。王朝阳答。换我，打死也不下。郭福林说。

六

船艇触礁是重大事故，上级派工作组下来调查。船长把责任全揽过来。说自己指挥不当，忽视了清除马牙子后船速的变化，再加上那天海流特别大，所以转向点出现偏差才导致船艇触礁。工作组说，船长是单纯军事观点，没有上升到政治高度认识问题。执行任务不能"只看航线，要看路线"。工作组表彰了指导员，在船艇触礁的危难之际，首先想到军旗和党章，做到人在军旗在。指导员受到通令嘉奖，船长被警告处分。王朝阳因为下海送缆绳也受到通令嘉奖。对于船长受处分，他打心里不服气，当时大家都吓蒙了，不是船长处理及时得当后果不堪设想。

老兵快要复原了，上级号召老兵报名支援西藏建设。故土难离，何况家乡还有未婚妻在等待，几天下来没有人报名。这时猪倌站了出来，他给上级写了一份支援西藏建设的申请书，并由指导员代笔抄写在红纸上贴在大队部门口。一时间部队掀起一场向猪倌学习的高潮，猪倌也在这个时候披红戴花火线入党。不知什么原因，后来他西藏没去成。

老兵复员后，王朝阳被提升为班长，列为今年的党员发展对象。他发现，郭福林与他的关系出现了微妙的变化。郭福林经常背着他写些什么，看见他就赶忙收拾起来。问他，他说写信。郭福林过去写信从不避讳他，还爱把写给"阿庆嫂"的情话念给他听。王朝阳安排工作，他嘴上答应，行动明显不配合。本是无话不谈的老乡，现在却显得有些生分。王朝阳知道，是那个班长惹的祸。他主动与郭福林说话，遇事顺着他，好像是自己做了什么亏心事。他有些苦恼，人为什么会这样？多好的朋友，在利益面前怎么就一文不值了呢？难道猪倌与金哲万这些老兵之间发生的事情要重演？他不想这样，宁愿把这个班长让给他。

　　有一天，指导员组织政治学习。他拿起一摞稿纸说，郭福林同志最近表现很好，每周都给党支部写一份思想汇报。除了汇报学习马列主义毛泽东思想的心得体会外，还能在"灵魂深处闹革命，狠批私字一闪念"，大家今后要向他学习。得到指导员表扬，郭福林更加积极。部队当时正组织学哲学。什么叫哲学？战士们大多不懂，干部也似懂非懂，只能机械地背诵有关章节段落。郭福林做出惊人之举，经常晚上不睡觉，一个人坐在甲板上，打着手电筒学习。开会时，从《反杜林论》到《批判费尔巴哈》，他夸夸其谈。大家送他个外号叫"郭马列"。很快，他就成为学马列典型，受到上级的重视。自从当上典型，他就跟变了个人似的，举止行为异常。大家说，这小子学出精神病了。私下，王朝阳说，跟我你就别装了，再装就不像个人了。王朝阳同志，要注意你的说话方式。行了，行了，我真怕你神经了。

　　每年的三月五日是学雷锋纪念日。为了做好事，大家可谓绞尽脑汁。什么擦玻璃，扫甲板，为人洗衣服，钉纽扣，往往你想到的别人已经先做了。典型与常人就是不同。郭福林半夜起床，打扫部队操场厕所，并在门上钉块木牌，牌上写道：x 中队 x 艇战士郭福林。第二天一大早，当别人赶去时，才发现厕所已被人承包了。郭福林作为"活学活用"的典型被破格发展入党，很快又借调到师演出队，排练样板戏。船长安慰王朝阳，按发展计划应该是你，可上级点名要发展郭福林。但在我和大家心目中你是最好的。王朝阳情绪低落，郁闷好一阵子。怨郭福林吗？好像也不是。但有船长那句话，他知足了。

在庆"八一"文艺演出中，他看见郭福林扮演杨子荣，一颗红星头上戴，革命红旗挂两边，演小常宝的竟然是"古兰丹姆"。虽然她化了妆，王朝阳还是一眼就认出她来。听郭福林说，她真名叫汤丽，父亲是市委老领导，现已官复原职。言语间，流露出对汤丽的无限爱恋。你喜欢上她了？郭福林兴奋地点点头。那家乡的"阿庆嫂"怎么办？又没结婚，我已经写信和她断了。你不是已经和人家……看着王朝阳惊讶的表情，郭福林无奈地摇摇头。朝阳，你一定替我保密，我现在正是关键时期。王朝阳没明白他说的关键是什么，指"古兰丹姆"，还是他的前途？

没多久，"阿庆嫂"来部队找郭福林。那年月，男女之间干了那事，不结婚就是严重作风问题，特别是女孩子很可能无法再嫁。部队给了郭福林警告处分，撤销了他标兵称号，委托王朝阳把哭成泪人的阿庆嫂送下海岛，怕她半路跳海寻短见。出了这档子事，郭福林的日子很难过，在部队"搞破鞋"是天大的绯闻。人们说他这个典型是假的，压根就是装出来的，就是个喜新厌旧的陈世美、白脸狼。还有人建议，上升到新生资产阶级分子的高度认识问题。一时间，他由红得发紫的学雷锋标兵，一下变成过街老鼠。王朝阳看不过去。人红的时候千好万好，出事了就落井下石。一个车皮来的，一条船上的岛，虽说郭福林做事不厚道，在入党问题上不择手段，王朝阳还是决定去看他。他像个孩子似的趴在王朝阳肩头哭。完了，鸡飞蛋打。"古兰丹姆"不会原谅他，如果被遣送回乡还有什么脸见人？"古兰丹姆"和他大闹一场，差点服毒自杀。郭福林欺骗了她，谈恋爱时，没说家乡有对象。闹归闹，她还是通过父亲的关系把他调走了，她有她的难言之隐。

七

白雪好久没来信了。王朝阳去的信也不见回音，自从她被保送上大学后，信就越来越少。也许学习紧张，本来就底子薄，要弥补的东西太多。王朝阳心想。终于盼来了第一次探亲假。他早已为白雪准备好礼物。那是一条用指甲般大小的贝壳串成的项链，大小均匀，颜色各异，是从成百上千个里面精选出来的，经过打磨抛光，五颜六色，星光闪闪。王朝阳为此不知付出多少个不眠之夜。他要亲手把它戴在白雪的胸前，白雪雪白的肌肤，配上它一定非常好看。他找到白雪上学的财贸学院，等了一上午，终于等到她下课。面对突然出现的王朝阳，白雪显得有些局促。为了给她个惊喜，王朝阳没告诉她要回来。走吧，我们去旁边的公园坐坐，让同学看见不好。白雪低声说。穿军装的王朝阳确实有些显眼。他们找了个长椅坐下来。白雪变了。她看上去有些清瘦，面容还是那样秀美，但有些苍白。照片中那个被风吹起一缕秀发，浑身散发着北大荒沃野朝气的白雪不见了。你瘦了，身体不舒服？王朝阳关切地问。不是，只是……只是学习有些累。白雪喃喃道。别着急，我们这代人都没学着啥，慢慢就好了。你黑了，但壮实很多。白雪抬起头看他。王朝阳使劲挺直腰板。没闻到我身上有什么味道？白雪疑惑地摇摇头。海风，海风的味道。一进门，我妈就闻出来了。还有，我口音变了吗？王朝阳继续问。白雪依旧摇头。海蛎子味，你没听出来？王朝阳有意往白雪跟前凑了凑，此刻他真想一把抱住白雪。下午还要上课，等周末放假有时间……我只有十天假期。王朝阳期待地看着她。

为这一天，王朝阳整整期盼了两年。他曾无数次遐想和白雪见面的情景，四目以对，默默无语，接下来是火山般的激情迸发……白雪脸上流露出一丝惆怅。你看，这是我带给你的礼物。王朝阳拿出贝壳项链。真漂亮。白雪露出惊喜的笑容。我给你带上。王朝阳拿项链的手在空中停住了，他发现已经有一条金项链戴在白雪的脖子上。金的？我没有那么多钱给你买金项链，但这条是我亲手做的。不，你的这条比金的珍贵，独一无二，我喜欢。白雪接过项链。并约好周末去她家找她。

对于王朝阳的到来，白雪父母似乎不欢迎。白雪一早就被同学接走了，没在家。白雪妈说。看着王朝阳疑惑的表情，她妈又说，白雪有对象了，毕了业就结婚，你不要再找她了。简直是晴天霹雳。王朝阳不敢相信自己的耳朵。阿姨，我真的喜欢白雪，我……王朝阳有些哽咽。孩子，你当兵在外，我们就这么一个女儿。好女孩多的是，等你复员回来阿姨帮你找。王朝阳失落地走出白雪的家。星期一一大早，他就等在学校大门口，他要亲自问问白雪，如果她说不爱他，他立马就走。如果说还爱他，就是海枯石烂，他也等。返校的学生很多，就是没有白雪的影子。这时，一辆小汽车径直开进学校大门，他看见白雪和一个男青年坐在里面。一连几天，王朝阳都没再见到白雪的踪影。他的假期到时间了。听同学说，男孩的父亲是银行行长，白雪能返城上大学，全是行长大人帮的忙，条件是嫁到他家当儿媳。对这门婚事，白雪家求之不得。

八

冬天来了。西伯利亚吹来的强劲北风在海上肆虐，港湾里和近海的海水都结了冰，吃水浅的船艇被迫停航。这是百年不遇的寒冬。临近年关，下岛回家过年的军民都在码头焦急地等待。由于王朝阳他们的船是拖船，吃水深，破冰能力强，上级命令他们执行运送旅客的任务。旅客太多，船舱装不下，战士们把自己的住舱都让了出来，甲板上也站满了人。突然，有人在后面拍了他一下，回头一看，竟然是郭福林。郭福林穿着一套蓝色咔叽布中山装，黑皮鞋，头发梳得油光锃亮。说话间，"古兰丹姆"从船舱里出来，一身新娘妆，头上还别了朵小红花。郭福林说他复员后在长海县财政局工作，这次是和古兰丹姆回老家结婚的。

白雪，如果白雪是新娘一定不输"古兰丹姆"。王朝阳不禁想起白雪。白雪是他的初恋，是他的精神支柱，曾伴随他闯过惊涛骇浪，是他生活的梦想。从家回来后，好一段时间他都无法走出失恋的痛苦。他拼命干活。把枪擦得锃光瓦亮，甲板拖得干干净净。他从船舷上一跃跳入海中，冰冷的海水能使他清醒。他把对白雪的思念，全都用在工作上，如今他是一名出色的水兵。见到船长了？不是他，我哪能上来船。哥们，别干了。当个大头兵遭这份洋罪干啥。到地方多好，风吹不着雨淋不着，明年我就能当科长。郭福林说。我好像和大海有缘，恐怕这辈子也离不开大海了。王朝阳答。

犟，还是那么犟。不潜水，我也有海参吃，何必自己下水捞？你不懂。潜水的乐趣远大于吃，不潜下去你就无法领略海底世界的奇妙。行了，那年触礁，你下海送缆绳差点没见阎王。魏指导员抱着军旗团团转，我还以为真玩完了，来个集体海葬。闭上你个乌鸦嘴，这要在渔船上船老大非把你扔海里不可。对不起，本人失言，该死该死。在船上不能说不吉利话，吃鱼都得说"滑"过来，不能说翻。郭福林提起刚当兵时的往事。

风浪越来越大，仿佛重演当年上岛时的一幕。乘客们全都晕得东倒西歪，郭福林紧闭双眼趴在铺上，一动不动。船顶着风浪航行，一个大浪一层冰，艰难地在波峰浪谷中前行。前甲板和驾驶舱全被厚厚的冰层包裹。再这样下去，船有倾覆的危险。船长让王朝阳组织大家除冰。王朝阳穿上雨衣站在风浪最大的前甲板。渐渐地，雨衣被冰冻住，胳膊伸展不开，头顶像戴着钢盔，压得人抬不起头。大家脱掉雨衣干！王朝阳大声喊。战士们纷纷脱掉雨衣，任由冰冷的海水直接打在身上。战士们身上散发的热气融化了冰凌，汗水和海水凝结成冰溜子，各个像是一尊银盔银甲的冰雕。

船转向后，迎面的浪小了。王朝阳发现"古兰丹姆"在后甲板东倒西歪，站立不稳。你要干什么？赶紧回舱里去，外面危险。我……她欲言又止。你想干什么？我想上厕所。船上的厕所在船尾部。说是厕所，其实就是探在外面的一块钢板挖个洞，上面罩个帆布帘，蹲在上面，螺旋桨激起的浪花都能打到屁股上，外人根本不敢上，看着就眼晕。郭福林呢？他吐得站不起来了。王朝阳这才发现，"古兰丹姆"的新衣服已经弄得不像样，头上的红花也没了。甲板上全是人，"古兰丹姆"眼看就要尿裤子。你蹲进去，别往下看，双手抱住我大腿。王朝阳转过脸，把一条腿伸向厕所，"古兰丹姆"死死抱住。这个时候，女人的矜持、羞涩全都不重要了。终于到码头了。下船时，王朝阳听见"古兰丹姆"冲郭福林说，你真是个胆小鬼。

过完年，上级就传达指示，说越南军队不断骚扰我西南边境，一场对越自卫还击战将要打响。海岛上的气氛顿时紧张起来。山顶上的雷达不分昼夜地旋转着，掩体里脱掉伪装的高射炮像长颈鹿一样伸长了脖子，来往于海岛之间的船只也都停航了。部队反复进行备战教育，让大家提高警惕，说我们地处黄海前哨，要提防南朝鲜水鬼登陆什么的，仿佛大战一触即发。战士们纷纷写请战书，王朝阳咬破手指写下血书：保卫祖国战死沙场，为国捐躯，无上光荣。晚上海岛实行灯火管制，一片漆黑，伸手不见五指。半夜，他突然听到一阵枪声，紧接着刺耳的战斗警报响彻夜空。战争真的爆发了？过一会战斗警报又解除了。

船长是条汉子。他为人耿直，用当时的话说"抗上"。抗上就是不会来事。再有就是喝酒。他平时话不多，不苟言笑，一旦喝起酒来，跟变了个人似的。魏指导员早就被提拔为教导员，指导员也换了几茬，他还是个正连职船长。王朝阳因表现突出，也提了干，他主动要求，留下给船长当副手。自己是船长一手带起来的，他敬佩船长的为人。上级一个副政委下到船上蹲点，一蹲就是一个月。有人给船长出主意说，老张，李副政委分管干部，你好生伺候，能给你提个一官半职，轮也轮到你了。李副政委爱下棋，没事喜欢找人杀一盘。船长也喜欢下棋，但对输赢极其认真。王朝阳对他说，你看着点火候，适当让李副政委几盘，别让人家下不来台。你也来老魏那一套？船长正色道。不就是一盘棋吗？何必那么认

231

海之恋

真？王朝阳说。怎么个让法？船长问。你连续赢，他会感到没意思就不和你下了；连续输，他会认为你棋臭也不和你下。你最好先赢一盘，接着输一盘，他觉得有咬头，就越下越上瘾。再有，李副政委是河南人，喜欢吃面食，这段时间我跟做饭的说，多吃馒头和面条。你小子……船长笑了。棋一旦杀红眼，船长就把王朝阳的嘱咐忘到九霄云外。李副政委酒量浅，有几次被船长灌得藏在报务室不敢出来。结果可想而知。

九

改革开放了，部队裁军一百万。作为年龄最大的连职干部，船长在这次裁军中首当其冲，尽管他是天底下最适合当兵的人。酒量很大的他喝醉了。王朝阳不理解，怎么能让船长转业呢？不是说"精简不减精"吗？船长的航海经验、军事素质都是最好的。船长说，你年轻，好好干吧，我回去还干老本行——打鱼。现在条件好了，都是大钢壳，一想起收网满仓活蹦乱跳的鱼，我的手都直痒痒。你就等着吃鱼吧。

王朝阳接了船长的班。时光飞逝，他已经当兵整整十二年了。十几年来，他风里来，浪里去。好天，大海像一个温柔恬静的少女；坏天，大海又是个脾气暴躁的魔王。对大海，他真是又爱又恨，最后发现是依恋。自己已经离不开大海，一天闻不到海风的味道，就会胸闷，有什么愁事，面对大海都会烟消云散。大海能给人以宽阔的胸怀。如今，他一举一动都有老船长的影子，新兵看他就像当年他看老船长一样。晚上没事，老船长会提上一瓶酒两条咸鱼来找他聊天。朝阳，老大不小该成个家了。他说。当兵在海岛，又整天风里浪里，谁跟哪。别那么说，要不，老哥帮你找一个？不过，可别嫌俺海岛姑娘土，满嘴海蛎子味。那倒不是。王朝阳喝了一口酒。还想着那个什么雪？算了，老弟。都这么多年了，人家孩子都打酱油了。看人家郭福林，听说小三都换俩了。他和"古兰丹姆"离婚了？早离了。"古兰丹姆"她老爸一退休俩人就离了。我不喜欢郭福林那种人，当年，你俩我一眼就相中了你。老船长继续说。听说郭福林当官了。王朝阳说。唉！这年头真章实干没人用，溜须拍马能升官。老船长使劲喝了一大口酒。临走，老船长说，等你下次出航回来，给你找对象。

这次任务是从大连往海岛运送一批木材，全是整根的原木。装船时，王朝阳发现如不固定，遇到风浪原木会在舱内滚动，对航行安全有影响。装船的说，没事，用铁丝捆两道，这几天没大风。可船航行到长山水道，风就起来了。风浪越来越大，要就近避风。小长山岛就在眼前。进港时，拖船要收回拖缆，帮靠驳船，并拖入港。风浪太大，带上的钢缆全都崩断了。两条船开始相互碰撞，巨大的惯性崩断了固定原木的铁丝，原木开始在舱内滚动。驳船一会偏向这边，一会偏向那边，随时都有倾覆的危险。必须不惜一切代价，把驳船固定在拖船上。王朝阳让副长替他指挥，他亲自下到甲板上。涌浪作用下，重达几百吨的船产生的巨大张力，使钢丝缆像麻绳般一挣就断，两条船的船舷已经撞得面目全非。王朝阳命令，带两股钢缆，同时让枪帆班长去取尼龙拖缆，尼龙拖缆粗而且有弹性。这时，两股钢缆突然断了一根。不好！快躲开。王朝阳一把推开带缆的战士。伴随刺耳的断裂声，钢缆像鞭子一样横扫在他腿上。他感觉一阵剧痛，接着整个下身麻木了。战士们赶紧把他扶起来，半条腿不见了，白森森的骨头茬子露在外面，鲜血染红了甲板。

等他醒来时，已躺在病床上，发生过什么，他不记得，下身感觉空荡荡的。左腿膝关节以下截肢。朝阳，本打算这次回来给你介绍对象，没承想……老船长这条硬汉落下了眼泪。麻药过后是难以忍受的疼痛。海岛医疗条件有限，他需要转到市内大医院，今后的康复治疗更加艰苦。他躺在大连医科大学附属医院骨伤科的病床上。他像一只折了翅膀的鹰，看着窗外的蓝天，独自惆怅。没了一条腿，还能当兵吗？没了一条腿，还能潜水吗？还潜水，恐怕连走路都是问题。自己真的就这样从此离开大海？他满脑子胡思乱想。三床，医生查房了。白医生，这是昨天从海岛转下来的，左腿膝关节以下截肢。护士介绍。白医生是个女的，很年轻，口罩上方一双眼睛很漂亮。体温、脉搏等例行检查后，她说，好好休养，我是你的主管医生，今后有什么问题就找我。说完走了。

王朝阳恢复得很快，可以挂拐下床走动了。白医生说是因为他体质好，与他常年下海游泳有关。每当值班，她就让王朝阳给她讲海上的故事，特别是潜水、捞海参什么的，听得津津有味。她说，她从小就向往大海，特别是海底世界，真以为海底有龙宫呢。王朝阳说，龙宫倒没有，但陆地有的海底就有，甚至陆地没有的，海底也有，因为海洋面积是陆地的几倍。听口音，你不是大连人？王朝阳问。我是大学毕业分到大连的，因为喜欢海，才报考了大连医学院。老家哪里？哈尔滨。老乡见老乡两眼泪汪汪。王朝阳伸出手。真的？你一口大连话我还以为……握住白医生的手王朝阳想到了白雪。大连话抬举我了，我说的是长海县话，正宗海蛎子味。

每次康复训练，王朝阳的衣服都被汗水湿透了。不是热的，而是疼的。断腿末梢皮薄肉嫩，假肢戴上去钻心地疼。白医生鼓励他说，疼也得练，直到练得磨出老茧。你不是还想重回大海吗？他一次次摔倒，一次次爬起来。看着他遭罪的样子，白医生有意躲开了。她打心里佩服这个男人，甚至有些心疼。她被他的毅力所感动，实在看不下去，过来扶一把，替他擦擦汗。她曾建议，适当服点止痛药，可他就是不肯。说，关云长刮骨疗毒还灯下读书，我这算什么。你比关云长的伤重，我的水兵哥。她说。

白医生在谈恋爱。王朝阳经常看见一个戴眼镜的男青年来找她。他们是大学同学，也在一家大医院当医生。一个念头在脑海闪过。是羡慕？是嫉妒？王朝阳在心里骂自己，癞蛤蟆想吃天鹅肉，你一个瘸子竟有非分之想。不是现在，而是永远都要打消这个念头，谁会嫁给一个残废？王朝阳可以出院了，虽然暂时还要拄拐，但白医生说，你恢复得很好，将来会像正常人一样走路。并开玩笑说，没准哪天你能参加残奥会得冠军，游泳冠军。

十

王朝阳被定为二级甲等残废军人。船长是不能当了，但他可以在部队养老。除了腿，自己哪儿都没毛病，这么年轻就开始养老，活着还有啥意思？他决定转业，现在有政策，不要求分配工作，可以拿一笔不小的复员费。改革开放的浪潮已经涌上海岛，到处是商机。过去随便赶的海参鲍鱼，如今贵得吓人。他以伤残军人身份办了个海参养殖场，既可以享受免税政策，又可以吸纳残疾人就业。他把老船长拉进来入股，搞海水养殖，他可是行家里手。开始创业，举步维艰。他拖着条残腿跑工商跑税务，买种苗，办设备，投料放养，日常管护，和老船长没日没夜干了大半年。人瘦了一圈，皮脱了一层又一层。这期间，老船长为他介绍过几个对象，人家一看他那条腿就都吓跑了。谁家姑娘愿意嫁个残废呢？从此，他打消了找对象的念头，一门心思扑在事业上。

海岛的水清啊！不像那些海参圈，挖个坑，放点海水，用水泵打氧，靠抗生素顶着，喂的全是添加激素的饵料。长出的海参黄皮拉瘦，刺少肉薄，一点营养价值也没有。他养的海参是大海里纯天然，吃的是浮游生物，喝的是大洋流水。海参讲究水温，冷水里的海参营养价值高，所以说"辽参"最为有名。特别是海洋岛的海参，肉厚刺多，色泽饱满，大如棒槌，尤以五排刺为极品，海参肽含量是普通的几倍。第一个收获季节就卖了个盆满钵满，他注册个品牌叫"棒槌岛海参"。海参鲍鱼卖火了，他又搞起时髦的海岛乡村旅游。一排排干净亮堂的瓦房，正可谓面朝大海，春暖花开。大飞蟹、虾爬子、海胆等海鲜用大盆装，再来上半斤海岛自产的老白干，喝得这帮城里人流连忘返，乐不思蜀。

有钱了。成功了。找上门的姑娘多了，其中不乏有姿色者。没人嫌他残废，都赞美他是心中的偶像。他知道她们图什么。他在等，冥冥中，他在等一个人，也许这个人永远不会再出现。会计说，今年的免税申请被市里卡住了，听说新来个局长抓得紧。我们是残疾人企业，国家有免税政策，没理由不批呀。没送点海参？送了。是不是嫌少？多送点。过几天，会计又报告说，下面都批了，就卡在局长那，说让老板亲自来。王朝阳坐船下岛，局长大人点名不敢不去。门岗让登记，问，和局长约好了吗？没有，通知说让来。保安半信半疑地拿起电话，局长，下面有个企业的找您，他说姓王。保安撂下电话，局长说有客人，半小时后再上去。王朝阳掐着点算，早办完早回去，有的是事等着呢。半点，他起身要上去。保安把他拦住，说再通报一声。王朝阳终于敲开局长办公室的门。房间很大，里外套间，一个中年男人坐在宽大的写字台后面。局长，我是……局长抬起头，郭福林！多年不见，郭福林发福了，但保养得很好。王朝阳？怎么会是你，快坐，坐。郭福林颇感惊讶，热情地招呼他坐下。差不多十年没见了吧？还是那年你下岛结婚，晕船，忘了？郭福林摇头大笑。说吧，大局长，啥指示。最近总局下发通知，以残疾人企业名义骗税的案件增多，国家税款大量流失，所以查得特别紧。王朝阳点点头。从你们申报资料看，法人代表名字、年龄、简历，都应该是你，我怀疑有人冒名顶替……王朝阳撸起裤腿露出半截假肢。怎么会这样？啥时候的事？郭福林惊愕地站起来。好几年了。朝阳啊，我早就跟你说别干了，你看看这……郭福林表情痛苦。都过去了。王朝阳说。行了，今晚别走，我们哥俩好好喝两盅。不了，没问题申请早点批，小本生意等钱用。没问题，没问题。有时间我上岛去看你和老船长，我也多年没上岛了，就是打怵坐船，晕船晕怕了。临走，王朝阳和他约好，上秋打对虾时，海岛见。他还那德行？老船长问。像个领导样，挺有派。税务局长可是个肥缺。老船长悄声念叨。

秋天到了。渤海湾的对虾和刀鱼世界闻名，是当年出口换取外汇的主要商品，城里老百姓很少能吃到，如今更加金贵。经过一夏天伏季休渔，鱼儿壮、虾儿肥。海面上灯火通明，捕虾船严阵以待。要等到半夜十二点钟声响起，才可以开网捕捞。对渔民来说，再金贵也是小菜一碟。老船长特意嘱咐朋友挑好的给留几箱，要来的客人多，也包括郭福林。郭福林没来，"古兰丹姆"却来了。她穿一件大花连衣裙，太阳镜遮住半拉脸，浓妆艳抹，还真像个新疆人。和老船长拥抱后又拥抱王朝阳，王朝阳感觉一对肉球顶在胸前，热乎乎的，香味扑鼻。她悄声对王朝阳耳语，当年你才是我心中的白马

王子。王朝阳想起抱大腿那档子事。我第一来吃海鲜，第二
向你们报告个好消息。"古兰丹姆"大声宣布：郭福林出事
了。接下来，她绘声绘色把郭福林艳史和腐败经过演绎一遍。
世事难料啊！几个月前还好好的，王朝阳不禁唏嘘。我还是
那句话，老老实实做人，踏踏实实做事。走，朝阳，钓鱼去。
老船长说。

<h1 style="text-align:center">十一</h1>

　　夕阳西下，海水泛着金光，像一面镀金的镜子。秋天的
海水，凉爽、透亮，清澈见底。这是最令王朝阳陶醉的季节。
远处渔帆点点，丰收的渔船开始回航。他养的海珍品也到了
收获的季节，海底银行又将大把大把地印钱了。他潜入水中，
无声地，静静地与大海亲近。肌肤与油一般丝滑的海水交融，
就像依偎在母亲的怀抱般温馨。这时的海，又仿佛是一个美
妙的少女，清新妩媚，楚楚动人。他变成一条鱼，自由地呼
吸着，在礁石和海藻间惬意穿行。黑色的海参、红色的扇贝、
黄色的海螺、绿色的鲍鱼、蓝色的海星、紫色的海胆……一
只大螃蟹伸出两只大钳子，像一个要与他搏斗的武士，一群
鱼儿悠闲地从他身边游过，多么多彩而充满生机的海底世界
啊！

　　他浮出水面。老船长向他招手。一个白衣女子站在岸边，
海风吹拂起她的秀发，是白医生。他不顾一切地向她游去。
白医生微笑地看着他，像一只引颈的白鸽。一条由五颜六色
小贝壳编织的项链，在她白皙的脖颈上星星般闪烁……

香格里拉

陆维克翻来覆去睡不着。他已经被失眠折磨很久了。就算偶尔睡着，夜里两点多钟也会准时醒来，生物钟似乎将他的早晨定在了半夜。在他睡着的前半夜，梦境连绵，身体虽然躺在床上，但大脑却异常兴奋，一个梦接着一个梦，醒来头像炸了一样痛，直到迎来又一个昏昏沉沉的黎明。能睡一个好觉，对他来说已经是一种可望而不可即的奢求。

黑暗中，他知道又是那个时刻降临了。他看一眼床的另一边，她侧卧着，后背对着他，看似熟睡，其实他知道她已经醒了，或者也根本没睡着。很久以来，他们就这样各自睡着床的一边。一米八宽的双人床，中间还能躺下一个人，他们都尽可能地将身体转向各自的一方，紧贴着床边。陆维克几次差点掉到地板上。时间长了，他已经能恰到好处地把握分寸。他清楚，这完全是他似睡非睡的结果。

他照例轻轻地下床，抱起被子来到书房，他犹豫是否锁门，最后决定，只把门关上，便一头躺倒在沙发上。或许能在这剩余的几小时中入睡，他在心中祈祷着。为什么不把门锁上呢？希望她能跟过来？该死的大脑又在想。哪根神经能管住大脑呢？他有些沮丧。此刻，仿佛另有一个大脑在想。那可怜的令人企盼的睡意，瞬间又不知躲到哪里去了。他索性起身打开电脑，点燃一支烟，泡上一杯茶。既然睡不着，就让大脑彻底活跃起来吧。

开始那段日子，也就是他们俩吵架最凶的时候，每当他抱起被子跑到书房，她也会跟过来。并说，我不能让你离开我，你走到哪儿，我就跟到哪儿。真是不厌其烦，她越这样陆维克越想离她远一点。可是，不知从什么时候开始，当陆维克再抱被子睡书房，她却没有跟过来。也许她感觉累了。从此，反而成了陆维克的一桩心事。是不是我锁门，她进不来？还是真的决定不理我？他每次都会在锁门与否的问题上斗争一番。这心事时时刻刻折磨着他，直至把他仅有的那点睡意也化为乌有。

他从"我的文档"中调出那篇没有命名的小说。仿佛只有把自己的烦恼写下来，才是解除烦恼的最佳办法。他不知道，世界上还有哪个作家是因烦恼而写作，用烦恼来描写烦恼一定能写出真实的烦恼。他相信，作家的最初创作一定是有感而发，而且是从写自己开始。他深深地吸一口烟，将思绪拉回到上世纪八十年代。

他们是在那个时候结婚的，如今已近三十个年头。当年，陆维克是机械厂唯一的年轻技术员。他聪明好学，上进心强。除白天工作外，晚上利用业余时间读夜大、学外语。他不仅好学上进，还对生活充满憧憬，满脑子的浪漫。这些憧憬和浪漫，一半来自于他搞音乐的父亲，另一半则是他读过的书籍。那个年代，除了"红宝书"，其他的几乎都被列为禁书。早在上中学时，他就读完了中国四大古典名著，尽管有些书是劫后余生，残缺不全。后来他又通过借和交换的方式读了《红与黑》《基督山伯爵》《飘》《茶花女》《邦斯舅舅》《名利场》等外国名著。在他们这些爱读书的青年中，形成了一个与众不同，小布尔乔亚情调浓厚的圈子，他们把它叫做"沙龙"。

这些青年，经常利用周末凑在某干部子弟家中，听听唱片，品品咖啡，高谈阔论。他们自认为是时代的宠儿，清高自负，在女孩子面前，则显示出一种高贵和优越。在那个精神和物质极度匮乏的年代，人的追求和欲望却很强烈。没有电脑，没有电视，书是人们获取精神食粮的唯一来源。这些精神食粮是廉价的，甚至是一堆废纸。然而，却被某些特定人群视为饕餮大餐，而如饥似渴地汲取着。不像现在，什么都极大丰富，而人却无从选择，浑浑噩噩。

在和她认识之前，陆维克有过初恋。那是在夜大学英语的时候，一个端庄文静的小姑娘安静地坐在角落里。开始，大家几乎忽视了她的存在。直到有一天，她以流利而标准的语调朗读一篇课文，才让那些咿咿呀呀的初学者们大为震惊。从此，陆维克心中有了一种莫名其妙的感觉。以前枯燥的英语课，如今变得有趣了，他每天会期盼这一时刻的到来。课堂上，他会不时地把目光投向那个角落，接着心中就会泛起一层甜蜜的涟漪。这涟漪由心里洋溢到脸上，使他那年轻而俊朗的面容变得更加红润明亮。偶尔有一天，那个座位空着，立刻就会有一种难以名状的空虚与失落，使他坐立不安，魂不守舍。这是初恋美好而神秘的感觉，甜蜜并痛苦着。

接下来的日子里，他们开始交往。陆维克觉得天是那么的蓝，生活是那样的美好。他会为她拉小提琴，拉《花儿与少年》，拉《新疆之春》。而她就像一只安静的小鹿，闪烁着一双美丽的眼睛，静静地倾听着。陆维克卖力地拉着，神采飞扬。她倾心地看着他，莞尔一笑。这笑靥如一朵盛开的莲花，美丽而纯洁。他把她形容为荷，那是一种出污泥而不染，清新淡雅的美。浪漫的青春遐想，奶油般甜蜜的恋情，把两颗年轻的心填得满满的。

然而有一天，陆维克发现角落那个座位空着。接下来几天仍不见踪影，直到夜大毕业，她也没再出现过……她仿佛是天空中一朵浮云，飘到了天边，消失得无影无踪。从此，陆维克经常望着天空，看着天边那时隐时现的云朵。

二

他的失眠已经发展成神经官能症。越睡不着觉，大脑越爱想事，而且爱想往事。往事如烟，时浓时淡，一缕缕的，由脑海中升起，从眼前飘过。他的手继续在键盘上敲打着……

自从荷消失后，陆维克消沉了很长一段日子。沙龙里的哥们陆续恋爱结婚，而他仍旧孤单一人。谈过几个女朋友，但都没有那种感觉，那种感觉似乎也随着浮云飘走而一去不回。

一天，他去一个哥们家聚会。哥们的父亲是某警备区的副司令，住在南山一栋将军楼里。当陆维克从卫生间出来的时候，差点和一个穿军装的女兵撞个满怀。此时此刻，两人都有些尴尬，不由得面红耳赤。女兵中等身材，齐耳的短发，军装映衬着丰满的身材。哥们见状赶紧介绍，这是我姐，叫萧阳，刚从海岛医院调回来。介绍完，他忽然调皮地眨了眨眼，接着露出一丝神秘的微笑。

你好！萧阳大方地先伸出手。握手的同时，她用一双眼睛大胆地直视着他。陆维克反而羞怯地把眼神避开，仿佛怕被这两束炙热的目光融化，平日里高傲的小布尔乔亚情调，突然在这个女兵面前变得胆怯起来。两人彼此简单做了介绍，这时陆维克才注意到萧阳穿的是四个兜衣服（当时军队取消军衔制，干部与战士的区别在于上衣多俩兜）。"我是外科医生。"

没几天，哥们来电话，让他下班到部队大院去一趟，看内部电影《啊，海军》，他姐特意搞了三张票。并叮嘱说，一定准时到，票很难搞。这不是一般人能享受的待遇，只有军队首长和某些特权人物才能看到。军人俱乐部门前，人头攒动，好多没票的年轻人在不停地打探着，希望能有奇迹出现。没见到哥们，只有萧阳等在那里。陆维克好像意识到点什么。

电影散场后，萧阳问陆维克，能给我一张"六乘六"吗？什么六乘六？他没太懂。照片呗！120相机照的，135的太小。啊……陆维克有些支吾。互赠照片是当时确定恋爱关系的明确表示。面对萧阳的直爽，陆维克有些不知所措。

第二天，哥们以问电影内容为由谈起了他姐。原来，萧阳曾有一个男朋友。这段恋情颇有选妃的味道。其父是警备区副司令，后来的军区司令官职大她爸三级。军区司令在海岛视察时，看中了泼辣的萧阳，打电话给她父亲提亲，要给他家大儿子做媳妇。大儿子在守备师当连长。军区首长亲自提亲，萧阳的父亲受宠若惊。没经女儿同意就一口应承下来。这种包办婚姻使倔强的萧阳产生了强烈的逆反心理，不管人家官多大就是不同意。嫁给军区司令的儿子，外人眼里天大的好事，可萧阳就是不从。为此，父亲甚至老泪纵横。

其实，萧阳对司令的儿子多少有些了解。人的长相并不差，个头也有，就是没大出息，不爱学习，在部队文化补习班里，成绩经常不及格。工作不上进，正课时间背枪上山打兔子。碍于司令的面子没人敢管，一身的纨绔子弟作风。最后，让萧阳屈服是因为母亲去世。母亲病重期间，住在军区总院，在司令的关照下，医院上下用尽了全力。司令亲自去病房探望，大儿子也跑前跑后。母亲在临终前，拉住萧阳的手：孩子，你就让妈安心地去吧。这种情况下，没有人可以不从，铁石心肠也会软。但，萧阳提出条件，他必须上军校，提高文化素质。没多久，他就去石家庄陆军学院报到了。毕业后，留在军部当参谋。这人转了一圈，表面看有所转变，但骨子里的东西改不了。母亲去世后，萧阳的忍耐也到了头。她还是冒天下之大不韪，和司令儿子分手了。

听完萧阳的故事，陆维克颇为感动，不由得对萧阳产生一种敬佩之情。陆维克是个对感情要求极高的人，书看得多了，觉得现实生活总是那样乏味，缺乏浪漫色彩。是自己要求过高？还是那些心爱的书欺骗了自己？还有荷，这个心中永远抹不掉的身影。有时，他甚至真的怀疑她就是天边的浮云，你在哪里？论个人条件和家庭条件，萧阳都不差。但缺少的还是那种感觉，只有与荷才有的感觉。

他没有勇气正面拒绝萧阳。不够坦诚，是他致命的弱点。他委婉地给萧阳写了封信，绕了个大大的圈子，用他文学的表达方式说出了要说的话。也许萧阳没看懂，或是她倔强的性格所致，她丝毫没有气馁，仍义无反顾地继续追求陆维克。两个性格完全不同的人，展开了一场错位的情感拉锯战。陆维克有时觉得话说得很重，有可能伤害到对方，下一次就温和些，加以挽回。而萧阳好像压根就没感觉到他是在拒绝，那直接、热辣的感情丝毫没减。

陆维克学外语，她就送给他一套《Flow Me》。一次，陆维克得了咽炎，她从药房开了一大堆胖大海和含片，并亲自给他冲水服下。和她在一起，仿佛是医生和患者之间的关系而不是恋人。而这种被动的，被人呵护的感觉，又确实使他很受用，感受到一种近乎母性的关爱。因为和萧阳的关系，副司令对他也另眼相看，除经常进出将军楼外，有时连副司令的办公室也能光顾。他明显感觉到自己身上多了某种特权，特别是偶尔坐一次副司令的伏尔加（那时能坐上轿车的人少之又少），会引来多少人羡慕的目光？总之，和萧阳的交往抬高了陆维克的身份和地位。

虽然与萧阳在一起，缺少一分浪漫，却多了一份荣耀。感觉是什么？浪漫是什么？他经常这样问自己。漂亮的脸蛋能出大米吗？这似乎是对自己最好的回答。他想起了《红与黑》中那个混迹于上流社会的于连。渐渐地，能成为这将军楼里的一员使他感到骄傲和满足。副司令全家都是军人，只有他一人不穿军装，不是因为已年近三十，都有让他参军入伍的可能。当年，一身军装是何等的荣耀啊！

萧阳性格直爽，有啥说啥，就像她手中的手术刀。偶尔又带那么点大小姐脾气。但她对陆维克是真的好，爱得风风火火、真真切切。女人一旦全身心地爱上一个人，会为他付出一切，甚至是生命。萧阳就是这样一个人。他们结婚了。尽管萧阳那时已是副营级军官，工资高出陆维克很多。陆维克家住房紧张，他也就自然"下嫁"到副司令家。

未来几年，女儿出生，陆维克当了技术科长，萧阳升任主治医生。

改革开放了。人们的生活悄然发生着变化。过去象征着权力和地位的将军楼，如今在拔地而起的高楼大厦下显得有些低矮破旧。昔日象征特权的伏尔加，也被满街跑的奔驰宝马远远甩在后面。副司令退休后，搬进了干休所，陆维克也住进自己单位分的房子，将军楼成为过去。

工厂要改制。陆维克凭借懂技术，业务能力强成为新的企业承包人。在他的带领下，该下岗的下岗，该回家的回家，从社会招收了一批朝气蓬勃的大学生。淘汰过去落后的产能，瞄准市场，开发新的适销对路的产品。陆维克将目光投向了厨房设备。生活水平提高了，人们都搬进了大房子，一场厨房革命即将开始。他发现，排油烟机、煤气灶、洗碗机、消毒柜，一套下来最少要一万多块，而且是每个家庭必备的。十几亿中国人哪？该有多少个家庭？

生产这些东西对于一个机械厂来说，简直是小儿科。用不锈钢做个外壳，里面安个电机这就是排烟机，同样也是不锈钢外壳，里面加几根红外线加热管，就变成了消毒柜。利润惊人。在外观和质量上下一番工夫后，陆维克注册个品牌，叫"康洁宝"系列厨房用品。他迅速在全国各地发展经销商，进驻各大商场。他还利用懂外语的优势参加广交会，把产品卖到了俄罗斯及东欧一些轻工产品缺乏的国家。一时间，"家有康洁宝，生活更美好"的广告词家喻户晓，并上了中央电视台。生意做大了。经过二次改制，工厂彻底变成了他的私营企业。他陆续在全国几个大城市建了分厂，以应付源源不断的订单。

对于一个文学青年出身的企业家，除了财富赋予他的光环外，他多的是一份儒雅，一种其他商人所不具备的人格魅力。而这种魅力一旦和金钱结合起来，威力是巨大的，特别对女性。叶嘉渝，一个由猎头公司介绍的公关经理来到了他身边。她，二十七岁，一米六八的身高，名牌大学毕业，长发飘飘、皮肤白皙，具有一种职场女性特有的气质和美感。

陆总，这是明天飞广州的头等舱机票。飞机如正点，我们就入住中国大酒店；如晚点，就住机场旁边的喜来登。我怕太晚影响您休息，两个酒店都做了预订。叶嘉渝简明而细致的安排，使陆维克很满意。怎么就一张机票？陆维克抬头问道。您是头等舱，我是经济舱，我的在这儿。说罢，又从包里拿出另一张机票。这与过去其他女秘书的做法不同。和老板出差往上贴还来不及呢，而叶嘉渝却把这种关系拿捏得准确到位。果不其然，陆维克说，退掉，也换成头等舱。飞机上还有事商量。不用，陆总。我们做下属的就应该坐经济舱，财务部有规定。您要用的资料，我都准备好了，在这儿。我就在您后面两排，特意给您要了头等舱最后一排，有事叫我一声就行。陆维克没再坚持，这个新来的秘书做事如此缜密，超出他的想象。

广州之行，叶嘉渝给陆维克的印象相当好。人漂亮，气质佳，而且聪明、能干、细心，场面上应付得如鱼得水。让陆维克没想到的是，她的酒量极好。在宴请广州一个重要客户时，陆维克已经喝得差不多了，而对方老总却有些意犹未尽，再喝陆维克有可能要多。这时，她站了起来，自己倒满一杯酒。陆总今天有些累，这几杯由我代劳。说罢，将一杯茅台一干而尽。见美女喝酒了，大家立马来了兴致。对方老总借着酒劲说，小叶如能陪我连干三杯，我多订一千套厨具。众目睽睽之下，叶嘉渝连干三杯茅台，面不改色心不跳。哇！

陆总，好福气。有这么能干的美女秘书，真是叫人羡慕啊！叶嘉渝的表现令在场的客人们赞不绝口，大有欲掷千金换之的意思，为陆维克赚足了面子。接下来，陆维克去分公司视察，都把她带在身边。有她在，仿佛工作轻松了很多，心情愉悦，整个人都变得年轻了。

其实，老板和女秘书的故事是个俗而又俗，俗得不能再俗的故事。但确实有它的必然性。金钱美女，才子佳人，这是个千年不变的主题，不然不会成为文学作品中一再描绘的题材，以至于为人们津津乐道。叶嘉渝的出现，使陆维克沉寂多年的心荡漾了起来。他那尘封已久的小布尔乔亚情调，像一颗好雨知时节，当春乃发生的种子破土而出。与当年见到荷时的感觉很相似，只是年代不同而已。

随着时代的发展，干部子弟光环的退去，萧阳显得普通了很多。她从部队转业，改行做了一名机关干部。岁月不饶人，她发福了，并有了白发，没有军装的映衬，看上去有点像个大妈。不变的是她的性格。这些年，陆维克事业发达，在外面东奔西闯，两人是分多聚少。有人劝她一起干，当一回老板娘。她不。我一个堂堂外科医生哪能做买卖，仍然上她的班，挣她那三四千块钱。她对钱兴趣不大。女人则说，当真让你干哪？没听说男人有钱就变坏吗？还不赶紧看着去。她不以为然。从小养成的骄傲性格，使她看问题很简单，她相信陆维克就像相信自己一样。

叶嘉渝不是个简单的女人。几年来，她跟过几个老板，他们除了有钱财大气粗，剩下的只是一副酒肉皮囊，更谈不上人格魅力。见了漂亮女人，如同闻到腥味的猫。而陆维克不同，他具备成就大事业的能力和条件，而这一切，是要由文化做底蕴的。如果说，一个有钱的男人像闪闪发光的金子；

那么，一个既有钱又有魅力的男人就应该是一块美玉。而美玉是无价的。

对叶嘉渝的好感，陆维克是加以掩饰的。但这种掩饰在有情人眼里恰恰像一层窗户纸。可能由于劳累，最近陆维克总感到精神不佳，四肢偶尔酸痛、麻木。亚健康，这是每一个企业家都不可避免的通病，也许休息一下就好了。然而，在他刚到达南方某分公司时，突然觉得脸发麻，口齿不清，接着眼角和嘴出现歪斜，一种魔咒附体的恐惧使他意识到：自己中风了。叶嘉渝赶快叫车，把他送到附近的医院。经检查，是"一过性脑缺血"，也就是轻度中风，抢救不及时会酿成大祸。叶嘉渝很快为他办好住院手续。

当冰凉的液体顺着静脉一滴一滴地流进陆维克的血管里时，他第一次感到有些恐惧和无助，自己是那么脆弱无力，不堪一击。他想到了家人。他微微睁开眼睛，叶嘉渝坐在自己身边。小叶，不……好意思，让你……受累了。他的声音有气无力，还有些大舌头。陆总，看您说的，一切都会好的。陆维克突然觉得，自己现在的样子一定很难堪，一个弱者，一个病人。

叶嘉渝好像看出了他的心思，问道，要不要通知您的家人？他本来第一时间就想通知萧阳，可话到嘴边改成了不用。住几天院，调理一下就会好的，别惊动他们了。看着病榻上微闭双眼的陆维克，叶嘉渝平日那谨慎、聪慧、干练的眼神此刻流露出一种女性特有的温柔。她现在的角色不是秘书，他也不是老板。他是个病人，自己是什么呢？她第一次轻轻地触摸了一下他的手。她把那只扎着针头的手，轻轻往里面挪了一下。陆维克眉宇间微微皱了皱。疼吗？他摇摇头。她又轻轻地把被角向上提了提，眼睛不停地盯着那一滴滴透明的液体。这透明的小水珠沿着塑胶管流下来，流进陆维克的血管，最后进入那颗跳动着的心脏。她的眼前仿佛出现了暖暖的红色，就像有时在阳光下闭上眼睛看到的那种，橘红色的，带有幻觉的色彩。

她将目光停留在他的脸上。这是一张她天天见到而从没仔细看过的脸。如今，这张脸显得那样苍白，安静得像一个熟睡的孩子。陆维克喉间轻轻地蠕动一下。您喝点水吗？陆维克没回答。他知道液体中绝大部分是水，感觉口渴只是条件反射，而喝水的直接后果……他不能再往下想，下面已经有憋胀的感觉。他扭动一下身体。叶嘉渝拧开一瓶矿泉水，俯下身，一只手轻轻地垫起陆维克的头。喝一点，润润嗓子。没事，我在您身边。他抬起头喝了一小口。叶嘉渝的长发垂在他的脸上，一股带有叶嘉渝体香的气息迎面扑来。他没敢看她的眼睛，刚要躺下。起来，上一趟洗手间。她以命令的口吻。见陆维克犹豫，她一用力把他扶了起来，帮他穿上鞋，一手举着吊瓶，一手扶着他。她熟练地将吊瓶挂在卫生间墙壁一颗钉子上，接着开始帮陆维克解腰带。陆维克下意识地按住她的手。我自己行，你快出去吧。叶嘉渝用坚定的目光看他一眼。您现在是病人。有针的那只手千万不能动。我护理过我父亲，他比您严重得多。说罢，把腰带解开，轻轻向下拉一下。随后，退了出去。

叶嘉渝几乎衣不解带地护理了陆维克十天。等萧阳知道时，他已经好多了，准备出院。回到家后，萧阳埋怨说，看上去还不错，怎么不早告诉我？这有些轻描淡写的问候，让陆维克把一肚子的心里话又咽了回去。第一时间，见到亲人的感受不如期待的那样强烈，倒有一丝失望与落寞。陆维克有些纠结，为什么纠结，他说不清，有些莫名其妙。也许是因为有病？也许……在以前，陆维克是不会挑剔萧阳的说话方式的。

萧阳要杀只兔子，给陆维克补一补。据说，心脑血管病人吃兔子肉好，脂肪和胆固醇低。她将兔子吊在厨房的墙上，地面铺了一张塑料布，这就是一张简易手术台。她先用绳子把兔子的四条腿固定住，拿出她尘封已久的手术刀。自从离开医院不当外科医生，她的手术刀就很少派上用场，只能偶尔用来杀鸡、杀兔子。她先用酒精棉球给手术刀消毒，接着又给兔子沿嘴唇往下依次消毒。她把这些手术前的准备工作做得一丝不苟，仿佛真的是一台大手术。

她开始下刀。先沿着兔子的下颚，用切皮肤的刀把皮切开，接着再用切肌肉的刀将皮和肉剥离。手术刀在兔子身上灵活、游刃有余地行走着。萧阳好像真的又站在无影灯下，她目不转睛，全神贯注，完全进入到忘我的境界。不一会，一张完整的兔皮被剥了下来。

你怎么还用这种残忍的方法杀兔子？我说过你多少回了。陆维克不知啥时站在门口，对她大声咆哮起来。萧阳惊愕地抬起头，这样杀出的肉最有营养。你不觉得这太过残忍吗？我已经先切断它的交感神经，不会有痛感。萧阳辩解道。可它的腿还在动，还在发出"吱吱"的叫声，你难道听不见看不着吗？陆维克愤怒地大喊着。仅仅是杀个兔子，充其量是做一个手术，对于外科医生出身的萧阳来说，仅此而已。绝谈不上什么人道之类的问题。杀兔子本是为陆维克，没想到，好心没好报，反倒落个埋怨。她一气之下，扔了手术刀扬长而去。大老板了，长脾气了，杀个兔子还杀出人道主义了？

四

陆维克上班了，他恢复得很好。医生告诉他要注意饮食和休息，按时服药。叶嘉渝把这些天的重要情况汇总成几页纸，并简要做了汇报。接着，倒上一杯水，提醒他吃药。药主要有三种。阿司匹林、辛伐他汀、波利维，都是降血脂，稀释血液，抗血栓的。陆维克感觉吃起来很麻烦，正犯愁，叶嘉渝手里拿着个小盒走了进来。小盒打开，里面是一个个小格子。只见她将每一种药按一次用量分好，一天三次分别摆在药盒里，每次吃时，只要拿出一个格里的就可以了。十分简便，又不易忘记。你这个办法好，从哪儿搞来的？陆维克赞赏地看着她。在医院和护士学的，药盒药店就有卖的。

看着叶嘉渝熟练细致地摆药，一种温暖的，温暖得使他有些害怕的感觉，又一次在心中涌动起来。他赶快把目光挪开，他生怕被叶嘉渝看到自己那异样的眼神，这眼神会把心中的一切都暴露无遗。陆维克吃完药，他根本没心思看工作汇报，刚才在心中涌动起的那种感觉，仍像波涛一样拍打、冲击着胸口，一时很难平复下来。他想起萧阳。每当这时，就会想起她。仿佛是想让她来帮助自己抵御什么，害怕心中的堤岸被波涛冲垮？还是因为孤独无助？是什么让自己忐忑不安呢？陆维克在心中矛盾地问自己。其实他知道答案，只是没有勇气面对而已。虽然他生性浪漫，但绝不是个随便的人。特别是事业上有今天，更要时刻谨慎，他经常告诫自己。

然而，多年来隐藏在心中的那种缺憾，那种心没有被爱情填满的感觉，就像一颗萌动的种子，一有机会就会长出芽来，而且会疯长。他还是决定带叶嘉渝去，有她在身边，感觉放心很多。中原的分厂最近生产一直上不去，订单完不成，再这样下去，会影响全年的业绩。

离分厂厂区不远的黄河岸边，有一片高档小区叫"维也纳花园"。陆维克在这里有一套房子，每次来都会住在这里。这是一套复式的花园洋房，楼上楼下加起来近三百平方米。比起沿海城市的房价，内地要便宜得多。从自住和投资的角度，陆维克决定买下来。由于是自住，在装修上他下了一番工夫，甚至比自己家装修都要好。

在生活理念上，陆维克与萧阳差距很大。有钱后，他一直主张买栋别墅，过自己想要的高品质生活，像他这个级别的老板也大多如此。懂得生活、享受生活，是他的追求，不然挣钱有什么用呢？他的理想是，家要装扮得温馨舒适，装修和家具要考究，墙上挂满自己喜欢的油画，四处装点着名贵的艺术品，一年四季鲜花盛开。当你推开家门，迎接你的是自己美丽知心的爱人。他的小布尔乔亚情结始终没有改变。

而萧阳则不同。她没有那么多浪漫，凭啥一栋别墅几百万、上千万？我从小住的就是别墅，一分钱不用花。部队配发的营具就挺好，结实耐用。雪白的墙壁干净利索，就像医院的病房。挂那么多乱七八糟的东西干啥？她也不喜欢下厨，从小吃惯了食堂大锅饭，甚至连碗都不用刷。何必把生活搞得那么复杂？别墅有什么好？把你圈起来，连个人也见不着，和蹲监狱有什么区别？也许与她从小的生活环境和职业有关，她的思维是简单的直线，没有那些弯弯绕绕。生活是黑白两色，没有那么多花花绿绿。

当陆维克买别墅的念头一再遭到打击后，他对生活的渴望也仿佛被一瓢冷水浇灭了。随着后来两人因生活态度不同而经常争吵，陆维克也就放弃了买别墅的打算。他甚至有些心灰意冷。是啊，如果两人兴趣爱好不同，整天生活在争吵之中，别墅就真的成了监狱，一个冷宫。日子过的就是人，所谓面向大海，春暖花开，其实描绘的是心境，而不是景色。

维也纳花园是按照陆维克的想法设计装修的，自己收藏的很多艺术品也都摆在这里。只是每次一个人来，缺少的是一份家的温馨。他没让叶嘉渝订酒店，也没告诉她晚上住哪里。忙完一天的工作后，他将她带到了维也纳花园。推开门，他将所有的灯全部打开。一时间，一个宫殿般富丽堂皇的景象出现在叶嘉渝眼前。她有些眼花缭乱，甚至有些恍惚。仿佛一瞬间，自己来到了童话世界。

陆维克弯下腰，做了一个宫廷礼仪般的请进手势，接着带叶嘉渝楼上楼下，里里外外参观一遍。他打开音响，《蓝色的爱》那轻松委婉的旋律在客厅中回响起来。音乐仿佛与空气糅合在一起，使夜晚变得更加迷人、曼妙。这是他多年来一直百听不厌的乐曲，但今天听起来格外动人。他从没像今晚这样开心快乐，快乐得像一个恋爱中的少年。面对同样有些兴奋的叶嘉渝，他从酒柜中拿出一瓶收藏多年的路易十三。殷红色的液体流进晶莹剔透的高脚杯，在水晶吊灯下折射，泛着红宝石般绚丽的色彩。小叶，感谢你这么多天对我的照顾。真的，非常感谢。说罢，将酒一干而尽。

叶嘉渝没有回答，而是将酒杯放在唇边，轻轻地抿了一下。用她那漂亮的，已经变得迷离、朦胧的眼神看着他。陆维克心跳得厉害，他知道，那层薄如蝉翼的窗户纸马上就要被捅破，后面将是无比剧烈，天摇地动般的火山喷发。他急促的呼吸使胸腔上下起伏着，血脉偾张如奔突的岩浆。此刻，音乐仿佛已经停止，只有彼此沉重的呼吸声，就像两个星球在相吸碰撞的刹那，时空也变得凝固、恒定了。燥热使叶嘉渝面色绯红，她蠕动一下干渴的嘴唇。陆维克再也无法控制自己，猛地将叶嘉渝揽在怀里，她微微仰起头，闭上了眼睛……

第二天早晨，当温暖的阳光照进屋里的时候，叶嘉渝温柔地躺在陆维克怀中。等忙完这段时间，我们去加勒比海度假好吗？陆维克说。她微微睁开眼睛，加勒比不是有海盗吗？那就让海盗把你劫去做压寨夫人。你干什么去了？让海盗把我劫去？我就是那海盗的头。你坏……。叶嘉渝撒娇地把头埋在陆维克怀里。她的头发散发出淡淡的幽香，令他有些陶醉。他轻轻地在秀发上亲吻了一下。

当心中的压抑被彻底释放出来之后，那种无比轻松的感觉使人想飞，而身体则绵软得像一汪水。真是春宵一刻值千金。陆维克回味着昨夜发生的一切，好像很突然，又好像在意料之中。当情欲的洪水冲破心灵的闸门奔涌而出时，顾虑，彷徨，道德，伦理，一切的一切，都被这凶猛的家伙冲得无影无踪。所谓的心理防线简直就是螳臂当车。这种力量发自于哪里？如此强大？是生命的自然法则？还是潘多拉的盒子？陆维克出神地冥想着。

接下来的日子，他们天南海北，双宿双飞。天是那样的蓝，生活是那样的美好，心情如放飞的白鸽。但在快乐之余，陆维克还是感觉到一种压力。这种压力来自于萧阳。一种愧疚与不安，不时地袭上心头，使他不敢面对她。每次与叶嘉渝在一起，思想都会斗争一番，仿佛有一双眼睛时刻盯着自己。然而，自己每次又都被情欲所征服。他快乐并痛苦着。就像一个循环往复的怪圈，这个怪圈又像是一个巨大的阴影笼罩在心头。

这段时间，陆维克表现得相当好。早晨起来，会主动邀萧阳去菜市场买菜，而在过去，这是他最不愿干的活。做好

255

早饭，又主动擦拭、拖地、打扫卫生。萧阳问他，怎么了？陆老板？返璞归真了？哪里，我发现逛逛早市、买买菜，是个挺有意思的事。柴米油盐才是生活啊。你不在家，我就吃食堂。周末回爸那儿吃。这个家已好长时间没开火了。言语间，不无抱怨。我不经常在家，你要学会生活，不能一天总是对付。陆维克说。日子是两个人过的，你整天把我扔家守活寡，这日子怎么过？陆维克有些被萧阳的话刺痛。是啊，自己何尝好好陪过她呢？再干两年就不干了，我也干够了，够吃够用就行呗。这话你说多少回了？我都不信。萧阳接着说，我们局有个去上海学习的名额，三个月。你说我去不去？去啊。上海这些年变化很大，值得看看。话说出口，陆维克又赶紧补上一句，你自己定，不去也行。你到底是让我去，还是不去？你今天怎么了？萧阳看着有些尴尬的陆维克。

五

　　萧阳在上海学习三个月，陆维克过了三个月轻松自在的生活。不用再为不回家撒谎而烦恼，不用再为自己性功能低下寻找理由。随着年龄的增长，夫妻间的事日渐乏味，有时只是证明婚姻存在的形式罢了。女人们往往天真地接受这种现实，认为男人年龄大了，忙于事业，这方面要求淡些是正常现象。男人在外面应酬，逢场作戏，只要能顾家，挣钱给老婆孩子花就是好男人。

　　这实际是女人们对男人迁就的托词，是她们对这个社会现实无奈的表现。其实，女人的心是最细的，特别是在那方面。有些细心的女人能从老公的一举一动，甚至一个眼神，就能判断出老公是否有外遇。倩云就是这样的女人，她是萧阳的好朋友，从部队开始到现在，有近三十年的交情。说来也怪，两人性格不同，可能恰恰是这种不同，才使她们之间的友谊比一般的女人长久得多。她经常在萧阳面前谈论男人，谈论最多的是自己的男人。我们家老张最近有点不对劲。倩云经常约萧阳一起洗澡，有时闲来无事，会连吃带喝在桑拿里待一天。此刻，她一边做着足底按摩，一边侧过头对萧阳说。又怎么不对了，你别一天到晚疑神疑鬼的，累不累呀？我跟你说，这男人要是一星期不和你上床，他就肯定有外遇。尽瞎说，我和陆维克一个月都没有一次。什么？一个月？我的大小姐。亏你还是搞医的，雄性荷尔蒙的分泌周期就三天。一个月，那二十七天他干嘛去了？行了你，小点声，不怕人听见。

做完按摩，包房里只剩下她们俩。倩云索性脱掉浴服，赤裸着上身跪在床上，哈下腰向前做伸展动作，一对葫芦似的大乳房垂在下面。据说这是瑜伽动作，可以丰胸。她撅着屁股对萧阳说，这男人要调教，调教你懂吗？怎么调教？萧阳好奇地问。性。倩云答。何为一日夫妻百日恩？性是维系婚姻的根本所在，是夫妻感情的润滑剂。无性婚姻还能叫婚姻吗？都老夫老妻了，你也不害臊？别跟我装啊，大小姐，我不信你就没想过？萧阳感觉脸有些发热，她想起陆维克不在家的那些夜晚，那些自己寂寞得无法入睡的夜晚。

萧阳躺着脸朝上，倩云撅着脸朝下。从下向上看，那张由于地球引力而有些变形的脸，使萧阳禁不住笑出声来。你这个动作像一只青蛙，不，蜥蜴，一只大波的母蜥蜴。你别打岔，跟你说正事。倩云白了一眼萧阳，接着说。不能让男人想要就要，不想要就睡大觉。要把他们的胃口吊起来。男人好比一头牛，夫妻间的性生活就是穿在牛鼻子里的缰绳，

257

你要牵着牛鼻子走。我告诉你，我们家老张晚上想干事，白天就开始表现。他一对我那样笑，我就知道要干啥。这时，你让他做啥，都百依百顺，就是要天上的月亮也能给你摘。得了吧你。萧阳不信。真的，到时候也不能让他一下就得手。你要拿住，让他猴急猴急的，最后再给他。这样才会对你好，太容易，他就不把你当回事了。

倩云虽没指名道姓，但萧阳明白她是说给自己听。和陆维克结婚后，特别是他发达了，她就经常这样指桑说槐地讲故事给她听。对于倩云说的，她似信非信。近些年，在夫妻生活上，陆维克很少主动，他的确太忙，这一点萧阳能理解。听说这个年龄段的夫妇大多如此，就算做，基本也是例行公事，绝没达到倩云说的那种程度。

一天晚上，萧阳感到陆维克用手轻轻碰一下自己，继而在自己身上的敏感部位上下游动。这就是信号。她想起倩云说过的话，她有意避开他的手，将身体背过去。这一招还真灵，陆维克转过身，动作大了起来。他想要，萧阳就是不给，嘴里还念念有词，想干事就应该早点表现，也没个前戏，上来就干？我困了。陆维克怔了一下，接着嬉皮笑脸地说，行了，我的大小姐，你又不是十八。说罢，想继续。十八怎么了，嫌我老呗？萧阳正色道。俩人撕撕扯扯，一时间，陆维克气喘吁吁，索性停止了动作。你看你？稍不顺着你，就立马没情绪，一点耐心都没有。人家倩云家，老张晚上想干事，白天就开始表现……够了，又是倩云家老张，你该不会想让他来指导指导我吧？我跟个强奸犯似的。说罢，陆维克气呼呼地转过身去。本应是鱼水之欢，却闹了个不乐呵。

从此，两人很长一段时间都闷闷不乐。似乎彼此心里有了芥蒂，几次陆维克想主动，可又怕被萧阳拒绝，萧阳则绷着大小姐的面孔，两人就这样陷入冷战之中。陆维克回家的次数更少了。萧阳找到倩云，诉说着自己的烦恼和苦衷。都是男人，你家陆维克和我家老张差在哪儿呢？听罢萧阳的述说，倩云寻思着。她突然流露出一种诡异的眼神，看得萧阳直发毛。你有话就说，别这么神神道道地看我。萧阳忍不住说。

坏了，国情不同。倩云若有所思地自言自语。你说什么乱七八糟的？萧阳不解地问。这个……倩云欲言又止。这么说吧，我家老张只是个中学数学老师，每天除了学校就是家里，工资全部交公。你家陆维克就不一样了。有啥不一样？萧阳问。人家是大老板呗，能一样吗？倩云虽然没说为啥不一样，但暗示什么萧阳能猜到。她不相信陆维克能有外遇，这是个由来已久，不时被提起的老问题。

陆维克要是没有外遇，自己和他的夫妻生活该作何解释？他真的性功能低下吗？自己也真的更年期吗？萧阳第一次认真地思考着。她突然产生了一种好奇心，想弄个明白，看个究竟。以她的性格，不达目的，誓不罢休。这一次，她连倩云也没告诉。她按照报纸上小广告的电话打了过去，接通后，对方喂了半天，她又挂死了。她在犹豫自己是否应该这么做，夫妻间如果连起码的信任都没有，要雇佣私家侦探调查对方，在一起生活还有什么意义？也许是自己多心了。

我们家陆维克最近表现挺好。她在电话里对倩云说。怎么个好法？她将他如何主动买菜做饭、打扫卫生学了一遍。电话那头，倩云没吭声，半天才说，这不一定是好现象。为啥？表现好还不好吗？你就傻吧！我的大小姐。男人突然表现好，恰恰说明他做了亏心事，你连这点都看不出来？倩云的一番话，又使萧阳疑惑了起来。她还是决定雇私家侦探调查，这也许是打消自己疑虑的唯一办法。不然，她将寝食难安。

私家侦探拍回的照片让萧阳知道了叶嘉渝的存在。她虽然有一定心理准备，但面对现实，仍仿佛掉进万劫不复的深渊。她关起门，一天一夜不吃不喝，也不接电话。她想起远在大洋彼岸的女儿，好像此刻，只有女儿才能宽慰自己受伤的心灵。她按约定时间打开电脑，第一眼看见屏幕中的女儿，眼泪就止不住流下来，继而失声痛哭。女儿去美国读研已经两年，原打算毕业后在美国找工作，见状，她决定回国，萧阳也期盼着女儿早些回来。

六

第一场家庭战争的爆发，是在陆维克出差回来以后。春节快到了，往年这个时候家里正忙着备年货、挂灯笼。灯笼是硬塑料做的，大大的，红彤彤的，里面是万花筒一样的旋转画面，通上电非常漂亮，从小年到十五一直挂在阳台上。自从陆维克开始做生意，挂灯笼、放鞭炮、三十晚上烧纸，就成了过年必不可少的内容，图的是个平安吉利，尽管萧阳不太讲究这些。这次，他进门见灯笼还没挂，就招呼萧阳帮忙，并埋怨不早做准备，非等他回来忙活，全然没注意到萧阳的表情。当灯笼举起来正要挂时，不知是有意还是失手，灯笼竟然从萧阳的手中滑落，掉在地上摔成八瓣。陆维克刚要发火，萧阳先火了。还过什么年，灯笼碎了，这日子也没法过了。接着，就把私家侦探拍的那些照片摔在陆维克面前。

这突如其来的变故，陆维克一点没有准备。他醒醒神，从牙缝里挤出一句，你派人跟踪我？做贼心虚。面对萧阳的质问陆维克竭力辩解，自觉理亏，但嘴上却死不承认。你真是煮熟的鸭子——嘴硬。萧阳把这些年的积怨一股脑地发泄出来，大吵大闹一晚上，直到两人筋疲力尽。接下来，这个年过得糟糕无比。陆维克想，不管怎样先把年过去。中国人讲究的就是过年，等过完年再和萧阳好好谈谈。可萧阳像一个被点燃的火药桶，大有炸平庐山之势。

陆维克陷入深深的苦恼之中。每次吵架，心都仿佛被无数根针刺痛着，一种掏心掏肺，精血被榨干的感觉使他恐惧。没有比吵架更伤身体的了。他意识到，再这样下去，自己将不是"一过性脑缺血"，而是血管爆裂。有什么比生命更重要呢？他选择了逃避。他一个人在滨海路上疾步走着，似乎只有这样，才能把胸中的郁闷排解出来。

萧阳几乎每天都要向倩云唠叨一番，发泄自己的烦恼和委屈，而陆维克却都憋在心里。男人和女人不同，他们不会轻易将自己的烦恼讲给人听，大男子主义使他们只能自己扛着。可见到女儿，他却禁不住落泪了，而且哭得很伤心。

女儿赶在春节前回来了。两年不见，孩子已经变成大姑娘。在孩子面前，他们反倒是两个等待大人评理的孩子。女儿的归来仿佛是一根救命稻草，陆维克终于有了喘息的机会。都说，女儿是妈妈的小棉袄，是爸爸的情人。这话一点不假。在女儿不懂事之前，一有女人找陆维克，她都会神神秘秘地向她妈打小报告，长大些后反而替他瞒着。有一次，一个女的打电话找他，女儿接的。等她妈问是谁的时候，她却说是个男的。过后，陆维克问，为啥撒谎？她神秘地笑着说，老爸这么帅，怕我妈吃醋呗。女儿长大了。从此，有啥心里话，陆维克都和女儿讲，萧阳看得直嫉妒。

女儿没有过多埋怨他，她了解陆维克的心。她也不愿让母亲痛苦，哪个孩子不希望家庭和睦，美满幸福呢？她是谁？漂亮吗？女儿的问话使陆维克无法回答。作为父亲，真不知该如何回答女儿这样的问题。见不回答，她以一种过来人的口吻对陆维克说，老陆（以前叫老爸），如果只想玩玩，那就做得漂亮点，不要有麻烦。要以家庭事业为重，多替家人着想。你也够笨的，竟然被老娘知道了。女儿调侃戏谑的口吻使陆维克哭笑不得。到底是留过洋的。他在心里苦笑着。

女儿回过头又做她妈的工作。在道义和情理上给予声援之后，说，不是说要与时俱进吗？你也要与时俱进。我有啥俱进的？他在外面胡搞，我在家守活寡，难道还是我的错？萧阳气愤地说。妈，我爸现在是大老板，你要多注意自己的形象，学会穿衣打扮，要有生活情趣，别整天蘑菇屯似的。你也嫌我土是吧？我穿了一辈子军装，就这样。妈，不光是穿戴打扮。我爸再让你去听音乐会看画展，你就陪着他，你不去，他不就找别人了？爱找谁找谁。妈，你看你，说气话有啥用。要抓住我爸的心，不然还会有张嘉渝、王嘉渝……你们爷俩一个鼻孔出气。

由于女儿做中间人，家庭气氛缓和很多，虽没有正面冲突，但心里底火还没消。当着女儿的面，两人还得睡在一张床上，心却隔得很远。陆维克翻来覆去睡不着，他开始失眠。萧阳也没睡，她始终背对他的姿态，说明了这一点。

七天春节假期总算过去了，陆维克迫不及待地去上班。叶嘉渝第一眼就看出了问题。见屋里没人，冲上去在陆维克的脸上亲吻一下，并撒娇地说，发短信也不回，真是想死我了。不开心，为啥？他下意识地抽回身说，没事啊，挺好的。吵架了？该不会因为我吧？叶嘉渝脸上做了个表情。陆维克没有回答。瘦了，一脸的憔悴，眼袋都下来了。怎么了嘛？叶嘉渝的眼睛在他脸上扫视一圈。他不知道该怎么对叶嘉渝说。年后刚上班，公司没啥事，外地家远的还没回来。陆维克让叶嘉渝上车，一脚油门车开上了滨海路。他发疯似地开，车在蜿蜒的山路上急驶。叶嘉渝赶紧打好安全带，大声喊他停车。经过一段警匪片般的特技后，他把车停在一处没人的岔道里。

也许是这些天太压抑，一股郁闷、烦躁、委屈等多种因素混合成的情感突然爆发出来。他不顾一切地在她脸上亲吻着。接着用粗鲁的，力大无比的动作把她压在下面。叶嘉渝惊恐地看着他，窒息使她说不出话。随后，车身发出剧烈的震动……

七

小说写到此，陆维克犹豫是否继续写下去。一旦有朝一日真的发表，别人会怎么看自己？陆维克，陆董事长原来是个衣冠禽兽。女儿会怎么看？为什么要发表呢？写作之初只是为发泄烦恼，如今烦恼发泄出来了，又觉得写得太真实。人哪，真是个虚伪的动物。他决定继续写下去。他不知道小说的结局会是什么，自己会随着故事的发展会变成一个什么样的人。随他去吧，他怎么做就怎么写，这世界上真实的东西本来就很少。

叶嘉渝已经升任总经理助理，在公司人眼里，她的职务远比这大得多。与职务一起长的还有脾气。过去那个温柔、干练的叶嘉渝，现在变得专横跋扈，陆维克也对她奈何不得。他开始后悔，后悔不该把感情搅进工作中。几个与自己一起创业的副手，如今都离他而去。临走，都忠告他，女人是祸水，千万防着叶嘉渝，别让公司毁在她手里。可陆维克他已鬼迷心窍，什么也听不进去。目前，不仅工作离不开她，就连生活也离不开她。与萧阳一直处于冷战之中，依她的脾气恐怕这辈子都很难原谅他。两人同床异梦，实际已经分居很久了。

陆维克想过离婚，可离婚的代价他是清楚的。这些年创业的成果，自身的财富，都会因此而大打折扣。在亲人中朋友圈，乃至社会上，将颜面尽失。最主要的是家庭破裂，让孩子怎么做人？女儿正在谈恋爱，他不愿让人看到女儿的婚礼上没有父亲。还有萧阳，这个年龄离婚将意味着终身孤独。可眼前的局面似乎又覆水难收。难啊！他左右为难。他向往开始新的生活，但责任和良心又使他矛盾不已。几次离婚的话到了嘴边，他又咽了回去，他说不出口，尽管梦里说过多少回。

使他良心受到谴责的，恰恰是萧阳的坦诚。既然你当初就不爱我，为什么和我结婚？如今三十年过去了，你才说不爱我，不觉得有点晚吗？面对萧阳的责问，他无言以对。为什么？为萧阳的家庭？为她爸的官爵？还是为将军楼？或者是自己的虚荣？好像都为，又好像都不为。萧阳没有错，她敢爱，大胆追求自己所爱，不存任何私心杂念。她以为只要自己爱别人，别人也同样会爱自己，这只是她的思维逻辑问题。而自己呢？为什么不遵从心灵的召唤，而向现实妥协呢？这就是知识分子，小布尔乔亚的自私和弱点。

萧阳不知从哪儿学来的，放出狠话，离婚？没门。我就要活上一百二十岁，耗也耗死你。虽然家里打得一塌糊涂，毕竟还在一个屋檐下。陆维克在萧阳闹得最凶的时候，曾向她保证一定和叶嘉渝断掉。但自从事情公开以后，叶嘉渝反而不再偷偷摸摸。陆维克回到家，她的短信也到家，老公、亲爱的叫个不停。陆维克删除不及，就被萧阳抓个正着，接着又是一场硝烟弥漫的战争。

以前陆维克和叶嘉渝在一起，图的只是开心快活，没有任何附加条件。也正因为如此，他才感到轻松快乐。虽然喜欢叶嘉渝，但他真没想过要抛弃家庭和她结婚。叶嘉渝也好像明白这个道理，这就叫"家里红旗不倒，外面彩旗飘飘"。至于后果，陆维克不是没想过，但他觉得充其量是经济补偿，只要她真心对自己好，花点钱也是应该的。可现在好像不是那么回事，萧阳这边不依不饶，天平两边发生了变化，自己正向叶嘉渝这面倾斜，而且无法控制。他甚至希望萧阳能在这个时候拉自己一把。他在叶嘉渝这面寻找着慰藉和快乐。性，在这个时候发挥出巨大的作用。他三天不见她，就会想，而且状态甚佳，雄壮无比，十八般武艺轮番上阵，让小他二十几岁的叶嘉渝也应接不暇。他自己都不明白这是为什么，思来想去总结出三条：第一，男人确实应该有一个年轻貌美的太太；第二，自己长期焦虑的心态以这种方式在宣泄；第三，刀越磨越快，用则进，不用则废。他甚至暗中算过一笔账，虽然叶嘉渝给自己带来不小的麻烦，但也带给自己无尽的快乐，这快乐使他感到年轻。

　　叶嘉渝是个很有心计的女人。她心细如水，每次和她在一起，都会给陆维克煲汤喝。她说，喝汤最补，特别是男人。她煲的汤香浓无比，陆维克喝过还想喝，就像她的温情。曾问过她，都放什么材料，这么好喝？她神秘地笑着说，保密，祖传的，真想知道可以花钱买。多少钱？陆维克颇为认真地问。无价，只煲给心爱的人。她答。

　　喝过汤，快活之后，叶嘉渝眨着美丽的眼睛问，又和她吵架了？可真是的，守着这么优秀的老公不知道珍惜。言语间，充满爱怜和不平。过去，陆维克听到这种带有挑拨意味的话会加以制止，可是今天他沉默不语。这个时候，叶嘉渝也不再往下问。她知道火候刚刚好，要小火慢炖，就像这汤。

陆维克开始打怵回家。家是温馨的，可现在却望而却步。过去那个直爽快乐的萧阳不见了，取而代之的是一个郁郁寡欢，令他几乎不敢相信的萧阳。她退休了。退休似乎不该在这个时候来。以前有工作还不觉得怎样，如今日子变得难熬起来。一直支持她的倩云改变了态度。男人嘛，犯了错改正就好，千万别和他离婚，离婚对你一点好处也没有。男人四十一朵花，更何况他是朵金花，大姑娘屁股后面有的是。你可就是豆腐渣了，女人这个时候是最输不起的。

萧阳没回答，只是目光呆滞地看着窗外。萧阳，你别这样折磨自己，开心点好吗？情急之下，她给萧阳女儿打电话，你赶紧回家看看你妈。女儿回国后在一家外资企业工作，离家较远，所以在公司附近租房住。一来上班近，二来一个人清闲，国外生活一个人惯了。妈，你这是何苦呢？不能过就离婚，不是还有我吗？女儿劝道。说是这么说，没有一个孩子希望父母离婚的。她找到陆维克，爸，你真想和我妈离婚吗？不吵不闹日子还能过？陆维克答。我告诉你爸，上次别以为我是和你开玩笑，而是看你那个狼狈样，不想让你更难受。你哄哄我妈，女人是靠哄的，这点你都不懂？哄了，但哄不好。陆维克喃喃道。再哄。有点耐心行不行？我的老陆同志！不听话，以后不向着你了。女儿跟他没大没小，在女儿面前他一点脾气都没有。

顾忌陆维克的面子，萧阳始终没有去公司找叶嘉渝。别看她在家闹得凶，她最看不上的就是女人为老公和小三抓鼻子抓脸地打，这点素质她有。问题出在自己老公身上，和那个女人打，是无能的表现。她决定离婚，和陆维克离婚。真要离婚，陆维克反倒犹豫起来。近三十年的婚姻啊！这么多年一路走来，感情还是有的。但萧阳主意已定。她眼里揉不得沙子，一想起陆维克和别的女人在一起，她就恶心。除了公司，陆维克将所有家产都留给了萧阳，一个人净身出户。条件是，除家人外，不要对外声张，不知为什么，他也不想让叶嘉渝知道。

八

离婚后，陆维克搬到公司住。晚上睡不着觉，他就继续写他的小说。原来写作真的排解烦恼。当集中精力创作时，一切烦恼仿佛从大脑中流出，顺着指尖流走了，呈现出来的是一个精彩的故事，而且还可以动点小心眼，把自己美化美化。但小说写到这儿，他还是有些伤感，终究是离婚了。再往后发展会是什么样？

见陆维克不回家，叶嘉渝试探着问，怎么？又吵架了？没有。那为啥住公司？为工作。叶嘉渝疑惑地眨眨眼。这场感情危机已严重影响了公司业务。生产上不去，据说是闹用工荒。他带着叶嘉渝，来到生产能力最强的中原分厂。新换的厂长三十多岁，一米八几的大个，一表人才。只是说起话来有较重的口音。陆维克听出来，原有的技术骨干大多跳槽走了。工人工资涨了三成，还招不到人，原因是农民工都选择在家乡就业，不愿出来打工。

换厂长，陆维克知道，他只是看了有关资料，签个字。具体考察任命，是叶嘉渝和人力资源部办的。派人举着牌子，写上高薪诚聘，管吃管住，五险一金，待遇优厚，到火车站和劳务市场找人去，熟练的、有经验的工资加倍。陆维克对厂长说。

267

香格里拉

晚上回到维也纳花园，陆维克问，新厂长听口音是你四川老乡？我家是重庆，他家是万州。过去是两个城市，重庆建直辖市后才划归一起，仔细听口音不同。陆维克还想问，叶嘉渝打断他，老公，累一天了，去洗个热水澡，我特意把煲汤的材料带来了，一会好了给你喝。今晚我想……不知从啥时开始，私下里，叶嘉渝开始叫陆维克老公。烫的味道依旧香浓，依旧香浓的还有叶嘉渝的温情。

陆维克想过娶叶嘉渝，特别是离婚以后。无论工作还是生活，她都是个不错的帮手。但陆维克总感觉有些不妥，这个女人太有心计，有心计得让人害怕。眼睛告诉你，她的大脑时刻在旋转，她的心好像被一层雾笼罩着，令你琢磨不透。所做的一切，包括温柔，都好像是人为的。他总想看到她真实的一面，不加掩饰的，哪怕是梦呓，可是他看不到。她睡着的样子像只猫，静静的一动不动，但睡得极轻，一个翻身她都会睁开眼睛。

陆维克发现，她温柔的背后暗藏一股狠劲，就像她吃辣椒。一个供应不锈钢板的老客户，因为资金链断裂面临倒闭，为躲债东躲西藏。找到陆维克，想把几吨板材款结清，以解燃眉之急。虽然生意都不好，但陆维克念在多年交情上，想帮他一把。叶嘉渝说，债主不找他，警察也得找他，据说已有人报案法院，正在传他。人到这分上不能帮，有这几十万干啥不好。她对陆维克说，这事交给我。没几天听说这人被抓了，是被举报的。当时，陆维克正陪她吃重庆火锅，她边将奇辣无比的朝天椒整个放进嘴里，边冲他做了个鬼脸。这种辣椒陆维克舔上一舔，都会辣出一身汗。真是个不可思议的川妹子。看着她，陆维克想。

没有不透风的墙。叶嘉渝还是听说了陆维克已离婚的消息。她不明白陆维克为什么不告诉她，还有意隐瞒她。按她的想法，陆维克第一个告诉的就应该是她，接下来迎娶的新娘也是她。这似乎是顺理成章的事情，她就应该堂堂正正地坐上老板娘的宝座。难道是哪里出了问题？等了一段时间，陆维克还是不露声色。她开始加倍地对陆维克好。走累了，她会帮他揉脚捶腿。陆维克睡眠不好，她会给他做头部按摩。并说，老婆好吗？老婆乖不乖啊？叶嘉渝的温存确实让他感到很舒服、很受用，能娶这样一个太太也不失为男人的福分。可是……自己刚离婚不久，绝不想轻易再婚。再者，他还是隐约感到不安。对叶嘉渝，还是拖拖为好。他想到女儿。自己奋斗一辈子为了谁？萧阳除了不幸福外，已经衣食无忧，如今只有孩子。他给公司的法律顾问打个电话，说有事要谈，但不是在公司。

萧阳已经从离婚的阴影中走出，当下洗桑拿、泡温泉是她的最爱。倩云反而遇到了麻烦。自从发现老张有些反常后，她一直在查找证据，就像当初她让萧阳查陆维克一样，只不过她是自己查，而不是雇佣侦探。经过一段时间观察，基本可以排除有情人的可能。她又把老张的作息时间从早到晚捋一遍。她发现只有每周三下午，老张去市教育学院给成人班上课是一个人，而且会在教育学院浴池免费洗个澡，其他再没有脱离视线的时候。那么作案工具，也就是钱，从哪里来呢？他每月两百元零花钱，除去抽烟、乘车，基本没有余富。他的工资卡都在自己手上，难道资金管理上有漏洞？

一个周三下午，倩云决定看个究竟。她提前躲在教育学院附近等。不一会儿，老张骑着自行车出现，下车直奔教育学院二楼教室。倩云心里一块石头落了地，刚想走，她又决定再等等看。两个小时过后，老张下课出来。只见他没去学院澡堂而是进了附近一家桑拿，进门前还东张西望地看看，仿佛怕被人发现。大约四十分钟以后，从桑拿出来，骑车直接回家。

晚上，倩云洗漱完毕，还特意往身上弹了点香水，接着钻进老张的被窝。往常，老张会惊喜万分地将她抱住，百般殷勤地亲热一番。可是今天却没有反应，直说今天上课太累，明晚再做。他那高度近视的眼神似乎在回避什么。倩云费了九牛二虎之力也没成事，这男的不想，女的干着急。她索性把被窝一掀，将老张揪了起来，光着身子开始审讯。这数学老师摆弄数字头头是道，可脑筋急转弯却不行。当倩云把看见他进桑拿的事实摊牌后，他语无伦次地解释半天，最后，在倩云的威逼利诱下，如实招供。原来，有个男学员请他洗桑拿，他禁不住诱惑找了小姐。那钱呢？你钱从哪来？前几次都是人家请客，后来不好意思，我也请人家。我问你钱？倩云怒目圆睁。学校每月给代课老师发五百块钱补助费，是现金，不走工资卡。

倩云气急败坏地当着萧阳把老张一顿数落，最后说，唉，这男人都一样，都是他妈偷腥的猫。萧阳揶揄她，你那牵牛鼻子的缰绳哪去了？你的金刚钻怎么不灵了？倩云丧气地说，这金刚钻满大街都卖，还能灵吗？接下来，两人不无感慨地议论起当下的社会。从假酒假药到地沟油，从楼歪歪到大头娃娃，又从"我爸是李刚"到芙蓉姐姐，她们天南地北地聊，不搭边不搭界，想到什么就聊什么。聊到最后，又回到男人身上。倩云觉得，是男人这种动物自身的问题。萧阳则认为，是如今的社会风气坏了男人。毛主席老人家要在，他谁还敢？

九

由于长期服用抗血凝药物，陆维克要定期进行体检。医生仔细看了半天他血和尿的检查结果，又抬起头，好像有话要说。有什么问题吗？他问医生。您……平时还用什么滋补品吗？什么意思？陆维克没太懂。就是说，您过夫妻生活时，要借助某种壮阳的药物吗？没有。他肯定地回答。那怎么会在您的尿检里发现这些成分呢？跟您说陆总，这个年龄适当用一点是可以的，但千万不能多，否则会产生依赖，伤害身体。虽然否认，但医生的话还是让他感觉难为情。

出了医院，他一直在想医生说过的话。难道是叶嘉渝？他想起那香浓无比的汤，还有自己那生龙活虎的表现。下班到了叶嘉渝那儿，推说今天肠胃不好，只喝了小半碗汤。第二天早晨，他悄悄地把喝剩的汤底料装了一小袋，放进包里。

经检测，问题就出在汤里面。她到底想干什么呢？是为了满足自己的情欲？还是出于什么别的目的？他几次想当面问问叶嘉渝，还是打住了。他以喝汤抗药为名，不让她再煲了。没有了这汤，加上心中产生顾虑，床笫之欢渐行渐淡。眼看陆维克对自己兴趣大减，叶嘉渝终于耐不住，正式提出结婚的要求。陆维克不同意，她就闹，几次差点从楼上跳下去。陆维克领教过这个川妹子的厉害，她是什么事都能做出来的。为避免矛盾激化，他决定采取缓兵之计。对她说，我不是不爱你，而是刚离婚不久，免得被人说闲话。那样，你不就真成了第三者？我也真是陈世美了？等过一段时间，让事态平息平息再说。

过一段，这一段是多长时间？叶嘉渝跟着问。嗯……一年吧，就一年，你看行吗？陆维克哄道。叶嘉渝伸出手指，拉钩。拉钩上吊，一百年不许变。拉完钩，陆维克手心沁出了汗珠，怎么像把自己卖了一样呢？真要认真思考一下了，真是请神容易送神难啊！这个川妹子可是不好对付。

有了陆维克的承诺，叶嘉渝情绪好了很多。陆维克开始留意叶嘉渝的一举一动。一天，她接个电话，刚讲几句就换成四川话，并关上门跑到外面。从语气上判断，可以肯定是个熟人，而且关系不一般。回头陆维克问她，她说是同学。趁叶嘉渝洗澡的功夫，从她手机里调出刚才的号码，来电显示对方名叫虎妞，是个女人的名字，可陆维克隐约听到是个男人声音。他迅速记下这个号码。

第二天，陆维克抽空用公用电话拨通这个号码，接电话的果然是个男人，他迅速挂断。能是什么人呢？男人为什么要用女人的名字？莫非他们是……好奇心使陆维克想知道个究竟，或许这就是她不为人知的那一面。自己为什么如此在乎对方是男是女？仅仅是因为好奇？这明明是一个男人在吃另外一个男人的醋，自己为什么会吃醋呢？因为她？毕竟和她在一起这么长时间，毕竟曾把她当做自己的女人。当这股妒忌的火焰燃起的时候，他脑海里同时浮出另外一种想法。

市里组织企业家代表访问台湾，陆维克是其中一员。临行前，他交代叶嘉渝，没重要事情不要打电话，公司事务由她全权负责。阿里山、日月潭、台北、高雄转一圈之后，他提前结束行程。他没直接回到公司，而是到了厦门。等在厦门的是当年跟着他创业的两个副总，哥俩表态，只要陆总一句话，他们随时可以回到公司上班。回头，他又给叶嘉渝打电话，告诉他明天回来。叶嘉渝说，她现在中原分厂，今晚就乘飞机返回公司，明天去机场接他。

陆维克一走出接机大厅，叶嘉渝手持一束鲜花迎了上来，深深地献上一吻说，老公走这么多天，真想死我了。快别这样，这么多人看着呢。陆维克轻轻推开她。今晚市里为访台企业家接风，你就别等我了，明天公司上班见。从陆维克淡漠的眼神里，叶嘉渝感觉到他情绪上的变化。她是个太会察言观色的女人，有时一个电话就能听出陆维克高兴还是不高兴。

第二天一上班，陆维克就宣布了两个副总回公司的消息。叶嘉渝颇感吃惊，他们俩人的归来，进一步验证了自己的猜测，那就是陆维克已经不信任自己，这么长时间的努力要白费。她不明白，到底在什么地方使陆维克起了疑心，所谓百密一疏，自己的疏忽出在哪里？如果在情感上拴不住他，自己在公司的地位将不保。她竭力掩饰住内心的不安，她知道陆维克是个重感情的人，同时他又有着商人的精明和敏感，只有让他发自内心对你好才行，勉强是没用的。

陆维克很难掩饰自己郁闷的心境。因为叶嘉渝而结束了与萧阳近三十年的婚姻。离婚是痛苦的，特别是离婚前的日子，用煎熬形容一点都不过分。双方心灵受到伤害的同时，也留下一道永不愈合的伤疤。原以为叶嘉渝是自己找到的真爱，但现在看，倒更像是一场阴谋，一场由感情演变而来的阴谋。更麻烦的是，公司业务与之搅在一起，大有前门防狼，后门防虎，腹背受敌之势。他深深感到一种受制于人的困惑，仿佛是落入泥潭动弹不得，真是"唯女子与小人难养也"。他要找到一个让叶嘉渝主动离开自己的办法。

一天，陆维克发现叶嘉渝的电脑没关，聊天记录仍然在线。这是她的疏忽，平时人走关机，并设有密码。陆维克迅速在联系人中浏览着，他发现了虎妞。调出与虎妞的聊天记录，一段谈话使陆维克惊呆了。新厂房已建好，人员和设备已到位。可以往那边转订单了。想你。叶回到，也想你。虎妞问，哪儿想？叶答，哪儿都想。陆维克迅速把这段对话转发到自己的邮箱，接着把电脑恢复原样离开。

一种被欺骗和羞辱的感觉，使他想立刻找叶嘉渝对质，可转念一想，仅凭网上聊天记录？应该找到实质性的证据。而且，事关公司业务，绝不仅是男女私情那么简单。他想起一个在道上颇具影响力的朋友，解决这种事情换一种方法或许更管用。几天后，他对她说，为加强中原分厂的力量，决定派她去长驻一段时间，有空他也会经常过去。叶嘉渝有维也纳花园的钥匙，每次去她都住那里。接着陆维克出差去了广州。

在广州中国大酒店大堂吧里，陆维克和一个戴黑墨镜的人在交谈，那人交给陆维克一包东西后，匆匆离去。陆维克给公司副总打电话，让他明天赶到中原分厂，自己随后也订了第二天去中原的机票。陆维克没去工厂，而是直接回了维也纳花园。他的突然到来让叶嘉渝感到很吃惊，而且从陆维克阴沉的脸上看出一定有重大事情发生。陆维克劈头就问，虎妞是谁？虎妞？什么虎妞？她竭力保持镇定。你不要告诉我说你不认识。说罢，陆维克调出电脑中那段对话。你偷看我的聊天记录？叶嘉渝用惊恐而愠怒的声音问道。对不起，是的。片刻，叶嘉渝紧张的表情松弛了下来。哦，我想起来了，就是个网友，随便聊聊。我想你，你也想我，也是随便聊聊？老公，这你也当真，网上聊天你也信？那你看看这些，陆维克将一叠由监控录像上截取下来的照片摔在她面前。镜头中，叶嘉渝赤身裸体和一个男人搂抱在一起，背景就是维也纳花园二楼主卧室。他就是虎妞吧？我的伟大厂长。你在这里安了监控？叶嘉渝惊愕片刻，然后扑到陆维克身上大哭起来。是他，是他逼迫我的。真的，老公，你听我解释。别演戏了，他就是你过去的情人，一切我都已了解清楚。陆维克愤怒地将她推开。

一哭二闹三上吊。叶嘉渝也离不开女人这三招。她慢慢地在陆维克面前跪下。老公，看在我们孩子的分上，原谅我，好吗？孩子？什么孩子？我已经怀孕两个多月了。说罢，她悲伤地伏倒在陆维克脚下。是他的野种吧？我告诉你叶嘉渝，我已做绝育手术多年。我的孩子，亏你想得出。不信，不信我就死给你看。叶嘉渝突然站起来，径直向窗户冲去。这时早已等在门外的两个保镖一把将她拉住。

行了，叶嘉渝，再寻死寻活的也没用。念在以往的情分上，你走吧。你们不是已经建厂了吗？我已通知有关客户，愿意和你们做那是他们的自由，你走你的路，再来挖墙脚别怪我不客气。否则，你的虎妞我将以贪污、侵占公司财产罪报警抓人，到时你也脱不掉干系。何去何从自己选择。

十

陆维克放了叶嘉渝一马。他不想把事情做得太绝，兔子急了咬人，狗急了跳墙。这一段时间，为叶嘉渝的事让他伤透了脑筋。如今事态平息了，他一点也没感到轻松。难道这世上就没有真爱？理想的王国只是虚无缥缈的浮云而并不存在于现实之中？和叶嘉渝竟然以这种结局收场，看来对二奶、小三人人喊打，不无道理。还有自己的人格，一向视自己人格高尚的他，开始怀疑和反省自己了。萧阳知道后，并不以为然，早料到会有如此结果，但还是恭喜他一番，同时也不忘挖苦他。你别多想，老娘绝没有吃回头草的意思，如今一个人只为自己活，过得那叫一个轻松自在。

　　他突然觉得人活在世间没多大意思，折腾了几十年，生活又回到了原点。钱挣得再多，又有什么用？充其量只是一个数字，该买不来的一样也买不来，该走的一个也留不住。他又想起荷，这个多年来似乎淡忘的名字。他决定将上次转到女儿名下的剩余公司股份，作为干股送给几位副总和业务骨干，让年轻人干吧！自己彻底退居二线，完成自己未完成的心愿，把那篇小说写完。想到这些，他突然觉得有了活力。恰逢阳春三月，江南此时正美景。那漫山遍野盛开的油菜花，还有西湖的桃红柳绿。

　　他轻装简从，第一站就来到杭州。这些年东奔西跑，地方没少走，但从没有静下心来好好欣赏。他沿着西湖岸边，来到了苏堤。湖面上波光粼粼，一场新雨过后，远望南屏山上的雷峰塔，在烟雨蒙蒙中时隐时现，简直就是一幅水墨丹青。此情此景，他不禁想起苏东坡的那首千古绝句：水光潋滟晴方好，山色空蒙雨亦奇。欲把西湖比西子，淡妆浓抹总相宜。他深深地呼吸一口那潮湿的、带有春的韵味的气息，一种沁人心脾的舒坦顿时传遍全身。

　　他余兴未尽，登上了一艘游船，船在平静的湖面上荡漾，向烟雨朦胧的深处驶去。请问，您是不是姓陆？不知何时，船上还坐着一位乘客。你是……陆维克看着眼前这个和自己年龄相仿的男子，猜测着。陆维克。对方喊出他的名字。曹永盛，你忘了？夜大补习班同学。哎呀，三十多年了，你不说，我还真认不出了。真是有缘千里来相会，两个老同学兴奋不已。听说你成了作家，偶尔读到你几篇文章，始终没见过你的人。我在辽宁省作协工作。老同学递过一张名片：曹永盛，辽宁作家。听说你当了大老板，什么风把你吹到这西湖。惭愧，一点小生意，现在已退休。当年你的文笔不错啊，我以为你会从文。老同学感慨地说。世事弄人，歪打正着，我却成了商人。陆维克同样感慨。百年修得同船渡。缘分啊！

老同学是出来采风的，恰巧遇上陆维克，晚上两人找了家西湖边上的小酒馆，一醉方休。你知道她现在哪里吗？老同学醉意朦胧的目光里闪烁着几分狡黠。谁？陆维克难掩心中的激动。他知道，他指的是荷。从老同学嘴里得知，当年她随父母去了云南，现在好像在香格里拉。你要去找她？是。那么大的香格里拉，你上哪儿找？直觉告诉我能找到。真是江山易改，本性难移啊。还那么罗曼蒂克。不过我挺羡慕你这份纯真，真的，没被生意场上的染缸把你泡烂了。老同学举起一杯酒。留点纯真在心里吧，她是我心中的香格里拉。陆维克举杯一干而尽。

老同学答应，有进一步消息一定告诉他，并让他小说写完后寄给他，有机会可以帮他发表。陆维克改变行程直奔云南。他先游玩了大理、丽江。苍山下，洱海边，丽江古城。云南，孔雀的故乡，真是云之南，彩云般美丽的地方。看着满大街穿着民族服装，载歌载舞的阿鹏哥和金花妹，陆维克禁不住也和年轻人一起跳了起来。跳着跳着，仿佛美丽的金花姑娘都变成了荷，特别是那美丽的眼睛和圆圆的脸庞，荷就是这样看着自己笑的。

汽车行驶在香格里拉蜿蜒的山路上。天是湛蓝湛蓝的，云彩是那样低，犹如一朵朵雪白的棉桃，伸手就能摘到。漫山遍野盛开的野花，如同彩色的海洋，起伏，绵延。远处山峰巨大的阴影投放下来，把大地分成两块明暗的画板，风舞动着画笔，将斑斓的色彩涂抹在大地上。这就是高原，如诗如画的高原。陆维克想起当下一首非常流行的歌：人都说高原美，人都说高原蓝，高原上有一片纯净的蓝天……

　　荷在哪儿呢？车停在一个小镇上。大家下车，散步购物。陆维克将目光投向周围人群，或许荷就在他们中间。大爷，您买点啥？是叫我吗？大爷？自己已到了被人称作大爷的年龄。他嘲笑着自己。他将目光从那些年轻漂亮的姑娘们脸上移开。是啊，她应该被人叫做大娘了。他的脑海里，无论如何也拼凑不起荷老年的样子，留在心中的永远是美丽和年轻。

　　这时，一个阿婆领着个小男孩走来。他上前问，这个地方叫什么名字？香格里拉。我是说这儿，现在的地方。对，就是这里叫香格里拉。回答得干脆利落。这阿婆普通话说得真好，内地游客多了，人人都会讲。陆维克望着那远去的背影想。

　　从云南回来后，他将后面的经历补写进小说里。他用尽华美的辞藻来描绘香格里拉，可是怎么写也不满意，他无法写出那苍凉的、多彩的、大美的香格里拉。他还在为小说的名字发愁。他发现人生其实就是轮回，回想自己的一生，仿佛又回到了原点。这时，他突然想起最近网络上非常流行的一句话：神马都是浮云。有了！他大叫一声。小说的名字就叫"神马都是浮云"。

　　他将小说打好，寄给作家老同学。过一段时间，老同学来电话，小说故事还不错，一看就是有感而发，但缺少画龙点睛之处，在技巧上还需下些工夫。最后告诉他，她找到了。只可惜，前不久在一次车祸中，为保护小孙子遇难了。陆维克沉默良久，说，小说改名吧，叫"香格里拉"。

孤独的泳者

洛泳在半坡租了间民房住下来。塔河湾尽收眼底。房后是一片桃园，桃子已摘完，只剩下半黄的树叶在秋风中凋零。没有了果实，看果园的就不用住在这里，就以很便宜的价格租给了他。塔河湾其实是个海湾，塔河从这里入海，冲刷出一片平整的海滩。上世纪五十年代，上游修建水库截断塔河水，久而久之，河的概念没有了，但名字却沿用至今。塔河湾海水清澈，每当夏天，城里人会驱车几十公里来这里游泳。据说，市内的海滩都已被污染，塔河湾就变得弥足珍贵。当夏季的人潮退去，塔河湾恢复了往日的宁静，但对于洛泳来说，他的夏天刚刚开始。

洛泳喜欢秋天的海水。晒了一夏天,海水就像陈酿的老酒，醇厚而温润。常言道：春捂秋冻。说的就是这个理儿。洛泳喜欢清晨下海游泳。清晨的海水是一天中最平静的，细细的海浪轻吻着沙滩，太阳刚刚升起，照在海面上像一面金色的镜子。洛泳换好泳裤，用舌头轻轻舔舐泳镜，接着在海水中涮了涮。这样泳镜更透亮，看得就更清楚，这是他下水前的习惯动作。他走进水中，轻轻地将海水向身体撩几下，便一头扎进水里。

海水清澈见底。几条墨绿色尖嘴针鱼被他这个庞然大物所惊吓，以极快的速度四散逃去。洛泳潜入水中。各种海草和海带随波摇曳，五颜六色的海星分散在海底，仿佛是草原上盛开的野花。几条大鱼在水草间窥视着他，时隐时现。洛泳不禁想起"风吹草低见牛羊"的诗句。他喜欢在水中思考问题，甚至构思小说。阳光穿透水面，形成一束束绿色的光柱，宛若北极的夜空。此刻，他觉得自己就是个牧者，一个天使，一个诗人。不，确切地说，是一条鱼，一条自由自在的鱼。这是洛泳人生中最惬意的时刻，他把自己交给大海，大海就像是母亲。他静静仰卧在水面，和煦的阳光照在脸上，丝滑的海水轻柔地漫过脸庞，就像躺在母亲温暖的怀抱里。没有烦恼，没有压力，没有欺骗，没有谎言，有的只是开心和快乐……从什么时候开始不快乐呢？洛泳记不清了。总之，随着年龄增长，烦恼越来越多。他开始远离人群，不愿与人说话，也不接陌生人电话。到后来，患上电话恐惧症，一听电话响，心里就发毛。他干脆撤掉家里的座机，手机放在静音。他爱上了大海。站在海边，什么烦恼都没有了。

他开始向远处的一条小船游去，再远处是一片海带筏子。小船应该是养海带人的，抛锚在此，过几天就到了海带收割的季节。游到小船边，他伸手抓住船舷，稍事休息。下一个目标就是海带筏子。海带筏子其实是一个个篮球般大小的空心玻璃球，呈墨绿色，每个间隔大约一米，由绳索连在一起，一排排、一片片。远看，在阳光照射下犹如一串串晶莹的翡翠。海带吊在上面向下生长，足有几米长。洛泳常想，这养海带与在地里种庄稼一回事，只不过是倒着长。海面就是渔民的土地，海带筏子就是地垄沟。

潜到水里往上看，世界是颠倒的，与小时候大头冲下打倒立的感觉一样。于是乎，他每次游到海带筏子都要潜下去看光景，看看这颠倒的世界。每当这时，都会产生奇思妙想。浮力是否就是失重？潜水是否等于太空漫步？他记得电视里介绍，航天员训练就是在一个大水池中。那么，自己也相当于遨游太空了？他猛抬头，一个黑乎乎的影子压在头顶，他赶紧避开浮出水面。"你潜水干啥？"一个瓮声瓮气的声音在问。那条小船不知什么时候划了过来，上面站着个黑大汉。明明是条空船，没看见有人啊？那黑大汉用怀疑的目光看着他，那眼神像是看一个小偷。"没干啥，就是潜下去看看。"他答。"海里有什么好看的？你把手举起来。"洛泳此刻才明白，他把自己当成偷海的"海碰子"了。他举起双手。那人又示意他把裤衩掀开给他看。洛泳感觉受到了侮辱。"你他娘的没长？鸡巴蛋子有什么好看！"见他确实什么也没有，黑大汉重新躺下，小船仍悄无声息地漂在水面。

海都被承包了，包括海里的一切，甚至游走的鱼。洛泳被黑大汉坏了心情，不定哪天，连下海游泳都会被禁止。他抬头看了看天，太阳已升得老高，几只海鸥在头顶盘旋。天不会被承包吧？他转身向岸上游去。

二

一天早晨，他发现海边多了个垂钓者，而且就在自己每天下海的地方。他感觉自己的领地受到了侵犯。"侵略者"丝毫没有歉意，甚至都没有看他一眼。洛泳只好往边上挪了个位置。他脱衣服下水，有意把水花溅起老高。他看见一丝鱼线长长地延伸至海底。他照常游到海带筏子，潜水看一会儿光景，奇思妙想一阵。黑大汉对他已没有戒备，还时不时与他聊上两句。他说，他也是给老板打工，负责看护这片海域。海带筏子下面，海参特别多，怕被人盗采。现在一斤海参好几千块钱，这海底就等于是银行，老板每天都从海里往外捞钱。黑大汉做了个数钱的动作。

洛泳记得年轻时，经常去赶海。那时，每逢假日，男人们戴上水镜（椭圆的，罩住半个脸的那种）穿上脚蹼，和家人一起去海边玩。水性好的，海参、鲍鱼、海螺等，小有斩获。女人和孩子则带上小筐和自制的小耙子，落潮时在浅滩挖蚬子捡波螺。赶海不在于吃，而是一种乐趣，是海边人祖辈传下来的乐子。而如今，海都被承包了，老百姓失去了亲海的权利，昔日赶海的欢乐景象一去不复返。洛泳也从此断了赶海的念想。

他游回岸边，刚想躺下休息，听见钓鱼的在喊他。"伙计，你不好上一边游去？你这一扑腾，把鱼都吓跑了。"好没道理！本想躲清静，没想遇到个不讲理的。洛泳一股怒气往上冲。"这海里没说只准钓鱼不准游泳吧？再说，是你占了我的地方，没撵你就不错了。"洛泳这时才注意到钓鱼的是个老头，满脸花白的络腮胡子，正涨红着脸瞪着他。洛泳不禁想起海明威笔下的《老人与海》。老人坐的小马扎边上放着一瓶"老龙口"，酒瓶已经见底。洛泳不想与一个酒鬼纠缠。"老爷子，我今天下水动作是大了点儿，不过你那鱼也绝不是我吓跑的。我往这边再挪几米，咱们井水不犯河水。"

从此，他与钓鱼的老头近在咫尺却无往来，甚至连他姓什么都不知道。老头每天比他来得早，洛泳观察过，只有在鱼咬钩的时候，他的脸上才会出现一丝喜色，其他时间都像一尊雕塑，一动不动。他将目光久久地凝视远方，陪伴他的只有身边的酒瓶子。他偶尔仰起头喝一大口，眉头紧锁，接着长长吁口气，眉宇随之舒展开来。又是长久的凝视。孤独。洛泳看到一颗比自己更加孤独的心。他尝试接近他，但他置之不理。

　　一天，洛泳看见老头站起来，使劲往上提鱼竿，鱼线眼看就要崩断了。他知道，老头的鱼钩挂底了。洛泳潜进水里，顺着鱼线往前捋，发现鱼线挂在海底一块凸出的礁石上。他憋口气，潜下去，把鱼线摘了下来。他装作什么也没做继续在海里游泳。上岸时，发现老头看自己的眼神有了变化，莫非他看见自己在帮他？

　　洛泳躺在沙滩上晒太阳。太阳直射下来，他闭上眼睛。眼前出现一个橘红色的世界，温暖的色彩使他想起梵·高的《向日葵》。橘红色，应该是光线穿过皮肤和血液产生的效果。梵·高没准也是在闭上眼睛时，才发现了这种温暖的颜色，从而在画作中大量使用，不然他的灵感又出自哪里呢？他又开始奇思妙想。他翻过身晒后背，视线正好贴着地面看见前面的树丛。他看见一只猫，一只黑猫，正悄悄地接近老头钓上来的鱼。突然，老头抄起酒瓶向黑猫砸去，黑猫敏捷地躲进树丛里。不一会儿，它又探出头，继续向这边张望，那条还活着，不停扭动身躯的鱼吸引着它，或许它真的很饿。洛泳猛然发现，在黑猫隐藏的树丛中，还有几只亮晶晶的小眼睛。它是母亲。它以身犯险是为了孩子。"喂，老头。你的鱼卖吗？"洛泳大声问道。老头诧异地看他一眼，摇摇头。"开个价吧，我全买，或者用酒换。"他从挎包里拿出一瓶泸州老窖。他看见老头眼神中细微的变化。"老哥，这是我带给您的酒，算我给您赔礼道歉。"洛泳往跟前凑了凑。"拿去吧，想要都拿去。"老头指了指地上的鱼。洛泳拿起一条鱼抛向树丛，黑猫迅速把鱼叼走。它好像明白了洛泳的善意，蹑手蹑脚地靠了过来，几只小猫跟在后面。看见小猫，老头第一次露出了笑容。

此后，沙滩上多了黑猫一家。老头姓刘，他每天把钓上来的鱼，大的留下，小的喂猫。小猫们早已与他混熟，怀里、身上活蹦乱跳。洛泳每天带两样下酒菜，游完上来，与老头喝一杯。原来，刘老汉就是这塔河湾人。一年前，儿子出海打鱼，遇上风暴再没回来，老伴一股急火攻心，半年前也去世了。"你一个城里人咋跑这儿待着？"刘老汉问。"我喜欢海。"洛泳答。刘老汉不解地看看他，再没问下去。

三

秋天真的来了。海水透出丝丝寒意。洛泳要在岸边努力半天，才能下水。他不得不快速游进，才不会感觉太凉。但几分钟后，就几分钟，他就适应了海水的温度，进入一种舒适的状态。这种冰凉的感觉很爽，他说不出来。过瘾。反正不让冰冷的海水刺激一下，他一天都难受。这可能就是冬泳的魅力，一个在外人眼里不可思议的嗜好。他常想，人一定要先苦后甜，不然，就是甜，你也感觉不到。

秋风起，甩鲅鱼。老刘头最近是黄鱼、黑鱼都不钓，专钓鲅鱼。甩鲅鱼，突出个"甩"字。鲅鱼喜欢在水里追逐移动目标，行话叫"撵活食"。不像黄鱼和黑鱼在海底啃食礁石上的苔藓和海草，钓鱼一般只用一个鱼钩，而钓鲅鱼则要用几个或更多。只见老刘头把鱼线抛向海里，接着就迅速往上拽，鱼钩在水面上划出一道水花。这时，可以看见海面上银光闪闪，一条条银亮亮的鲅鱼，贴着水面追逐而来，有的高高跃起，再重重落下，泛起层层涟漪。一次少则两三条，多则四五条，老刘头忙得不亦乐乎。"今年鱼厚。"他高兴地对洛泳说。鱼多了，老刘头就晾鱼干，大饼子就咸鱼那可是美味佳肴。洛泳和老刘头一口咸鱼饼子，一口老白干。"老哥，你不能这么个喝法。"看着老刘头一口就下去半茶缸酒，洛泳对他说。"兄弟，小口不过瘾。"他回答。"年龄大了，血管脆弱，容易脑出血。"洛泳对已满脸通红的老刘头劝道。

酒足饭饱，洛泳就下海游泳。秋天是丰收的季节。深秋的海水更加清澈。为什么秋天的海水会更清？他一直没有找到答案。有一点可以肯定，下海的人少了，人为污染就少了。一条尺八长的鲅鱼在他身边伴游，它可能把洛泳当做同类，丝毫没有畏惧感。游了一阵，它猛一摆尾，甩掉洛泳。它可能觉得，这条大鱼怎么游得这么慢呢？鲅鱼刚刚离去，一个篮球般大小的海蜇飘了过来。这可是个大家伙。与平时看到的沙蜇不同，它不是白色的，而是暗红色的。半透明的腔体，色彩斑斓，肌理纹路清晰可见，像个巨大的彩色水晶球。吸盘状的嘴，隐藏在无数只触手之中，遇到猎物，触手会先紧紧把猎物抓住，然后释放出神经毒素，待猎物昏死后慢慢享用。水母（编者注：海蜇是水母的一种），这个在恐龙之前就已出现的古老物种，在几亿年的进化中，几乎没有改变，至今仍以原始而简单的方式生存着。

洛泳决定不放过它。海蜇皮可是下酒的好菜，老刘头一定高兴。它发现洛泳接近它，转身向深水处逃去。洛泳潜到它的身后避开触手，双手按住它那光滑的大脑袋，两腿用力打水，向岸边推它。它几次挣扎着，想转过身来面对洛泳，都被洛泳机智地化解了，真要被它蜇到，非死即伤。这头大海蜇足足装满了三个大塑料盆。

转眼海带收完了。小船还静静地漂在那儿。海带筏子像收割完的庄稼地，光秃秃的。洛泳潜下去，海带不见了，颠倒的世界变成了空旷的阡陌，而自己则像一个寂寥的行者。不，更像一条离群落单的鲅鱼。此刻，鲅鱼群已顺着温暖的洋流，洄游到大洋深处。老刘头有两天没来了。剩下的两大盆海蜇已化成水。黑猫也不知去了哪里，海滩上一下冷清下来。远处天边凝固着几片乌云，像是滴落在画布上的油彩，天空皱巴得像一幅破旧的油画。阳光已不那样温暖，沙滩也开始变凉，整个世界仿佛只有他一个人。洛泳脱掉泳裤，赤裸裸地站在那儿，他不用再遮遮掩掩，痛快地把自己暴露在天地间。他还是把正面朝向大海，即便沙滩上确实没有人。他突然有了裸泳的念头，那样自己真的就和鱼一样了，不用穿衣服，没有羞涩感，更不会觉得难堪。

他突然听见远处传来凄厉的唢呐声。按当地习俗，应该是谁家死了人，正在出殡。是谁死了呢？他回到租住的小屋，脱掉衣服准备洗澡。在水烧热之前，他先准备早饭。早晨下海前，用电饭锅做的粥已经好了，两个馒头和半条咸鱼放进蒸锅热上。再拌个海蜇皮小菜。一切妥当。他将热水淋到冰凉的身体上，他感觉下体开始勃起。他闭上眼睛，让热水尽情地冲刷着身体，甚至有些陶醉。他喜欢每天这种冰火两重天的感觉。

直射的阳光偏离北回归线，越过赤道南移，北半球白昼变短了。洛泳把下海的时间向后推迟半小时，天还是刚发亮。没有老刘头，没有黑猫和小猫，只有他自己。海水更凉了。他感觉皮肤发麻，手指尖有一种针刺的感觉，各个关节仿佛有一股凉气在游走，咯咯作响。说来也怪，洛泳的老寒腿经过冬泳反而好了。这与医学理论是相悖的，但确实好用，就像一剂偏方，也许是以毒攻毒的效果。他照常游到海带筏子。他决定不潜水了，没有了海带，就找不到那种颠倒的感觉。他趴在一个玻璃球上休息。一只海鸥落在离他不远的地方，好奇地看着他。它一条腿站着，金鸡独立。"嘿，你好！"洛泳向它打招呼。这是一只灰色的海鸥，身形瘦弱，比那些身体肥硕的白海鸥小一圈，因此决定了它在自然界中的劣势。它并不怕洛泳，知道他飞不起来。也许站累了，它伸展一下翅膀，无意间露出另一条腿。没有脚。这是一只瘸腿海鸥。

一股怜悯之情油然而生。它一定活得很艰难，在同类中它争抢不到食物，还常常被欺凌。它一定吃不饱，不然不会这么瘦弱。只可惜自己什么吃的也没有，老刘头要还在就好了，它会有鱼吃。洛泳突然想起了什么，向四周望了望，黑大汉这几天不知去哪了，小船仍在那漂荡。他猛然吸口气，潜了下去。水很深，他感觉到耳鼓的压力。多年不潜这么深的水了，泳镜遇到压力紧紧地扣在眼眶上，他感觉眼球几乎被挤了出来。终于潜到海底。他在水下潜行，拿出多年的看家本领，最后在一块礁石边发现一个大海参。那海参个头像个小棒槌，呈黄褐色，浑身布满肉刺。洛泳用尽最后一口气，把海参拿了上来。他把海参藏在游泳裤里浮出水面，当年赶海就是这么干的。亢奋的神经在尘封的记忆里抽动了一下。海参在裤衩里蠕动，溜滑的感觉使他觉得有些异样。瘸腿鸥还在好奇地看着他。洛泳把海参在海水里涮了涮，用牙齿咬开，咸咸的艮揪揪的。他把海参咬成几块，放到海带筏子上，转身游开了。在确定安全之后，瘸腿鸥飞了过来，直升机般悬停在空中，一口一口把海参吃掉了。

从此，瘸腿鸥每天都如期而至。洛泳每次都会带几片肉或鱼给它。洛泳游泳时，它会伴随着他飞，忽高忽低，不离左右。有时，会直接落在洛泳的头上，看上去就像落在一个黑色的海带筏子上。洛泳感觉自己不再孤独。

四

到了夜晚，洛泳还是孤独的。他的初恋是大学的女同学，也喜爱文学。两人曾一同参加学校的文学社，女孩写诗，洛泳写小说，闲暇之余，两人还一同去学校的游泳馆游泳。女孩很漂亮又有才情，是男同学心中的女神。在众多追求者中，洛泳能胜出，源自游泳是他的强项。在学校举行的游泳比赛上，洛泳的一百米自由泳无人能敌，这得益于他从小就参加体校游泳训练。他最初的理想是当个运动员，一个游泳健将。后来发现，好好读书，考大学更现实。在他参加比赛时，女同学在一旁加油助威，她那飘逸的长发配上银铃般的女高音，让看台上所有人侧目。泳池中，他手把手地教女孩游泳，令所有男同学嫉妒不已。谁有这个福分能与女神赤裸相见呢？然而，就在大学毕业前夕，女同学却上了一辆停在学校大门口的大奔，与一个大款走了。据说，大奔在校门外等了三天三夜。那时，洛泳正在全力准备论文答辩，最让他悲伤不已的是女孩竟然没给他留下一句话，哪怕是一个字。当时学校正在放映前苏联电影《莫斯科不相信眼泪》，洛泳从此不相信女人。

夜深人静，他会想女人。他承认自己不是圣人，也不是独身主义者，但绝对是个理想主义者。生活中兜兜转转，事业上坎坎坷坷，尽管付出太多、太多，他都不愿改变自己的性情。对于爱情和婚姻，他仍抱有希望，但却不敢奢望。实在寂寞，他会自慰，从而缓解一下焦虑不安的心情。在自己的温柔乡里，还时常会出现那个女同学的身影。据说，她已是个臃肿的富婆。老公另有所爱，她的生活除了花钱，就是遛狗打牌。曾有同学传话说想见见他，被他拒绝了。他不忍毁掉她在自己心中的形象，他要把美好留在心里。

他看见那个小精灵又出现了。睡觉前，他特意扔一把瓜子在地上。此刻，它正探头探脑地看着他。他装睡，一动不动。见没动静，它开始吃瓜子。他发现中国人对老鼠有一种误解，这可能源于那个年代的除"四害"运动。它们的所作所为，无非是一个物种的本能，与人的贪婪没什么两样。其实它们也很可爱，就像卡通片里的米老鼠和唐老鸭。特别是在吃瓜子时，它会直起身来，双手抱住瓜子，圆溜溜的大眼睛左顾右盼，使人想起可爱的松鼠。它与洛泳相处已有一段时间，多半是在夜晚。夜晚正是洛泳最寂寞的时候。小精灵吃完了，它在屋里溜达一圈，俨然是自己的领地。它什么时候离开的，洛泳不知道。

过了十月，北方的气温陆续走低。洛泳穿上厚点的长袖衣裤保暖，但在下水脱掉衣服的一刻，他还是不禁打了个寒战。霜降以后，气温低，水温高。海水蕴藏量大，热得慢，凉得也慢，十月中旬的海水仍然有十六七度。能在这个水温里游泳的人已经不多。每次下水都是一次考验，但下去之后，就是另一番感受。洛泳喜欢这种挑战，有一种成功的喜悦。当他抖落着身上的海水走上岸时，会觉得自己的身躯格外强壮。他用目光环顾四周，希望有人在看他，而且是那种羡慕而惊奇的眼神：这么凉的水，还敢下海游泳？真是好样的。如果有人问：凉不凉啊？他会回答：不凉，一点儿都不凉。那得意的神情，俨然是一个得胜归来的勇士。

今天瘸腿鸥没来。洛泳把几片肉放到海带筏子上，仰起头向天空中张望，并"欧、欧"地模仿海鸥的叫声，希望能看见它的身影。它生病了？与同伴远行了？还是发生了什么意外？洛泳胡思乱想。见不到瘸腿鸥，他心里空落落的。海面上没有一丝生机，肃杀的北风掀起白色的浪花，要变天了。

五

刮了一天一夜的北风，气温骤降了好几度。恰逢初一十五天文大潮，海水落下去好几米，礁石和水草都露了出来，齐腰深的地方就能捡到海货。这天早上，海边来了一男一女两个人。男的个不高，偏瘦，黑得可以，一看就是海边晒的。"大哥，不赖啊。冬泳的吧？我以为这海边早没人了。"男人与洛泳打招呼，说完，还"嘿嘿"笑两声。这一笑，露出两排白牙。因为脸黑，牙显得格外白。"您贵姓？"洛泳客气地问。"大哥您真逗，还贵姓。不告诉你，让你猜。"他拿腔拿调还做了个表情。"我猜……你姓宋。"洛泳答。"何以见得？""你的长相包括声音，都酷似一个叫宋小宝的二人转演员，我遇见大明星了吧？"洛泳调侃道。"大哥真是好眼力，都说我像宋小宝，他是我心中的偶像。"洛泳遇到一个开心快乐的人。这期间，女的一直在眯着眼笑。她捂得很严实，一条大围巾包住整个脸，只露出一双眼睛。这双眼睛很好看。她不停地在沙滩上挖沙坑，像一个贪玩的孩子。"这是我媳妇，叫二丫。"宋小宝介绍道。"你好，我叫洛泳。""什么？裸泳？这名字有创意。""不是裸体的裸，是洛桑的洛。"洛泳解释道。洛泳打住与他的玩笑。问："二位是来旅游还是访友？""这冷天了，还旅啥游。和你一样，下海游泳。"

宋小宝说。"那太好了，我有伴了。"洛泳高兴地说。"不过，这大潮落的，还真不适合游泳。"他补充道。"我就喜欢落大潮游泳。"宋小宝诡异地笑笑。

宋小宝的泳裤很特别。上面肥大，底下用绳收紧，像是朝鲜族人穿的灯笼裤。他明显是经常下海的，一点儿也没畏惧冰冷的海水。"二丫，一会儿接我。"他冲媳妇做个鬼脸，就和洛泳扎进水里。宋小宝游得并不快，洛泳率先到达海带筏子。他发现昨天放肉片的海带筏子上站着只鹰，此刻正用凶狠的目光看着他。一双多毛的利爪粗壮有力，黄色的带有鹰钩的喙，能撕开所有猎物的皮毛。这是一只专吃鸟的鹰，俗称"鸟鹰"。洛泳明白瘸腿鸥不会再回来了。他猛然向那只鹰击打海水，它腾空飞起，盘旋一阵飞走了。

洛泳看见宋小宝纵身潜进水里，那敏捷的身手远远高于他的泳技。他在水下足足停留一分钟之久。洛泳明白，遇见真正的海碰子了。"海碰子"是人们对潜水赶海人的称呼，这些年禁海承包，海碰子已不多见。宋小宝连续下潜几次，裤衩里装满战利品。他一边向回游，一边向岸上的二丫发出信号。"呜、呜……"声音忽高忽低、忽长忽短，很怪异，有点像警车的警笛。二丫不知何时已换好泳衣。仍旧捂得很严实，她穿的是那种紧身连体泳衣，俗称"鲨鱼皮"。戴了一个类似骷髅的头套，只露出眼睛和嘴，是近些年发明的专供女人下海游泳而又防晒的装具，如在海里单独遇上，会吓人一跳。她把一个带网眼的尼龙兜挂在腰间，起身向海里走去。远处看，身材曲线很迷人。

夫妻俩在海中间相遇。宋小宝把泳裤里的海参掏出来，放进二丫的尼龙兜里。二丫转身游回岸边，他继续下潜。洛泳被这夫妻俩的默契配合惊呆了。他脑海里立刻浮现出一部国外大片《雌雄大盗》。这真是一对现实版的雌雄大盗。二丫又连续下海接应几次，最后，宋小宝才和洛泳一起游回岸边。宋小宝带回最后一批战利品。他解开裤腿的带子，海参像母鸡下蛋似的掉了出来。"快，快装起来。"他催促道。

"没了？"二丫问。他伸手向裤衩里摸，"别说，真有一个。""在哪儿？""在这儿，自己的。""你缺德。"二丫娇嗔地骂道。她迅速扒开沙子，原来海参都藏在沙坑里。她挖沙坑根本不是玩。看着夫妻俩打情骂俏，洛泳很是羡慕。

宋小宝明显对洛泳抱有信任。他说，他每年上秋以后都赶海。海参喜凉，夏天都躲在洞里不出来。秋凉后，它们才出洞，有的躲在石头下面，有的藏在海藻丛中，个大肉厚，纯野生，营养价值极高。只是水太凉，一般人下不去。最关键是看海的抓得太紧，罚款不说，有的还被打个半死。他也在村里不远处租了间房，邀请洛泳晚上去他那里一起吃海鲜。

六

洛泳带上一瓶白酒，如期赴约。晚餐很丰盛，海参就用水洗净，蘸酱油生着吃，纯粹原生态。洛泳这时才看清二丫的庐山真面目，皮肤白皙，眉目清秀。"老弟好福气，弟妹真漂亮。"洛泳夸赞道。"那是，我媳妇百里挑一。"宋小宝两杯酒下肚，打开话匣子。他原先在一家机械厂当工人，二丫是老厂长的千金。恰逢豆蔻年华，人又贤惠漂亮，追求者众。老厂长一心想给女儿找个才貌出众的女婿，并锁定一个年轻有为的副厂长。没想到女儿却看好一个貌不惊人，才不出众的工人。

宋小宝和二丫在同一个车间班组。宋小宝是一名出色的车工，二丫是他的徒弟。厂里一遇到难干的活就交给宋小宝，他每次都精准得毫厘不差。宋小宝是个表面开心快乐，内心细致入微的男人。特别是对二丫。中午他会替二丫把饭打好，好吃的菜偷偷拨到二丫的饭盒里。上下班早接晚送，他的那辆永久牌自行车就是二丫的奔驰宝马，理由是顺路。后来二丫才发现，宋小宝为她其实要绕好大一个弯。与宋小宝在一起，二丫感觉开心快乐。他幽默诙谐，他的笑话总能逗得二丫开心不已。宋小宝爱运动。每逢周末假日，他就带二丫上山下海，二丫游泳就是跟他学会的。一次工厂组织春游，下山时，二丫不小心扭伤了脚，宋小宝硬是把和他一般高的二丫背下山。看着累得满头大汗的师傅，二丫哭了。他却笑了，笑得那样开心。他不仅对二丫好，还救过她的命。二丫在一次工作中，车床上的卡盘没拧紧，卡件在高速旋转时飞了出去。宋小宝眼疾手快一把推开她，铁疙瘩擦着二丫的头皮飞过，二丫吓得趴在他身上大哭起来。这时，她才发现宋小宝胳膊上全是血，好在没伤到骨头。

老厂长人很倔。他对二丫说："你如果跟了宋小宝，就从此别再进我的家门，别认我这个爹。"二丫二话没说，卷起铺盖搬到了宋小宝的家。他没想到，女儿比自己还倔，只能叹息道："真是女大不中留啊！"事实证明，二丫的选择是对的。宋小宝不仅没有记恨老厂长，反而像儿子一样孝顺他，直到养老送终。"那个副厂长后来怎样了？"洛泳问。"那小子确实是个当官的料，后来爬到副局长的位置。结果，腐败了。"宋小宝仰脖干了一杯。"我们现在多开心快乐！是不是媳妇？"

"你们俩以赶海为生？"洛泳问。"哪里，就是个玩。我赶海上瘾，一想到海底的海参、鲍鱼就睡不着觉，我就喜欢潜下去把货拿上来的感觉。"宋小宝说了句赶海的行话。看得出，与那些为钱的"海碰子"不同，宋小宝赶海，赶的就是个乐趣。那种潜水的刺激和快感外人是无法理解的。"来，老哥，我得敬你一杯。"宋小宝举起杯。"敬我？为啥？"洛泳问。"没有你，我这海赶不消停。你在那游泳，为我打了掩护，看海的就不注意了。""这大冷天还有人看海？""有。他们在远处炮楼上，用望远镜看着呢。""是啊，我对他说别冒这个风险了，他就是不听。"二丫在一旁插嘴。"最后一回，今年赶完，就金盆洗手，从此改邪归正。"宋小宝干了杯中酒。

　　看着宋小宝，洛泳不禁想起自己当年赶海的经历。何尝不是个拼命三郎？那时海没承包，周末约上几个哥们去三山岛赶海。顺着陡峭的山崖下去，是一片礁石林立的海岬。海流到此折回头，形成一个锅底状的漩涡，风高浪急。下面海参、鲍鱼、海螺、海胆多得是，就是没人敢下去捞。他们几个仗着水性好，冒险一试。洛泳戴上脚蹼，沿着峭壁往下潜。峭壁是个向里倾斜的斜面，越往下坡度越大。洛泳看见下面成片的海螺，密密麻麻聚在一起。他用力一蹬，潜了下去。他打开网兜就往里捡，不一会儿网兜就满了。就在他想再捡几个的时候，海螺下面露出一具白骨，一具白森森的骨头架子。他掉头就往上游，可浮力把他死死地顶在崖壁上，潜水叫做"鬼打墙"。也许是吓蒙了，他第一时间想到了死。是海底那个幽魂在招自己，是自己闯进了他长眠的禁地。这时他感觉气已经不多了，他猛然用双手撑住崖壁，使身体离开，两腿拼命打水。他已经没气了，可是还没到水面。他感觉肺要炸开了，两眼开始冒金星，呼吸的本能使嘴已经不自觉地张开，就在他绝望的时候，他终于浮出水面。几乎同时，他"噗"

的一声吐出海水，一股清新的空气进入肺部，他深深地吸了一口。他贪婪地呼吸着，人能呼吸真好。

从此后，他不再赶海，不吃海螺。

七

洛泳每天下海游泳，宋小宝赶海，二丫接应运输，一个不错的三人组合。一天，黑大汉突然驾船出现在海带筏子。他没跟洛泳打招呼，直奔宋小宝。"你潜水干啥？"与当初问洛泳的话一样。"没干什么，玩呗。"宋小宝嬉皮笑脸。"你上来，趴船上来。""上船干啥？我游回去。""你找死啊？让你上来就赶快上来。"黑大汉举起一根长木杆子。"别，别急。我上就是。等我撒泡尿，别尿你船上。"宋小宝在水中磨叽片刻，"好了，你得拉我一把。""嘿，兄弟，都是出来玩，那么认真干啥。"洛泳对黑大汉说。"没你的事。我们已经观察他好几天了，老板都来了。"洛泳看见一群人正向沙滩走来。他紧跟着小船游回岸上。

老板是个光头胖子，一脸横肉，一条小拇指粗细的大金链子挂在脖子上。一些包海的不是黑社会，就是有道上背景，宋小宝摊上事了。胖子指着宋小宝说："你把裤衩脱了。"宋小宝四下看看："你这不是寒碜我吗？多难为情。""你还跟我装是不？"胖子向几个手下使个眼色。"别，别，我脱。要是没有，你们赔偿我精神损失。"洛泳在心里替宋小宝捏着把汗。宋小宝当众脱掉裤衩。啥也没有。"老板，他肯定上船前把海参都丢海里了。"一个手下说。二丫始终坐在海滩上一动没动。"你站起来。"胖子指着二丫说。"咋的？你想要流氓啊？"二丫瞪着胖子。"要了，今天我就要。

把她给我架起来。""你们敢动我媳妇一个指头，我和你们拼命。"宋小宝冲了上去，黑大汉迎头一拳把他打翻在地，鲜血和着海水滴落在沙滩上。见血了。二丫疯了似的扑上去，几个大汉把她死死架住。扒开沙坑，海参露了出来。洛泳上前："老板，他赶海参是不对，他就是图个乐子，放了他吧。""说得轻巧。你知道海参现在多少钱一斤吗？他来几天了？"他转身问黑大汉。"十来天吧。""十来天是几天？你他妈给我搞清楚。""十三天，我用小本记着呢。"

胖子掏出一把刀，扔在宋小宝面前。"罚款三万，剁掉一根手指头，二选一。"说罢，把宋小宝带走了。洛泳这时才想起打电话报警，可手机没带在身边。洛泳与二丫商量，赶快回家筹钱救人，这种事报警也起不了多大作用，破财免灾吧。后经找人疏通关系，二丫两万块钱赎回了宋小宝。从此，洛泳再也没见过这对夫妻。

洛泳决定离开塔河湾，这里已变成他的伤心之地。老刘头走了，黑猫走了，瘸腿鸥走了，如今，宋小宝夫妻也走了。去哪里？他不知道。去一个有海的地方，一个温暖的地方，一个没有烦恼、没有悲伤、没有暴力的地方。一时间，洛泳觉得，偌大个世界竟没有自己的容身之处。

洛泳站在窗前。外面下雪了，大地白茫茫一片。呼啸的北风横扫海面，掀起白色的浪花。几只海鸥像断线的风筝在空中飘来荡去。如果是好天，他会下最后一水。但，今天……他决定今年的冬泳到此为止。他又想起自己构思的小说，故事到此该结尾了。就这样收场？似乎还缺少些什么。他决定小说名字就叫《孤独的泳者》。猛然间，他看见沙滩上站着个人，一个与风雪浑然一体的人。是幻觉？他使劲揉揉眼睛。一个身披白纱，头戴花环的女子站在风中。这种天气还有人拍婚纱照？没有摄影师，没有新郎……不对，洛泳冲出门，向海边奔去。

他来晚一步。白色的婚纱在水中已开成一朵硕大的雪莲花，头顶的花环是花蕊。洛泳不顾一切冲进海里……投海的是个新娘，淡淡的彩妆，旖旎的红唇，使她的脸显得格外苍白。洛泳将她救回自己的屋里，用棉被围住她发抖的身体，再用热毛巾敷在她的脸上，渐渐她脸上有了血色。"你为什么要自杀？"洛泳问。"他跑了。""他，新郎？"她幽幽地看着窗外。"在婚礼现场，当着全体嘉宾的面，他竟然对我说他，根本不爱我，他不想欺骗自己的良心。""那你怎么会跑到这来？""我开上车，不顾一切地追他，他的车比我快，加上下雪，我迷失了方向，最后看见了海。这是哪里？""塔河湾。""能麻烦您把我的衣服取来吗？在我的车里。"

换上平常的装束，她平静了许多。"赶快给你的家人打个电话，他们一定很着急。"洛泳说。"手机已经被我扔进大海。"她说。"用我的打。"洛泳递过电话。"不用了。我突然觉得，人消失了挺好，一切都过去了。""没有什么一定要拥有，没有什么不可以失去。除了生命。"洛泳说了句格言。"其实，在我跳进大海那一刹那，就已经后悔了，可是晚了。是不是所有自杀的人都后悔？"她问。洛泳摇头不置可否。"你知道人什么时候最绝望吗？"洛泳仍然摇头。"想死的时候不绝望，而是在不想死的时候必须死才绝望。所以，我感谢你救了我。"她笑了，笑得很灿烂。真是生死一念间。没有过不去的坎，只要还活着。洛泳心里想。

"有一件事我想不明白，想请教你。""请讲。""我发现在海里，我沉不下去，而且被海水冰一下，大脑突然清醒了。怎么说呢？就像换了个人一样，过去的都翻篇了。""是吗？你的这种感觉很新奇，你会游泳吗？"洛泳好奇地问。"不会。会游泳就不会选择投海。"她答。洛泳思忖片刻："两种可能。第一，你的浮力好，是天生游泳的好材料，只是你没发现而已；第二，你与大海有缘，海龙王不接收你。""真的假的？"她仰起头，眼神有些调皮。

"我要走了。还不知道怎么称呼你？""叫我泳者吧。""勇敢的勇？""不是，游泳的泳。""我叫雪莲。冰山上的雪莲。""雪莲，我也要谢谢你。"洛泳说。"谢我？"她瞪大眼睛。"是的。是你让我的小说有了一个圆满的结局。""真的？写好了第一时间拿给我看噢。"洛泳点头。

"再见！泳者。"

"再见！雪莲。"

橙色的火焰

一

一架德国汉莎航空公司的空客 A300 客机缓缓驶进停机坪。广播中传出：汉堡至北京的 LF320 航班，已经到达，请各位接机的旅客到……贺东取完行李，快步向出口走去。

一年多没回国了，眼前的一切既熟悉又陌生。一幅"高举改革开放的伟大旗帜，建设中国特色的社会主义"的标语赫然在目，熙攘的人群和那些熟悉的面孔使他意识到已从西半球来到了东半球。他抬头看了一眼电子屏幕上的时间，将表针调到北京时间下午四点整。

改革使中国发生了翻天覆地的变化。国有外贸公司的改革，有点让人出乎意料，怎么像苏联解体一样说完就完了呢？三天前的下午，接到高总的电话：公司正在改制，海外常驻机构可能要撤销，希望你能回来，给你留个副总的位置；绝大多数人员按失业处理，档案移交户口所在地街道……

贺东放下电话，正在发呆，电话铃声又响了。是省化工常驻德国的老韩：老贺，你们公司通知你回去办手续了吗？通知了。你呢？贺东反问。我也收到了。我才不回去呢，我老婆孩子都在这边，回去干什么？我早就跟你说留条后路，你不听。算了，今晚八点在拿破仑肘子馆见，轻工的小王他们也去。

"拿破仑肘子馆"是中国人给起的俗称。据说当年拿破仑横扫欧洲的时候，曾在此吃过饭，以油炸和水煮猪肘子闻名，是国内来人必到之处。贺东常驻德国已经六年了。当年派他到国外常驻，是因为外语好，学的是耐火材料专业。而其中的隐情似乎与孟瑟有关，贺东始终这样认为。

东矿对欧洲出口镁制品数量越来越大，派一个懂业务、外语好的出去，是顺理成章的事。在每月挣一百多块钱工资，买进口电器走后门的八十年代，出国常驻可谓美差，令人羡慕甚至嫉妒。今天就大不一样了，手上有业务和客户的都把得死死的，说不定哪天就要自己干了，谁还出国？但在当时，出国常驻的诱惑实在是太大，要是不出国会怎样？孟瑟会……

西半球的太阳晚上八点还高高挂在天上。拿破仑肘子馆坐落在一条不大的老街上。十八世纪哥特式建筑，面包石铺成的街道，在岁月的冲刷下变得油黑锃亮，仿佛能听到当年马蹄铁敲打路面的嗒嗒声。时间尚早，不到德国人吃晚饭的时候，餐厅里人很少。老一套，一扎生啤酒，一个大肘子，老韩买单。老韩来德国十年了。化工生意大，每年从德国进口几十万吨化肥，他是汉堡几个为数不多，开奔驰600的中国人。轻工的小王才来不到一年，平时做点塑料花生意，最大的生意是，圣诞节前向德国出口圣诞彩灯。他常说：我干一年不如老韩干一单的。除老韩老婆孩子全家在德国外，其他人都是光棍，平时大家凑在一起聊聊天，消愁解闷，毕竟都是一个系统来的。

小王显得心事重重，一口肘子没动，一大扎啤酒先喝完了。清瘦白皙的脸上顿时泛起了红晕。"韩大哥，我要不做生意了能干点啥？我也不想回去了，'黑'这儿算了。""不回去，国内不给你供货，签证一到期可就不好办了。你要吃饭租房子，一年怎么也得两三万马克的费用。"小王本想趁年轻出来多挣点钱，可这还不到一年，政策就变了。老韩目光闪了一下，没再往下说。

　　贺东不禁想起当年自己刚来的情景。当时和经贸厅老王住在一起，虽然不是很熟，但在国内时是见过面的。在异国他乡见了老王，如同见了亲人，可随即发现老王在自己的热情面前，笑得十分勉强。晚饭后，老王拿出一个小本说："这是我们俩的伙食账，你买菜你记，我买菜我记，每月每人先拿出二百马克，不够再添。今天买菜花了三十八马克，你来了吃得好一点，平时可不能这么吃。"贺东突然感到自己是在寄人篱下。"不不，今晚算我请客，明天我换了钱就把伙食费交上。"老王脸色依旧："这儿不兴请客，AA制。"

　　贺东突然想起了皮特，一个做标准件的德国商人。他每次去中国，工厂都上顿请、下顿请，几乎吃遍了中国的山珍海味，临走还要买上景泰蓝之类的中国工艺品带上。有一年，标准件厂的吴厂长来德国。中午，皮特问："吴先生想吃点什么？"可能吴厂长有点紧张，随口说了句："不用客气，还不饿。""那就晚上见。"出了门，老吴就用"蒋氏方言"开骂："娘希匹，我客气一下，他就不请了，想饿死老子。等他再去中国……"

　　等皮特再去，老吴仍然大盘小碗地招待。谁让人家是客户呢？谁让我们有求于人家呢？文化上的差别。这种差别使中国人太重感情，甚至是繁文缛节；西方人太重实际，甚至是不近情理。而对于假洋鬼子（很长一段时间在心里这样称呼老王），贺东也就不那么在意了。后来，他经常自问：自己是否也变成假洋鬼子了呢？其实，对人过分热情是一种自卑的表现（特别是对外国人）——希望别人瞧得起自己，并获得同等的回报，否则心中就会不平衡，就要骂娘。

在外面生活久了，在见多了冷漠之后，就会把自己的热情深藏起来，这种表面的冷漠首先就会运用在自己的同胞身上。在外国人面前自己是中国人，而在中国人面前，自己是什么呢？海外华人？和对方一样，显然有点心有不甘。在好多影视作品演员表中，经常可以看到这样的字幕：某某（美国籍），某某（加拿大籍）。明明是中国人，却非要用括号把自己括起来。

刚来德国时，遇见外国人，对方经常这样问：你是日本人？不是。台湾人？不是。再问过香港，仍得到 No 的回答后，才恍然大悟般地猜到你是中国人。除了北京、上海，他们对中国其他地方几乎一无所知。在他们眼里，中国人仍然很穷，不太可能到这么远的地方来。确实很远，但贺东决定先回去一趟，看看情况。

二

贺东换乘当晚的飞机回到了 A 市。这是一座三面环海的港口城市，十四家省级外贸公司全都集中在此。东矿的全称是：东方五金矿产进出口公司。在一个靠卖初级产品为主的国家，东矿无疑是个大公司。公司虽大，但卖的都是便宜货，有时一个集装箱的货就卖几千美元，赶不上人家瑞士的一块手表。何止是东矿，中国哪家外贸公司不是如此呢？

全球百分之九十的菱镁矿资源在中国，而全中国百分之百的菱镁矿在 A 市。镁碳砖作为一种炉体耐火材料是全世界钢铁企业必不可少的，它能耐摄氏 1600 度以上高温，使钢熔化。钢熔化时会产生太阳耀斑似的光芒，能使人致盲。可透过防护镜，看到的却是美丽无比的橙色的火焰。没有镁碳砖做炉衬保护，炉体也将被熔化。这种高质量的镁碳砖只有奥镁、镁顿、维苏威等国际大公司可以生产，原料却来自于中国。

每次回来去公司，贺东都会感到有一种莫名的压力，甚至是紧张。紧张什么呢？贺东常想。怕见人，怕见熟人？有时在德国走在街上，看见黑头发黄皮肤的同胞，就会产生一种说不出的亲切感，远远地听他们讲话，恨不得冲上去，问他们从哪里来。怎么见到熟人，反而紧张了呢？

与以往回国一样，贺东照样做了些准备，但东西又不能太多，让人看出像送礼。还没到公司大门口，就做好了与人打招呼的准备。第一个见到的人是门卫老张，"贺科长回来了"，说着从屋里冲了出来。贺东赶快掏出一盒三五牌香烟和一个打火机塞到老张手上，嘴里回应道："回来了，回来了。"脚步放缓，却没有停下，径直进了大门。老张接东西的刹那，脸上露出会意的微笑。东矿大楼有四层，是先到三楼的经理办，还是直接到四楼高总的办公室呢？稍作思忖，他径直走向四楼。与以往不同，这一路竟然没遇上什么人。

高总正和一个戴眼镜的男人谈话。他寒暄两句后赶紧介绍道："这是郭副省长的秘书大伟，赵大伟。"秘书在中国是个不可以小视的职务，在领导眼里，他是秘书，在其他人眼里他就是领导，更何况是省长的秘书呢？贺东不由得敬畏地点一下头。

郭副省长分管外贸，有一年去德国访问，贺东还给他当过翻译。个子不高，但极有领导的威严，一口浓重的河南口音。河南人爱吃面但他却爱吃米，而且爱喝大米粥。让贺东印象极深的是那次去科隆，住的酒店只有面包而没有米饭，更没有大米粥。Rice，Rice，贺东连说几遍，最后服务员竟拿来一盘生大米。同行的一位厅长晚上亲手给省长熬粥。多亏他带了个电热杯，也许是插销接触不好，手把着就好用，手松开就没电。没办法，他只能用手当了一晚上插销。别人要帮忙他还不用。为此事，他将驻德机构人员狠狠训了一顿。

贺东从包里拿出两瓶"轩尼诗XO"放在桌上："这是入关时，机场免税店买的，正好赵秘书在，不成敬意。我先去经理办报个到。"他起身。"也好，我们回头再谈。"高总和赵秘书的谈话看来很重要。机场免税店买的，贺东对自己的这句话很不满意，有送礼的嫌疑。那该怎么说？不成敬意也不好，显得太正规。管他呢，反正两瓶酒送出去了，心里还是感到一阵轻松，今天的主要任务算完成了。经理办、人事科，这两个部门是一定要去的。男主任，女科长，一个是两条烟，一个是盒化妆品，其他人就抓把糖给支烟意思意思。在过去，每个业务科都要去拜一拜，就像他欠全公司所有人似的。不过，今年看样不用了。

正值深秋，其他树的叶子几乎掉光了，只有银杏还满树金黄。一年多时间，港湾路两侧又多了几座高楼，远处的一个什么综合体露出它高大灰色的剪影，听说是长江以北第一高楼。从公司出来，贺东感到很轻松，这才仔细浏览一下眼前的这座城市。它既熟悉又陌生，可能是长时间没回来，一股情愫突然在胸中涌动。

海滨城市都是美丽的。由于沙俄和日本在A市演绎过一段著名的近代史，时间虽然过去了，但遗迹却留在了城市中。

Ａ市很像德国汉堡，无论地理位置，还是城市功能，贺东经常这样对人说。汉堡有"红灯区"，而Ａ市却没有，不然某些出国代表团为什么都要去"红灯区"看一看呢？当西服革履的中国人，从粉红色霓虹灯闪烁的大玻璃窗前经过时，浓妆艳抹的妖艳女人就会发出类似鹦鹉般的叫声，"进来玩玩吧，进来玩玩吧。"她们大多金发碧眼，也有黑皮肤的。观光客们隔着玻璃与她们挤眉弄眼。这时，人群的脚步开始有点乱，不知是谁带的头，由快走最后变成了小跑。此刻，身后就会传出一阵刺耳的尖叫和哄笑声。这可是纪律不允许，但又必不可少的项目。贺东没领郭副省长去过。郭副省长爱去香港，因为那是我们中国领土。他爱吃香港做的粤菜，西餐他吃不惯。

国内改革开放得太快。在广场四周的哥特式建筑中，有一幢日式建筑显得格外抢眼，是当年的"大和旅馆"。现在它是一座五星级酒店，地下是家大型夜总会，叫"金碧辉煌"。高总约他今晚在这见面。

大门敞开，一个宽大的镶嵌白色大理石的楼梯，以一个巨大的弧型通向底层。两侧夹道欢迎的东方佳丽们齐声高呼：高总晚上好！这阵势使贺东感觉有点晕。高总昂首挺胸，面带从容。身着燕尾服的服务生赶紧将客人领进一间贵宾房。

贺东有些诚惶诚恐，这个从欧洲回来的人被眼前的一切惊呆了。别人都以为在国外常驻一定是灯红酒绿、歌舞升平，其实不然。除了挣的是外币，工资高一些，其他开销都要精打细算。公司基本不给拨款，全靠自己做生意挣钱，首先要把一年几万马克的费用挣出来。抛家舍业为的啥？不就为多挣几个钱吗？所以，这些年贺东养成了出门关灯，看电视音量要小，能走路就不坐车的习惯。每年春节回来一次，提前半年就定好了打折机票，这次不是情况特殊怎么也不能买全价票啊！

德国人很勤俭，他们从不奢侈浪费，好多人会把车停下，在公用电话亭打电话。而贺东看到中国清洁工的腰上都挎着手机。发展真是太快了！耳闻目染，潜移默化，贺东变得很抠门。公司出国小组到了德国，贺东会主动让大家打个长途电话报个平安，而他自己却很少因家事打长途。一次，一个女同事拿起电话就不撒手，在电话里听她女儿弹钢琴。贺东差点没把眼泪急出来，女同事却说：不就打个电话吗？至于白天出去玩不关空调，晚上回来房间凉快的事时有发生。贺东真是不知如何是好，只能叹道：哎！大锅饭吃惯了。

高总将他带到一个酒柜前："想喝点什么？"七八瓶开过却没喝完的蓝带、XO、人头马等洋酒摆在里面，瓶上贴着标签：高总存。可见他是这里的常客。看来自己花一千多马克买的，认为很拿得出手的 XO，对高总实在算不了什么。

"亲爱的，怎么来了也不提前打个电话？"一个身材修长，颇具风韵的女子进门就在高总的脸上亲了一下。"今天是找娜娜，还是安琪？"在贺东目光注视下，高总略显不自然地用手擦了一下刚被吻过的脸。"今天就算了，我陪朋友喝点酒聊聊天。"我给你介绍："贺先生，刚从国外回来。""这位是金碧辉煌的首席妈咪丽莎。"丽莎非常优雅地递上一张名片，并斟满一杯酒："希望贺先生常来玩，多多关照小妹噢。"言毕，酒杯放在唇边，一双媚眼瞟着贺东，一干而尽。然后，非常识趣地转身退了出去。

三

高总应酬多。国外客户、省里、北京总公司来人，三教九流，每年记在他名下的招待费就有二百多万人民币。两个多亿美金的进出口额，折合议价，人民币近二十个亿，区区二百万算得了什么呢？

在老百姓还以自行车代步的年代。外贸公司就有高级进口轿车了。当时，公司的那辆大"福特"光关税就上了十八万多，是用一船镁砂的货款买的，市里有重大外事活动就被调去接外宾。外贸当年是何等的风光！当听说你在外贸工作，别人就会用既羡慕又嫉妒的眼神看你，意味着可以出国（出国曾是多少中国人梦寐以求的），可以买大件（彩电、冰箱等电器），可以风光地进出星级酒店。特别当你身边还陪着个外宾（对外国人的统称），这时你就会有一种电影明星般良好的感觉。在这些羡慕的目光中，不乏靓丽女性温婉的眼神，而此时你会装作看不见，故意和老外说点什么。

眼神，眼神是什么呢？一瞬间，就那么一瞬间，像电波。男女之间来不来电很重要。贺东在青峪沟当知青时结过一次婚，女方是县镁砂厂厂长的女儿。一个是家庭出身不好的大龄知青，一个是待字闺中的厂长千金，条件是贺东可以进镁砂厂当工人。

贺东原名贺晓夫，是一个和父亲一起工作的苏联援华专家给起的。"文革"中，父亲被打成"苏修特务"，锒铛入狱。贺晓夫的名字也被予以了"特务"的含义，说成是赫鲁晓夫的谐音，妄图在中国复辟资本主义。更有甚者，说他家与赫鲁晓夫是亲戚，等等。改名吧，不改名，这孩子没法活，在下乡去农村之前，母亲将他的名字改成了贺东。东风压倒西风，东方红太阳升。东字代表的是革命，而什么"夫"，一听就是"资产阶级修正主义"。

一九七七年恢复高考，贺东考取了省理工学院，这段婚姻也走到了尽头。贺东很长时间都为这段没有来电的婚姻自责。不爱为什么要结婚呢？是懦弱，是自私，还是欺骗？这个电影中经常出现的平庸故事，竟发生在自己的身上。

直到有一天，人事科长将一个来公司实习的女大学生领到他的面前。"孟……什么来着？"人事科长茫然。"孟瑟，琴瑟友之的'瑟'。"女大学生答道。"噢，小孟，矿大毕业的。今天起，贺科长是你的师傅。"眼神，一道闪电般的眼神，师傅竟有些不敢正视徒弟那双明亮的眸子。漂亮的徒弟加上这特别的名字，公司上下无不刮目相看。贺东读过诗经，知道"琴瑟友之"出自国风的名篇《关雎》。贺东带徒弟格外卖力：见客户，下工厂，参加广交会，都把孟瑟带上。刚由办公室主任提为总经理的高广德，特别提醒贺东要注意影响。可他不以为然，师傅带徒弟，名正言顺。

秋季的广州气候宜人。海珠宾馆院内的亚热带乔木枝叶繁茂，藤蔓像蜘蛛网一样，在林间编织起长廊。入夜，透过婆娑的树影可见珠江上闪烁的渔火。此情此景，使从北方肃杀秋天来的男女们热血沸腾，荷尔蒙分泌骤然增多。他第一次亲吻了她，虽然只是轻轻的一个吻。但贺东感觉到一股电流传遍全身。

他发现孟瑟与一般女孩子不同，看上去柔情似水，而内心却充满坚毅。她不轻浮，那略带忧郁的气质似乎与年龄不符，而构成这种气质的内涵，应该是生活的积淀和对理想的追求。虽然年龄上有差距，但他们之间有某种气息相通。孟瑟也喜欢艺术品，甚至着魔，尤其是米凯朗基罗、拉斐尔、达·芬奇等的文艺复兴时期的作品，另外还有罗丹。

她曾问贺东，罗丹的《思想者》象征着什么？贺东想了一下说："应该是人类改造世界的力量。"她若有所思："我看更象征着思想不应该被束缚，就像鸟儿应该在天空中飞翔一样。如果说宇宙没有尽头，那么思想就无比深远。""你应该去学哲学，不应该考矿大。"她说，她喜欢坚硬的物质，喜欢物质结晶的纯净和绚烂的色彩，或出自于某种天性。"天性？"贺东不解，她笑而不答。

实习结束，孟瑟本应留在镁制品科，但不知为什么，却被分到了石材科。没过多久，贺东就被派去了德国。行前，他想和她好好谈谈，可她却出差去了沂蒙山，搞大理石了。再后来听说她离开了公司。有人说，她和一个台湾客户走了，有的说，为了躲避高总的追求，去了澳大利亚。

贺东是个对感情要求极高的人。有过厂长女儿那一次，他再不敢轻易用情，他不愿伤害自己，更不愿伤害别人，而孟瑟是个例外。多年来，他也曾想填补感情的空白，但身在他乡。娶个外国女人？他从未想过。西方女人是不会轻易看上中国男人的。这种历史、文化等隔阂，对双方而言都很难逾越。贺东见过的跨国婚姻要么出于好奇，而好奇像薄雾一样，瞬间就会散去，要么是移民的跳板。一个中国女星嫁个外国老头，生了几个孩子，最后还是被人打出家门。在国内找一个？每次回国，都有人给他介绍，真心想嫁的耐不住两地生活的寂寞；为钱而嫁的，目的性过于明显，关键是贺东根本没那种感觉。

四

高广德知道贺东的分量。欧洲的客户他都熟，对外贸公司来说，客户就是生命。他从不带本公司人员去金碧辉煌，贺东是个特例。他向贺东介绍了一些公司改制的最新进展，而这些，普通职工是不知情的。

国有大中型企业股份制改革是国家的大政方针。就像一个大家族分家一样，将几十年的家底重新分配，这其中的利益之大，可想而知。而在这巨大的变革过程中，国有资产流失问题十分关键。最近工商局接到通知，改制试点单位的法人更名工作暂停，待国资委重新审核之后，再行办理。高广德几乎就要跨进去的门突然关上了。如果改制不成，三亿多银行贷款不能核销，一个多亿的亏损还要继续背着，还有几百名职工、离退休人员的工资福利，等等。更让他寝食难安的是，当总经理的六年中，成亿的资金经手过，投资合作的几个项目亏损几千万。财务科费多大的劲才把这些烂账摆平，上下打通了多少关节，夜长梦多，经得起再次核查吗？

他想起了赵秘书，他答应事成后给他一个不小的数目。再者，赵秘书也放不下娜娜，没有钱，金碧辉煌的大门可不是那么好进的。事情居然办成了。凭着郭副省长亲笔签字的特别批件，公司改制方案终于搭上了外贸体制改革的末班车。高广德以五百万注册资本成为名副其实的法人，其中，国有股占百分之二十。他给贺东开出的条件是：公司董事挂副总经理的衔，仍然回德国常驻，参与年终分红。条件可谓相当优厚，但贺东却没有马上答应。

一股失落和惆怅油然而生。为什么呢？和大多数人一样，他对老东矿有着极深的感情，有一种强烈的归属感，特别是在异国他乡，这种感情就越发强烈。虽然，近几年公司的经营每况愈下，对高广德的为人也不"感冒"，但公司终究代表的是国家。前年，新调来一个颇具文采的书记，在圣诞节前给所有海外常驻机构发了个传真：异乡圣诞，火树银花，时逢家乡瑞雪。贺东立马回了一首：他乡思亲，片书飞鸿，顿感融融春意。一股强烈的思乡之情使他难以自已，一个人喝干了一瓶红酒，酩酊大醉。高广德代表谁呢？

　　贺东一直有一个梦想，一个中国人自己生产高质量镁碳砖的梦想。我们卖资源，廉价地卖资源，而人家用廉价买来的资源加工成高质量的产品，再高价卖给你。听说美国钼、铬、钒等战略金属的储藏量非常大，但不开采，给子孙后代留着。每年从中国等国家大量进口，等你资源枯竭那一天，这仗还用打吗？

　　这几年，我国连续建设了几座大型钢铁企业，高质量镁碳砖全是进口的。一次，在上海某钢厂见到维苏威的中国代表，他颇为得意地对贺东说：你卖十吨镁砂，不如我卖一吨镁炭砖。贺东的脸上顿时像被人狠狠抽了个嘴巴。他知道这小子是在报复他上次镁砂提价的事。建议向公司和高总提过，可答复是：我只管出口创汇完成任务，这是工厂和科研部门的事。引进一条生产线要多少钱？搞出合格产品何年何月？到时候，你我还不一定在哪儿呢。贺东哑然。

　　是啊，从这个意义上讲，改革势在必行。现实和情感是一对矛盾，就像孩子长大了，要离开父母一样，舍不得也得离。贺东看得出来，高总虽然过了改制这一关，但他并没有真心发展壮大企业的想法，起码眼前他还顾不上。更何况还有百分之二十国有股呢？

　　这些年，高广德看上去潇洒，实际活得很累。高尔夫球是照打，金碧辉煌也常去，但过后仍然感到不轻松。大夫说他是亚健康或叫积累疲劳。他自己最清楚这是心累，心累怎么治呢？最近，经常有退休老职工找他闹，没办法不得不通过公安局的朋友雇了个保镖。他经常做梦，一次梦见别人送他一对白金镯子，戴到手上就怎么也拿不下来了。醒后，惊出一身冷汗。

他变得越来越迷信，请了个高人给他算命。高人仔细端详了一番，又将他的生辰八字和名字写在纸上，然后闭起眼睛掐指算道：高总乃大富大贵之人，姓名中包含了天、地、人三层意思。天高，地广，人德，您又属大龙，龙飞在天，还是个高。属相和姓氏能如此吻合的，实在不多见。但是……高人略作停顿睁眼环视一下四周：你办公室是个斜角，朝向东南。顶上是根斜梁，横贯西北，正破了你的福气和财气。好在您贵气大，压得住，不然要倒霉的。如何破解呢？高广德认真地问。换个朝向，正南的房间，但一定要方正，在公司大门口摆两座石狮子，镇住邪气。高广德立马吩咐经理办把小会议室腾出来，再让石材科去产地订一对狮子。

他每逢出差，遇仙就求，见佛就拜，但行色匆匆难掩内心的燥热。其实这个总经理他早就当够了，但是他不能走，他一走，身后就会露出个大窟窿。窟窿是需要有人来堵的，自己堵最安全。

<h2 style="text-align:center">五</h2>

贺东并不是只有回国一条路可走。高总开出的条件，镁顿也能给，而且一点也不比高总的差，只不过他对谁都没有讲。国外客户也在密切关注中国的改革开放。近几年，民营

企业的崛起，特别是好多矿点开始自营出口，打破了国营外贸公司的一统江山。但他们面临的共同问题是，没有国外客户，缺少外贸专业人才，国际诚信度低。为了争夺市场和客户，他们竞相压价，使本来就不高的镁砂价格一路走低。国营外贸公司正在忙于改制，是泥菩萨过河自身难保。这当口，谁还顾得上维护市场秩序呢？

镁顿正是看准这个诸侯四起，群龙无首的好机会，想进一步控制中国市场和镁砂资源。像贺东这样即懂国外市场又熟悉国内情况的人，正是他们的理想人选。以他们国际大公司的声望和地位，国内的公司是很难与之竞争的。

以外国公司代表的身份，回来与自己曾经服务过的公司谈判，为外国人与自己的祖国争夺利益，贺东还从没想过。国人会怎么看自己呢？是汉奸卖国贼，还是假洋鬼子？或许大多数人会羡慕。外商，国际大公司，多时髦啊！搞不好，走到哪儿还会有领导接见呢，给个人大代表、政协委员当当也说不定。

六年的国外生活，使贺东在生活方式、精神理念等方面都发生了变化。这种变化反映在他对国内很多人和事的不适应。比如：复杂的人际关系，说话的拐弯抹角，做事的态度等等。

人的经历实际就是人生的晴雨表。一次，一个全省五十多人的代表团到欧洲，贺东负责全程陪同接待。当飞机在苏黎世转机时，正值中午，候机厅里放置了一些免费的面包牛奶供旅客取用。也许中国免费的东西太少，当知道这些东西是免费的时候，大家一哄而上。不仅如此，有人还往包里塞，伙食费是包干的，省下钱可以多买个大件。

这一阵骚乱引来其他外国乘客诧异的目光，贺东顿时觉

313

橙色的火焰

得无地自容。公共场所大声喧哗，随地吐痰，不遵守一米线，非吸烟区抽烟等看似不起眼的事，到了国外都变成令人侧目的陋习。到达目的地后，接机的大巴沿着一条高速公路疾驶，突然，前面车辆减速停了下来。只见一只鸭妈妈领着七八只小鸭过马路（应该是野鸭），它们悠哉游哉不紧不慢。所有车都停下为它们让路，瞬间几十辆车排起了长龙。

看人家的文明程度！有人叹道。我们国内的司机连人都不让，站在横道线上车轱辘几乎压着你的脚尖，更别说动物了。贺东趁机道："欧洲人关爱动物特别是狗，因为狗是人类最忠诚的朋友。他们从不吃狗肉，狗在欧洲受到极其人道的待遇。"贺东喜欢狗，喜欢狗的忠诚和执着。和它们在一起，你不会有任何顾及和烦恼，让自己的心扉完全敞开，让自己的真情尽情流露。

他养了一条黑色的拉布拉多犬，叫戴维。此狗极其聪明，它能观察和揣摩出主人的心理。每次出差，最让他受不了的就是戴维的眼神。它歪着头，盯盯地看着你，好像在说：又要走了？带上我吗？啥时回来？每次把它送去朋友那儿寄养，都如同生离死别，回来的第一件事，就是尽快把它接回来。他对国内动不动就打狗极其不满。都是人的错，与狗何干？是人极其不负责任地随意把狗抛弃。狗最初会发疯地寻找主人，不惜千里万里，那种失落和恐惧是人无法理解的。

"还是穷呗，我下乡时一年都见不着肉，偷老乡条狗杀了吃就算过年了。"一个矿长大声说。"不是建设在物质文明基础之上的精神文明嘛，只能是宣传和说教。"一个戴眼镜的处长说了句颇具哲理的话。"毛泽东时代虽然穷，但大家有一股革命干劲，这又作何解释呢？"有人大声反问。"莫谈国事。让王总为我们讲个段子，放松一下，好不好。""讲老狼下山，讲唐伯虎卖画”，一阵七嘴八舌。

德国虽好，但那是人家的国家。贺东经常在心里想。历史上曾发生的“水晶之夜”，让世人永难忘怀。就在那一晚，纳粹开始了大规模驱逐和屠杀犹太人

汉堡附近有一个专对外国人的跳蚤市场，被称作“中土乐园”，光顾那里的大多是中国和土耳其人。卖的多是些低档便宜货，是出国小组的必到之处。因为常去，认识了一个摆摊卖服装的中国年轻人陈歆。

他是国内某著名音乐学院小提琴专业的毕业生，四年前和女朋友一起来巴登－符滕堡州魏玛李斯特音乐学院深造。靠卖艺刷盘子，供女朋友完成了学业，但她却和一位德国老师跑了。回国吧？学业未成，又没有钱，女朋友跟了别人，实在丢不起这个人，索性在德国待了下来。白天在“中土乐园”摆摊做点中国人生意，早晚在地铁站拉琴卖艺。国内亲戚朋友还以为他在国外发了大财，不知有多少人羡慕。

其实，每一个在海外生活的中国人，他们都有一部不为人知的辛酸史，只不过不愿在亲人面前流露罢了。他特意托人在国内录了一盘除夕夜的鞭炮声，每逢年三十晚上，放给自己听。苦闷、寂寞、思乡之情，如野草般在心中疯长。每次见到贺东，他都说：再赚点钱，我就回家了，真的要回家了。

是的，回家。叶落归根，这是根植于每一个中国人心中，不可磨灭的情结。贺东无法想象一辈子待在国外会是个什么样，做一个边缘化的中国人？你皮肤和头发的颜色告诉别人你是个外来者，而你的子孙后代都将无法改变。做一个边缘化的外国人？可能一辈子都无法真正融入这个社会。贺东最后下决心要回国，是当他看到新纳粹分子涂刷在墙上的标语：外国人滚回去！不要污染我们的国家。

六

贺东知道高总有钱，区区两千万还是拿得出来的。他将很早以前就写好的《关于投资生产 HQ 型镁碳砖的可行性报告》递到高总手上。"这是我唯一的条件，副总不副总的无所谓。再不搞高附加值的产品，我们就一点竞争力都没有了。"高广德也深知贺东建议的重要性，可他有难言之隐。

俗话说：瘦死的骆驼比马大，破船也有三斤钉。东矿曾经有亚洲最大的仓库，百十台拉矿石用的进口"太脱拉"载重车，一条直通港内的铁路专用线。公司的办公大楼是解放前日伪时期的水上衙门，而今被列为文物保护建筑。这些固定资产被整体打包转给银行，顶了那三亿多银行贷款。而银行又将这些资产以三千万拍卖给某个资产管理公司。三个亿变成三千万，按银行呆坏账处理，一笔核销掉。

据说，拍卖那天只有三家公司举牌，其中两家是托儿。该资产管理公司挂靠在银行名下，专为银行处理不良资产，老板姓范三十几岁，过去曾是银行的贷款员。此人神通广大，专门收购国有资产，在 A 市可以翻手为云覆手为雨，几年间，身价过亿。此次收购东矿资产，兵不血刃，用的还是银行贷款。他要将这些资产变现变成几倍、几十倍的钱。

他盯上了高广德。他像蚊子一样，专找要害部位叮，把你吃干、榨净。他知道国企老总们最怕什么。一天，他找到高广德说："那一百多辆'太脱拉'你买回去吧，我不拉矿石，要它们没用。""我也没钱买，你自己处理吧。"高回应道。范老板顿时脸色一沉："高总，我不出手接这个烂摊子，银行核销会这么顺利？你的那些烂账还都在我手上……""这样吧，每台二十万，按原价的三分之一。一百台，你付个整数，两千万。"这明显是在威胁。"范老板，公司刚改制，仅职工买断，安排人员下岗，就一千多万，这你是知道的。"高广德知道范不好惹，现在是这些新贵们的天下。但也不能让他当软柿子，随便捏，你说两千万就两千万？"那好，你考虑一下，我们回头再谈。"范扔下这句不软不硬的话，起身走了。

在三千万买断东矿资产的同时，范老板也留用了十几个老东矿的人。常言道：有奶就是娘，端谁的饭碗为谁做事。有些内情和主意就是他们出的。高广德仔细想过，整个改制在程序上是没问题的：国资委批复，会计师行评估，资产拍卖，工商局更名。你姓范的本来就捡个大便宜，还想怎么样呢？先不用理他。

没过几天，突然有两个人来到高广德的办公室："我们是市公安局经侦局的，有人举报你在改制过程中侵吞国有资产。"说罢，拿出一叠打印好的举报材料。他脸上的肌肉不由地抽动了一下。什么反贪局、经侦局，尽量离他们远点，沾上他们准没好事。他见过的举报材料不算少，这几年不少老职工给经贸厅写信反映情况，但最后，举报信都转回到他手上。由公安局出面，这还是第一次。高广德看一眼标题，接着就翻到最后一页，举报人是盘山仓库车队部分职工。他立刻明白了。"请高总和我们去局里走一趟，做个笔录。""今天我实在走不开，材料我留下，详细看看，你们该不会怕我跑了吧？"他不卑不亢，略带愠色地说道。

经侦局的人走后，高广德点燃一支烟狠狠地抽了两口，又狠狠地在烟缸里掐灭。他拿起电话……

一百台"太脱拉"，有三十台几乎报废，二十几台发动机被拆掉，只剩空壳。高广德本不是等闲之辈，但在这个时候他不想惹麻烦。经了解，这是范老板的一贯做法，而且屡屡奏效。他现在正带着经侦局的某几个人在海南旅游。

转眼，贺东回来十几天了。几天来，见了些老朋友、老同事，了解了些近来发生的事情。手上有客户有业务的，都拉出去自己单干了。进出口由过去的国家专营改为登记制，东矿就像一块大蛋糕，被切成几十块，港湾路两侧写字楼里又多了十几家外贸公司。

听说他回来了，好几个人向他推销镁砂，价格低得离谱，且都号称有出口许可证。陆延是贺东当科长时的老业务员，贺东走后被提为副科长，分管镁砂货源，现在自己成立了公司，叫"吉姆五矿"。

请贺东吃完饭后，陆延执意要去卡拉 OK 唱歌。贺东感到很惊讶，因为在他印象中，陆延五音不全，每次公司联欢，他从不上台，偶尔唱两句如同说歌，有时又像鸡鸣鸭叫。近些年，卡拉 OK 在国内十分火爆，人人都是歌唱家。而贺东却显得有些落伍，这个当年的文艺骨干，还只限于《三套车》《莫斯科郊外的晚上》等前苏联歌曲。陆延以一首《涛声依旧》开始，接下来就成了他个人独唱音乐会。

贺东同样不擅长的另一样国粹是打麻将。一次，他从德国回来参加广交会，大家看他是海外回来的，非让他打两把，说要赢他点外汇。无奈，贺东玩了一会，除了点炮一把没和。在"剩下的大家在跳舞"的大好形势下，贺东显得有些迂腐和土鳖。

这时陆延的手机响了。不一会儿，一个个子不高，操一口广东普通话的男子走了进来。陆延收住歌喉介绍到："林总，香港林老板，我的合作伙伴。"林老板像遇见老熟人似的，使劲握住贺东的手说："陆总，怎么能让贺先生在这种地方唱歌。走，去金碧辉煌。""别了，已经很晚了，就在这吧。"贺东赶紧说。"哪里晚，在香港，这时候，夜生活刚刚开始。"林总拉长了声说。接着他向服务生大声喊道："拿一瓶路易十三，要 1980 年的。"

在陆延和林老板如此豪爽的背后，贺东隐约感到他们是想交他这个朋友。贺东能干什么呢？

七

贺东站在马路对过，从远处看着公司大楼。这里曾经车水马龙，人来人往。高总在新建的国际金融中心买下一层写字楼，带着剩下的七八十人搬走了。这座带有文艺复兴时期风格的建筑在没了人气和财气之后，显得有些落寞凄凉，与周边拔地而起的，镶有玻璃幕墙的高楼大厦形成鲜明的对比。也许，它压根就不应该是什么公司，而应该是座博物馆，是有些老旧，但已存世不多。

此刻的心境使贺东想起了柏林墙被拆除的时候——东柏林广场上那座巨大的马克思和恩格斯雕像孤零零地伫立在那里，仿佛在述说着一个时代的过去。不知什么人在花岗岩基座上写道："不是我们的错。"

贺东心里有些乱，一种难以言表的郁闷。回国前的那种激动、兴奋和热情，像入冬的天气一样慢慢变凉。也许老韩的话是对的，他不该回来。在他了解公司发生的一切之后，突然发觉自己真的是个被边缘化的中国人。面对眼前的游戏规则，看不懂，也不知怎么玩。

高总已明确告诉他，生产高质量镁碳砖的事眼前实行不了，他要去北京跑许可证，要保住镁砂的出口数量，狼多肉少。

贺东想找上级，可经贸厅已不管外贸了，作为省政府的一个部门，只负责外贸政策的制定与指导。改制后的公司除国有股部分归国资委，作为民营企业、独立法人，直接向国家纳税，而国有股也将彻底退出。

贺东一时间如脱离组织的战士，找不到党了。

镁顿还在找他。可以成立独资企业，在中国生产高质量镁碳砖，由于知识产权和技术保密问题，不考虑合资。镁砂卖乱了，对他们也没有好处，只有尽快抢占高端市场才是上策。所谓技术，实际就是原料的配比和烧结的火候，设备和生产线引进一部分，其余国内都能解决。

贺东是学耐火专业的，他知道只要建起隧道窑，搞出高质量镁碳砖决不会比生产青花瓷、珐琅彩难多少。连失传近千年的钧窑玫瑰、汝窑天青，我们都能研制出来，何况一块砖。中国人应该有烧窑的天性，这是祖宗遗传下来的。每当想到这些，贺东心中那橙色的火焰又亮了起来。他算过一笔账，高质量镁碳砖的国际市场卖价几乎是镁砂的十倍，全球的需求量每年二百万吨左右。按每吨 900 美元计算，就是百亿美元的生意。这是何等之大呀！外国人要行动了。

陆延也在找他，找他去洗桑拿，地点是华清池帝王浴宫。浴宫里山泉飞瀑，富丽堂皇。欧洲发达，但他没见过这么豪华的澡堂子。看来，古罗马帝国的凯撒大帝在洗澡方面还不如中国古代的一个妃子。

在最大的总统套房里，浴室的天棚和墙面是用五颜六色天然玛瑙石砌成，在水蒸气的作用下，会放射出对人体有益的微量元素。巨大的冲浪浴缸，从不同角度喷水按摩身体各个部位。陆延无比放松地斜倚在池边说："泰式、港式、欧式、鸳鸯浴、霸王餐，各式服务都有。要不给你来个一条龙？"

贺东真没见过这么多名堂，有的都没听说过。

做个足底按摩吧，即舒服又解乏。他不想做得太过，倒不是装正人君子。男人之间如果能互相谈论女人，连寻欢之事都不避讳，那定是无所不谈的同道之人。反之，就是同流合污的一丘之貉。而他们之间算什么呢？最起码，他当着陆延和林老板的面还做不出来。但在当今商场、官场，酒足饭饱之后，这是必不可少的节目。到了这一场，都赤裸相见，一切伪装和矜持都不复存在，剩下的只是赤裸裸的交易。

陆延的目的很明确，通过林老板经香港走的镁砂价格低，让贺东帮忙打开欧洲市场，每吨百分之三的佣金。至于出口许可证，你不用操心，货我能走出去，你只管在欧洲接就是了。贺东知道，镁砂出口许可证要外经贸部核发，地方政府都没有这个权力。过去，对口只发给东矿等几个专业公司，现在放开一部分，但数量有限，他们哪来的那么多证呢？

贺东感到深深的忧虑，一个出口拳头商品，一个有绝对垄断地位的商品将被我们自己搞乱、搞垮。其他商品何尝不是如此呢？只要能赚钱，就一哄而上，竞相压价，最后还要被告个倾销。看人家日本，每年和你搞一次钢铁价格谈判，你生产不了的优质板材，就给你吊着卖，按订单生产，早一天都不行，价格还不停地涨。其实日本没有资源，铁矿石全靠进口，但它却是全世界最大的钢铁出口国。

高总从北京回来了，钱没少花，但许可证只拿到以往的三分之一。贺东决定也去一趟北京，他不是去搞许可证，而是要去地矿部。

八

一年前，他曾给省经贸厅写过一个关于对镁砂出口征收资源税的建议，以抑制日益恶化的市场竞争。但一直没有下文，后来听说，被转到国家地矿部研究论证。他不忍心眼看着国家宝贵资源向沙土一样，被廉价卖到国外，就像看到自来水龙头的水在白白地流淌，虽然不关自己的事。他这次将整顿镁砂市场秩序和发展高附加值产品汇总在一起，写了一个详细的情况反映。如果地矿部不管，就直接寄给国务院，总会有人管的。

地矿部在一座由青砖砌成的灰色大楼里。站岗的武警战士要他出示介绍信，他这才意识到自己现在是个没有公职的人。东矿已不复存在，是否去高广德的公司还没想好，档案关系被暂时存放在人才交流中心，最后，应落到所属街道，按失业处理。他尽可能简单地说明一下情况，当听说他是从海外回来的，战士更加提高了警惕，用审视的目光打量着他。"我有身份证我是公民。""不行，还需要能证明你所在单位的文件。"贺东突然想起出国前使用的工作证，没舍得扔还在皮包里，赶紧拿了出来。这回居然让他进去了。

找哪个部门呢？空旷的走廊里，门都关着，还是先到办公室问问吧。敲门进去，一个戴眼镜的男同志正在填什么表。听完贺东的来意后，扔下一句："你到矿产资源处看看。"转身进了里间。矿产资源处说他们只管资源普查，开征资源税应该去法规处。找到法规处，已近中午时分，陆续有人去食堂吃饭，有的已经凑在一起开始聊天。此时进去，肯定不合时宜，既然来了，就等到下午上班。听说过到政府机关办事不容易，这次算见识了一回。

都说在国外没有亲情，真的回来了，亲情在哪儿呢？他在走廊里边徘徊着。国外的事情该办就办，不该办的，找人也没用，人际关系相对简单平等。而国内却不行，人情太重，办事求人，需仰视方可，还不一定有人理你。中国的事是世界上最难办，也是最好办的。认识人什么都好办，不认识人什么都难办。贺东为自己不认识人而感到沮丧。

"同志，你找人吗？"身后一个女人的声音。孟瑟！贺东几乎失声叫了出来。真的是她吗？"有事请进来说吧。"见他还在发愣，女同志接着说。贺东猛然醒过神来，实在是太像，以至于产生了错觉。"我叫李琴。"女同志指了一下胸卡。贺东这才看到胸卡上清晰地写着：李琴，处长。她非常认真地听完贺东的介绍，说："你的那份报告我们看过，经领导研究，认为有必要开征资源税，已报国家税务总局，不久会联合发文，正式实施。另外，应该感谢你及时向上反映情况。"

贺东感到有一股暖流从心里向上涌。"你的另外两个问题，不归我们管。整顿镁砂市场秩序，你应该找五矿商会，发展高端产品，你应该找国家计委立项。对了，国务院正在搞机构改革，不久的将来，地矿部要合并为国土资源部，国家计委改为国家发改委，全称是'国家发展和改革委员会'。人员恐怕也会有些变动，这是我的办公和手机号码，你随时可以找我。""太感谢了！李处长。"贺东一时不知如何是好。"你是从A市来的？"她好像要问什么，但话锋一转："搞高质量镁碳砖，国家立项时间太长，你不妨联系一下民营企业。有个金山耐火，就在你们省，他们的梁工很有些想法，这是联系方式。"

从地矿部出来，贺东去了趟西长安街的五矿商会。从商

橙色的火焰

会出来他感觉心情特别好，于是沿着长安街向天安门广场走去，想去看看天安门。

九

金山耐火材料有限公司在菱镁矿的主要产地之一青石桥。这里曾经是东矿的主要货源基地，改革开放后，矿点纷纷变成公司，开始自营出口，矿长变成矿老板，与外贸的关系日渐疏远。与煤老板一样，矿老板个个财大气粗，从地里直接挖出来的就是钱。

有一年，一个代表团从欧洲回来经停香港，在香港中环一家珠宝行买金货，用旅行袋装。吓得老板赶快报警，以为遇到了劫匪。什么伯爵、江诗丹顿一概不认，就认雷达表，一买就是十几块。香港人从此再也不敢瞧不起这些大陆来的人了。民营老板也不乏有远见卓识之人。

梁工四十几岁，颇具学者风度，贺东说明是地矿部李处长介绍来的。"李琴给我打电话了。"听口气，关系好像很熟，贺东突然有一种酸酸的感觉。"李琴是我爱人。"梁工接着说。"我是去年从钢铁研究院辞职下海来这里的。"贺东感到有些失落，自己这是怎么了？是因为李琴太像孟瑟？他为自己几天来的非分之想感到可笑。"见到贺先生真是太高兴了，可惜张总不在家，他早就想见你。""听说，你们这搞得很好，特别是镁碳砖开发方面。"梁工为贺东沏上一杯茶，并递过一块电熔镁的烧结样品。贺东用手掂了掂，从密度、色泽、结晶上看，无疑是块好东西。"真想不到，你们已经搞到这种程度了。"他显得有些兴奋。"张总是个有雄心、有魄力的企业家，我搞研究多年，一直想将科研成果应用到生产一线，这是我们结合的共同点。你熟悉和掌握国际市场，你如加盟，我们就是桃园三结义，可以三英战吕布，还怕他镁顿、维苏威不成？"梁工说完站起身，"请贺先生去看看我们的隧道窑。"

参观完金山耐火，贺东感觉到了一种多年未曾有过的兴奋，还是当年考上大学时有过这种感觉。他为民营企业的发展速度感到吃惊，也为自己的孤陋寡闻感到懊恼。一直以国营外贸大公司海外常驻代表的身份自居，从未正视过这些民营企业。在他眼里，他们只不过是一批有钱的土豪，他们不懂国际贸易，不懂外语，在国外净出洋相，除了卖矿石，干不了别的。他开始从改革纷乱的表象下面，看到了这场变革的真谛。

这是一场体制的变革。过去已有的，我们熟悉的，而且认为合理的东西，将被打破，新的事物像雨后春笋一样破土而出。尽管，它看上去还很稚嫩，但它却是新体制下，充满活力的新生儿，将长成为大树，最后成为一片茂盛的林海。

六年来，自己回来过几趟呢？即使回来，也是来去匆匆，除了与业务有关的，其他很少有时间关注。自己曾对国有外贸公司走到今天这一步，感到惋惜甚至不理解，这是否正是破茧化蝶过程中必须经过的痛苦和转变呢？他似乎找到了多年来令自己困惑的原因。国外好，但那不是你的国家，不属于你。祖国属于你，但她又多少有不如意。正是这种困惑使自己的精神和肉体一直游离于家的门外。除了思乡之情，一直没找到一个支撑自己精神和事业的支点，一个让自己真正想回家的理由。

贺东早就认为外贸公司必须走工贸结合、工贸一体的道路，单纯作二道贩子没有前途。西门子、克虏伯、索尼等国外大公司哪一个不是靠生产过硬产品起家的？他感到自己该回来做点什么而且刻不容缓。他和梁工约好，先回 A 市，等张总回来详谈。

十

回来后，贺东又给商会写了一封信，建议对镁砂出口许可证实行招标制，打破传统分配办法，让有实力的企业做大做强，抑制市场恶性竞争，稳定出口价格。

高总近来的日子不好过。镁砂卖价越来越低，除去费用和收汇风险，赚不了几个钱，还不如卖许可证，起码不会亏损。公司是自己的，必须学会精打细算，高尔夫不打了，金碧辉煌也少去了。与高总的情况相反，陆延的生意似乎好得不得了。他几乎天天往产地跑，包销了除金山矿以外，青石桥的所有货源。他的货都是从 A 市装船，经香港转口去东南亚。贺东清楚陆延手上东南亚那几个客户，一年两万吨撑死了，哪来的这么大量呢？除非转道去了欧美市场。

转眼回来一个多月了，下周就是圣诞节。贺东有点怀念德国汉堡的家，确切地说是戴维。它怎么样了？打过几次电话，朋友说戴维不爱吃食，总是呆呆地望着门口。是啊，它从没离开过主人这么久。以后呢？贺东不愿再往下想。

现在，国内的人越来越热衷于过洋节，A 市各大宾馆酒店已亮起圣诞灯，头戴红色尖顶软帽，留着白胡须的圣诞老人，不时向过往的孩子们抛洒糖果之类的小礼品。圣诞树和用棉花装扮的白雪，在音乐衬托下，平添了几分节日气氛。越来越西化了，与欧洲没什么区别，贺东望着流光溢彩的夜色想。

手机响了，一个男人的声音，"贺先生吗？我是张广海，金山耐火的。""张……"他猛然想了起来，"啊，张总。""我刚到 A 市，住香格里拉，能见个面吗？"

这是个三十几岁敦实的男人，一双粗壮的大手，贺东几乎握不过来。"张老三是我爹，他退休，交班给我了。"贺东想起那个偷老乡家狗，杀了吃肉的矿长。"你是张矿长的儿子？长得太像了。""我听梁工说您去过金山矿，正好我从香港回来，就先见您一面。我这是一顾茅庐，还会有二顾、三顾，直到把您给请去。"

贺东从这个年轻人的脸上，看到的是热情与真诚。他毫不犹豫地回答："只要张总不嫌弃，我愿竭尽所能。""那太好了。走，我还没吃饭，我们去餐厅喝一杯。"张总提议。他让服务员拿来一瓶茅台，给贺东满满斟上了一杯："为我们的事业，为我们合作愉快，干了！"贺东本不胜酒力，但他并未推辞，端起杯一干而尽。张总道："贺先生有什么要求，尽管提，只要我能做到。""我没什么要求，尽快搞出合格的产品，尽快抢占市场，留给我们的时间不多了。""那好，我们在商言商。我给的不会比高总和镁顿的条件差，外加百分之二十干股，您看如何？"

两人几乎喝干了一瓶茅台，近午夜时分，贺东才离开酒店。

张总此次香港之行，是同海关总署缉私局的人一起去的。为什么越过 A 市海关直接报到海关总署，这其中的原因不言而喻。早在一年前，他就对陆延和林老板大量收购镁砂，而出口卖价却比别人低感到怀疑，他们是如何维持低成本的呢？一般年初许可证刚下来出，货量大，年尾证用得差不多了，出货量小。而像他们，不分淡旺季地大量出货，肯定有问题。一路走低的镁砂价格，已经严重损害了像金山耐火这样以制成品出口为主的企业的利益。香港方面没有查出太有价值的东西，经香港的货转船手续齐全，这使张总他们的调查陷入困境。

贺东清楚如果真是走私，别的企业将无法生存，整个行业将会垮掉，甚至几年都缓不过来。从张总忧虑的目光中，贺东读出了一份责任，不仅仅是为金山。他和张总约好，将自己的一些事情处理完，即刻去金山报到。

贺东约陆延见面。答应帮他向欧洲走货，条件是不做 L/C 而是 T/T，还要 SGS 第三方验货。L/C 是买方通过银行开出信用证给卖方，卖方将货物装船后，凭信用证规定的条款，提交全套单据给银行，银行审核单据无误后，再付款给卖方。这叫"银行信誉"，是对外贸易的常规做法，对买卖双方都风险较小。而 T/T 是不通过银行开信用证，由卖方将货物装船后，直接将全套单据快递给买方，买方见单后再付款。这是"商业信誉"，对卖方的风险很大，一般只对信誉好的老客户和贺东这样常驻海外的派出人员。SGS 则是专为国外买方提供验货服务的国际公司，目的是保证出口货物的质量。这其中，不乏对中国的出口企业和有关部门的不信任。

陆延有些犹豫，一再叮嘱贺东一定要安全收汇，这是自己的生意，千万不能有闪失。他也清楚以前东矿通过贺东出口到欧洲的货都是 T/T，客户是德国的弗兰克，是一间大公司，只要按时交货，质量没问题，付款是有保证的。他知道贺东与弗兰克的关系。

陆延有点喝大了。他醉眼蒙眬，用已经变大的舌头翻来覆去地让贺东猜他这几年赚了多少钱，接着又骂高广德狗眼看人低，早给个副总干，他也不能那么早辞职。你高广德坐奔驰 320，我就买奔驰 600，非气死你不可。

贺东陪他骂了一阵高广德，随即问到："这一万吨镁砂，月底装船有把握吗？哪家公司的船？""老贺，你放心。'贺兰山'号散货船正好一万吨，我常年包租，就和咱自己家的一样。""那好，千万别晚了，装船提单一出来，马上将提单、箱单、发票给我一份副本，正本直接寄给客户。"

已经是年终岁尾，出口许可证基本用完，能走出一万吨镁砂，陆延的能耐真是不小啊。"贺兰山"号，没听说过呀？

贺东去外代要了一份年底前出港船舶计划表，除了班轮，没查到其他去欧洲的船，更没有"贺兰山"号。只有等到装船单据出来，那时，一切都会见分晓。

十一

第二天，贺东就去了金山，他趁陆延装船前的空隙和张总见一面，同时他还惦记着梁工最近的实验结果怎么样了。

梁工正带领技术人员，对高质量镁碳砖的耐火性能进行最后测试。贺东隔着防护镜，用眼神和张总打了个招呼。车间里鸦雀无声，人们都屏住呼吸，只能听到顶吹转炉氧气在高温燃烧中发出震耳的轰鸣。温度已经达到 1600 度了，2000 度，2500 度。炉中的火焰如太阳般耀眼，成功了！贺东摘下防护镜，汗水浸湿了眼睛，和着泪水一起往下流。我们自己终于能生产高质量镁碳砖了，多年的梦想终于实现了，而且是在自己从没想过的民营企业。车间里沸腾了，如同那炙热的炉火，三双滚热的手紧紧握在一起。张总决定给新产品命名为"金山牌高熔镁碳砖"。由梁工负责，尽快开始批量生产，贺东负责制定一个全面的销售计划。

　　张总同意，欧洲圣诞假期结束后，贺东回一趟德国，除处理一下那边的事情外，尽快把欧洲办事处组建起来，赶在大年初八，公司新产品发布会之前回来，届时将有众多嘉宾到场。陆延来电话，说货已装船，贺东要赶回 A 市。临行前，张总将海关总署缉私局陈处长的电话给了他，必要时直接与他联系。

　　出口单据没有问题。贺东一时真摸不着头脑。货肯定是装船了，就算陆延能搞定海关、商检，SGS 的验货报告不会有假。这是客户委派的，他们吃的就是这碗饭。既然装了船，为什么查不到船名呢？贺东突然想起陆延每年内销东南沿海的数量很大。如果是内销就不需要报关，自然查不到出口记录。国内航线的船应该在海运局，但是不能出口啊！海运局十二月三十日出港记录显示："香雪海"轮一万吨，目的港是南方某港口。

　　贺东陷入深深的思索之中，他隐约感到，如果是走私，绝不是什么出口瞒报、集装箱夹带等简单方法。对于镁砂这种大宗商品，如不是大量整船的走私，是不会对市场形成那么大的冲击。正常情况下，五天以后香雪海轮就应该到达南方某港，他立刻将情况向张总作了汇报。

　　五天后，南方传来信息，"香雪海"轮只停靠一天卸了几十吨货离港了。

　　贺东不敢再向陆延打听船的事。快递的正本单据，他迟迟未发，他担心陆延这几天该催问付款的事了。贺东有一种预感："贺兰山"号和"香雪海"轮是同一条船，至于其中的奥秘，他一时也想不明白。张总在南方，贺东几次拿起电话想问问情况，最后又放下了。他突然意识到，自己想要的结果很可能会牵连自己，他痛恨走私，但那是国家的事，自己这么做犯得着吗？将会发生什么呢？一旦陆延知道……

这几天出奇的安静，没有张总的消息，陆延也一个电话都没有。贺东来到国运大厦陆延的公司，只见门上贴着封条，空无一人。听门卫说昨晚警察连夜查抄的，原因不详，陆总已两天没见了。贺东明白"贺兰山"号出事了。他转身刚要走，两个警察站在面前："你是贺东吧？有些事情请你协助调查，跟我们走一趟。"

众目睽睽之下，贺东被带走了。他想替自己申辩，但不知从何说起，他被关进小黑屋。

大约过了两天，张总将他接了出去。还是香格里拉，一瓶茅台。看着贺东狐疑的眼神和疲惫的面容，张总斟满一杯酒："来，干了。压压惊……"

这是一起建国以来被查获的最大镁砂走私案。走私手段的诡异和巧妙令海关也始料不及。陆延和林老板为"贺兰山"号办了国内、国际两套航行手续，并在巴拿马注册。以内销名义躲过海关和商检，待船航行到公海时，启用国际航运手续，悬挂巴拿马国旗，涂改船名，直接驶向远洋。他们买通有关部门的人员，出具虚假航行和靠泊记录，从而使船以双重身份进出自如，以达到大批量，整船走私获取暴利的目的。

"老贺，为配合破案，我不能给你打电话，缉私快艇在公海截获'贺兰山'号后，陆延和林老板在深圳被抓获。为了保护你，陈处长才出此下策，让 A 市方面将你带走。你为国家立了大功，金山和所有镁砂企业都应该感谢你！"张总将酒一干而尽。"我再告诉你个好消息，从三月一号起开征镁砂资源税，镁砂价格将会大涨，镁砂企业将重新洗牌，靠卖初级产品的小公司会被淘汰．我们大干一场的机会来了"。"弗兰克这一万吨货怎么办？对客户不能没信誉。""你放心，海关总署已经报请经贸部，特批一万吨许可证，货可以正常出。你不是做的 T/T 吗？重新换一套单据，卖方写金山不就完了，要是信用证，就不好办了。"说完，他猛然意识到："你个老贺，我在你面前装什么明白，那不是班门弄斧吗？"言毕，哈哈大笑。

十二

贺东回到了汉堡。戴维静静地躺在他的怀中。听朋友说它已几天不进食水。狗因过度思念主人，会不吃不喝最后耗尽精力而死。这个夜晚，他和戴维就这么静静地坐着，直到天亮，他要为戴维在宠物墓地安个家。他选了一张戴维最可爱的照片，做成烤瓷的，镶在它的墓碑上。送走戴维，贺东牵挂的心反倒放了下来。

和张总商量过，欧洲办事处要设在汉堡世界贸易中心大厦。镁顿、维苏威等大公司都在这，要让国际同行知道金山耐火，让世界知道"金山牌高熔镁碳砖"。张总来电话：新产品已经通过国家有关部门的联合验收，国家有关部委将派员参加新产品发布会。

接完张总电话，镁顿营销总监布朗的电话就打了进来。他首先对贺东选择了金山感到惋惜，接着谈到要与金山合作的问题。镁顿注资两千万美金，占 50% 股权，产品打镁顿商标，进入全球销售网络。

凭直觉这绝对是件好事，对任何一个中国企业来说，都是求之不得的。贺东立刻将情况向张总作了汇报，不料，却被张总一口回绝了。当初要引进技术设备搞合资，你不干，说什么技术保密是知识产权，执意要独资。见形势不好，又来谈合资，都成你家的了。产品我们已经研制成功，资源是我们自己的，国内市场就足够干几十年，我为什么一定要和你合资呢？张总很生气。

他说的没错，外资看重的是利益，为获取利益可以不择手段。国外几个大公司在高质量镁碳砖生产技术方面联手封杀中国，关键生产设备开出天价。这几年，我们自己把市场搞乱了，人家大量廉价购买你的资源，再回头高价卖给你制成品，两头赚钱。商场的规则就是唯利是图、弱肉强食，而我们在利益面前，更喜欢窝里斗。

根据多年的外贸经验和对国际市场的了解，贺东深知自己创立品牌，特别是国际知名品牌的艰难。少则几十年，多则上百年，甚至要几代人。我们能等吗？自力更生是一种精神，而拿来主义则更实用。现在满街跑的不都是中国制造的外国车吗？中国即将加入WTO，全球经济一体化是大势所趋，我们有资源优势，他们有市场优势，能互利双赢，岂不更好。金山乃至中国的耐火行业，可以一步迈向高端市场。

贺东连夜写了一份传真，详细阐述了合资对金山未来发展的好处，并说明：第一，新合作公司应叫"金山镁顿耐火材料有限公司"，金山要控股，占51%股权，镁顿占49%；第二，将"金山镁顿"作为新的注册商标，打入国际市场；第三，授权他与镁顿签署临时合作意向，正式合作文件在新产品发布会上由张总与镁顿的代表签署，在新产品发布的同时，宣布成立合资公司。最后，贺东用了颇具感情的两句话结尾：合则两利，合则共生。时间紧迫，传真发出后，他又给张总打了个电话。此时，窗外天色已经发白。

第二天一整天，张总没有消息。贺东虽然着急，但也不好催问，毕竟这么大个事，哪能说定就定呢？这要在国企没个一年半载是下不来的。这只不过刚一天，贺东在自我安慰。

镁顿很着急，布朗来过几次电话，他八成是怕金山跟别人合作。他们要尽快取得市场优势，过去装大爷，现在就得装孙子，这就是实用哲学。如果现在能拍板敲定，对金山肯定有利，但张总仍然没有消息。又过去一天，贺东如热锅上的蚂蚁，电话打到厂里，说张总出差了，打手机，一直处在关机状态。他真能为赌气而不顾大局？他该不会又玩什么失踪？可这回与走私没关系呀！他或许真的还是个农民，贺东开始胡思乱想。

现在是下午五点钟，国内此时正是半夜，今天不会有消息了。贺东准备出去买些吃的，刚推开门，只见一个人站在面前。"张总！"张总不无得意地看着他笑："着急了吧？还说我农民来着？"贺东使劲给了他一拳："您怎么来了，是从天上掉下来的？""我是刚从天上掉下来。我有多次往返签证，买张机票不就来了。你不是说我们现在是地球村吗？我这是从村东头到了村西头。"张总的到来使贺东喜出望外，二话没说，就把他拉到拿破仑肘子馆。

自从接到贺东传真，他几乎就没合过眼，加上十几小时的空中飞行，他的双眼有些充血。他将一大扎啤酒一口气喝干说："我们今晚连夜研究一下合作细节，我把有关文件和资料都带来了，但都是中文的，准备就绪就和镁顿正式谈。"贺东不由得从心里佩服张总的雷厉风行和充沛的精力，这才是干实事的人哪。

贺东给老韩打了个电话，询问小王的情况，他需要一个英语好的助手。老韩说小王没啥生意，有时去赌场当荷官帮着发牌挣点小费。合资公司一旦成立，贺东肯定欧洲国内两头跑，德国要有人常驻，小王是个不错的人选。和镁顿的谈判进行得异常顺利，由于张总的到来，合作意向很快就敲定，接下来开始正式履行各自的法律手续。届时，在正月初八新产品发布会上，镁顿总裁将亲自到场宣布这个消息。下一场重头戏要在金山开锣，张总急着回去，有大量准备工作要做。

十三

合资公司欧洲办事处就设在镁顿欧洲总部，小王作为中方常驻代表，已正式上班。老韩已脱离省化工，摇身一变成为外商，继续和国内做着生意，仍然开着他那辆奔驰600，经常带着国内的客人光顾拿破仑肘子馆。贺东订了腊月二十八回国的机票。回家过年，六年来，贺东第一次感到心里这样踏实。家里有年迈的母亲，含辛茹苦历经磨难的老人家盼着他，也惦念着他。每每想到这些，贺东都会感到一种深深的愧疚。他知道最不能让老人家安心的是什么。一丝忧伤和寂寥袭上心头，藏在心底那处渴望被血液滋润的苍白肌体似乎又露了出来，胸口感到微微刺痛。

这趟航班上大多是赶着回家过年的中国人。登机时，他看见了陈歆。这次回来，由于太忙，没顾得上和他联系。陈歆看上去很兴奋，像一个久未回家的孩子。他给贺东留了北京家里电话，说到北京一定找他，请贺东吃正宗的东来顺涮羊肉。

贺东只在家住了一晚，就去了金山。

张总告诉他，梁工的爱人来了，既为探亲又为工作。为筹备新产品发布会，梁工在金山过年，李副司长代表国土资源部出席，就提前来了，正好看看公司分给梁工的新房。"老贺，你也得快点哟，我给你留着一套。"

橙色的火焰

这是一栋带院子的二层别墅，梁工去了车间只有李琴一个人在家。见到她，贺东不无感慨，这一段时间发生太多的事情。他首先对她荣升新职表示祝贺，同时感谢介绍自己来金山，并能和梁工成为同事。听完贺东颇为正式的客套后，她呵呵地笑了，完全没有司长的矜持和领导的架子，反而像个开心的女孩。贺东也一下从紧张的状态放松了下来。

"其实我很早就知道你，孟瑟是我妹妹。"贺东既惊愕又好像在预料之中。"当时我就看着像，可你姓李……""我随父姓，她随母姓。"

李琴、孟瑟原来是我国一位著名地质学家的孙女，父亲也是搞地质的。她们从小随爷爷，在长春地质学院长大，整天和石头、标本打交道，地质宫就像她们的家。这座当年伪满洲国的"行宫"培养造就了新中国第一代地质专家和人才。怪不得，孟瑟说她喜欢石头是出于某种天性，原来如此。

我们姐妹虽然长得相像，但性情却迥然不同。李琴接着说。可能是老大的关系，我比较正统，喜欢中规中矩，大学毕业进机关，一干就是这么多年。而妹妹却不同，她喜欢挑战，富有激情，天性浪漫，愤世嫉俗。论才华，她在我之上。

"现在她在哪里？结婚了吗？"贺东急切地问道。李琴莞尔一笑："在澳洲。"后面的问题避而不答……看着贺东无助的眼神，又说："我从不过问她的私生活，这个问题你们见面时问她吧。""她要回来？什么时候？""二月二十六日，也就是你们新产品发布会后三天，是爷爷诞辰八十周年纪念日，国家要搞一个纪念活动，她会回来参加……""你想去吗？我可以帮你。"

大年初八，是金山的节日。携着过年的喜庆，带着新春的红火，有朋自远方来。新产品发布会热烈而隆重。国家、部委、省市的领导来了，镁顿、维苏威、奥镁的代表来了。张总按下电钮，启动了点火仪式。火焰在升腾，一会儿就变成了橘红色，继而发出太阳般耀眼的光芒。

贺东急切地向首都机场赶去。远方，天际边，一个银色的亮点渐渐变得清晰。

十年后，中国镁碳砖产销量占全球市场 90%，金山被誉为"世界镁都"。

魔　芋

一

　　松琦社长听说我是张总的朋友，执意邀请我们去他富士山的祖屋做客。毕竟在水产品方面，张总是他中国的最大供应商。从大阪出发，车子在伊豆和箱根的山间公路行驶，沿途森林茂密，空气湿润。不时见到几棵倒伏的树干，上面长满苔藓和植物，说明这里原始生态环境良好。"这一带的温泉很有名。"张总见我目光一直盯着车窗外，对我说。"当年风靡一时的影片《伊豆舞女》，说的就是这里？"我回头问。"是的。我差点忘了，你是川端康成的粉丝，莫非也想在这里有一个浪漫的邂逅？"张总调侃道。我欣赏川端康成早期的作品，清新的风格，就像这伊豆乡间的景致。

　　"看样子，富士山你是见不到了。"张总看着窗外雨丝般的云雾说。他对开车的师傅说了几句什么，车子开始向山下行驶。张总原打算去松琦社长家之前，先带我游一下富士山，看来今天这个愿望要泡汤了。"每年能看到富士山的几率只有百分之二十，这要看你与她的缘分了。"张总对有些落寞的我说。

车子在一个叫河口湖的湖边停下来，湖水很清。沿湖岸的石阶而上，是一座日式风格的庭院，修剪得像盆景一般的松柏错落有致，一幢古朴庄重的大屋顶建筑掩映其中。松琦社长已站在台阶上迎候。他是一个矮小瘦削的老者，身穿和服脚踏木屐，以日本隆重的家族仪式欢迎我们。

　　这是一幢始建于幕府时期的建筑，通体由木结构组成，飞檐斗拱，古色古香。黛青色的瓦当使整幢建筑显得厚重而古朴。这种建筑在日本很多，特别是到了京都和奈良，会有一种梦回长安的感觉。

　　"有朋自远方来，不亦乐乎。"在客厅的榻榻米落座后，松琦社长引用孔子的话作为开场白。既然语言交流没有障碍，气氛顿显轻松。首先，由松琦社长的小女儿千代小姐为我们表演茶道。她身穿淡粉色荷花图案的少女和服，双膝跪地，身体前倾，目光低垂，一双纤纤玉手有条不紊，娴熟的动作仿佛在变魔术。透过阵阵茶香，我看见千代小姐高高盘起的发髻和白皙的脖颈，不仅使我想起唐代的仕女图。茶，自中国传入日本，茶道已成为今天日本文化的标志。"这是产于我们富士山静冈县的绿茶，请品尝。"松琦社长对客人说。我呷了一口，有点像峨眉的高山云雾，清香而回味甘，留香悠长。

　　我抬起头，看见对面墙上挂着一幅画，那是宋代画家李公麟的《曲水流觞图》，虽已泛黄但不是真迹。图中王羲之和文人雅士们在蜿蜒曲折的溪水边把酒言欢。溪水画得似乎有些问题。见我看得专注，松琦社长问道："杜先生对书画有研究？""他不仅是企业家，还是艺术家，特别在字画鉴赏方面，造诣颇深。"张总在一旁打趣道。"是吗？那请您一定指教。"松琦社长躬身道。早就听张总介绍过，松琦社长不仅是个中国通，还对书法颇有研究，能临摹一手漂亮的

《兰亭序》。

"文人雅士把酒言欢，谈笑有鸿儒，不足为奇。《竹林七贤》表现的也是这个意境。令我感兴趣的是画中的溪水。溪水应顺着山势由高向低流，而此图却是在一个平面上。我见过原图，王羲之等一干人分坐在溪水两边，酒杯漂在溪水上蜿蜒流过，故为'曲水流觞'。而此画的溪水却是循环往复，如奇门遁甲，似伏羲八卦，像是一个暗藏着某种玄机的阵法。"听我这么一说，大家都凑到近前看个究竟。在画的左下角盖有一方印鉴，由于年代久远，字迹模糊难辨。"杜先生果然厉害，这是先祖留下的遗物，其中的奥秘，鄙人也不得而知。"

二

午宴吃的是日本料理火锅和生鱼片。先摆在每人面前的是一小碟雪白透明，薄如蝉翼的河豚鱼片。我知道，此鱼的血液、肝脏和卵巢有剧毒，但肉质细腻鲜美，被日本人视为食中极品。接着，用黑色小碟呈上来两段拇指般粗细，仿佛是用细粉丝缠绕而成的白色结状物体。见我迟疑，松琦社长说这叫魔芋，并用汉字写出"魔芋"二字。说，是用他们家族的祖传秘方制作的。

魔芋？我第一次听说这名字。"不是粉丝，别吃瞎了。"张总调侃道。我用筷子夹起一枚，只见其洁白如玉，晶莹剔透，刚好与河豚鱼片相映生辉，简直是件艺术品。"试试看。"按照张总的示意，我蘸了点调好的辣根放入口中，清脆爽滑，很有咬头。"与粉丝不同，煮多久都不会烂，因为它不含淀粉不含糖。"张总接着说。"属于芋头吗？"见有个芋字，我问道。"不是，"松琦社长接过话头，"是一种天南星科草本植物，古称妖芋。"一种食品竟然与魔和妖连在一起，我顿生疑窦。"为什么叫魔芋呢？""这个说不清楚，祖辈流传下来就这么叫。"松琦社长答。"是日本独有的？"我又问。"不是。大约一千多年前，由中国传入日本。在日本只有伊豆和箱根的山区可以生长。野生原料极其珍贵，它的葡甘露聚糖含量是所有植物中最高的，可以达到百分之四十五以上。我们今天吃的就是由野生白魔芋粉精炼而成。因为它是弱碱性食品，低脂肪、低热量、高纤维素，所以对抑制'三高'有明显作用，被日本人称为血液的清道夫。"听着松琦社长的介绍，我的好奇心被吊到了极点。

午宴后，我执意要参观一下生产魔芋的工厂。松琦社长说，这要到十几公里外的忍野八海。路上，张总向我介绍说，生产魔芋对水质要求非常高，要用PH值七左右的弱碱性水，而且水质一定要好。因为用水量大，最好是在离泉水近的地方。忍野八海的水是富士山的雪水融化后，经地层过滤形成的泉水，再从忍野八海涌出，是平均水温约摄氏十三度的冷泉，水质清冽甘甜。

忍野八海是日本著名的旅游胜地。到跟前，我才明白八海其实就是八个大泉眼，直径约有十几米，相邻分布在周围。在一口标注八米深的泉眼中，一群尺八长的虹鳟鱼游来游去，泉水清澈见底。张总用竹制的舀子盛一些泉水让我喝，果然清冽甘甜。

穿过一片黑松林，到达工厂。我们换上白色工作服和防水靴，女人要把头发全部塞进帽子里，取下耳坠头饰等装饰物，防止头发掉落在产品里，经过洗手消毒，才允许进入车间。车间里雾气缭绕，正在进行生产。张总对情况很熟，他指着一个巨大的不锈钢罐子说："这叫'毫巴'，魔芋精粉就是在这里搅拌发酵。你不是对为什么叫魔芋感兴趣吗？魔芋兑水后，可以膨胀超过自身体积的百倍，三十公斤原料可以兑一吨水。而且黏稠度极高，拉出的丝长达几千米都不会断，制作口香糖和果冻的卡拉胶，都离不开它。"我惊讶地问："经济价值那不是相当高？"

雪白的魔芋丝从碗口粗的喷头中挤出，流进下面一个长方形的巨大不锈钢水槽。水槽中明显是热水，不停地向上飘散着水雾。"这就是流釜。"张总说。"好像都是日本名字。"我说。"流釜是成丝的关键设备，魔芋丝进入流釜后，经过里面的水槽流动，从另一端流入水槽车，装满后经人工剪断，再装入另一车。"

升腾的雾气使流釜蒙上一层神秘的色彩。白色的魔芋丝好像缕缕白丝在溪水中漂荡，宛若淑女浣纱。"真美，有一种水墨丹青之美。"我说。"你的艺术灵感又来了。不用数了，九加九，十八弯"。张总见我在数流釜里的水槽说。"为什么是九加九十八弯呢？"我问。"流釜的设计是经过精心计算的，魔芋丝经过流釜的时间，刚好是其凝固的最佳值，时间短了太嫩，长了太老。"张总说。"哦……我怀疑流水线的概念就是这么来的。"我突然说。"你的想象力就是丰富。"张总揶揄道。"魔芋产自中国什么地方？"我问。"在四川和云贵高原的山区都有分布。怎么，动心了？"张总诡异地看看我，"走吧，松琦社长还在他的办公室等我们喝茶呢。"

松琦社长的办公室在顶层，茶海前是一个宽大的落地窗。刚落座，松琦社长指着窗外说："杜先生，请看……"我被眼前的景色惊呆了。富士山像一个洁白的少女悄然出现在我面前。那么洁白，那样神圣，我感到震撼。"真是太美了！"我不禁赞叹。

"你与她有缘。"张总在一旁说。

三

我在成都下飞机，转车到达宜宾。从日本回来，我就仿佛着了魔，满脑子都是魔芋。张总见状，递给我一个电话，"四川宜宾，找一个叫李家禄的人。"电话那边，一个操着浓重四川口音的人，他声音沙哑得让人感到不安。听说我要买魔芋，警惕地问是通过谁介绍的？怎么拿到他的电话，等等。不得已，我只能说出张总的名字。他好像也记不清是哪个张总，反正同意和我见个面。

李家禄是个五十多岁的汉子，双眼大而突出，使人联想到三星堆出土文物。没准真是古蜀国的后裔也说不定。"你要花魔芋，还是白魔芋？出口还是内销？"我把目光从他脸上移开，看他递给我的产品说明书。"宜宾四海食品有限公司"，主营白魔芋、花魔芋、贡菜等土特产品。来之前，我恶补了一些魔芋方面的知识，知道花魔芋产量大，比白魔芋便宜很多。

"我要白魔芋精粉。""那你一定是出口了？""何以见得？""白魔芋价格高，中国的加工技术不行，大多采用花魔芋，生产魔芋豆腐什么的，白魔芋多数出口日本。""我打算在中国办厂，设备从日本引进。能让我看看产品吗？"李家禄狐疑地看看我，把我领到后面一个石棉瓦搭建的简易库房。"生产车间在哪儿？""不在这，在产地。""产地在哪儿？""这个……告诉你也没用，白魔芋我独家代理，都得从我这买。"我的话问得有些唐突，有"掏地沟"的嫌疑。

一百公斤大麻袋装的是花魔芋粉，五十公斤白色小袋装的是白魔芋粉。我提出打开一袋，看看货的质量。李家禄打开一袋，用手抓起一把给我看。我行家般用手指搓了搓，又用鼻子闻了闻。这些都是临来前，张总教的。白魔芋精粉呈颗粒状，有光泽，像白色的砂糖，味道微腥。说明灰分和淀粉已充分剔除，只剩下魔芋多糖，即葡甘露聚糖，湿度几乎为零。"货不错。多少钱一吨？"我问。"看量，十吨以上，每吨四万五；十吨以下，每吨五万。"李家禄答。我又前后仔细看了看包装，说，等设备安装调试完毕，再来详谈。"工厂准备建在哪里？"李家禄问。这回轮到我答："暂时保密。""不是，我是提醒你水质很重要，工厂一定要靠近水源，城市里几乎不可能。"他解释道。

晚上，我吃了碗宜宾燃面，找了家酒店住下来。宜宾城市不大，但很热闹。八点多钟，李家禄来电话，说要请我吃晚饭。听说我吃完了，抱怨说，哪有吃这么早的。又约我出来按摩洗桑拿，一再强调川妹子如何如何好，服务周到。我知道，他说的是男人们的节目。

第二天，我在长途汽车站坐上了开往中都县城的长途汽车。车上，我反复回想着在包装袋上看到的几个字：中都县周。周应该是个姓，仅凭一个姓，能找到我要找的人吗？如果装错了袋子，姓周的与魔芋根本无关怎么办？但直觉告诉我，这个姓周的一定就是我要找的人。

长途汽车很破旧，乘客也多是出来办事的山民，他们用一米多长的竹竿挑着大大小小的包裹，人称"棒棒军"。四川人吃苦耐劳，是出了名的。身后一个大背篓，背粮食、背柴火、背孩子，连冰箱彩电都能背，真是无所不能。

汽车行驶在坑洼不平的山路上，轰鸣的马达声说明一直在爬坡。公路是沿着悬崖绝壁修的。修路时残存的石块还悬在上面，随时有脱落的危险。另一侧则是万丈深渊，金沙江像一条蛇在蠕动爬行。我不敢再往下看，心提到了嗓子眼，小肚子某根筋在抽搐。司机和其他乘客好像已司空见惯，用我听不大懂的宜宾话大声交谈着。突然，迎面驶来一辆大卡车，我们的车向外猛一躲闪，车轮几乎一半在悬崖外，我顿时惊出了一身冷汗。

中午停车休息。我下来活动活动筋骨，就着矿泉水吃了个面包。沿途步行的山民们也在打牙祭。他们将身后的大背篓靠在山崖上，腾出手来吃东西，因为背篓一旦卸下来很难再背上。汗水湿透了他们的衣衫，巨大的背篓使他们显得更加矮小，其中不乏女人，我被他们顽强的生命力所震撼。我和一个四十多岁的中年汉子攀谈起来。

"老哥，这里离中都县城还有多远？""大约三十多公里吧。""哦，那快到了。""哪里，山路不好走，遇上塌方，明天都到不了。""听说这一带种魔芋的很多？"我问。"啥子？你说的是鬼头吧？"我把李家禄的魔芋介绍拿给他看。"对头，就是鬼头。我们都叫'鬼头'。"我不觉心头一颤，真是妖魔鬼怪占全了。他说，离中都县城不远，有个周家村，那儿的人都加工鬼头。我还想与他多聊几句，司机鸣喇叭催促开车了。

四

傍晚时分，汽车到达县城。我在县政府边上的招待所住下。张总来电话，问我为啥一天都不开机。我说，没有啊，可能汽车在大山里没信号，刚到县城。他说，松琦社长很关注我这趟行程。我隐约觉得，松琦社长和张总在给我下套。他们知道我在找投资项目，不然忍野八海的工厂岂是随便参观的？仅仅是合作这么简单吗？最关键是，我对魔芋着了魔，这一点张总了解我，不然，再好的生意我也不一定做。

夜里，大山静得出奇。我满脑子都是魔芋和周家村，想着想着睡着了。天刚亮我就起来，走了很久，拐入一条羊肠小道。不久听见"哗哗"的流水声，我沿着河边走，远处山脚下一片村落掩映在竹林里。清晨的露水很重，感觉有些凉意。在村口处，男人们把一箩筐一箩筐刚采挖的东西倒在河边，女人们则就着流动的河水洗刷着。该不会是魔芋吧？我心想。

"大嫂，你们洗刷的是什么啊？"我问一个正在忙碌的女人。这里很少有外人出现，她迟疑地看看我："鬼头嘛。"果然是魔芋。我俯下身，拿起一个洗刷干净的魔芋。黑色，土豆般大小，三扁四不圆，有点像大号的荸荠，确实有些鬼头鬼脑的样子。我刚想咬开一个，看看里面啥样，那位大嫂赶紧说："要不得，会麻翻人的。"这时，我才想起张总说过，魔芋有毒不能生吃。中毒后，舌头和喉咙灼热肿痛，有生命危险，这就是为什么添加大量水的缘故。真是魔芋啊！

村民告诉我，他们早上天不亮就上山采挖，然后在河边洗净，送到青龙观。还有道观？这应该是个古村落。我刚想打听，刚才干活的人突然都不见了。我径直朝前走，一个牌楼出现在眼前，朱漆斑驳，依稀有"明天启"的字样。穿过牌楼，拾阶而上，是一道山门，果然是个道观。山门敞开着，山门上悬着一方匾额"青龙观"。向里望去，大殿内没有三清老祖，青龙、白虎、朱雀、玄武也不见踪影。很显然，仙人已驾鹤西去，空余两个石头门墩，守候在山门两侧，透过精美的图案和雕工，可以窥见当年的繁盛。

一阵炊烟从两侧的厢房里飘来，寻踪望去，竟然有六七个人在里面忙碌着，就是刚才在村口遇见的那帮人。这里原来是魔芋切片和烘干车间。四周砌了一圈火炕，工人们把洗净的魔芋切成一公分厚的片，然后摊开，在火炕上烘烤，燃烧的柴枝发出"噼啪"的声响。一个班长模样的人对我说，关于魔芋的事要找周道长，他现在青龙泉练剑。

青龙泉由青龙峰直泻而下，坠入青龙潭。一块平整得如人工磨制的巨石横卧潭边。崖壁上，三个一米见方的朱红阴刻大字"青龙泉"悬于其上。一个须发飘逸，身穿黑色道服的老者正在舞剑。发现有人，他收起剑锋向我走来。"打扰了，周道长。"我向他微欠身示意。"请问先生从何而来？"他拭了拭额头的汗，问道。待我说明来意，他将我领到不远处的一座院落，在一片阴凉的竹林旁坐下。一个十几岁的道童上前奉茶。见环境清雅，我拿出手机，拍了几张照片，又请童子为我和道长合影留念。

周道长面目清癯，鹤发童颜，一派仙风道骨。我有些恍如隔世，莫非进入仙境？他似乎看出我的疑虑，说，这里地处偏僻，远离尘嚣，我索性随心所欲，乡亲们也见怪不怪了。至于道长嘛，只是个称呼而已。但我的祖上确实是峨眉清风道长，后避灾祸隐居于此。只可惜百年族谱在"文革"中被烧毁了。哦，我轻声叹息。"怪不得，道长一看就气宇不凡，原来是仙家一脉。"

"你能给我讲讲魔芋和你先祖的故事吗？"我期待地问。"说来话长。今天你先休息，晚上咱俩'林间一壶酒，对酌遇知音'。"周道长出口成诗。

五

夜晚，山风清凉，竹林婆娑。一壶老酒，几碟小菜，伴着青龙泉的水声，周道长娓娓道来：

明朝天启年间，明熹宗朱由校终日不理朝政，饮酒作乐，大太监魏忠贤独霸朝纲。时有顾宪成、左光斗为首的江南士大夫，借重修宋代知名学者杨时的"东林书院"为契机，针砭时弊，讽议朝政，人称"东林党"。东林党人上书弹劾魏忠贤，为此，遭到魏忠贤的残酷迫害。生者削籍，死者追夺，朝中善类为之一空。先祖周龙兴本是锦衣卫的一员武将，因与左光斗交好而受牵连。为逃避追杀，率百余人经湖北入蜀，在官府的围追堵截下，不得已进入金沙江流域的深山中。粮食吃完了，战马杀光了，只能以野菜、野果充饥。就在大家绝望之际，有人发现一种开着金黄色花朵的植物非常好看，其根茎大如白薯。剥去黑色外皮，露出里面雪白的肉，几个饥饿的士兵拿起就吃，不一会全都咽喉肿痛，窒息而死。其他人闻风丧胆，再无人敢碰，称其"鬼头"。先祖略懂医术，比照随身携带的医书得知，此物名为"妖芋"，有毒，不可生食，遇水迅速膨胀可达百倍，煮熟后可供众人充饥。先祖大喜，遂令将士们采挖，捣碎后用山泉水搅拌，果然粘稠如粥。用大锅架火熬煮，加入盐巴、桂皮、八角、麻椒、辣子等调料，竟然做成一道美食。放凉后，色泽如墨，状如胶冻，入口滑润，在冷水中浸泡数日而不腐。大家称之为"妖芋豆腐"。自从食用妖芋以后，将士们疥疮褥痱全无，各个面色红润，身强体壮。

经此磨难，先祖大彻大悟，率众人上峨眉，拜祖庭，号称"清风道长"。仰妖芋之魔力，他正式将其命名为"魔芋"。从此，峨眉山道家魔芋豆腐名扬天下，普济众生。每逢大灾大难之年，魔芋就成为人们救命充饥的食粮。魔芋豆腐也就流传至今。

一壶酒喝完了。在璀璨的星光下，我仿佛穿越时空，与峨眉清风道长对酌。魔芋，原来有如此神奇的传说。冥冥中，我觉得我的命运和一生都将与魔芋有关。联想起松琦社长、忍野八海、富士山，还有千代小姐……这些好像都是命运的引领。

"先生如果困顿，就请在寒舍小憩，待来日再叙。"周道长对我说。"哪里，晚生兴致正浓，洗耳恭听。"见我确有诚意，他命童子端上一盘魔芋豆腐，续满一壶酒。我第一次吃魔芋豆腐，切好摆在盘里，状如皮冻，淋上麻油，配以陈醋和香葱，爽滑可口，实为佐餐下酒之佳品。

我为周道长斟满一杯酒。"借仙家美意，敬道长一杯。如道长不弃，来日我备薄酒回请道长。"说罢，我先干为敬。

六

一日，峨眉山来了一位居士，自称外乡人，善丹青，品尝魔芋豆腐后，赞叹不已，视为天赐佳肴，从此留在峨眉拜先祖为师，道号"瀛洲"。他天资聪慧，勤奋好学，除修炼和绘画外，开始潜心研究魔芋。他发现，魔芋不仅能饱腹充饥，还有解毒、消肿、行瘀、化痰、散热之功效。魔芋遇水后膨胀形成水溶性纤维素，从进食到排出只需三个时辰，而肉食等其他食物则需六个时辰。他认为，人体能有效排毒比吸收营养更重要，魔芋恰恰具备此功能。然而，民以食为天，道士们能温饱即心满意足，别无他求。

突然，有一天官府派人上山。大太监魏忠贤不知从何处得知魔芋入口筋道，遇水不腐，是五月端午祭祀的上佳之物，只是其色泽漆黑，相貌不雅。遂传下话来，命峨眉道士把魔芋做成粽子般嫩白，取洁白如玉之意；并要制成长丝，象征源远流长，于五月端午，送至京城，供皇家端午祭祀之用。限期三个月，逾期者斩。先祖闻后大惊，与瀛洲商量。三月期满若成，峨眉万事大吉，否则满门抄斩。成败与否就看你我的造化了。若不成，到时你携众弟子下山逃命，我向朝廷伏法。

瀛洲躲在峨眉一处溪水旁的山洞中，月余不出。忽一日，他回道观见师傅，并展开一幅羊皮画卷。先祖不解道："危难当头，你还有心作画？""师傅请看，画中溪水循环往复，魔芋成丝后若能沿溪水流动，就可达数百丈而不断，最关键是水槽的设计。""那色白如玉，又当如何？""我发现，将魔芋去皮，烘干后磨成粉，用风箱吹去灰分，剩下的就是细沙般颗粒，再加入清泉水，搅拌发酵，就变得润滑白嫩。以往色泽漆黑，主要是没有去皮所致，再者水质极为重要，一定要清凉甘甜的泉水，否则就会污秽浑浊。"瀛洲说罢，将师傅领到溪水旁的山洞中。

只见泉水由山崖流下，落入碗口般粗细用毛竹搭建的水槽中。水槽架在青石上，首尾相连，循环往复，溪水在重力作用下蜿蜒流淌。"这就是'流釜'。"瀛洲说。"何以叫流釜？"师傅问。"我们过去把魔芋在大釜中熬制，无法制成长丝，产量也有限，火候更难掌握，搞不好，就是一锅粥。而现在将水槽置于青石板上，在石板下，用柴火烧热石板，魔芋丝遇热便凝固，并一直处于流动之中，故名流釜。""哦，原来流釜的奥秘隐藏在那幅溪水图中。"先祖恍然大悟。

"大功告成，峨眉免于灾祸了？"我急切地问道。周道长将酒一干而尽。是福不是祸，是祸躲不过。就在大家抓紧研制之时，官军已将峨眉山重重包围。原来，早已有东厂密探向魏忠贤告密，说有东林党残余藏匿山上，欲借五月端午进京之机，阴谋谋反。

见形势危急，先祖急召众人。说，此次恐怕在劫难逃，我们分头下山，或许还有活命之机。他赶紧命人去山洞，召回瀛洲。可是，瀛洲已不见了，和他一起失踪的还有那幅溪水图和一袋魔芋种子。见状，先祖说，魔芋神奇，乃上苍所赐，应将其流传于世，造福苍生。遂让大家将其余种子分头带走，说，天若有命，我们来日相见。

"后来先祖就来到此地避难。" "再见到瀛洲了吗？" 我问。周道长忽闭口不答，溘然睡去。

七

窗外天已大亮，我猛然醒来，原来是南柯一梦。急忙起身，在招待所食堂用过早餐，向门卫师傅打听去周家村的路。门卫说："出门向右，走大路，六七里后，见小路右拐，就能看到青龙河，沿河岸再走两三里就到了。

这条路我似乎走过，莫非昨晚梦游到此？牌楼依旧，只是道观不见了，取而代之的是一个四合院，门口挂着"周家村村委会"的牌子。我看到了熟悉的门墩，这里以前应该就是道观。一个村干部模样的人告诉我，周村长在后山安排魔芋加工的事，一会就到。

我刚在院里转了一圈，一个四十多岁的男人就快步走来。"杜先生，有失远迎。快屋里请。"他热情地和我打招呼，如老友重逢。"面熟，我们好像哪里见过。"他笑着对我说。"周道长。"我脱口而出。"周道长是我爷爷，自从破'四旧'道观被毁，他就不知去向，那时我还不满周岁。不过，都说

魔芋

我和他老人家有点像。"我突然想起手机里的照片，赶快调出来看，影像全无。

听说我要投资办厂，引进先进设备，搞魔芋深加工，他十分高兴。他把我领到后山的魔芋加工厂，这里的场景与昨晚梦中见到的一模一样，刻在崖壁上的"青龙泉"三个朱红大字格外醒目。"真是缘分，前天我刚重新涂刷过，今天贵客就上门了。每年的五月端午，都要为石刻描红，习俗已流传几百年了。"他说。我看着这三个遒劲有力的大字问："是名家的真迹？""相传，是明峨眉清风道长周龙兴所题，周家村也由此而来。"

是梦境还是前缘？这里的一切都是那么熟悉，仿佛故地重游。周村长介绍说，他们目前只是把魔芋切片烘干，磨成魔芋精粉，基本是以卖原料为主。这里出产的都是野生白魔芋，生长在向阳的山坡上，常年要雨水不断，又不能形成内涝，旱了不长，涝了烂根，三年才成熟一次。我不禁想起日本的伊豆和箱根，那里与这里的环境极为相似。怪不得白魔芋在日本那么珍贵。我心里想。

"除了魔芋豆腐，就没想过搞深加工吗？"我问道。"这里地处偏远，技术落后，就是搞了，也运不出去，原料加工简单、易储存。不过，我爷爷当年按照祖传配方搞出过白魔芋丝，后来政治运动不断，就荒废了。""能领我去看看吗？"在山泉边的竹林里，我见到了原始而残破的毫巴和流釜。在一个用竹竿搭成的架子上，由原始的制作大木桶的工艺制作的毫巴像一面大鼓，残破的铁箍锈迹斑斑。毫巴下方是一个用竹筒搭建的流釜，虽已残破，仍能见其蜿蜒曲折的走势，与在松琦社长的忍野八海工厂见到的基本一样，只不过那是不锈钢制作的现代设备而已。我用随身携带的温度计和PH

值测试仪检测了一下青龙泉的水质，结果显示：水温十四度，PH值七。真是千载难逢的好泉水。

　　我提出到青龙泉的上游看看。翻过山崖，几条溪水在这里汇聚成一条河流。河床里怪石嶙峋，水流清澈而湍急。"杜先生，你看。"顺着周村长手指的方向，我看见一条脸盆般大的娃娃鱼，静静地潜卧在水中，黝黑的身体仿佛是一块石头。娃娃鱼学名"大鲵"，是远古留下的生物，野生大鲵极其少见，只在清澈的山泉水中生活，对环境要求极高。

　　工厂如设在这里，将生产出世界上最好的魔芋。松琦社长若见到，当作何感想？搞不好，就像自己见到富士山一样。

八

　　周村长带着我来到县招商办。招商办王主任听说我要在这里投资办厂，非要带我们去见县长。县长是个敦实的中年汉子，寸头，穿着件黑皮夹克，与以往见到的官员有些不同。听完我的陈述，他用他那宽厚的大手紧紧握住我的手。"欢迎，欢迎，毛竹和魔芋是我们这里的特产，但只限于小打小闹。资金和交通不便，是最大的制约，作为国家级贫困县，我们守着绿水青山，却要吃国家的返销粮，我这个当县长的心里急啊。不过，这回好了，国家专项扶贫资金已经下到省里，这条进山的路马上要修了。你来投资，恰逢其时。

　　临别，我和周村长约定，工厂就设在竹林的原有厂址上，不再扩大地盘，一定要保护好环境。正好，县长要到市里开会，我顺便搭了他的顺风车，路上我们聊了起来。县长也是这大山里土生土长的娃，从部队复员后，回到家乡，从生产队长、大队书记，一直干到县长的位置。进山的这条简易公路，是他带领乡亲们，一锹一镐修出来的。怪不得，他的那双手比一般人的大，而且布满老茧，全没有某些官员的养尊处优。

回到家中，我有一种"洞中方七日，世上已千年"的感觉。魂，仿佛还在周家村的大山里转悠。青龙泉、周道长、魔芋的神奇传说，都半梦半醒，似梦似真。我赶紧给身在日本的张总打电话，告诉他，我明天就飞日本。

下飞机，张总直接将我接到松琦社长的忍野八海工厂。松琦社长去了东京，千代小姐正在车间里指导新来的女工打结。她身穿白色工作服，戴着白色口罩，一双明亮的眸子向我递了一个微笑的眼神。

魔芋打小结是纯手工活，机器无法替代。千代小姐用食指和中指挑起一缕魔芋丝，瞬间挽出一个蝴蝶花，拉紧，掐断，一个小结就打好了，动作像变魔术般灵巧。她最快一分钟能打十几个，一天八小时打八千多个，而且每个重量不差分毫，获得过全日本小结比赛冠军。我痴迷地看着……"嘿，嘿，着迷了？松琦社长回来了。"张总不知何时站在旁边，露出一丝狡黠的笑。"不好意思，我……"我尴尬地收回目光，赶紧跟随张总上楼。回头间，刚好与千代小姐的目光相遇。

我把此行的情况描述给松琦社长听，当然，梦幻中的情节我没说。"那里应是魔芋的发源地。"他喃喃道。"让我们谈谈合作意向吧。"松琦社长说。"首先请问，为什么找我合作。"松琦社长和张总交换了一下眼神。"老杜，实话实说吧。原本是我和松琦社长合作，但我派去的人只到了宜宾，没有一个真正找到魔芋产地的。不是进山迷了路，就是遇到瘴气，还死过一个人，这魔芋就像一道魔咒无法破解。那天，你一眼就看穿了《曲水流觞图》的奥秘，松琦社长认定，你是最佳合作人选。"

"日本这面生产和销售都很好，为什么还要找人合作呢？这不符合做生意的常理。"我问。"不瞒你说，这些年有人知道魔芋原料在日本卖得很贵，而且征收高额关税，就开始大量从中国走私进口，直接扰乱了市场。我们必须切断那些走私货源，最好的办法就是直接把工厂开设到中国去，既能保证货源又能降低成本。"张总说。"怪不得，你们是想让我为你们在中国设厂？"

"不是，是合作。我们共同组成合资公司，杜先生在中国负责生产，张先生负责物流，我负责包销。"松琦社长郑重地说。"销售是最关键的，产品百分之百出口日本，"张总在一旁说，"多好的条件，我们不愁销路。"

沉默片刻，我说："明天再议吧，这一趟马不停蹄，真有些累了。"

九

"你好像另有打算？"晚上，我们在忍野八海的林间散步时，张总问。"包销？魔芋打谁的品牌？"我问。"当然是日本的品牌，"富士山"牌，别的牌子日本人也不认。"张总答。"这么说，魔芋岂不就是人家的了？""那么，你想怎样？""我想打我们自己的品牌，自主销售。可以与松琦社长签订合同，首先满足他的订单。""你的胃口太大，没有日本的技术和设备，你什么也干不成。"张总有些急。"那不一定。"见我如此淡定，张总惊愕地看看我。

作为一个企业家，我不能仅满足于为别人代工或代销某种产品，尽管这样做风险小、赚钱快。生产高质量的产品，创造自己的品牌，一直是我的梦想。"百年老店"不仅象征着高品质，一定还蕴涵着丰富的企业文化，这一份成功与骄傲不是钱能比拟的。魔芋就具备这样的条件。

第二天，我们驱车返回松琦社长富士山的祖屋。与上次做客的情景不同，这次谈判的味道浓厚。"如果我不接受你提出的条件呢？"听完我的陈述，松琦社长问。"那我们就自主生产，自主销售。"我答。"设备和技术你怎么解决？"稍作停顿，"还有市场。"他说。"中国人现在的生活水平已大幅提高，我相信像魔芋这样的健康食品很快会被接受。中国这个十几亿人的大市场，社长先生不会不考虑吧。至于技术和设备嘛……"我有意停顿一下，"您的副董事长兼技术总监，不会不管吧？"松琦社长和张总顿时被我的话惊呆了。

千代小姐走到我身边，为我斟茶，我们深情地对视一笑。爱情像魔芋一样神奇和充满魔力，我们上演了一部现代版的《伊豆舞女》。沉寂片刻，松琦社长也笑了。我原以为这个严肃的老者不会笑，没想到笑起来很慈祥。"出口到日本的产品还叫'富士山'牌，但不久的将来，一个全新的品牌将问世，那就是'峨眉山'牌。因为那里有世界上最好的原料和泉水，早在六百多年前的中国明朝，魔芋豆腐在那里诞生。"

我站起身，指着墙上的《曲水流觞图》，说："上面的印鉴是'瀛洲'。"